U0028999

NEVERMOOR Wundersmith: The Calling of Morrigan Crow

永無境

莫莉安與幻奇師的天命 II

潔西卡・唐森
Jessica Townsend

謹以愛與感謝，將此書獻給
那些幫助我撐過這一切的女子：

最勞苦功高的潔瑪與海倫，
以及瀧野文惠率領日本阿嬤組成的啦啦隊。

目錄

第一章　天使伊斯拉斐爾

首年之冬，冬暮

莫莉安・黑鴉自傘鐵一躍而下，牙齒打顫，緊握油布雨傘的雙手已然凍僵，狂風將她的頭髮吹得奇亂無比，她盡力將之梳順，一面快步追趕她的贊助人。那個人早已邁開好幾碼遠，迅速穿梭在波希米亞吵嚷、稠密的大街上。

「等等我！」她叫道，奮力擠過一群身穿緞布長裙與厚實天鵝絨披風的女人。「朱比特，走慢一點！」

朱比特・諾斯轉過頭來，腳下絲毫不停：「慢不了，莫兒，我天生慢不下來。快跟上來。」

說完，他繼續往前走，直接穿過往來如織的行人、人力車、馬車及汽車。

莫莉安連忙追過去，不料迎面撞進一團寶藍色煙霧，味道甜膩，衝著她噴這團藍煙的女人手持金色細雪茄，指尖已被染藍。

「呃，好難聞。」莫莉安咳了一陣，揮掉煙霧。在這團迷霧中，有那麼一瞬間，她似乎跟丟了朱比特，但沒過多久，她便瞥見那顆鮮亮的紅棕色頭頂在人潮中載浮載沉，當即直奔過去。

「小孩！」藍指尖的女人在她背後喊道：「寶貝，你看，竟然有個小孩在波希米亞！好嚇人！」

「那是行為藝術表演啦，寶貝。」

「噢，也是。好新鮮！」

莫莉安暗自希望可以停下來四處轉轉，她從沒來過永無境的這一帶，要不是她很怕在人群中跟丟朱比特，她鐵定會無比興奮地東張西望，看看寬敞街道兩旁的劇場、戲院、音樂廳，欣賞眩目繽紛的明亮燈光與霓虹招牌。在各個街角，身著華服的人步下馬車，由工作人員引進豪華劇院；路旁攤商有的吆喝，有的吟唱，也有店員負責招攬行人走進喧鬧的小酒吧；有些餐廳擠滿用餐人潮，甚至將餐桌擺上了人行道，儘管天寒地凍（畢竟今天正是冬暮，也就是冬季最後一日），這些餐廳依然座無虛席。

莫莉安總算追上朱比特，他正站在一棟建築外頭等莫莉安。這棟建築是整條路上最擁擠的地方，卻也最富麗堂皇，由白色大理石與黃金構成，閃耀動人，莫莉安覺得這幢樓宇既像大教堂，又像個婚禮蛋糕。建築頂部，一個閃亮的招牌寫道：

新德爾斐音樂廳隆重鉅獻

琪琪．葛蘭德

陰溝與五人組

「我們要……進去嗎？」莫莉安喘著氣說，肋骨之間有些抽痛。

「什麼，妳說這地方？」朱比特仰望新德爾斐，臉帶輕蔑。「老天啊，不是，我死也不要進去。」

他鬼鬼祟祟回頭瞄了一眼，領著莫莉安拐進新德爾斐後方的小巷，遠離人潮。巷子很窄，他們只能一前一後，踏過無法辨認的垃圾堆與從牆壁剝落的碎磚。路上沒有燈光，飄著強烈的惡臭，越往前臭味越濃，像是有蛋餿掉了，也像是有動物屍體腐爛發臭，或是兩者混合在一起的味道。

莫莉安掩住口鼻，這陣味道實在太衝，令她有點想吐。她只想折返原路，可是在她身後的朱比特持續向前，一路輕推著她前進。

「停，」就快走到巷底時，朱比特開口。「這個是……？不，等等，這是不是……？」

她回過身，只見朱比特正在察看牆上某個區塊，但那裡看起來跟其他地方毫無二致。他以指尖輕壓磚塊之間的泥漿，湊上去嗅了嗅，然後略帶猶疑地舔了一下牆壁。

莫莉安面露驚恐：「噁，**不要這樣**，你在幹麼？」

剛開始，朱比特沒說什麼。他注視牆壁好一陣子，皺起眉，接著抬頭，凝望夾在兩側建築中間的狹窄星空。「嗯，我就知道。妳感覺到了嗎？」

「感覺到什麼?」

他牽起莫莉安的手,按住牆面。「閉上眼睛。」

莫莉安依言照做,心裡覺得有點蠢。有時候,她很難分辨朱比特到底是認真的,或者純粹是逗著她玩,她懷疑這次八成是朱比特要對她開什麼白痴的玩笑,畢竟今天是她生日。雖然朱比特保證過不會給她驚喜,但要是他設計了一連串複雜又尷尬的噱頭,最終帶莫莉安走進一個擠滿了人的房間,大家一起對她唱生日快樂歌,這種事的確很符合朱比特的作風。就在她正想說出內心的懷疑之際——

「噢!」她的指尖傳來非常幽微的麻癢感,耳邊也傳來隱隱約約的嗡鳴聲。

「**噢。**」

朱比特抓住她的手腕往後帶,稍微和牆壁拉開一段距離。莫莉安的手感覺到一陣抵抗力,彷彿那些磚塊具有磁性,不願意放她走。

「這是什麼?」她問。

「一個小小的機關。」朱比特喃喃說,「跟我來。」他略略往後仰,一腳踩上磚牆,再來是另一隻腳,然後——他輕鬆寫意地違反地心引力法則,繼續沿著牆壁往上走,特意縮肩拱背,以免自己的頭撞到巷子另一側的牆。

莫莉安盯著他,驚愕無言,過了一會才甩甩頭,逼自己清醒。她如今也是永無境的市民了,是杜卡利翁飯店的永久住客,更是幻奇學會的一員,她真的不能一遇到有點出人意表的事情就這麼驚訝。

她深吸一口氣(不料吸進惡臭,差點又一陣反胃),接著模擬朱比特的動作,分毫不差。就在雙腳踩上牆壁的剎那,整個世界猛然傾斜,隨即回正,讓她站在上面十分輕鬆自在，可怕的臭味也隨之消失，變成清新乾爽的空氣。忽然之間，迎著眼前那一方延展的星空，走在巷子的牆壁上，似乎是再自然不過的事情，莫莉安笑出聲來。

走到這條垂直巷子的盡頭時，整個世界再度傾斜，回復正常。

莫莉安原以為他們會走上屋頂，沒想到他們卻身在另一條巷子，這條路喧囂熱鬧，浸淫在詭譎的綠光之中。她和朱比特走向一條長長的人龍，排隊的人群被擋在一條絨繩後方，顯得很是興奮，激動的情緒散播開來，莫莉安也沾染上一絲期待，踮起腳尖，想看看他們在排什麼。最前面有一扇磨損的淺藍門扉，貼著一張潦草的手寫公告：

舊德爾斐音樂廳
舞臺後門
今日演出：天使伊斯拉斐爾

「誰是天使伊斯拉斐爾？」莫莉安問。

朱比特沒有回答，只是將頭一偏，示意莫莉安跟著他，然後大搖大擺地走到排隊人龍最前方。有位一臉無聊的女子站在那裡，確認清單上的姓名，她穿著一身黑，從腳上厚重的靴子，到掛在頸間的羊毛耳罩，全是黑色。（莫莉安覺得很棒。）

「請排隊。」她頭也不抬就說：「不能拍照，演出結束前別想找他簽名。」

「我恐怕等不了那麼久，」朱比特說：「方便讓我現在進去嗎？」

女子嘆了口氣，敷衍地瞄了他一眼，面無表情，嘴巴半張，嚼著口香糖。「什麼名字？」

「朱比特・諾斯。」

「你不在名單上。」

「不。我是說，對，我知道，希望妳可以替我安排一下。」他從那把紅鬍子底下露出笑容，含蓄地輕點領子上的金色「W」字小別針。

莫莉安不禁一抖。她明白，幻奇學會成員身為菁英，在永無境備受景仰，經常享有一般市民作夢也得不到的特殊待遇；可是，她從沒見朱比特這麼明目張膽運用「別針特權」。她暗忖，難道朱比特常常這麼做？

女子絲毫不顯動搖（莫莉安覺得這也是情有可原）。她蹙眉瞪視那枚金色小別針，再用畫著濃重金蔥眼線的雙眼，瞥向朱比特滿懷希望的臉龐。「但你不在名單上啊。」

「他會見我。」朱比特說。

她勾起上唇，露出一嘴鑲鑽牙齒：「證明給我看啊。」

朱比特微微偏頭，揚起一邊眉毛，女子模仿他的表情，滿臉不耐。最終，朱比特嘆了口氣，從大衣內掏出一根帶有金色斑點的黑羽毛，在指間來回轉動，一次，兩次。

女子的雙眼略為睜大，張口結舌，莫莉安看見她齒間的鮮藍色泡泡糖。她有些緊張，看了看朱比特背後越排越長的人龍，推開褪色的藍門，頭一歪，示意他們進去。「那就快點，演出五分鐘之後就開始了。」

舊德爾斐的後臺很暗，黑衣工作人員安靜而有效率地來回奔走，四周寂靜無聲，瀰漫著期待的氛圍。

「那根羽毛是什麼？」莫莉安小聲問道。

「顯然比別針更有說服力的東西。」朱比特喃喃回應，聽起來有些喪氣。他從一個標示「員工專用」的箱子中拿出兩副耳罩，將其中一個交給莫莉安。「來，把這戴上，他等一下就要唱了。」

「誰？你說那個伊斯……什麼的天使？」她問。

「伊斯拉斐爾，對。」他用手梳過紅棕色頭髮，莫莉安看出那是他緊張時的小動作。

「可是我想聽。」

「喔不，妳不會想聽的，相信我。」朱比特透過布幕間隙，從他們所站的位置觀望外頭的觀眾席，莫莉安跟著飛快偷窺了一眼。「莫兒，妳絕對不會想聽他們這一族唱歌。」

「為什麼？」

「因為，那會是妳這輩子聽過最美妙的聲音。」他說：「那個聲音會觸發妳腦內的某個東西，帶給妳無可破壞的全然寧靜，那是妳一輩子體驗到最美好的寧靜。它讓妳明白，妳是一個完整的人，妳的人生完美而圓滿，妳擁有了渴望的一切，需要的一切。寂寞與悲傷都會變成遙遠的記憶，妳的心會感到滿足，讓妳覺得這個世界絕不會再令妳失望。」

「好恐怖喔。」莫莉安說，語氣毫無起伏。

「確實恐怖。」朱比特堅持道，神色凝重。「因為那稍縱即逝。因為伊斯拉斐爾不可能永遠歌唱。當他停止唱歌，那種完美的幸福感終究會消逝，妳會回到真實世界，必須面對現實中的困難、瑕疵跟髒汙，令人難以負荷。妳會感到極度空虛，就好像妳的生命停止了，好像妳被困在一個泡泡中，周遭的世界卻仍然不完美地轉動著。看到外面那些人了沒？」他稍微拉開布幕，兩人再度望向觀眾。

空曠的樂隊池設有燈光，照亮底下那許多張臉孔，人人臉上都是相同的神情——萬分急切，但卻莫名空洞，充滿匱乏，飽含渴求。朱比特繼續說：「他們不是為了欣賞藝術饗宴而來，不是因為喜愛大師級演出而來。」他低頭看著莫莉安，悄聲說道：「他們是毒蟲，莫兒，他們每一個都是。他們來，是為了再次享受快感。」

一名女性的說話聲劃破空氣，觀眾迅即靜默下來。

「各位先生，各位女士！在今夜的舊德爾斐，為您獻上他第一百場榮耀超凡的演出……這位舉世無雙，絕塵拔俗，出神入化的演唱家……」經過擴音的聲音驟然降為戲劇化的低語：「讓我們熱烈歡迎，天使伊斯拉斐爾。」

寂靜瞬間被打破，音樂廳歡聲雷動，觀眾紛紛鼓掌、歡呼、吹口哨。朱比特用手肘猛力推了莫莉安一下，她急忙緊緊戴好耳罩，隔絕了所有聲音，只聽得見耳邊隆隆的血液奔流聲。莫莉安明白，他們來這裡不是為了觀賞演出，而是為了一件更重要的任務，可是就算如此……這樣還是有點討厭。

純淨的金色光芒點亮幽暗的音樂廳，莫莉安迎著亮光眨眼。在整個華麗空間的中央，從人群上方接近天花板之處，射下一道聚光燈，照亮一名男子。他美得如此奇異、脫俗，莫莉安不禁倒抽了一口氣。

天使伊斯拉斐爾飄在半空中，支撐他的是一雙精實而強力的翅膀，羽毛漆黑如夜，點綴著閃爍流光的金線。這對羽翼自他的肩胛骨中間延伸而出，以緩慢的節奏拍動，翼展少說有三公尺。他的身軀同樣擁有強壯的肌肉，卻顯得輕盈健美，皮膚是冷冽的黑色，勾勒著細緻的金色流線，彷彿他曾經像花瓶一樣遭到擊碎，事後以珍貴的金屬黏合修復。

他垂眸注視觀眾，眼神既有幾分慈愛，又摻雜幾分冷淡的好奇。全場抬頭凝望伊斯拉斐爾，一面流淚顫抖，一面緊緊交握雙手，以求鎮定；有的人竟當場暈厥，倒在音樂廳的地板上。莫莉安忍不住心想，這未免太過頭了，他連唱都還沒開口唱呢。

然後，他開了口。

所有觀眾瞬間凍結。

有如再也不會動彈。

一陣悠長、凝滯的平靜氣氛，如雪一般飄落。

莫莉安很想整夜留在這裡，躲在舞臺側邊，旁觀這幕沉默詭譎的奇景，可是沒過幾分鐘，朱比特就無聊了。（**果然是朱比特**，莫莉安想。）

朱比特在煙霧繚繞的幽暗後臺，找到了伊斯拉斐爾的化妝室，兩人開門進去等伊斯拉斐爾。沉重的金屬門嚴密關上之後，朱比特才示意說可以拿下耳罩了。

莫莉安環顧化妝室，皺起鼻子。房裡垃圾成山，隨處擺著空罐空瓶、幾盒吃到一半的巧克力，另外還有十幾個仍插著花的花瓶，有的花早已枯萎凋謝，有的則是半死不活。地板、沙發、梳妝臺、椅子全堆著衣服，屋裡飄著衣物久未清洗的味道。天使伊斯拉斐爾居然是個邋遢鬼。

莫莉安困惑地哼笑一聲：「你確定是這間？」

「很不幸，就是這裡。」

朱比特在沙發上清出一個空間，好讓莫莉安坐。他小心翼翼拿起各式各樣的垃圾，放進垃圾桶……之後他就停不下來了，足足花上四十分鐘動手清掃、擦拭桌面，盡可能將這個房間恢復成適合人住的樣子。他沒問莫莉安要不要幫忙，莫莉安也沒主動插手。就算給她一根十來呎長的竿子，她也寧死不碰這個有害健康與人身安全的鬼地方。

「我問妳，莫兒。」朱比特一面打掃，一面說：「妳現在怎麼樣？妳感覺還好嗎？妳高興嗎？妳……冷靜嗎？」

莫莉安蹙起眉頭。她本來沉著得不得了，朱比特這下一問，她反倒開始覺得不對勁。要不是有什麼不該冷靜的理由，誰會沒事問別人冷不冷靜？「為什麼這樣問？」她瞇起眼，「怎麼了？」

「沒有怎麼了！」他回答，音調卻有點高，隱約帶著防備：「完全沒有，只是……要見伊斯拉斐爾這樣的人，保持好心情很重要。」

「為什麼？」

「因為伊斯拉斐爾這樣的人……會吸收其他人的情緒。要是你在特別難過或生氣的時候去見他們，這是……呃，很沒禮貌的，因為你會害他們心情很差，毀了他們的一天。而且，坦白說，萬一伊斯拉斐爾心情很差，我們就糟了，事關重大。所以，呃……妳覺得怎麼樣？」

莫莉安裝出燦爛無比的笑容，豎起兩根大拇指。

「好……」他慢慢地說，略顯不安：「也行，總比沒有好。」

後臺的廣播系統宣布中場休息二十分鐘，幾分鐘後，化妝室的門便被猛力推開。今晚的演出主角大步走進來，他渾身是汗，翅膀收攏在背後，一進房間便直奔小推車，那車上擺滿許多深淺不一的黃褐色酒瓶，不住叮噹作響。他倒了一小杯琥珀色的酒，喝完又倒一杯，第二杯喝到一半，他總算注意到房裡有外人。

他瞪著朱比特看，把剩餘的酒一飲而盡。

「撿了隻流浪動物回家啊，親愛的？」他終於問道，頭往莫莉安一點。他說話的聲音同樣低沉悅耳，在莫莉安心中微微勾起一股奇異的感受，像是懷舊、鄉愁或渴望，卡在她的喉頭。她用力一嚥口水。

朱比特彎起一邊嘴角。「這是莫莉安・黑鴉。莫莉安，這位是天使伊斯拉斐爾，他的歌聲無人能出其右（註1）。」

註1「他的歌聲無人能出其右」一句出自愛倫坡的詩作〈伊斯拉斐爾〉（Israfel），全句為：「天使伊斯拉斐爾／歌聲無人能出其右，／傳說，連活潑的星辰／也停下吟唱，默然聆聽／他以歌聲施下的魔咒。」

「很高——」莫莉安正要說。

「很高興認識妳。」伊斯拉斐爾打斷她，籠統地朝整個化妝室揮了揮手。「我沒想到今天會有客人，恐怕沒什麼能招待，不過……」他往小推車比劃，「請自便。」

「我們不是來吃吃喝喝的，老朋友，」朱比特說：「我想拜託你一個人情，事情有點急。」

伊斯拉斐爾一屁股癱進一張扶手椅，雙腿懸在扶手邊，盯著手中的酒杯，顯得鬱鬱不樂。他那雙翅膀不住抽動，自動重新排列整理，鋪掛在椅背上，有如一件蓬鬆的羽毛斗篷，滑順優雅，有幾處從底下冒出幾根絨毛。莫莉安好不容易克制住伸手撫摸的衝動，暗忖：**可能會被當成怪人**。

「我早該知道你不是單純來看我。」伊斯拉斐爾說：「畢竟，你現在都不來找我了，**老朋友**。從十一年之夏開始，你就沒來找過我了。你錯過了我那場盛大的啟幕夜，你知不知道？」

「我很抱歉，你有收到我送的花嗎？」

「沒有。我不知道。大概吧。」他鬧脾氣地聳聳肩，「我三天兩頭收到花。」

莫莉安敢說，伊斯拉斐爾就是故意要讓朱比特內疚，偏偏她自己也不禁內疚起來。她原先根本不認識伊斯拉斐爾，但一想到伊斯拉斐爾不開心，她就難以忍受，內心湧起一種奇特的衝動，很想給他一些餅乾、送他一隻小狗，總之要給他點什麼。

朱比特自大衣口袋抽出一捲破爛的紙、一枝筆，一言不發遞了過去。伊斯拉斐爾不加理會，朱比特說：「我知道你收到了我的信。」

伊斯拉斐爾不吭聲，搖晃手中的酒杯。

「你願意嗎？」朱比特依然沒收回手，簡單地問：「拜託？」

伊斯拉斐爾聳肩。「我為什麼要幫你？」

「我想不出什麼好理由，」朱比特承認，「但我還是希望你點頭。」

此時，天使轉而注視莫莉安，臉上不露情緒，態度戒備。「能讓偉大的朱比特．諾斯願意當贊助人，我能想到的理由只有一個。」他啜了一口酒，目光移回朱比特身上，「歡迎告訴我我猜錯了。」

莫莉安也望向她的贊助人。三人就這樣坐著，凍結在難熬的沉默中，伊斯拉斐爾似乎將此視為默認。

「**幻奇師**。」他壓低嗓音怒道。接著，他長嘆一聲，疲憊地一手抹了抹臉，一把搶過朱比特手中的紙捲，不理會他遞出的筆。「你是我最好的朋友，也是我所認識最蠢的傻子。對，好啦，我當然會幫你簽你的白痴防護契約，雖然這一點意義也沒有，我說真的。**幻奇師**！簡直荒謬。」

莫莉安在座位上動了動，覺得有些尷尬，又有些忿忿不平。這人的化妝室簡直就是個豬圈，他還好意思說莫莉安**荒謬**，實在令人火大。她吸吸鼻子，擺出一副高傲、毫不在乎的模樣。

朱比特皺眉。「小伊，我說不出我多感激你，不過你要知道，這件事是最高機密，只有你跟——」

「我守得住祕密。」伊斯拉斐爾厲聲說，一手往後探，從翅膀上拔下一根黑羽，吃痛地一縮。他將羽毛往梳妝臺上的一瓶墨水沾了沾，在紙捲底部簽了個鬼畫符，沉著臉交給朱比特，隨手就把羽毛一扔。那根黑羽飄落地面，金斑反射光澤，看來十分美麗，莫莉安很想將之拾起，帶回家當成寶貝收藏，不過她覺得這種行為可能有一**點**類似偷人家的衣服。「說實在，我本來以為你會更早來找我，你應該聽說卡西爾的事了吧？」

朱比特正往紙上的墨水吹氣，好讓它快點乾，頭也不抬地說：「他怎麼了？」

「他不見了。」

朱比特停下動作。他對上伊斯拉斐爾的雙眼，愣愣反問：「不見了？」

「憑空消失了。」

朱比特搖頭，「不可能。」

「我也這麼說。但就是發生了。」

「可是他……」朱比特開口，「他不可能就這樣……」

伊斯拉斐爾神情肅穆，看在莫莉安眼中，他彷彿有些懼怕。「就是發生了。」他又說了一遍。

沉默半晌，朱比特站起身，拎起大衣，示意莫莉安也準備離開。「我會打聽看看。」

「真的？」伊斯拉斐爾面露懷疑。

「我保證。」

他們走下巷子牆壁，走進燈火通明得宛如白晝、繽紛燦爛的波希米亞大街，穿越人群，前往傘鐵月臺，腳步比來時和緩自在得多。朱比特一手牢牢按在莫莉安肩

上，似乎總算想到他們正身處人潮洶湧的陌生地區，而他很該顧好莫莉安。

「卡西爾是誰？」在傘鐵月臺上等候時，莫莉安問。

「伊斯拉斐爾的族人。」

「以前廚娘說了好多關於天使的事，」莫莉安說，想起她的老家黑鴉宅邸。「死亡天使、慈悲天使、失敗晚餐天使……」

「那不一樣。」朱比特說。

莫莉安滿腹困惑，「他們不是天使的化身嗎？」

「那大概是把想像給誇大了，不過某方面來說，他們確實是神仙。」

「神仙……指的是什麼？」

「喔，妳知道的，就是那些天居者，那些會飛來飛去好像很厲害的人，那些有翅膀、會用翅膀的傢伙。在神仙的圈子裡，卡西爾是個重要人物，萬一他真的失蹤……嗯，反正，八成是伊斯拉斐爾哪裡搞錯了。要不就是他誇張了點，小伊總是喜歡添油加醋。車來了，準備好了嗎？」

傘鐵呼嘯而過，莫莉安與朱比特把握恰到好處的時機，以雨傘勾住傘鐵架上的鋼圈，死命抓緊，一路飆過永無境迷宮般的村鎮。傘鐵的纜線遍布全市，勾勒出了不可思議的路徑，有時低空穿過大街小巷，縱橫交錯，有時又懸在高空，橫越屋頂和樹梢。像這樣到處飛馳，假如不想從高處墜落摔成肉泥，唯有用手牢牢抓住雨傘，在莫莉安看來，這種交通方式實在是危險得近乎愚蠢；可是，儘管傘鐵如此嚇人，當她看著底下的行人與建築飛逝，強風吹打臉頰，卻也十分刺激過癮。打從她開始住在永無境，這是她最喜歡的一件事。

「那個，有件事我得先告訴妳。」他們拉下操縱桿，讓奔馳的傘鐵鬆開雨傘，一躍而下，在自家附近降落，這時朱比特說：「關於……妳的生日，我沒有完全坦白。」

莫莉安瞇起眼，冷冷地說：「喔？」

「不要發飆，」他咬住臉頰一邊內側，滿臉罪惡感。「只是……呃，法蘭克聽說今天就是妳的生日，妳也知道他的個性，一有藉口他就想辦派對。」

「朱比特……」

「而且……而且杜卡利翁的大家都愛妳！」他的聲調比平時高了幾個音，明顯想哄她高興，用力的程度前所未見。「我總不能剝奪大家替妳慶生的權利，妳可是他們**最最喜歡**的莫莉安・黑鴉，對吧？」

「**朱比特！**」

「我知道，我知道，」他投降般地舉起雙手：「妳說過不想太張揚。不用擔心，好不好？法蘭克答應過要低調，只有飯店員工、傑克、妳跟我，妳吹個蠟燭，他們唱個生日快樂歌——」莫莉安哀號一聲，光是想像那個場景，她就糗得要臉紅，灼熱感一路從脖子往上爬，直達雙耳。「——大家吃個蛋糕，收工，一切就結束了，接下來一整年都不會再發生。」

莫莉安瞪著他。「低調？你保證？」

「我在此發誓。」朱比特一手按住胸口，神色莊重。「我告訴法蘭克，務必收斂，然後再收斂一些，然後繼續收斂，直到他覺得實在是低調得慘不忍睹，然後再收斂個十倍。」

「是喔，可是他會聽嗎？」

她的贊助人嗤之以鼻，一副深受冒犯狀。「聽好，我知道我這人就是隨和好脾氣，什麼事都不在意，悠悠哉哉的——」莫莉安揚起一邊眉毛，適度表達她的不可置信。「但妳會發現，我的員工確實敬重我。莫兒，法蘭克很清楚誰才是老大，他很清楚是誰核發他的薪水。相信我，我叫他低調，他就會——」

朱比特打住話頭，嘴巴大開。他們正轉進人才大道，眼前是杜卡利翁飯店壯麗宏偉的正門入口，這裡就是莫莉安跟她贊助人所住的地方……而法蘭克這位非凡的活動策劃人，顯然為了今天的場合，特意大肆裝飾了一番。

杜卡利翁飯店掛滿顏色嬌豔如火鶴的彩燈，照亮整個黑夜。莫莉安想，這八成連外太空也看得見。

「——弄得超過火？」她替朱比特講完剛才的句子，朱比特已啞口無言。

一群人聚在杜卡利翁飯店的前門階梯，除了員工之外，在飯店中下榻的每一位住客似乎都被找來了，另外還有幾個生面孔。他們臉上滿溢興奮，圍在一個蛋糕旁，那蛋糕極盡奢華，共計九層，點綴著粉紅糖霜，莫莉安覺得這個蛋糕與其用來慶祝十二歲生日派對，還不如拿去慶祝皇室婚禮。一支銅管樂隊在噴泉旁待命，就在莫莉安和朱比特抵達之際，法蘭克下達指令，樂隊隨即奏起充滿歡慶氣氛的激昂進行曲。最驚人的是一面巨大霓虹看板，寬度橫越整個屋頂，上面用閃耀的大字寫著：

莫莉安十二歲了

「**生日快樂！**」員工和賓客組成的人潮大喊。

法蘭克往朱比特的外甥傑克一指，傑克點燃一串煙火，煙火嗖地呼嘯升空，將眼前景色綴上點點星塵。

著名女高音兼森林溝通師協會會長香妲・凱麗女爵張口，唱起一個版本非常花俏的生日快樂歌（立刻引來三隻知更鳥、一隻獾、一家子松鼠，圍在她腳邊仰慕地凝望）。

杜卡利翁的交通經理兼司機查理牽著一匹梳過毛、裝上馬鞍的小馬，預備載壽星進飯店。

禮賓經理米范跟客房服務員瑪莎抱著滿懷禮物，笑容燦爛。

擔任房務總監、身形龐大的魁貓芬涅絲特拉，則趁亂用巨掌偷抹了一把粉紅糖霜。

朱比特緊張地偷瞄莫莉安。「我是不是該……呃……我是不是該跟我們的炒熱氣氛負責人私下談談？」

莫莉安搖搖頭，努力壓抑抽動的嘴角，最終還是壓不住笑容。胸口中央升起一股熱騰騰、陽光燦爛的暖意，彷彿有隻貓窩在那裡，滿足地打著呼嚕。她從來沒體驗過生日派對。

法蘭克還行啦，真的。

那晚，莫莉安盡情大吃充滿糖分的生日蛋糕，樂得暈頭轉向，又接受了上百位

派對賓客彷彿永不停歇的生日祝福，整個人精疲力竭。她的床顯然深知她度過了極其漫長的一天，今晚變出許多羊毛毯，她爬進像繭一般裹住自己的被窩，幾乎一沾枕便陷入夢鄉。

接著，感覺只過了半秒鐘，她醒了。

她醒了，卻不在床上。

她醒了，非但不在床上，也不是獨自一人。

第二章　兄弟姊妹

次年之春

無雲的星空之下，幻奇學會的九名新生肩並著肩，站在學會大門前，睡眼惺忪，感到些許涼意。

半夜醒來，卻發現自己身上只穿著睡衣，站在永無境冷颼颼的街上，本來該讓莫莉安大為驚恐，好在兩件事讓她按捺住內心的擔憂：

第一，幻學的大門化成了由花草組成的巨大歡迎標語——玫瑰、牡丹、雛菊、繡球花、彎曲的綠藤，全數組成一面七彩的簾幕，上頭寫道：

第二，站在她右側的男孩身材瘦削，一頭捲髮，一邊嘴角殘留著睡前喝的可可漬，這是她在世界上最要好的朋友：霍桑・史威夫特。霍桑揉揉眼睛，對她露齒微笑，眼神迷濛。

「哦。」他說，一如往常臨危不亂。他伸長脖子，環顧四周，看看身邊另外七位新生。其他人同樣只穿了睡衣，微微哆嗦，帶著程度不一的惱怒或驚懼。「這又是什麼奇怪的幻學活動了，是吧？」

「一定是。」

「我本來正在作超棒的夢，」他沙啞地說：「我騎著龍，飛過一座叢林，結果從龍身上跌下來，摔進樹林裡……然後一群猴子收養我，讓我當牠們的國王。」

莫莉安從鼻子哼了一聲，「我想也是。」

我的朋友也在，她高興地想。一切都會沒事的。

「我們要做什麼？」莫莉安左側的女孩問。她身材結實，抬頭挺胸，雙頰粉嫩，比莫莉安高出至少一個頭，說話有濃濃的高地腔，一頭紅色亂髮順著背脊直瀉而下。莫莉安記得她是薩迪亞．麥高樂，在去年的展現考驗時，她單槍匹馬打贏了一隻成年山怪。

莫莉安開不了口回答她。一方面是因為她不知道答案，另一方面是她內心正重演當初在考驗中的一幕：薩迪亞一把抄起翁長老屁股底下的椅子，擊中山怪的膝蓋，發出令人毛骨悚然的「喀啦」聲。嚇死人了，莫莉安暗忖——不過，平心而論，也很厲害。

「我猜啦，」霍桑嘴巴張得大大地打了個呵欠：「我猜是要走進去，加入他們。」

話甫出口，大門便緩緩開啟，發出響亮的聲音。在花草組成的歡迎標語及高聳的磚牆後方，幻學的土地形成緩坡，直達傲步院，那棟建築的每扇窗戶都亮著，宛若燈塔，招呼他們前行。

從數百名滿懷企盼的孩子當中，這九名備選生脫穎而出，順利獲選為幻奇學會第九一九梯的新生。他們走過大門，空氣頓時改變。

頭一次，莫莉安沒對這種奇特的「幻學天氣」現象感到措手不及。在學會大門外的舊城街上，還是天氣涼冷的夜晚，有些起風；不過，在幻學的環境中，天氣中的一切會更加突顯，草地覆上一層厚厚的霜，空氣乾燥、清新、寒意逼人，將他們吐出的氣息化為白霧，有雪的味道。莫莉安等人發起抖來，不住揉搓雙臂，原地跳了幾下，想讓身子暖和。大門在身後吱呀關上，陷入寂靜。

當然，他們去年都來過幻學。第一場考驗「書之考驗」就在傲步院舉行，莫莉安記得寬敞的考場擺起排排桌椅，她跟幾百個孩子一同坐在那裡，面前放了一本空白的試題冊，裡頭自動浮現問題，她必須誠實作答，否則冊子就會開始燃燒。考場中，將近一半備選生眼睜睜看著自己寫的答案燒成灰燼，當場失去資格。

如今的幻學看起來跟那時不一樣了，不只是因為此時正值黑夜。綠蔭大道兩旁依然立著焦黑的枯樹，那是已絕種的火華樹殘枝；然而，今晚在火華樹的枝枒上，是數百名幻奇學會成員，年紀有少有老，還有更老，甚至稱得上極其蒼老，他們有如沉默的大鳥，垂頭凝視這些新生。如同萬鬼節的黑色遊行，他們身穿正式的黑色斗篷，唯有手中的蠟燭照亮臉龐。

這個情景的視覺效果理應頗為駭人，可是不知為何，莫莉安卻毫不畏懼。畢竟，她已經加入學會了，最艱難的部分已經熬過去了。

見到這些身著黑斗篷的陌生人盤踞樹梢，低頭俯視她，她甚至覺得有些安心。那些人看起來並無惡意，只是……動也不動。

九一九梯遵從直覺，沿著大道走上緩坡，邁向以紅磚建成、巍然聳立的傲步院。此時，一眾渾身漆黑的學會成員開始輕聲吟誦，莫莉安認出了他們所念的句子。前幾天，一個象牙白的信封送來了杜卡利翁飯店，信上以小字端正寫下這段話，指示她熟記在心，並燒掉這封信。

兄弟姊妹，一生忠誠，
永世相繫，堅如刀刃。
超越親緣，超越他人，
赴湯蹈火，羈絆永恆。
兄弟姊妹，忠實真摯，
獨特少有，相伴終生。

這是誓言，是每個學會成員都必須向同梯許下的承諾，向他們這八位新兄弟姊妹做出保證。莫莉安明白，從加入學會起，她不僅會得到最頂尖的教育、無數的機會，也會得到她最渴望的事物：真正的家人。

九一九梯伴著吟誦聲，走過漫長的綠蔭大道，所有學會成員跟著新生移動，自樹梢躍下，圍在新生後方，宛如一支儀隊，一遍又一遍反覆吟誦幻學誓言。

隨著九一九梯往前走，這場幻學新生歡迎會愈加盛大。右邊，一群樂手從樹上跳下，奏起一段勝利的旋律；道路兩旁各站了一位青少年，聯手變出一道彩虹，有如一座霧氣氤氳的空靈拱門，讓他們從底下走過。最終，在他們抵達傲步院前方之際，一隻大象發出長鳴，宣告他們來到，宛如鎮上的公告員。

寬闊的大理石階上佇立著九名男女（其中一人擁有鮮亮的紅髮），臉上洋溢驕傲與喜悅，注視自己的備選生走上前來。

莫莉安奔上臺階迎向朱比特，只見他的表情如太陽般燦爛。他張口想說話，隨即閉上，眼中微微閃現淚光。看他出乎意料地真情流露，莫莉安有些驚訝，也不自禁頗為感動，伸手輕捶他的手臂一下，表示理解。

「糗死了啦。」她悄聲說。朱比特笑起來，抹抹眼睛。

朱比特身邊是霍桑的贊助人——年輕的南希·道森。她低頭看向自己的備選生，露齒而笑，臉頰擠出兩個酒窩。「感覺還好吧，闖禍鬼？」

「好得很，阿南。」霍桑笑著回答。

在阿南另一側，一位年紀較長的贊助人噓了一聲，示意他們安靜，不滿地皺起眉頭。

「好啦，噓什麼，海絲特。」阿南說，語氣和善，轉頭對霍桑跟莫莉安做了個鬼臉。

在排成一列的贊助人當中，不遠處就是莫莉安再也不想見到的人：巴茲·查爾頓。去年，巴茲花了整整一年的時間，處心積慮阻撓莫莉安通過考驗，千方百計想要將她趕出永無境，還偷偷協助自己那票備選生作弊。

巴茲的備選生是催眠師詩律·布雷克本，她站在一旁，雙手環胸，甩頭將編成長辮的黑髮甩到肩後。在這個奇特的場合，她顯得輕鬆自在，甚至看似覺得有些無聊。莫莉安一方面嘖嘖稱奇，另一方面也有些惱怒。

朱比特傾身向前，在莫莉安耳邊低語：「看看妳身邊，莫兒。這是妳努力的成果，好好享受吧。」

在他們身後，眾多幻學成員一同走近。他們已經停止吟誦，轉而高興地聊天、交談，笑著注視學會新生，享受這場歡迎會。

驀然間，一聲奇異的呼嘯劃破空氣。眾人抬頭仰望，只見一對巨龍載著龍騎士在傲步院上空盤旋，用火與煙在天空寫出九個名字：

雅查安

埃娜

詩律

法蘭西斯

霍桑

蘭貝斯

馬希爾

莫莉安

薩迪亞

莫莉安在整整一年前，逃脫她背負的所謂詛咒，來到永無境這個祕密城市；這段期間，莫莉安也見識了不少怪事，見到巨龍噴火寫出自己的名字，只不過是諸多新鮮怪事的其中一項，不過她得承認，感覺真的很棒，排得上前幾名了。九一九梯新生紛紛發出驚喜的抽氣聲，莫莉安心知自己不是唯一受到震撼的人。其實，看起來不為所動的人唯有霍桑（畢竟，他一學會走路就開始騎龍了）。

最後一個名字在空中化為輕煙，兩名龍騎士引導雙龍飛離。贊助人帶領新生進入傲步院，身後的幻學成員爆出歡呼聲與掌聲，揮手歡送他們走進大樓，彷彿他們是什麼貨真價實的名人。霍桑向眾人揮手答禮，揮得太熱情忘我，最終被阿南拖進傲步院，令一旁的莫莉安忍俊不禁。厚重的前門隨即關上，徹底隔絕外界的聲音。

傲步院寬敞明亮的大廳頓時陷入靜寂。此時，一道微弱的說話聲自大廳後方傳來。

「九一九梯的諸位，恭喜揭開不凡人生的新頁。」

那裡站著極具聲望的三名幻學長老理事會成員。首先是格果利雅．坤寧長老，莫莉安深知，她絕沒有外表這麼弱不禁風；再來是翁螺旋長老，他是一名面色嚴肅的灰鬍男人，全身布滿刺青；最後是阿留斯．薩加長老，是隻身形龐大、會說話的公牛。

儘管剛才在傲步院外的歡迎場面如此盛大，入學儀式本身其實十分簡短，毫不刺激。長老說了幾句歡迎致詞，每位贊助人各拿起一件斗篷，為自己的備選生披上，再替他們在領子別上「W」字金色小別針。

九一九梯新生說出已經記熟的誓詞，誓言一生忠於彼此。他們朗聲宣誓，口齒清晰，沒人說錯一個字。莫莉安曉得，這是整場儀式最關鍵的環節。

宣誓完成，儀式結束。就這樣。

除了一件事。

「各位贊助人。」儀式告終後，坤寧長老開口：「還請留步，耽誤各位幾分鐘，有要事與各位相商。新進學者請離開傲步院，在外面靜候。」

莫莉安暗自疑惑，這是儀式的慣例嗎？幾位贊助人好奇地互望一眼，看來這應該不是常態。她跟隨同梯新生走出傲步院，途中試著對上朱比特的眼，偏偏朱比特沒有看她，臉色顯得有些僵。

傲步院外空氣寒冷，靜默空曠，不僅一個人也沒有，而且什麼也沒留下，彷彿他們稍早經歷的盛大歡迎只是一場集體幻象。

大家啞然無語，沉默逐漸拉長，除了莫莉安跟霍桑之外，新生都互不相識，他們不好意思地互看幾眼。埃娜．卡蘿尷尬地呵呵笑了幾聲，她是個體態微豐的漂亮女孩，一頭金色捲髮。莫莉安對她的本領依然印象鮮明，在展現考驗上，她劃開了贊助人的腹部，取出闌尾，然後再縫合……全程蒙住眼睛。

不令人意外的是，頭一個說話的人是霍桑。

「話說，你在展現考驗上秀的那招，」他以探詢的目光看著雅查安．泰特：「你跑來跑去，扒走大家的東西，但大家都以為你只是在拉小提琴。」

「呃……對？」雅查安一臉純良，看起來萬分無辜，宛如天使，任誰也想不到他是個天賦異稟的小偷。他看著霍桑，略顯遲疑：「真對不起，我偷了你的東西嗎？後來還給你了嗎？我盡量全部物歸原主……我只是……那時候我的贊助人覺得……」

「太厲害了，」霍桑打斷他，睜得大大的雙眼流露崇敬。「實在是超厲害的！我們都看呆了，對不對，莫莉安？」

莫莉安咧嘴一笑，想起在展現考驗時，霍桑發現雅查安神不知鬼不覺摸走他口袋裡的龍騎士手套，整個人興高采烈的。雅查安的本領也令她非常驚異，但霍桑簡直興奮得快飛上天了。

「真的很強。」莫莉安贊同道：「你是怎麼學的？」

雅查安整張臉紅到了耳根，害羞地對莫莉安微笑。「噢，嗯，謝謝。我大概就是……不知不覺學會了。」他謙虛地聳聳肩。

「好棒喔，」霍桑說：「搞不好你可以教我幾招。你叫雅查安，對不對？」

「叫我雅查就好。」他回握霍桑伸出的手，「只有我奶奶會叫我……」

就在這個關頭，傲步院的大門被用力推開，發出響亮的「砰」一聲。巴茲・查爾頓戲劇性地大步邁出傲步院，來到大理石階，向他的備選生招手。

「妳——什麼名字——布林維爾！跟我來，我們走。」

詩律・布雷克本一臉驚恐。「咦？為什麼？」

「我叫妳問東問西了嗎？」他鄙夷地說，講話有些含混：「我告訴妳，**我們走**。」

然而詩律站著不動。其他贊助人從傲步院中跟出來，有的看似害怕，有的驚怒，人人盯著莫莉安。

一波波疑懼漫過莫莉安的全身，彷彿她的身體化作一個池塘，有人往水中投下一塊重得要命的巨石。這個瞬間，她恍然想通長老為何在儀式後留住贊助人，想通他們討論的是什麼事，或者該說——什麼人。

稍早要阿南安靜的年長女人海絲特徑直走向莫莉安，蒼白的臉孔端起強硬嚴正的神色，已然灰白的褐髮緊密地向後梳起。她瞪視莫莉安好幾秒，看起來既氣憤又困惑。

「你怎麼知道？」她厲聲朝背後的朱比特說：「誰告訴你的？」

「沒人告訴我。」朱比特跟在眾人後頭，不疾不徐走出傲步院，狀似隨意地靠在一根柱子旁，往莫莉安比畫了一下。「我看得見，看得清清楚楚。」

「什麼叫**看得見**？我什麼也沒看到。」海絲特用力抓住莫莉安的下巴，將她的臉左右轉動，盯著她的眼睛猛瞧。

朱比特的臉色登時大變，衝過來喝斥道：「喂！」但用不著他插手，莫莉安便不假思索打掉海絲特的手。海絲特倒吸一口氣，燙到般向後一縮。莫莉安瞄了朱比特一眼，心想自己是否做得太過火了，不過朱比特看似滿意，冷著臉，向她點了點頭。

一名年輕女子蘇馬緹・密敘拉疲憊地嘆了口氣，她是埃娜的贊助人。「海絲特，妳明明知道諾斯的本領是什麼。他可是見證者，自然看得見我們看不到的東西。」

「說不定他騙了我們啊。」海絲特說。

面對這句指控，朱比特反應平淡，莫莉安卻不由得為他冒起一股火來。

南希・道森同樣憤慨，「說什麼傻話，海絲特，諾斯隊長絕不是欺瞞之人。既然他說莫莉安是幻奇師——」

阿南吐出這個詞的剎那，彷彿眾人周遭的氧氣頓時被抽乾。**幻奇師**——宛如有人敲下了一聲響鑼，這個詞反覆迴盪，自這棟紅磚大樓向外彈射。

「——那她就是……幻奇師。」阿南把話說完。

幾位贊助人不約而同打了個冷顫，其他新生倏地轉頭看莫莉安，雙眼圓睜，如**幻奇師。幻奇師。幻奇師**。

遭雷殛。莫莉安心中浮現一股熟悉的惆悵感，就好像自己正站在岸邊，凝望最珍愛的夢想在海中越漂越遠，卻無法將它們撈回來。

他們本該是她的兄弟姊妹，一生忠於彼此。可是，就因為一個詞，他們似乎把莫莉安當成了敵人。

「我，我……」莫莉安喉嚨一緊。她想說些什麼，想解釋或安撫他們，但坦白說……她做不到。好幾週前，她才得知自己是幻奇師。除了她，當今世上的幻奇師只有一位，名叫埃茲拉．史奎爾，他也是有史以來最邪惡的人，是他向莫莉安揭露了她的真實身分，令她大受衝擊。儘管朱比特事後盡力挽救，努力向她解釋，可是莫莉安依然不懂身為幻奇師代表了什麼，這讓她很害怕。

朱比特堅稱，「幻奇師」不是什麼糟糕的詞，也不一定是邪惡的人。他告訴莫莉安，從前，幻奇師受人敬重，為人稱頌，運用自身的神祕力量保護人民，甚至是實現他人的願望。

然而，在永無境，有其他人抱持跟朱比特相同的看法嗎？莫莉安不曉得。何況，她見過恐怖的埃茲拉．史奎爾本人，令她更難相信幻奇師中也有好人。

史奎爾能夠號令煙影獵手，那是一批由騎士和獵犬組成的怪物大軍，擁有如火般的眼睛。史奎爾為了把莫莉安帶去他身邊，冷酷無情地派煙影獵手追捕莫莉安。她親眼見到史奎爾單是揮動手腕便使鐵桿彎曲，開口低喃便燒起火焰，手指一彈便摧毀她兒時的家，隨後又瞬間將其復原；她親眼見到在那溫和平凡的表相之下，隱藏的真正面貌——空洞漆黑的雙眼、黑黝黝的嘴、外露的尖牙。

最糟的是，埃茲拉．史奎爾想要收莫莉安為徒，但他也是永無境最大的敵人。他曾建立妖魔大軍企圖征服永無境，大肆屠殺起而反抗他的勇士，最終逃離自由邦，流亡至今。即使朱比特費盡口舌，也抹滅不了事實：這名幻奇師在莫莉安的身上，看見了自己的影子。

她連自己的恐懼都無法消弭，又該如何撫平同梯的畏懼？

又一次，唯有霍桑看似毫不介意。他早就知道莫莉安是個幻奇師，當莫莉安告訴他這件事時，他只擔心莫莉安會被趕出自由邦，像埃茲拉．史奎爾一樣。霍桑壓根不信他最要好的朋友是個危險人物，莫莉安暗自盼望霍桑能分點信心給她。此刻，強烈的擔憂害她的胃都絞了起來，但她仍感到有些慶幸，還好這名個性古怪、沉著鎮定的男孩願意跟她做朋友（她不是第一次這樣想了）。

「而且，既然朱比特說她不危險，那她就不危險。」阿南打破沉重的靜寂。她對莫莉安微微一笑，表示鼓勵，即便莫莉安擠不出回應的笑意，依然稍微增加了些勇氣。

坤寧長老走出傲步院，翁長老與薩加長老跟在兩側，注視眼前的狀況，一語不發，神色有些無奈。

馬希爾・易卜拉欣身邊是一名極為年輕的贊助人，她戴著厚重的眼鏡，頭髮繫著藍色蝴蝶結，雙手顫抖地按住馬希爾的肩膀，將他拉近（雖然她看來也沒辦法保護馬希爾或任何人），清清喉嚨。「不好意思，坤寧長老，可是這個小女孩怎麼會是幻奇師呢？幻奇師已經不存在了。應該說，世界上只有一個幻奇師，就是已經被放逐的埃茲拉・史奎爾，這是大家都知道的。」

「這已經不是事實了，穆萊恩小姐。」坤寧長老答道：「過去，世界上只有一個幻奇師。現在，世界上有兩個幻奇師。」

「沒人擔心這會招來什麼後果嗎？」海絲特質問，「諾斯，我們都知道幻奇師幹得出什麼好事，埃茲拉・史奎爾就幹過。」

朱比特抿起嘴脣，捏住鼻梁，莫莉安看得出來他在強迫自己保持耐心。「海絲特，史奎爾做那些事，不是因為他是幻奇師，而是因為他是個瘋子，只不過他剛好也是幻奇師而已。這是很不幸的組合，但……事實就是這樣。」

「你怎麼知道？」巴茲‧查爾頓試著說服長老，「我們都曉得幻奇師的能力是什麼，他們操控幻奇之力。看看這個黑眼睛的小雜種——大家都看得出來，她就是個壞胚！誰能阻止她用幻奇之力操控我們？」他怒瞪莫莉安，毫不掩飾自己的厭恨。莫莉安咬緊牙關，她也對這個人有相同的感覺。

「或是更慘的，」海絲特補上一句：「萬一她想殺了我們呢？」

「老天啊，」朱比特受不了地猛抓那頭鮮亮的紅色亂髮，「她只是個孩子！」

海絲特冷哼一聲：「以後就不是了。」

「她為什麼非得進學會不可呢？」穆萊恩小姐用膽小的聲音，顫抖著問，一張比牛奶還要白上三分，細瘦的手指掐住馬希爾的肩膀，活像是擔心莫莉安會用什麼下三濫的幻奇師招數，把她的備選生奪走。馬希爾臉色嚴肅，眉頭深鎖，兩道眉毛快擠成一條了。他幾乎跟贊助人一樣高，莫莉安看著兩人站在一起，總覺得好像小老鼠護著大野狼。「為什麼要冒險讓她……讓她跟其他孩子待在一起？」

莫莉安臉上一陣發燙。他們這副態度，根本是把她當成瘟神。

這一切都太熟悉了。在她人生中的頭十一年，莫莉安堅信自己身負詛咒。莫莉安堅信，每當任何壞事降臨在她的家人身上，降臨在他們居住的鎮上，甚至只要是發生在整個冬海共和國（也就是她從小長大的故鄉），絕對全是她害的。直到去年年底，她才明白這不是事實。可是，受到詛咒的感覺仍令她印象深刻，她不想再經歷一回了。她冒出一股衝動，想奔過漫長的綠蔭大道，逃出花草覆蓋的大門，不過朱比特溫暖的手隨即按住她的肩膀，穩住了她。

「喔，所以妳寧可放她在外面亂跑嗎？」薩加長老跺著牛蹄，直白地問：「妳寧可她自己一個人在外面，沒人曉得她搞什麼鬼？」

「對，」海絲特毫不退讓：「我相信所有贊助人跟備選生都會贊成。」

「那麼，他們可以離開。」坤寧長老冷然說道，語調平緩。海絲特與其他贊助人顯得吃了一驚，坤寧長老微微頷首。「只要各位願意，便可以離開，畢竟這並非一般狀況。我明白茲事體大，也明白各位的考量，然而，諸位長老與我已詳加商討，我們決議，不會要求黑鴉小姐退出九一九梯。」

巴茲．查爾頓搖著頭，怒氣沖沖，低聲說：「不可置信！」

「你最好相信。」坤寧長老斥道，巴茲不禁將頭往斗篷領子裡一縮。

海絲特顯然認定坤寧長老不過是在虛張聲勢，咬牙切齒地說：「恕我直言，我強烈懷疑學會不惜失去八位才華超群的新生，也要留住一個危險分子。等你們看到這八個不可多得的孩子走出大門，我敢說你們就會回心轉意了。走吧，法蘭西斯。」她走下臺階，邁向兩旁樹木排列的大道。

「海絲特姑姑，」法蘭西斯低聲懇求：「我想留在學會，拜託，我爸會希望我——」

「我弟絕對不希望你冒生命危險！」海絲特猛然旋過身，面對眾人：「他絕不會希望你靠近一個——一個**幻奇師**！」

坤寧長老清清喉嚨。「各位贊助人，這不是你們能代替學員做的決定。孩子們，如果有任何人希望退出九一九梯，退出幻奇學會——請到這裡交回別針。沒有人會對你有任何意見，你也無須承受任何後果，我們在此祝你安好順遂。」

她站在原地，伸出手來。一陣死寂，只有遠處傳來早起鳥兒的歌唱。空氣宛若凍結，贊助人與備選生呼出凝結的白霧，唯獨少了莫莉安的，她連一口大氣也不敢吸。

埃娜將哆嗦的手指伸向別針，又咬住嘴脣。法蘭西斯一臉內疚地看他姑姑。詩律看也不看巴茲，甚至連眼都沒眨。沒有人交出別針。這也是當然的，要他們交回別針根本就是瘋了。他們去年經歷過重重關卡，現在卻要他們放棄這個金色W字小別針，以及這個別針所代表的未來？簡直無法想像。

「那麼，」坤寧長老放下手。「假如各位已下定決心，就這麼定案了。但我要言明在先，各位新進學者——以及贊助人。」她犀利的目光掃向海絲特與巴茲，兩人都一臉深惡痛絕。「黑鴉小姐這個特殊的……」她稍稍一頓，似乎是在說出「本領」兩個字前打住。「……**狀況**，長老理事會將會決定合適的時機向學會公布，在此之前，這是絕對的機密。我們不能冒險讓此事流出學會，一旦外界知曉真相，必定會造成大眾恐慌。所以，除了少數必要的例外對象，例如學務主任和九一九梯的引導員，學會中有幻奇師的事，務必只有此時在場的人知道。我們將要求各科教師不得多問或討論黑鴉小姐的本領，倘若有學者好奇心過盛，兩位學務主任也會視情況處理。」

她轉向九個孩子。原本的勝利之夜被沉重的消息給毀了，幾位新生彷彿縮小了幾個尺寸。

長老的聲音冷硬如鋼。「從現在起，你們就是同梯。你們必須為彼此負責，為彼此承擔。因此，假如任何人——但凡有一個人，辜負了我們的信賴……」坤寧長老一個停頓，神色嚴峻，逐一凝視新生，最終視線落在莫莉安身上。「……那麼，你們九個人都會被勒令退出學會，一生不得回歸。」

第三章　不是刺青的刺青，不是門的門

隔天早晨醒來時，莫莉安差點認定，昨天那場午夜幻學之旅不過是場奇異、美妙又糟透了的夢，可是她卻多了個金色刺青。

「那不是刺青。」朱比特重申，倒了兩杯果汁。莫莉安在一盤烤成褐色的小圓烤餅上大肆淋蜂蜜、撒肉桂粉，弄得亂糟糟的（小圓烤餅有點焦掉，因為她拿去火邊烤時，不小心離火太近，不過還是能吃）。經過昨夜的事件，他們兩個都睡到日上三竿，來不及在餐廳吃早餐，朱比特於是叫人送一盤早餐來書房。他們分別坐在書桌的兩端，中間擺了琳琅滿目的食物，有些確實是普通的早餐（例如燻鱒魚跟炒蛋），有些則是絕對不會在早上吃的（例如番茄湯跟薊心，這些是朱比特嘴饞想吃）。「妳真的以為我會讓他們給妳刺青？」

莫莉安大口咬下小圓烤餅，迴避這個問題。坦白說，她一向不太確定朱比特會做哪些事，不會做哪些事。

朱比特意會到她的沉默意有所指，一臉震驚：「莫兒！別傻了。刺青是會痛的，妳手上那個會痛嗎？」

莫莉安吞下嘴裡的食物，搖搖頭。「不會，」她說，舔掉右手食指上的蜂蜜，檢視她指紋上多出來的東西。那是一個金色的W，風格與她的幻學小別針相同，只是尺寸小得多，在指尖微微凸起，映在燈光下有些閃爍。「完全不痛，只是有種……就是……有個東西在那的感覺。」

她不知道該怎麼形容這個印記。自從她早上醒來，手上就多了這個，不燙、不痛、不癢，沒有任何她能夠明確描述的感覺。它不是藉由外力印在手指上的，既不是傷疤，也不是傷口。要說的話，它比較像是由內而外，從體內印在皮膚的裡層。在莫莉安親眼見到之前，甚至在她徹底清醒之前，她就明白這個印記出現了。「好怪喔，對不對？」

朱比特微帶詫異地檢視自己的食指。他方才告訴莫莉安，就像她的印記一樣，朱比特的印記也在入學儀式之後的早晨突然出現，那已經是好多好多年前的事了，他好像有很長一段時間沒去想印記的存在。「嗯，大概吧，不過很實用。」

「這是做什麼用的？」

「各種事情。」他聳聳肩，把注意力轉回桌上的各式早餐，審慎選擇下一道餐點。

「比如說？」

「讓你進入各種地方。讓其他學會成員認出你。」

「我們已經有別針啦。」

「不，」他終於選定一片半焦吐司，伸手拿果醬。「那不一樣。」

莫莉安瞇起眼。「怎麼個不一樣？」

朱比特又犯了他那個討人厭的老毛病，擠牙膏似的把資訊一點一滴餵給她，猶如一種特殊的酷刑。他這麼做的原因，有可能是他不太想告訴莫莉安，也有可能是他腦中同時轉了太多思緒，當下的對話反倒是最無關緊要的，究竟是哪種可能性總是很難判別。

「別針是給非幻學人看的。」

「非幻學人？」

「嗯。」他咀嚼吐司，嚥下，拍掉落在前襟的麵包屑。「妳懂的，就是其他人，那些不屬於學會的人。幻學之外的人用別針來辨識我們，印記則不一樣。」他伸出手指扭動，W反射著火爐的光，幾乎閃耀起來。「印記是給我們自己人看的。」

莫莉安想到一件事，忽然有些惱怒。「你之前怎麼不給我看？」

「沒用，莫兒。除非妳也有印記，否則妳看不到別人的印記。就像我剛剛說的，印記是給我們看，這是我們辨識自己人的方法，有點像……家徽。從現在開始，妳會在各種地方注意到這東西，妳以後就知道了。」

家徽，這個詞令莫莉安心中一動。她重視W字別針遠勝其他物品（大概僅次於她那把傘），不過別針依然只是……單純的物品，可能輕易毀壞或丟失。印記給她的感覺又不同了，這是她的一部分，也證明她屬於一個重要的團體；她不再是孤身一人，而是屬於一個家庭。

兄弟姊妹，一**生忠誠**。

但是，她真的擁有這些嗎？她本來是這麼以為的，直到「幻奇師」這個詞被宣之於口，幻象就此硬生生遭到打破，化為百萬個碎片。

「嘿，」朱比特用果醬刀輕敲裝奶油的小碟子，吸引她的注意力，她抬起頭。「莫兒，妳跟別人一樣有權利進入學會。」他說，彷彿看透了莫莉安的心思。他湊過來，壓低聲音：「說實在的，妳比他們更有權利，別忘了是誰在展現考驗登上排行榜第一。」他頓住，加上一句：「是妳。免得妳還真忘了。」

莫莉安沒有忘。可是，他們的排名如今又算什麼？假如她的同梯不信任她，甚至是懼怕她，那去年的一切又算什麼？

「給他們一點時間。」再一次，朱比特宛如讀出她的想法。身為見證者，他占盡不公平的優勢，他眼中的世界是莫莉安完全無法想像的。莫莉安隱藏的情緒、不可告人的祕密，朱比特全都可以任意取用，就跟她臉上在皺眉頭一樣清晰可見。這令人安心，卻又非常、非常惱人。「他們以後就會改變想法了。他們只是還不了解妳而已，等過了一段時間，他們就會認識我眼中迷人的莫莉安・黑鴉。」

莫莉安正想問這個迷人的莫莉安・黑鴉是誰，願不願意跟她交換身分，便傳來敲門聲。是年長但精神矍鑠的米范・焦，他將白髮蒼蒼的頭探進書房。「先生，收到一個給您的訊息，是神……」

「謝了，米范。」朱比特打斷他，跳起身接過信。禮賓經理對莫莉安眨了個眼，接著轉身離開，將門帶上，鞋跟敲出清脆的聲響。

信上封了銀色的封蠟，朱比特穿過房間，靠在壁爐旁，藉著火光讀信。幾分鐘靜靜流逝，莫莉安盯著爐火出神。

他說得對，她想。她從頭到腳都是幻奇學會的正式成員了，她跟同梯的每個人一樣，拚盡全力通過了考驗。

除了最後一個考驗，腦中有個小聲音說。第四場考驗稱為展現考驗，也是最後一關，每位備選生必須上場展示自己的特殊「本領」。確實，莫莉安在展現考驗中什麼也沒做，只是搞不清楚狀況地站在山怪武鬥館中央，旁觀朱比特把自己的獨特視力分給長老，讓長老也「看見」他一整年來心知肚明的事實，在那之前，他不僅向長老隱瞞了真相，甚至瞞住了莫莉安自己。當時，莫莉安還不知道自己是幻奇師，所謂的「幻奇之力」正持續匯集到她身邊，有如飛蛾追隨火焰，耐心等待她掌握自身的力量（儘管這份力量至今死都不肯湧現）。幻奇之力是一種神祕的魔法能量，以各種莫莉安無法想像的方式，推動著這個世界。

長老當場把入學名額給了莫莉安，此舉令眾多贊助人和備選生勃然大怒，深感不齒。畢竟他們在展現考驗上付出這麼多努力，莫莉安卻只是傻站在山怪武鬥館中，任憑長老愕然無言地盯著她。

莫莉安清清喉嚨，坐直身子。「那，」至少她的嗓音夠堅定，「什麼時候開始？」

「嗯？」

「幻學。我什麼時候回去？什麼時候開始上課？」

「噢，」朱比特說，依然皺眉凝視手裡的信。「不太確定。應該快了吧。」

莫莉安的興奮之情一陣動搖。他真的不知道嗎？她不禁暗忖，這到底是典型的「幻奇學會愛搞神祕」，還是典型的「朱比特故意不講清楚」？她的內心滲入一絲憂慮。

「星期一嗎？」她問。

「嗯，對，可能吧。」

「你可以……問到嗎？」莫莉安問，努力抑制嗓音中的不耐。

「嗯？」

她嘆了口氣。「我說，你可不可以——」

「我得走了，莫兒。」朱比特驀地說。他從火爐前轉過身，將信塞進褲子口袋，一把抄起本來放在扶手椅背上的大衣。「抱歉，有重要的事，晚點見。吃完妳的早餐。」

朱比特大步離開，關上門。莫莉安朝門扔了一片吐司。

一夜之間憑空冒出來的東西，不只是印記而已。

「這連門把都沒有。」那天下午，服務員瑪莎和莫莉安一同坐在她的床尾，盯著眼前那道閃爍光澤、雕飾華麗的嶄新黑色木門。它就這麼出現在牆上。「所以這其實不算是門吧，是不是？」

「大概吧。」莫莉安說。

她的房間自動產生變化、擴大又縮小，其實不是什麼新鮮事。它會自己在某一夜添加一個新特徵，隔夜又將之消除，可說是一間非常情緒化的臥室。但是，它從來沒新增一道門過。

本來，莫莉安並不會介意多了一扇門，只是有兩個地方不對勁。第一，這扇門出現在火爐旁邊，使整個房間的格局失去了對稱感（這只是個小細節，卻出人意表地令她焦躁困惑）。第二，她打不開這扇門，所以這扇門完全沒用。莫莉安的性格太務實，絕對不會希望臥室裡多出一扇純裝飾的門。突然變出一個她不喜歡的東西……這實在不太像臥室會做的事。

她擰緊眉頭。難道她的臥室基於某種原因生她的氣？還是她的臥室生病了？說不定它得了一種建築才會得的感冒，說不定這扇門就是臥室打了個大噴嚏的產物。

「話說回來，」瑪莎聳肩，說：「這也算不上這個房間做過最詭異的事，對吧？」瑪莎斜眼一瞥位在角落的章魚型扶手椅，只見那扶手椅邪佞地擺動一下觸手，她不禁打了個冷顫。「真希望妳弄走那東西，替它清灰塵實在是個惡夢。」

莫莉安上床睡覺時，朱比特還沒有回來。週日早晨，探險者聯盟捎來訊息，告知杜卡利翁飯店的工作人員，他「在一椿界際任務途中耽擱了，無法脫身」。一如往常，這個消息既簡短，又缺乏必要的細節，根本毫無幫助。不過莫莉安強烈懷疑，這次的事件跟失蹤的神仙有關。朱比特回不來讓她很失望，但她毫不意外。自己的贊助人太有名、太受歡迎，缺點就是必須把他分給探險者聯盟、幻奇學會、永無境飯店業協會、永無境交通部，以及任何想要搶走他的時間和注意力的人或組織。

起碼，在探險者聯盟送來訊息之後，朱比特也捎來一封親筆信，指名給莫莉安。

莫兒，

我沒辦法趕在妳開學前回去了，真的很對不起。

之前忘了一件重要的事：無論在何種情況下，妳絕對不能單獨前往幻學以外的地方。我是認真的，我相信妳會做到。祝妳好運！妳會很棒的。記住，妳屬於這裡。

——J・N

到了那天下午，莫莉安愈發坐立難安、煩躁不已，滿腦子想著她的課到底何時開始，她該去哪裡上課？她可不想錯過開學日，讓同梯有更多理由討厭她。她甚至請米范差人帶信去霍桑家，偏偏霍桑把字條原封不動送回來，只在背面寫了三個字當作回覆：「不知欸。」她翻了個白眼，心下忖度，霍桑究竟有沒有想到要問阿南？她猜大概沒有。

於是，莫莉安只好向她所能想到的最後一個人求助。

「親愛的——啦啦啦～啦！——妳怎麼這麼煩惱。」香妲・凱麗女爵晚上要在音樂沙龍辦場私人演唱會，她正在為此做準備，一面練習發聲，一面尋找最適合的衣著。她的更衣間極其寬敞，足足有舞廳那麼大，四處散落珠寶色澤的絲質禮服、綢緞禮服、亮片禮服，全都是她試穿後又隨手扔掉的。這位女高音一心多用，輕率地在更衣間製造了慘重災情。「莫莉安小姐，如果是我，可不會擔心這些，一點也不。妳也知道，幻奇學會就是這副德行。」她伸出食指，神祕兮兮地對莫莉安晃了晃，她的W字印記在燈光下閃爍。居住在杜卡利翁的人之中，除了朱比特，只有香妲女爵也隸屬幻奇學會。傑克跟朱比特一樣擁有見證者的天賦，但他從來沒考過幻學，反倒去了一間非常高級的寄宿學校，叫作格雷史馬克穎異少年學校。他在校內的管弦樂團擔任大提琴手，天天戴禮帽、打領結去上課，即使放假也甚少回來。

「我不知道。」莫莉安說，滿心的氣惱欲蓋彌彰，她哪知道學會是什麼樣子。莫莉安不像永無境的所有居民，她是成長於自由邦之外的世界，一年前，她根本沒聽過名聞遐邇、勢力廣大的幻奇學會。

「妳當然知**道～瑞～米～發～搜～啦～西～**」香妲女爵唱道，側著身左右轉來轉去，檢視金框鏡子中的倒影。她的美聲在挑高天花板內迴盪，莫莉安聽得心曠神怡，兩隻手臂起了一陣雞皮疙瘩。一隻小老鼠從地板縫隙探出頭來，一副神魂顛倒的模樣，香妲女爵溫柔地趕牠離開。「學會的要求很高，會強硬介入我們的生活，毫不考慮任何人的時間或隱私。」她轉過頭來，定定注視莫莉安。「簡單來說，小天使，他們需要妳的時候，妳一定會知道的。他們會直接去找妳。**米～米～米～米～米！**」

「謎？」

香妲女爵一時露出困惑之色，接著笑了。「不是，莫莉安小姐，不是什麼謎。他們要找妳，就會來找妳。親愛的孩子，不用怕，在不知不覺中，妳就會深陷於幻學那七彎八拐的迷宮裡頭，到時妳反而想走也走不了了。相信我，像我就盡量只參加非去不可的活動跟特殊場合。」

「為什麼？」

「噢，妳知道的。」她輕鬆地說，抱起滿懷的禮服，一股腦丟在躺椅上。「要是我太常在名人堂出現，大家就會以為可以拗我去參加他們的荒唐活動，好像我沒事情忙似的。」就莫莉安所知，香妲女爵起碼有七件事情要忙：每週日晚間，她會在杜卡利翁飯店的音樂沙龍舉辦著名的演唱會，參加者非常踴躍；至於其他日子，每逢夜晚，她會分別與六位英俊迷人的追求者共度。週五老兄（這是朱比特偷偷取的綽號）也參加了莫莉安的生日派對，送她一大把粉色、紫色相間的玫瑰花束，想當然是為了討好這位歌劇女高音，不過莫莉安還是領了他這份好意。「再說，我實在不想遇到默嘉卓。」

「誰是默嘉卓？」

「默嘉卓，另一個是迪兒本，她們兩個是學務主任。」香妲女爵打了個冷顫。「她倆半斤八兩，嚇死人不償命。好啦，這樣說是有些不公平……迪兒本還不算太糟糕。要是可以，就離默嘉卓遠遠的。」她往莫莉安在鏡中的倒影投去同情的眼神。「可惜，我得很遺憾地告訴妳，妳八成躲不掉。」

香妲女爵所言不錯。他們需要莫莉安的時候，莫莉安就會知道。

週一的大清早，在一個對莫莉安而言實在太早的時間，她被三道敲門聲給吵醒。不是從臥室門傳來的。

是從那扇新的門。那扇不是門的門。那扇謎樣的門。

那扇無法開啟的門。

第四章　家庭列車

莫莉安從床上坐起，盯著那扇門，心臟在一片寂靜中撲通狂跳。一、二分鐘過去了，她差點就要說服自己那只是她想像出來的，這時——

叩叩叩。

莫莉安屏住氣息。她想要無視這陣敲門聲，想要藏進棉被裡，把頭埋進枕頭底下，等待對面的人——或東西離開。

幻奇學會的成員不該這樣逃避，她堅決地告訴自己。

下定決心之後，她掀開棉被，踩著重重的步伐來到門前，暗自期望門後的那個人（或東西）聽見她製造的轟然巨響，會以為她比實際上還要高大、嚇人。她止住呼吸，靠過去，想把耳朵壓在門上傾聽……隨即停下動作。湊到門前，她才注意到門上有個她從來沒留意的東西。那是個小小的金色圓圈，位在黑色木門的正中央。一個約莫指尖大小的圓圈。

圓圈開始發光，從金屬本身發出一道金色光暈，剛開始很細微，接著逐漸轉亮，蔓延至中央，照亮一個極為細小的金屬字：W。

這樣啊，莫莉安想。她伸出右手食指，將W字印記按在發亮的圓圈上，指尖傳來溫暖的觸感。

那扇門倏地旋開，顯得如此輕易自然，嚇得莫莉安倒抽一口氣往後跳，以為會有人衝過來。

門後全無人影。

她眨眨眼。眼前是個明亮的小空間，乍看像走廊，又像雜物間或更衣室。牆面覆上深色壁板，設置了衣物吊掛架、鑲上玻璃層板的展示收納櫃，不過全是空的。

莫莉安暗忖，這個空間一直都在這裡嗎？這個新房間究竟是杜卡利翁飯店的一部分，抑或是那扇門把她傳送到了另一個所在？

穿越那扇門之後，對面又有另一道門，外觀和第一道完全相同。莫莉安奔上前，指尖按上金色圓圈，卻什麼也沒發生。她大失所望，隨後留意到第二扇門冰冰冷冷，並沒有發光。

「再來要幹麼？」她悄聲自言自語，轉過身去，環視空蕩蕩的房間。

她的目光恰恰落在答案上。原來這房間並非空無一物，第一扇門的門板背面掛了一套衣服：靴、襪、褲子、腰帶、上衣、毛衣、外套，全是清一色的黑，只有上衣是灰色。整套衣物都是嶄新的，剪裁俐落，熨得筆挺……而且正合莫莉安的尺寸。

「啊哈。」

不到一分鐘，她將睡衣扔在地上，換好新衣，扣好上衣釦子，綁好靴子鞋帶。

第二扇門隨即亮起，莫莉安咧嘴一笑，伸手按住圓圈。門開啟，通往一個小巧的幻鐵月臺，裡頭乾淨整潔，只是仍有殘留的煙，而且微帶霉味。月臺中毫無裝飾、陳設，唯獨從天花板垂下一個閃爍光澤的黃銅時鐘，月臺尾端立著一張木頭長椅。莫莉安跨過門檻，耳朵傳來短暫的耳鳴，空氣在瞬間徹底改變——這裡寒意十足，飄著些許機油的味道。

這解答了她的疑問：由此可見，她已經不在杜卡利翁飯店了。不管杜卡利翁再怎麼善變，不管它能變出多少章魚扶手椅、晃來晃去的吊床、鳥爪浴缸，它絕對不是在地底下，而且在莫莉安位於四樓的臥室旁，也絕對不存在一個空曠無人的月臺。

嗯……**幾乎**無人。

一名綁著厚重長辮的女孩獨自坐在月臺上，雙肩微微縮攏，兩腿掛在月臺邊緣晃盪。莫莉安的門在背後關閉，發出響亮的聲音，那女孩聞聲回頭。

「哈囉。」莫莉安有些僵地說。

「總算來了。」詩律．布雷克本一臉怨氣，但莫莉安看得分明：就在一秒之前，詩律的臉色從憂慮倏地轉為放鬆。或許是因為她察覺自己不是孤單一人，終於有另一位同梯現身了。

「詩律，妳來這裡多久了？」

見到莫莉安還記得她，詩律再次露出詫異的神情。在展現考驗過後，詩律曾告訴莫莉安，除了莫莉安以外，沒有人能夠記住她，那是身為催眠師的副作用。

可是，莫莉安從來不曾忘記詩律，反倒覺得詩律令人印象深刻得要命。在競逐考驗中，詩律令人印象深刻地從莫莉安手中搶走參加長老晚宴的資格；在萬鬼夜，詩律令人印象深刻地把莫莉安推進池塘；最後，詩律還令人印象深刻地解救莫莉安，讓莫莉安不至於被趕出永無境，此舉讓莫莉安既驚奇又困惑萬分。可以想見，莫莉安對詩律充滿了難以言喻的情緒。

「有一陣子了，」詩律說：「我一進來，門就關上了。」

莫莉安回過身，只見她那扇門上的金色圓圈已經停止閃耀。這代表她回不去了嗎？這念頭讓她有些不安，她嘗試再將指尖按在圓圈上。

什麼也沒發生，門板依舊冰冷黯淡。

「我的是那個。」詩律說，指著一扇森林綠的門，是莫莉安那扇門旁邊數來第三個。在莫莉安的門兩側共有八扇門，每一扇的設計、顏色各異，莫莉安猜想是分別通往八個不同的家。「它一夜之間出現在我們家客廳，我媽不太高興，還想打電話叫臭架子，被我阻止了。」

「我的就在我房間裡。」

詩律一副不感興趣的樣子，嗯了一聲。寂靜在兩人之間綿延。

整個月臺的空間極小，完全無法供正常的幻鐵火車停靠。然而，月臺上方卻掛著一個標誌牌，上頭寫著：**九一九站**。

「這是……等等，不會吧。這是我們專屬的車站嗎？」莫莉安不敢置信地問，嘴巴簡直合不攏：「我們專屬的私人幻鐵車站？」

「好像是吧。」詩律的語氣通常充滿了不耐煩，但就連她也掩飾不了那一絲驚嘆。朱比特開過玩笑，說幻奇學會成員在幻鐵有保留席，可是再怎麼說，專屬車站都比保留席酷多了（就算是個小得不行的車站）。詩律站起身，拍拍黑褲，定睛凝視莫莉安，眼神流露探詢。「所以……那是真的囉？妳真的是幻奇師？」

莫莉安點點頭。

詩律看似不太相信。「妳怎麼曉得？」

「就是曉得。」她不想把實情告訴詩律。她不想告訴詩律，那是埃茲拉．史奎爾親口說的，不想告訴詩律，她曾經跟永無境全民痛恨的人面對面交談。「朱比特看得到。」

詩律揚起一邊眉毛，莫莉安戒備地回看著她。詩律彷彿有些欲言又止，看來有些惱怒，像是即將說出什麼刻薄的話。不過詩律這個人實在很難說，莫莉安越來越肯定，詩律的預設表情就是「微帶惱怒、三緘其口」。莫莉安倒也可以理解這種心情。

「這樣的話，我們兩個就都屬於危險人物了。同一梯收了兩個，他們還真有種。」詩律笑起來，語調有些尖酸。「他們是不是也叫妳立防護契約？」

「對啊。」莫莉安說。學會答應收她的條件，是她必須立下防護契約，這個條件不容妥協。這份防護契約需要九名在永無境德高望重的有力人士簽署，為莫莉安背書，保證她是值得信任的對象，然後……呃，其實她不知道背書的人還得做什麼。這是個奇特的幻奇學會傳統，莫莉安也不是完全明白，但她很清楚，要不是朱比特趕在入學儀式之前，說服天使伊斯拉斐爾在防護契約簽上最後一個名字，如今的她不可能待在九一九梯。

「我也是。」詩律說，「三個簽名。妳呢？」

「九個。」

詩律低低吹了聲長口哨。

她倆一時安靜下來。不久，沉默便陡然遭到打破，另外三道門同時甩開，現身的是埃娜・卡蘿、法蘭西斯・蜚滋威廉、馬希爾・易卜拉欣，三人一面調整身上陌生的制服，一面露出驚異、好奇的神色。又過幾分鐘，薩迪亞、雅查安、蘭貝斯也來了。最後是——

「這雙靴子太棒了！」霍桑誇張地用力踏步，走上月臺，對莫莉安露齒一笑，雙手扠腰，挺起胸膛。「這套衣服太讚了！難怪妳喜歡穿黑色，我覺得自己好像**超級英雄**！妳有沒有覺得很像超級英雄？」

「還好。」莫莉安老實說。

「他們應該再發一件披風！妳不覺得嗎？我們去問他們可不可以給披風，好不好？」

「不要吧。」

「這是幻鐵車站嗎？看起來是。」他的注意力立刻轉向周遭，在不同的東西間迅速切換，猶如一隻在公園發現松鼠的狗。「好像不太乾淨，對不對？不過我不介意，媽說灰塵對免疫系統好。這是哪裡？九一九站？從來沒聽過——喔！**喔**！不會吧，莫莉安，我猜這裡是——」

「沒錯，」她插嘴，「我們專屬的——」

「我們專屬的**車站**？」

「沒錯！」

「**不會吧！**」

莫莉安咧嘴笑了起來。霍桑對這個世界的熱情簡直沒有極限，見到他，莫莉安比平時還要高興，這讓她有個能夠轉移注意力的焦點，不必去管其他新生默默投來的疑懼目光。埃娜整個人貼在牆上，盡可能在這個狹小的空間離莫莉安越遠越好。想當初，在她們頭一次見面時，莫莉安看到埃娜被欺負還替她出頭，不禁覺得埃娜現在的舉動有些侮辱人。然而，她仍盡量保持正常的表情，免得埃娜以為她要施妖法之類的。

霍桑一躍而起，伸手去碰懸在半空的月臺標誌牌，牌子來回晃動，發出響亮的嘰嘰呀呀聲。「妳覺得火車什麼時候會——」

「現在。」月臺角落傳來一個嗓音，用陳述事實的語氣說。眾人轉過身去，只見蘭貝斯盤腿坐在地上，背脊挺直，直盯著幽暗的隧道深處。她身材嬌小，神色嚴肅，膚色帶黃，一頭黑色長髮有如絲緞般滑順。

其他人互望彼此，等著蘭貝斯進一步解釋。

莫莉安清了清喉嚨，「不好意思，妳是說……」

蘭貝斯回過頭，看著同梯新生，豎起一根手指，像是要他們靜觀其變。幾秒後，腳下的地面開始震動，隧道內傳出汽笛聲，霍桑那個問題的答案就此駛入眾人眼簾。

「好毛喔。」霍桑說。

「是『嚇死人了』才對吧。」薩迪亞說，斜眼瞅著蘭貝斯。蘭貝斯依舊端坐於月臺地面，姿態尊貴，宛如坐在王位上的女王。

確切說來，那並不是火車，不過是一節車廂。像這樣跟其他車廂拆開，它顯得有些詭異，好比一顆少了軀體的頭顱。車廂本身有些凹痕，看似飽經風霜，卻是潔淨光亮，一如黃銅製的半克雷硬幣。車廂放慢速度，停靠在月臺旁，吐出些許歡快的白煙。車廂側面以黑字寫著巨大的W，底下則是數字「919」，都是剛漆上不久。

汽笛再度響起，車門打開，一名年輕女子步上月臺，手裡拿著一張滿是皺摺的紙片。她看起來十分活潑，身材高䠷，雙腿修長，但並不像有些高個子那樣，為了不令旁人退卻而聳肩駝背。她的站姿令莫莉安聯想到芭蕾舞者，雙肩挺直，雙腳微向外開。

「小範圍預言師，蘭貝斯·阿瑪菈。」女子看著紙條，朗聲說道：「催眠師，詩律·布雷克本。幻奇師，莫莉安·黑鴉。料理家，法蘭西斯·蜚滋威廉。語言家，馬希爾·易卜拉欣。治療師，埃娜·卡蘿。戰士，薩迪亞·麥高樂。龍騎士，霍桑·史威夫特。扒手，雅查安·泰特。」她環顧九張盯著她看的面孔，滿臉欣喜。在她說出「幻奇師」這三個字時，既沒有發抖，也沒有露出嫌惡之色，連眼睛也不眨一下，莫莉安立刻喜歡上她。「多有意思的組合。都到齊了嗎？」

九一九梯新生彼此互看，含糊地點點頭。

「那就通通上車吧。」她笑容燦爛地招呼大家上前，身影消失在車門後。霍桑急切地追上去，莫莉安與其他人跟在後頭。

「哇。」一踏進去，霍桑就說。

「酷。」馬希爾吐出一個字。

「厲害。」薩迪亞說。

真的厲害，莫莉安心想。

就像是有人取來幻鐵的一節舊車廂，把內裡掏個乾淨，變成一間舒適的起居室——車廂內精心陳設了鼓起的大坐墊、鬆軟的扶手椅、幾張不同款式的茶几跟立燈，還有一張磨損的舊沙發；角落有個燒木材的小火爐，上頭擺著一個銅製茶壺，旁邊是一箱裝得滿滿的柴火；有一整堆針織毛毯，七彩繽紛；車廂最前方立著一張木桌，漆成紅色，貼滿了貼紙；四面牆上到處是寫著勵志小語的海報，比如「**活出最好的自己**」跟「**人人為團隊，團隊為人人**」；還有一張軟木製成的留言板，釘著五顏六色的標誌跟卡片。空間略擠了些，卻很舒服自在；亂了些，卻整潔乾淨。實在太美妙了。

「我親手布置的，大家覺得怎麼樣？」年輕女子屏氣凝神地注視他們，幾乎興奮得站不住，猶如正向心愛之人奉上精挑細選的聖誕禮物。「你們真該看看之前的樣子，根本什麼也沒有，我真替上一梯用這節車廂的同學感到難過。只有九張無聊的桌子，九張硬邦邦的椅子，沒有沙發！沒有懶骨頭坐墊！沒有火——相信我，到了冬天，這裡絕對凍得要命。而且甚至沒有餅乾罐！你們信不信？」她指向紅桌上的大陶瓷餅乾罐，是北極熊的形狀。「我在此宣布，那個罐子永遠都會裝滿餅乾，而且並不是什麼不像樣的餅乾！我說的是紮實的巧克力餅乾、粉紅糖霜圓圈餅乾、卡士達奶油餅乾，還有更多更多。你們要記住：我對餅乾的要求可是非常高的。」

她拿起罐子傳下去，微笑看著大家靜靜啃餅乾，似乎對於自己能夠滿足眾人最基本的需求感到不勝喜悅。

「坐下，坐下。」新生全部靠著大雜燴似的家具坐下，莫莉安挑了一個地板上的龐大坐墊，霍桑坐在她旁邊。女子坐進一張滑軟的天鵝絨扶手椅，她穿著過大的粉紅毛衣、綠色格紋內搭褲、黃色休閒鞋，猶如一盒融化的蠟筆，和九一九梯形成鮮明對比，他們人人一身黑，要說是送葬隊伍也有人信。她將一頭黑色捲髮綁成燈泡似的髻，用金黃色絲巾挽到臉頰後。

「我是雀喜小姐，全名是瑪莉娜・雀喜，是你們的引導員。」莫莉安偷瞄其他人，暗自心想：她是不是該知道引導員是什麼意思？霍桑對上她的目光，聳聳肩膀。「雀喜這個姓聽起來是有點傻，不過我保證，我會盡力像這個名字一樣高高興興。本來，你們應該要叫我雀喜引導員，但我覺得那聽起來更傻了，所以叫我雀喜小姐就行，好嗎？」

嘴裡塞滿餅乾的九一九梯新生點點頭。

雀喜小姐凝視大家，神色驕傲，充滿熱情，好像他們是這世上最重要的九個人。她雙目明亮，眼神親切，皮膚是溫暖的深褐色，臉上的微笑大概是莫莉安這輩子見過最和善的笑容。

「歡迎來到家庭列車。」她一面說，一面張開雙臂：「在你們身為初階學者的這五年，這個舒適的小車廂會是你們的交通工具、你們的庇護所、你們的基地。每個上課日，我們大家會一起從這裡開始，也在這裡結束。週一到週五，每天早上，我會在九一九站接你們，等上完課，就把你們送回這裡。所以這才叫家庭列車，懂了嗎？這班車會載你們回家。不過，我也希望你們把這班車當成像家一樣的地方，」她嚴肅地看著大家：「當成你們的第二個家。在這裡，你們可以覺得很安全、很快樂，大家互相扶持，不管要問什麼問題都可以，沒有人會評斷你。那，說到這裡——有什麼問題嗎？」

法蘭西斯倏地舉手：「妳的本領是什麼？」

「問得好，法蘭西斯。」她笑著說，「我是走鋼絲專家，畢業於世俗之藝學院，也以此為榮。」

賓果，莫莉安想。雖然不是舞者，但也很接近了，難怪她的姿勢這麼好。

「世俗之藝學院是什麼？」馬希爾問。

「啊！很棒的問題。」雀喜小姐從扶手椅跳起來，穿越車廂，走到一張黑白海報前。海報上是三個同心圓，就像一個靶，最外圈是灰色，接著是白色，中心是黑色。「幻奇學會分為兩大專業，其一是世俗之藝，其二是玄奧之術。」雀喜小姐指著最外層的灰色同心圓，「這個大圓代表世俗之藝學院，這些人也包括小女子我。這是幻奇學會最大的部門，研究與普羅大眾相關的技藝、行為與服務，牽涉到醫學、運動、表演、創意、工程、政治領域的各種本領，是幻奇學會的第一線攻勢，幫助幻奇學會爭取至關緊要的輿論跟財務支持，以便讓幻奇學會繼續進行重要任務。」

這些話讓莫莉安皺起眉頭。幻奇學會的重要任務究竟是什麼？從來沒有人告訴她……而且，她有些羞赧地恍然醒悟，她也從沒想到要問。

雀喜小姐繼續說了下去，彷彿為了應付考試，把整篇文章都背下來了。「大體上，我們世俗之藝學院負責討大眾喜歡，拉進財源。想想你們最喜歡的音樂家、最喜歡的體育健將、見過最厲害的馬戲團、新聞上最機敏的政治人物、整個城市中最聰明的建築師和工程師——他們八成都是來自幻奇學會，這也代表他們應該都是世俗之藝學院的畢業生。我們在全世界發揮長才，讓社會輿論堅定支持幻奇學會。」她露齒而笑，「在幻學裡，我們的標語是『少了我們，你試試看能活幾天』。」

她指向中間的圓。「這部分代表玄奧之術學院，人數不到世俗之藝的三分之一，可是重要性毫不遜色，有些人更認為，他們的力量是世俗之藝的兩倍。玄奧之術學院研究隱祕的技藝、行為與服務，牽涉到的本領主要是法術、超自然、奧妙難解的領域，例如女巫、預言師、通靈人、法師等等。他們通常扮演第一道防線，守護幻奇學會、永無境和整個自由邦不受外力侵擾。他們的標語是：『要不是有我們，你們現在都只是會講話的殭屍。』」

「那個黑色圓圈是什麼？」詩律指著圖表的中心問。

「噢……」雀喜小姐盯了海報半晌，聳了聳肩，像是從來沒想過這件事。「就是代表整個幻奇學會。」

「我們什麼時候會知道自己屬於哪個學院？」窩在懶骨頭沙發裡的薩迪亞盡可能坐挺，折起指關節，似乎急於**守護自由邦不受外力侵擾**。

「解開外套的釦子，」雀喜小姐指示：「看看你們的衣袖。」

他們依言照做。莫莉安頭一次注意到，多數人跟她一樣穿灰衣，只有兩個人穿著白衣。

「啊，就是這個，」雀喜小姐說：「跟我一樣灰袖的人是埃娜、雅查、馬希爾、霍桑、莫莉安、薩迪亞跟法蘭西斯。隸屬於玄奧學院的白袖是蘭貝斯跟……呃……嗯……」她低頭看手上的紙條，手指一路順著名單往下滑，「詩律！對。很合理。詩律是催眠師，然後……」

「詩律是誰？」法蘭西斯問。

雀喜小姐朝詩律的位置點了點頭，詩律正怒目狠瞪眾人。除了莫莉安之外，全梯都一臉訝然地轉頭看詩律，似乎現在才注意到她坐在那裡（他們大概真的是現在才注意到）。

「嗯，」雀喜小姐說，做了個筆記。「對，這部分我們得想想辦法。總之，詩律是催眠師，蘭貝斯則是雷達——這是個很特殊的預言師類型，不是長程的預言，而是短期的預測。就算是在玄奧之術當中，這兩種本領都很稀有，有妳們在同梯是我們的幸運。」

聽了這些話，詩律看來消氣了些。蘭貝斯正在讀牆上的海報，低聲喃喃自語，似乎對他們的談話內容完全不感興趣。她倏然露出一抹淺笑，彷彿有人在她耳邊說了什麼俏皮話，接著皺起眉頭，然後臉色又恢復愉悅。莫莉安仔細觀察她，假如蘭貝斯是一種雷達，那她想必是轉到了跟旁人完全接不上的頻道。

剩下的人要不是往莫莉安偷瞥幾眼，就是堂而皇之盯著她看。她知道大家在想什麼，因為她自己恰恰在想同一件事。

既然詩律跟蘭貝斯被分到玄奧學院，為什麼她被分到世俗學院？幻奇師到底哪裡世俗了？

「雀喜小姐，妳厲害嗎？」薩迪亞一面舔掉手指上的巧克力一面問，換了一個毫不相干的話題。「走鋼絲的技巧？」

莫莉安思忖，這個問題很沒禮貌……也有點傻，畢竟雀喜小姐顯然厲害到進了幻奇學會。她懷疑，薩迪亞之所以這麼問，其實是因為她沒被分到玄奧之術學院，讓她不太開心。莫莉安想，她應該挺喜歡那句話：**重要性毫不遜色，力量卻是雙倍**。

「是挺好的，」雀喜小姐聳聳肩說：「但我從來沒當過引導員，所以大概會當得有點脫線，至少在一開始的時候。我需要一點時間摸索，這段期間不要太苛責我，好嗎？」

說這幾句話時，她對著莫莉安微笑，莫莉安不禁報以笑容。她已經開始喜歡雀喜小姐了。她的膽子稍稍壯了點，於是舉起手：「雀喜小姐，引導員到底是什麼？」

「喔對，」她輕拍一下自己的額頭，笑了起來：「我怎麼反倒忘了最重要的事？在幻奇學會，每梯新生都會被分派一名引導員，陪伴大家度過初階學者的那幾年。我的任務是把你們送到對的位置，當然，我指的是非常實際、天天都會遇到的層面——我是這班家庭列車的引導員，會親自送你們前往幻學，再接你們回家。

「不過，就更廣泛的層面而言，我的任務也包括在你們身為初階學者的這幾年，協助你們**抵達對的位置**，我想有點類似嚮導，為你們這趟幻學教育之旅進行導航。如果你們在課堂上需要什麼，比如說任何特殊器材或工具組，我一定會確保你們拿到。我這星期已經列了一長串清單，請裝備管理處採買。」她扳著指頭，細數那份假想清單：「拳擊手套、防火裝、一整套廚房用的刀具、感覺剝奪槽……你們還真是個奇妙的組合，是吧？」

新生之間響起輕笑聲，莫莉安看著霍桑，露出笑容。這一切都是真的，這一切真的正在發生，他們揭開了不凡人生的新頁，她等不及要展開旅程了。

「我會配合你們每一個人，」雀喜小姐繼續說：「並且跟你們的贊助人、學務主任合作，確保你們的課表能夠讓你們發揮最大潛力，當個優秀的幻奇學會成員，成為一個各方面均衡發展的人，以及自由邦的好公民。我會幫助你們鍛鍊自己的本領，但也要精進你們生來就有的諸多其他天賦，包含——不對，應該說特別是一顆善良的心，還有勇敢的靈魂。我最大的希望，就是能跟大家當好朋友，這應該也是最合理的決定，畢竟接下來五年，你們都得跟我相處。」她帶著燦爛笑容說完這些話。

要是換作別人說什麼「善良的心」、「勇敢的靈魂」，還露出這麼喜孜孜的讚賞神情，莫莉安搞不好會發出快吐了的聲音。可是雀喜小姐有種特質，讓莫莉安只想好好坐著，專心靜靜傾聽她所說的每個字。

「好了，」這位引導員將手拍了兩下：「該送你們去你們要去的地方了。接下來是導覽時間，還可以跟帕西默・杏韻見面呢，你們這群幸運兒！」

「騙人！」霍桑整張臉亮了起來，今天彷彿榮登他這輩子最棒的一天。「帕西默・杏韻？真的？」

「真的。」雀喜小姐咧嘴笑著說。

「那個真正的帕西默・杏韻本尊？那個阿帕？」馬希爾追問：「那個著名的幻術大師，兼暗地惡作劇大師，兼街頭藝術大師？」

「就是那一位。」

馬希爾與霍桑互望，笑得喜不自勝。

莫莉安完全不知道帕西默・杏韻是哪位。她想，八成是永無境的名人。

「可是，我以為他的真實身分是祕密？」詩律說。

「是啊，其實呢，他對這件事沒有大家想的那麼大驚小怪。」雀喜小姐說：「至少在幻學裡面啦。阿帕每年都會替新生導覽，已經好幾十年了。」她從座椅躍起，快步走到車廂前方，接連拉動好幾個操縱桿、按下數個按鈕，引擎發出響亮的呻吟，開始轟隆運轉。「等著看吧，他總是會為新生準備一手史詩級入學演出。去年，他變出一群毛茸茸的猛獁象，從傲步院前門衝出去，像鬼魂一樣消失在森林中。當然，那只是幻術，不過——還是很酷。」

「哇。」雅查驚嘆。

「好，我們出發吧，不然你們就趕不上一生中最棒的日子了。」雀喜小姐回過頭，揚聲說：「還有什麼問題嗎？」

霍桑立刻高高舉起手。

「雀喜小姐，我們會有披風嗎？」

第五章 迪兒本與默嘉卓

「即將抵達傲步院站，這也是永無境最古老的幻鐵車站。」雀喜小姐宣告：「大部分的人都不知道，這一站就坐落於幻學校園，在哭哭林之中。」

九一九家庭列車駛出幻鐵隧道，進入活潑明亮、生氣勃勃的車站。這是莫莉安見過最漂亮的一站，總共六個月臺，以美不勝收的紅磚人行橋相連，橋面跟傲步院的牆上一樣爬滿藤蔓；隨處有著光潔的木頭長椅，以及四面都是玻璃的小等候室；車站周遭環繞著蓊鬱森林，那些樹木略帶彎曲，保護似地遮蔽住車站上空，形成天然的樹冠圓頂。時間尚早，天色是清淺的拂曉藍，熹微的天光穿透樹葉，在地面打下斑點。月臺上的燈光還亮著，正一盞一盞熄滅。

儘管是一大清早，但其他月臺已停著另外三班家庭列車（車廂側面分別漆著九一八梯、九一七梯、九一六梯）、一整班蒸汽火車，還有幾個小巧的黃銅車廂。

雀喜小姐停靠在一號月臺，打開車門讓九一九梯下車。月臺上已經擠滿老老少少的幻學成員，牆壁貼滿各種社團、小組、樂團、小型研究會的報名表。莫莉安不太喜歡「極度上進青年共同設立目標完成計畫社」，他們每週一到四晚上跟週日整天都要聚會；不過她覺得或許可以報名「說什麼都要匿名的內向者社」，這個社團保證無論何時，都不會舉辦任何形式的聚會。

車站洋溢著躁動激昂的氣氛，大家三三兩兩聚在一起，竊竊私語，莫莉安聽見一些零星的對話：

「……沒人知道，長老也不肯透露……」

「……大概是他的新把戲？」

「……沒做過這種事啊……」

雀喜小姐皺起眉頭，眼前的景象似乎令她有些不安。

「雀喜小姐，怎麼了嗎？」莫莉安問。

「沒什麼，可是放完假的開學第一天，氣氛通常比較歡樂。而且，帕西默・杏韻通常會在這裡等——」

「哈囉，瑪莉娜，」一名年輕男子從九一七梯家庭列車探出頭，對雀喜小姐喊道，跳下車小跑過來。「聽說妳當上了引導員，恭喜。」

「謝謝，托比，」她心不在焉地說，「這是怎麼了？阿帕人呢？」

托比面色凝重。「沒人知道。他一夜之間消失了。」

雀喜小姐臉色一變。「怎麼可能？」莫莉安腦中猛然閃過不久前的記憶，就在冬暮那天，朱比特也跟他朋友伊斯拉斐爾有過一段雷同的對話，只不過他們討論的是失蹤的天使卡西爾。「阿帕絕對不會在新生導覽前一天搞失蹤，他每場導覽都會參與，二十五年來從沒缺席過。」

又一樁失蹤案。

莫莉安內心冒出一股模模糊糊、無以名狀的恐懼，有如一條蛇，捲住了她的胃。這是她很熟悉的感覺，彷彿某個地方發生了某件天大的錯事，說不定全要怪她。

不准這樣想，莫莉安用力告訴自己，搖搖頭，像是要把那個可怕的念頭甩出腦袋。**這跟妳一點關係也沒有，妳．沒．受．到．詛．咒**。

真希望她可以聯繫上朱比特。

雀喜小姐登時垂頭喪氣，束手無策地環顧車站，「那誰來帶新生導覽？」

「呃……」看托比的表情，他似乎即將宣告一件不得了的壞消息。

雀喜小姐帶領九一九梯走出車站，指著一條樹木遮蔭、筆直寬廣的道路，這條路遠處的盡頭矗立著威嚴的傲步院。「不要離開這條路，懂嗎？還有，無論如何，都不要跑進哭哭林。」

「雀喜小姐，是因為哭哭林很危險嗎？」法蘭西斯緊張地從林下樹叢的縫隙間窺看。

「不是，只是會很煩。」雀喜小姐湊過來，彷彿不想讓樹林聽見，「它們一開始唉唉叫就沒完沒了，所以絕對不要表現出同情的樣子。現在，你們聽好，帶新生導覽的人換成了學務主任，不是迪兒本女士，就是默嘉卓夫人，她會在傲步院的樓梯上等你們，所以……」她打住話頭，長嘆一聲。「總之……總之要乖乖聽話，不要惹麻煩，敷衍過去就行，好嗎？」

說完這段激勵人心的話，引導員便揮手送他們離開車站，九一九梯就此踏上看似短暫卻有些嚇人的路途，前往傲步院。

莫莉安隱約聽見左手邊的林間傳來忿恨的低聲碎念（「……大清早就慢吞吞地走這裡，還踩得這麼大聲，真是沒分寸……」），但她聽從雀喜小姐的建議，加以無視。她跟霍桑走在隊伍最後面，輕聲交談。

「真不敢相信，」霍桑咕噥，「我們差點就見到帕西默・杏韻了，結果他卻搞失蹤！真是有夠幸運的。除非……喔！」他露出頓悟的表情，「喔——等等，妳覺得這會不會是他的惡作劇？」

「可能吧。」莫莉安存疑，「可是這個惡作劇有點爛。」

「阿南說了好多學務主任的事，」霍桑繼續說：「她說默嘉卓是個大惡夢。」

（右手邊傳來樹葉沙沙聲、一聲楚楚可憐的哀吟，樹林發出一個模糊而尖細的嗓音：「哎喲，我這身老樹枝今兒可真瘆疼……」）

「香妲女爵也這樣說，」莫莉安稍微提高音量，想要蓋過哭哭林。「差不多的意思。」

「阿南說如果我闖禍——」

莫莉安嗤之以鼻：「**如果？**」

「——那我最好祈禱是迪兒本發現，不是默嘉卓。她還說，遇到默嘉卓，最好裝得越不引人注意越好。我說：阿南，第一，妳認定我會闖禍，未免太侮辱人了。」他偏過頭對莫莉安露齒一笑，莫莉安又嗤了一聲。「第二，我當然會確保她們兩個都不會發現啊，對不對？」

幻奇學會的新生走出這條林間道路。天色逐漸轉亮，他們爬上傲步院前森林覆蓋的小丘，地平線盡頭的淡淡金線轉為粉紅，有如一朵巨大的花在天際綻開，照亮紅磚砌成的院牆。

傲步院的階梯佇立著一名女子，等著歡迎新生。或者說，等著**不歡迎**新生。隨著大家越走越近，莫莉安看得越發清楚，與其說是歡迎，不如說她正在……**沉默而冰冷地瞪著他們**。

她文風不動，宛若雕像，一身典型的幻奇學院黑色服裝，斗篷底下露出灰色前襟。她擁有一頭金髮，不過因為太金了，看起來反倒有點泛銀，而且梳成老派的頂髻，莫莉安覺得這讓她顯老許多。其實她的臉孔十分年輕，毫無一絲皺紋，皮膚光潔無瑕，宛若明月，唯有私下花了不少時間精心照料自己的人，才會擁有這等好膚質。她的雙眼是冰藍色，顴骨銳利得像兩把刀。將這些特徵組合起來，她本來可能是個美人，可惜實際效果讓她宛如一道徒具人形的冰河：冷硬萬分，無從攻克。她高站在傲步院的階梯上俯視新生，好似他們不過是蟲子，而她正考慮用那雙優雅的黑鞋踩爛他們。

她一定是默嘉卓，莫莉安思忖，接著想起阿南給霍桑的忠告，於是縮肩駝背，努力讓自己不引人注目。

「九一九梯，早安。」女子說，嗓音令莫莉安想到一片玻璃：乍看平滑無比，邊緣卻十分鋒利。「我是達辛妮亞（註2）・迪兒本。」

莫莉安嚇下一聲驚呼。

「我是世俗之藝學院的學務主任。」她接著說：「多虧某個不負責任的蠢才在這種時機鬧失蹤，儘管身為學務主任的責任艱鉅、業務繁多，長老依然憑藉他們的智慧，指定我為你們進行入學導覽。不過，你們想必會覺得比我更難熬，這點令我備感安慰。

「你們可以稱呼我迪兒本女士，或是學務主任。你們不可以稱呼我迪兒本夫人，或是迪兒本小姐、迪兒本教授、媽媽、媽咪，以及所有媽媽的衍生詞。我不是你們的媽媽，不是你們的保母，沒有時間應付你們幼稚的問題。如果你們有任何問題，就去找你們那梯的引導員處理，要不然就把它塞進靈魂最深處，這樣你們就不會繼續煩惱了。聽清楚了嗎？」

九一九梯不約而同默默點頭。經歷過雀喜小姐溫暖而快樂的歡迎、舒適的家庭列車，此時碰到迪兒本女士，猶如當頭澆下一盆冰水。莫莉安忍不住好奇，到底是哪個一時糊塗的可憐學者，竟然有辦法對這個極地冰架似的女人脫口叫出「媽咪」。

「各位學者，你們必須謹記一件事，並且奉為圭臬：你、並、不、重、要。每年都是這樣，年年都有新一批學者正式進入學會，成為幻奇學會漫長、不間斷傳統的最新繼承人，躋身自由邦最卓然超群的菁英。這樣的你們，一生背負著『異於常人』

註2 達辛妮亞（Dulcinea）一名出自西班牙作家塞萬提斯的文學作品《唐吉訶德》，是男主角心目中的完美女子，但在《唐吉訶德》中從未真正出場。

的包袱，無論在你們的平凡家庭、學校、社區之中，你們總是那個最有才華、最聰明、最受喜愛與推崇的人。」

莫莉安努力忍住一聲冷哼。對於迪兒本的斷言，她深深、全心全意、激烈地不予苟同（不過當然是以沉默表達）。

「當你們來到幻奇學會的門前，」迪兒本繼續說下去：「你們也期待受到相同的待遇。你們期待別人的悉心照料、噓寒問暖、讚美疼愛，你們期待所有事務繁忙、身居要職的大人在幻學遇到你們的時候，都要停下腳步，欣賞你們，大聲驚嘆：『噢！這豈不是我們的小幻學新生！他們是不是都棒得不得了呀？』」她停住話頭，逐一與他們對視，露出病態的甜美微笑，逐漸轉為蔑視。「嗯，把這些幻想給我忘了。記住：**你、並、不、重、要**。在這個地方，你根本不重要。沒有人會牽起你們的小手，給你們的小臉擦鼻涕。在幻學，每個人都有自己的任務，包括每一個初階學者，每一個進階學者，每一個畢業生，每一個老師，每一個贊助人，每一位長老，每一位大師。這也包括你們。你們的任務，就是尊敬比你們優秀的人，乖乖聽別人的話，不斷進步，為未來的某一天做好準備——要是你們幸運的話，說不定你們會有派上用場的一天。懂了嗎？」

莫莉安不懂。她不太確定迪兒本女士所謂「派上用場」是什麼意思，不過在這個當下，她寧願把手伸進裝滿食人魚的水槽，也不敢問問題，於是她跟其他人一同小聲說：「懂了，學務主任。」

「裝得很像。」迪兒本女士轉過身，走向傲步院的宏偉大門，顯然預期他們跟上。「我們的學年行事曆是根據日曆年來安排，分為兩個學期，上學期從春天開始，下學期從秋天開始。在暑假，你們應該要……」

新生尾隨她走上臺階，聆聽迪兒本女士沒完沒了的教訓。霍桑湊近莫莉安，「好動人的演講，」他悄悄在莫莉安耳邊說：「人家心頭暖暖的，都快融化了。」

他們學到的第一堂課，是在傲步院明亮優雅的五層樓之下，埋藏著幻奇學會的真正廳堂，極為幽暗，宛如迷宮，彷彿走不到盡頭。

「地下共計九層。」迪兒本女士說，引領他們從入口大廳走進一條充滿回聲的長廊。她的語氣冷淡、公事公辦，一雙閃亮的黑色高跟鞋踩在木地板上，十分響亮，莫莉安、霍桑等人必須用平常的兩倍速度快走，才跟得上她。

「地下一樓包含用餐、住宿、娛樂設施，主要是供教師和來訪的成年學會成員使用，你們不許進入。地下二樓是初階和進階學者的餐廳，此外，進階學者可以自由選擇是否住在學校，因此地下二樓也附有進階學者的裝備管理處與住宿設施。」

他們飛也似走遍地下二樓，莫莉安初步認識了幻學的一天。學者餐廳是個人來人往的圓形空間，氛圍自在、充滿生氣，各處擺設許多桌椅，其中一端擺滿了小咖啡廳風格的鐵桌，挨著邊緣磨損、油漆斑駁的木椅跟不成套的凳子，另一端則有個巨大火爐，四周散落老舊的扶手椅。

在幾張桌子旁，有進階學者正在吃早餐、讀早報、喝同一壺茶閒聊。霍桑聞到培根的味道，莫莉安連忙把他拽住。

「我還沒吃早餐耶！妳能想像我多餓嗎？」他不可置信地說：「我根本沒想到要

吃早餐，就直接走進那扇門了！」

「嗯。」莫莉安心不在焉。她聽著進階學者壓低聲音交談，總覺得他們的口氣顯得有些迫切，不知道是不是在談論帕西默．杏韻的失蹤事件。迪兒本女士帶著他們穿過餐廳，只見餐廳之外，有許多黃銅製成的巨大球體吊掛在金屬架上。迪兒本女士倏地旋過身來，看著他們。

「幻學內部的吊艙系統四通八達，跨越每一層樓，」她用一副了無生趣、幾乎可說是機械式的語調說：「這些吊艙能送你們到幻學的任何地方，條件是你們需要擁有進入那裡的權限。吊艙也能送你們離開幻學，前往一部分幻鐵車站。初階學者如果要離開校園，必須取得學務主任或贊助人的明確許可，使用印記就能驗證你們可以去的地方。一個吊艙有嚴格的負載上限，最多承載十二人。

「地下三、四、五樓是世俗之藝學院的教育設施，六、七、八樓屬於玄奧之術學院，九樓禁止任何學者進入。

「你們七個隸屬世俗學院的人歸我管轄，當然了，你們沒必要去五樓以下的地方，所以你們的通行許可只到五樓。至於布雷克本小姐跟阿瑪菈小姐，你們會在玄奧之術學院上課，學務主任默嘉卓夫人稍後會帶你們過去。」

新生登上一個球型吊艙，迪兒本女士將指尖按住牆壁上發亮的W，隨後拉動一連串操縱桿，動作十分複雜，莫莉安試著默記，可惜失敗了。吊艙以令人膽顫心驚、頭暈目眩的高速連降數層樓，然後出乎所有人的意料（除了迪兒本女士），猛然向前一拉，再急轉向左、向後、又向左……接著呈鋸齒形顛簸向上、向上、向上，整個過程中，艙門上方的燈號始終不斷亂閃。

終於，吊艙猝然停止，九一九梯的九名新生全數撞上牆壁。迪兒本女士身材夠高，自己抓住了從天花板垂下的皮製拉環，穩住身體，卻根本不管新生搆不搆得著。

「地下三樓，世俗之藝學院。」吊艙門開啟，她帶著大家走進一條空蕩的長廊，木地板光亮平滑。莫莉安整個人頭暈眼花，努力跟上。

「這層樓專供我們所謂的『實務學門』之用。」迪兒本女士繼續說：「醫學、地圖學、氣象學、料理學、工程學、奇獸畜牧學……等等，也就是對於維持這個世界運轉而言，最要緊的日常實用知識。這層樓也包含實驗室、天文臺、地圖室、一到九號講堂、動物相關設施、實驗廚房，當然還有醫院。」

學務主任帶他們走進一間昏暗的講堂，一位叫做刺藤博士的人正在向來自七大域的學會成員演講，主題是「現代奇獸學家的倫理責任」。講臺上，刺藤博士旁邊有個籃子，裡面的東西乍看很像超大一堆白色髒抹布，但細看就發現那是──

「魁貓！」莫莉安說，輕推霍桑一下。迪兒本女士馬上轉頭瞪她，莫莉安抿緊嘴唇，專心致志盯著下方的講臺，直到迪兒本女士挪開視線。

「光是為一整個種族考量最佳利益，還稱不上足夠，」刺藤博士對觀眾說，憐愛地伸手搔那隻魁貓的下巴，「我們也必須考慮到每個個體。」

「沒有芬那麼大隻。」霍桑用嘴角悄聲說。

「我猜是小貓，」莫莉安說，那隻貓咧嘴對聽眾露出牙齒，可惜威嚇效果不太好，還挺可愛的。「噢，你看！」

可惜迪兒本女士很快又帶著他們離開，來到下一層樓。

「人文學門，」抵達地下四樓時，迪兒本女士宣告：「包括哲學、外交、語言學、歷史、文學、音樂、藝術與劇場。」

她引領新生走過地下四樓的十幾間教室、工作室、藝廊、音樂室、劇場，再來又前往地下五樓，供所謂的「極限學門」使用，這也是世俗之藝學院的最後一個分支。

前兩層樓的氛圍就像博物館或大學一樣，頗為平和、嚴謹，有著寬闊的走廊、高聳的天花板、光亮的木地板；相形之下，地下五樓的氣氛卻詭譎變幻、稍嫌混亂，彷彿任何事情都有可能發生。

迪兒本女士帶他們參觀其中一側的廂房，專門用來教學諜報技巧（他們在一個叫「如何假死」的工作室停留了五分鐘）；一個喧鬧的武術道場（開學第一天，就有好幾個學者摔斷了骨頭）；還有洞窟狀的巨大龍舍、廣大的騎龍賽場，霍桑開心得不得了，往後他會有很多時間待在這裡。

莫莉安正想著地下五樓有點像杜卡利翁飯店，這時，一個年紀稍長的男孩從走廊另一端狂奔過來。

「學務主任！」男孩一面放聲尖叫，一面追上迪兒本女士跟新生，一頭長辮在腦後甩來甩去，雙眼明亮而狂亂。「學務主任，求求妳，可不可以跟妳談談？」

「沒空，惠特克。」

「求求妳，迪兒本女士，」男孩傾身向前，雙手扠著腰，大口喘氣。「求求妳，請妳跟默嘉卓談談，她說我們梯沒有通過公民責任考試，所以要把我的頭剃光，可是那又不是我害的，她——」

「那是你自己的問題。」

「可是她說——」男孩哀號，「她說她今天晚上就要磨剃刀。」

「想必是會。」

「求求妳，妳能不能跟她談，或是——」

「說什麼傻話，我當然沒辦法跟她談。」迪兒本女士厲聲說，閉上眼，脖子歪向一側，發出清脆的一響。聽見那個聲音，莫莉安打了個顫，男孩往後縮，急吸了口氣。「惠特克，你是白袖，屬於玄奧之術學院，我不是你的學務主任，需要我再提醒你嗎？默嘉卓夫人有權給予學生適當的訓誡。好了，快去上課，不要把狀況弄得更糟，她隨時都會過來。」

男孩面如土色，倒退幾步，轉身沿著他過來的方向跑了回去。莫莉安目送他遠去，忍不住嚥口水。那個惡名昭彰的默嘉卓夫人當真要剃光他的頭？這樣真的可以嗎？她偷瞄四周，九一九梯的其他人同樣看起來很不安。

除了不安，也很疲累。莫莉安清晨就起床，又穿越迷宮般的地下校園，彷彿走了好幾百哩，整天只吃了兩片餅乾，簡直快要當場倒在地上，再也爬不起來了。正當她下定決心，想要詢問導覽何時結束（或至少，什麼時候可以吃點東西），迪兒本女士便將他們帶回吊艙停靠區。

「布雷克本跟阿瑪菈，」迪兒本女士說。詩律對上迪兒本女士目不轉睛的視線，偏偏蘭貝斯正抬頭仰望天花板，皺起眉，天曉得她究竟有沒有聽到自己的名字。「玄奧之術學院的學務主任默嘉卓夫人很快就會抵達，帶妳們繼續參觀地下六樓至八樓。」

她無法前往的幻學區域，詩律跟蘭貝斯卻得以一見，這讓莫莉安內心有些嫉羨……不過，她內心也有另一個不斷響起的小聲音，祈禱他們這幾個灰袖的導覽進入尾聲。

「等默嘉卓夫人一抵達，」迪兒本女士接著說：「其他人就自行返回原路，前往傲步院外面的樓梯，引導員會在那裡等候，送你們回家。我相信，你們自己有辦法回到一樓。」

怎麼可能，莫莉安暗想。她轉頭看霍桑，只見他露出一樣驚恐的神情。難不成他們應該記住迪兒本女士拉了哪幾個操縱桿？

「為什麼他們可以先回家，我們卻要留下來？」詩律問。

「喔，好可憐唷，」薩迪亞怒聲道，受不了地翻了個白眼。「妳一定覺得人生好艱難，都是因為妳有那麼寶貝的本領，才要去我們不准進入的那三層樓，我同情得快昏倒了——」

「天呀。」蘭貝斯輕輕地說，她仍凝望著天花板，像在車站時那樣，豎起了一根手指，看不出來她是要大家安靜，還是要測試風向。「她來了。」

「可不可以叫她不要再這樣了？」馬希爾嘟囔：「我真的覺得很毛。」

「安靜。」學務主任的語氣依然嚴厲，可是莫莉安總覺得，她好像忽然變得很緊張。她不時扯動左邊袖子，顯得緊繃又焦躁，莫莉安不禁好奇，她是不是也怕惡名昭彰的默嘉卓夫人。這個念頭絲毫沒辦法讓莫莉安放下心。

「在等待的這段時間，不如來談談該怎麼管理自己的用品吧。」迪兒本女士說道：「你們有責任確認每堂課該穿什麼服裝、該帶什麼用具，」說到這裡，她頓了一下，暫時閉上眼，脖子喀啦一聲往旁歪。莫莉安忍不住瑟縮。「凡是你們需要的物品，無論是樂器要用的松香、一組刷手的工具，還是一把彎刀——」她輪流盯著雅查安、埃娜跟薩迪亞，「務必請引導員安排，或是自行提交正式申請，申請表可以在裝……裝備管理處取得。」

迪兒本女士再次停住，接著，奇怪的事發生了。她彷彿要阻絕明亮的強光，用力閉緊雙眼，高高聳起肩膀，雙肩緩慢地向後轉動，像條水中的鰻魚般扭動脖子。莫莉安聽見她的脊椎不斷發出喀喀聲，那串清脆的聲響接連不停，她抖了一下，那種聲音讓她渾身發毛。

她瞥了其他人一眼，大家的臉色就跟她一樣，越來越驚懼。學務主任到底怎麼了？

「假如你沒有做到這一點……導致……你被排除在課程之外，」迪兒本女士繼續說，仍然閉著眼睛，下巴以不自然的詭譎角度往前突出。「那麼，這完全是——」她發出一個奇異的聲音，像是從喉嚨深處發出的咯咯聲，聽起來實在太駭人，莫莉安嚇得往後一跳。「——你自己的責任，你會發現……在校園中，沒有一個人會……同情你的……悽慘處境。」如玻璃般平滑的嗓音已然消失殆盡。現在，她的聲調變得沙啞、充滿喉音，令人不寒而慄，儘管如歌般的抑揚頓挫，卻十分可怖，就是……不對勁。「沒錯吧，默嘉卓夫人？」

迪兒本睜開雙眼。

莫莉安倒抽一口氣。同梯的其他人全疑惑地轉頭往背後瞧，以為玄奧學院的學務主任默嘉卓夫人會從那裡走過來，唯有莫莉安注意到大家都沒發現的事。

迪兒本……變了。分開來看，那些變化都很細微：雙肩往下斜，臉頰更顯凹陷，冰藍色的眼眸變淡，轉為了無生氣的汙濁淺灰，宛如冬日死氣沉沉的天空，眼窩也陷得更深。她頭頂上的髮髻已經不是閃亮的銀金色，而是徹底的純白，毫無一絲顏色摻雜其中；雙唇泛紫，有些乾裂，嘴角彎成令人不快的睥睨弧度，露出一口尖銳的黃牙。

莫莉安雙眼圓睜，死死瞪著這張全新的臉孔，見證了這個毛骨悚然的轉變過程。剛開始，她又是不解，又是驚怖，慢慢地，她恍然想通了。

「正是，迪兒本女士。」那女人開口，回答了自己口中吐出的問題。

所以，她就是默嘉卓。

世俗學院的學生慢慢後退。已經不是今天第一次，莫莉安非常高興她是個灰袖。

第六章　錯判、謬誤、胡鬧、暴行、毀滅

「騎龍一整個早上！」隔天，霍桑一面大喊，一面把拳頭揮向空中：「太棒了！」

他們正駛入傲步院站，雀喜小姐等前面兩班車的學者下車，離開月臺，這才停靠在月臺旁，開啟九一九家庭列車的車門。

「看你這麼開心，我很高興。」雀喜小姐對霍桑說。在前往幻學的路上，九一九梯互相交換課表，興奮地比較這週彼此要參加哪些有趣的工作坊、講座與課程。莫莉安特別期待週四早上的課，課名是神祕的「與亡者對話」。「不過，可別把自己搞得太累了，你午餐後還有一堂三小時的龍語課，看到沒？」她用手指輕點霍桑的課表，「上這堂課可要清醒一點才好，這種語言不容易學。」

霍桑的手自半空落下，垂頭看著課表，皺起鼻子。「我幹麼要學龍語？」

雀喜小姐睜大眼睛看著他。「我懂！你是永無境最有潛力的少年龍騎士，一條命掌握在那些古老野獸的爪子裡，何必去學怎麼跟牠們溝通呢？真是瘋了。」她從鼻孔哼了一聲，「霍桑，你不覺得學會跟龍講話說不定很有用嗎？」

「可是……我會跟龍講話啊。」霍桑說：「我三歲就開始騎龍了，要是妳不相信我有辦法讓龍接受指令，就過來看我騎——」

「喔，我知道你可以，」雀喜小姐說。「我看了你的展現考驗。但是，一直以來，你只是單方面讓龍了解你的指令，那你有沒有試著去了解龍呢？」

霍桑看她的神情，就像是見到她活生生長出犄角。

「龍語是很美妙的語言，」她繼續說下去：「我還是初階學者的時候，自己也學了一點。而且你看，馬希爾也會跟你一起上課，一定會很好玩的！」

霍桑湊到馬希爾的肩膀旁邊瞧。

「可是他只要上一個小時！」霍桑抗議。

「嗯……我只是想說，讓你早點開始學比較好，畢竟我們這位易卜拉欣先生已經會一點龍語了，對不對呀，馬希爾？」

「**鶴查施**·**許卡**—**勒維**。」馬希爾說，嚴肅點頭。

雀喜小姐一臉驚豔。「**馬查**·**羅克**·**達取瓦**—**勒維**。」她回答，同樣點頭回禮。

「什麼意思？」霍桑嘟囔，滿臉狐疑盯著他們兩人，莫莉安猜想，那眼神也混雜了一絲妒羨。

「是龍族語的寒暄語，」雀喜小姐說，見霍桑的臉色愈發困惑，補充道：「龍族語就是龍語的另一個稱呼。**鶴查施**·**許卡**—**勒維**這句話的意思是**祝福你長燒不盡**。」

霍桑做了個怪表情，莫莉安也是。「祝福你長燒不盡」聽起來不像問候，倒像是威脅。

「客氣的回答是**馬查．羅克．達取瓦—勒維**，意思是**與君相識，使我越燒越明**。」雀喜小姐繼續往下說：「對龍來說，大概就像……祝福對方身體健康，然後對方再感謝你的情誼。」

薩迪亞迅速掃過自己的課表，看似越來越惱怒。「雀喜小姐，為什麼我的課表都沒有跟龍有關的酷東西？不公平，我最喜歡龍了。」

引導員在薩迪亞身邊的沙發坐下，傾身越過她的肩膀看課表。「喔，可是妳有其他很酷的課呀。」

「像是什麼？」

「妳看，星期五有直排輪飆速競賽課，那可是琳達教的。」

薩迪亞一臉懷疑。「琳達哪裡酷？」

「比如說，她會直排輪飆速競賽啊，還會彈貝斯。而且她是人馬，這夠酷了吧。喔還有，妳看——妳跟莫莉安星期二有一堂工作坊，是刺藤博士開的魁貓照護課——噢，等等。」她皺起眉頭，拿出一枝筆，劃掉那堂課。「抱歉，我來不及更新。刺藤博士的幼魁貓不見了，真是可憐，她好擔心。」

「不見了？」莫莉安從課表抬起頭。

「嗯，她信誓旦旦地說是被偷的，但我覺得，牠應該是自己溜走了……畢竟，魁貓這個種族出了名的熱愛自由，可憐的小東西八成受夠關在那個小地方了。」看薩迪亞滿臉陰鬱，雀喜小姐輕拍薩迪亞：「別擔心，我會替妳找個一樣有趣的課，我保證。」

莫莉安皺起眉頭。這已經是她這週聽到的第三宗失蹤案了，先是卡西爾、帕西默．杏韻，現在又輪到幼魁貓。

「雀喜小姐，」法蘭西斯開口問：「這堂課是什麼？『辨識催眠術』？」

「我也有這堂，」埃娜說：「星期三早上。」

莫莉安看了看自己的課表，她也有。

「我也是。」薩迪亞說。

「還有我，」馬希爾跟著說：「八點的課。」

「啊，」引導員說：「沒錯，長老覺得讓你們修這堂課會很有用，畢竟你們這梯有個催眠師。」

詩律猛然抬頭，面露慍色，忿忿不平地輕哼一聲。然而雀喜小姐毫不理會，表情依然平靜，沒有什麼特別的情緒。

霍桑看起來很疑惑，「我們這一梯有什麼？」

「催眠師。」

「是喔。」他擰起眉頭，「真的？」

「真的，」雀喜小姐仍舊充滿耐心，隱隱流露些許嘆息。「詩律．布雷克本是催眠師，她就坐在你旁邊。」

霍桑轉頭看詩律，嚇得微微一彈：「哇，我的媽。」

「沒錯，這就是原因。」雀喜小姐說：「你們都需要上辨識催眠術的課，才能記住你們這位新朋友，以及分辨詩律什麼時候用了她這套厲害的本領。」

「可是雀喜小姐，」詩律神色驚嚇，「這樣我要怎麼催眠他們——」

「重點就在這裡，詩律。」雀喜小姐語氣溫柔，「妳不應該對妳的同梯使用妳的本領。**兄弟姊妹，一生忠誠**，記得嗎？」

「我說我會忠誠，又沒說我再也不催眠別人！為什麼別人都可以自由運用本領，就我不行？」

「沒有這回事，雅查不能偷你們的東西，法蘭西斯也不能讓你們喝會害你們哭的湯，大家都要遵守同樣的誓言。」

詩律看著她，露出算計的樣子。「反正我都發誓了，幹麼還要教他們辨識催眠？既然妳相信雅查不會偷別人的東西，妳為什麼不相信我不會催眠別人？」

雀喜小姐垂下目光思考，似乎覺得詩律說得有理。她抿住嘴唇，想了半晌。「詩律，我知道妳為什麼不高興。不，我是認真的，我懂。但是，催眠術跟扒竊這兩種本領差非常多，會引發的後果也天差地遠，有些贊助人認為——」

「我不值得信任，」詩律搶過她的話頭，目光灼灼。「就因為我是催眠師，所以我會做壞事。大家都這樣想。」

莫莉安回想展現考驗，當時播放了一支影片，拍下詩律濫用催眠術的所作所為，不僅破壞公物，還讓一名警察用自己的手銬把自己銬起來。她朝霍桑抬起一邊眉毛，但沒說什麼。

「沒人覺得妳會做壞事，詩律，我保證。他們只是特別小心罷了。」

然而，詩律看起來並沒有消氣。莫莉安覺得她整個早上都不太對勁，稍早在九一九站時，所有的灰袖都很想知道地下六樓到八樓究竟有什麼，可是莫莉安問了之後，詩律根本懶得理睬她的問題。話說回來，薩迪亞跑去問蘭貝斯時，蘭貝斯也是相同的反應，說不定是她們被下了封口令。

家庭列車的車門一開，詩律便怒氣沖沖下車，跑過人行橋，衝出車站。其他學者留在月臺上，似乎再度忘了詩律，輕鬆地聊著天，繼續比較課表。

「妳早上是什麼課？」霍桑問莫莉安。

「『專注與冥想』。」莫莉安念道，「在地下四樓。等吃完午餐，要去地下五樓上『潛行、閃避與隱匿』。」

「我今天下午也有那堂課，」霍桑說：「妳看，『潛行、閃避與隱匿』。但我需要上那堂課嗎？我是說，難道妳認識比我更會偷偷摸摸的人？」

莫莉安歪著頭，「要我列一張名單給你嗎？」

「**雀喜引導員！**」

伴隨刺耳的怒吼，迪兒本女士現身。她大步走向家庭列車，拳頭裡緊捏著一張紙，霍桑、莫莉安和其他幾名學者停下腳步。聽到迪兒本的語氣，實在很難不停下來。

雀喜小姐從車門內探出頭。「學務主任，」她遲疑地微笑，「早安，找我有什麼事嗎？」

迪兒本對她怒目而視，額頭擠出深深的皺紋。「我們得討論一下這個。」她將那張紙扔給雀喜小姐，雀喜小姐連忙接住。

「這是莫莉安的課表。」她看了之後說。聽見自己的名字，莫莉安整個人僵住。

「有什麼不妥嗎？」

「對，很多不妥。」迪兒本輕蔑地說，從雀喜小姐手中一把搶回課表。「應該說，幾乎通通不妥。卡德爾·卡萊里教的『專注與冥想』？不妥。」她掏出一枝筆，誇張地大筆一揮，劃掉那堂課。「『赤手搏擊防身術』？免了。」劃掉。「『初級水底尋寶』？『潛行、閃避與隱匿』？兩個都不准。妳到底想把這女孩教成什麼？」她厲聲說：「大規模毀滅性武器？」

莫莉安蹙眉。她覺得比起其他學者的課表，自己的課聽起來相對溫和多了，她看到埃娜的課表上有堂高級課程叫「如何（暫時）令心臟停止跳動」，詩律也有好幾堂工作坊的名稱挺驚悚的，比如「砒霜辨識」、「審問的藝術」、「業餘監控技巧」、「拆除炸彈基本技巧」。

「『專注與冥想』有問題嗎？」雀喜小姐問。

「這女孩是個幻——」迪兒本猛然打住，先回頭張望，才壓低聲音繼續：「雀喜小姐，這女孩是幻奇師，難道我們需要一個**專注**的幻奇師用她無比**專注**的心來**專注**地送我們去死？」

她有辦法把學務主任想到死？這念頭讓莫莉安差點笑出聲，霍桑的自制力略遜一籌，連忙用咳嗽聲掩飾他的哼笑。

雀喜小姐看似並不覺得哪裡好笑，莫莉安瞥見她的臉色有一瞬間動了怒，但她花了點時間冷靜下來，開口道：「學務主任，那妳希望莫莉安上什麼課？」

「我已經調整好課表了，」迪兒本簡短地說，遞給她第二張紙。「請立刻按照這張課表修正。」她轉過身，就快走到人行橋時，雀喜小姐又叫住她。

「學務主任——妳弄錯了吧，這上面只有一堂課。」

迪兒本回瞪著她。「雀喜小姐，我從不犯錯。再會。」

學務主任一走遠，莫莉安與霍桑馬上趕回家庭列車，越過雀喜小姐的肩膀，想知道她為何這麼沮喪。

「**令人髮指的幻奇事件史**，授課教師：海明威．Q．昂斯塔教授。」莫莉安滿腹疑惑，大失所望。「就……就這樣？就這堂課？天天上？」

「看來是這樣。」雀喜小姐的嗓音緊繃，像是控制著情緒。「我從來沒聽過這堂課，所以一定是特別為妳開的。真是……讓人興奮！」

可是她騙不了莫莉安。

雀喜小姐對她露出緊張的笑容。「趕快去吧，不然妳會遲到的。」

在人類與龜類之間，海明威．Q．昂斯塔比較偏向人類，但他仍有許多龜類的特徵。

莫莉安知道，在幻獸族中，昂斯塔教授會被歸類為所謂的「次型幻獸族」，意思是他的人類特徵多於奇獸特徵（薩加長老則不同，他幾乎完全是公牛型態，因此明顯屬於「主型幻獸族」）。生活在杜卡利翁飯店的經驗，讓莫莉安學會了紮實的幻獸族禮儀，原因是經常有幻獸族在飯店下榻，所以朱比特跟米范都教過莫莉安幻獸族跟奇獸有何差別。幻獸族是擁有感受、自我意識的智慧生命，能夠進行複雜的操作，例如語言表達、發明事物、藝術創作，就像人類一樣；奇獸則不行。

莫莉安也學會了符合禮節的稱呼方式。舉例而言，你不能稱熊型幻獸族為「熊」（這是極端侮辱的稱呼），而是要稱「幻熊」，把幻熊當成熊是極端失禮之舉，近乎不可原諒。莫莉安會知道這些，是因為她不小心犯過這個錯，後來是朱比特和米范向那位幻熊貴客百般賠罪、討好，再贈送數個野餐籃做為補償，才得以平息對方的怒火（這中間，莫莉安還開了個「灰熊大優惠」的玩笑，結果也不怎麼好）。

至於芬涅絲特拉，嚴格來說，既不是幻獸族，也不是奇獸。莫莉安曾經問她為什麼，芬毫不客氣地回答：「難道妳會問一個人他是不是幻獸族？難道妳會問一隻人馬他是不是奇獸？不會嘛。魁貓就是魁貓。話題結束。」芬接受了莫莉安一頭霧水的道歉，不過在那之前，芬依舊把她枕頭裡的絨毛換成了從每間浴室排水孔收集的頭髮。

昂斯塔身上的龜類特徵相當引人注目，他背上有個巨大的圓甲殼，灰綠色的皮膚帶有皮革的質感，褲管下方露出來的並非英挺的雕花皮鞋，而是一雙帶有鱗片跟肉墊的圓圓龜腳。

不過，他的其餘部位倒是挺普通。他的頭頂大多是皮膚，只有幾綹稀疏白髮，有些泛紅的淺綠色小眼睛微瞇起來，似乎很需要眼鏡。他身穿一套老派的西裝，搭配格紋領結和一件不太相襯的背心，背心前襟沾了點汙漬，衣服外面再套一件正式的黑色學者袍。

他的教室位於四樓人文學門，這間教室完全符合莫莉安的想像（假如她先前想過這種事的話），一個半人半龜的教師如果要教一整天的書，的確會選擇這樣的教室。當然，教室裡還是有成排的木桌、椅背挺直的座椅，牆邊全是書架，塞滿了看起來很嚴肅的布面精裝書。不過，在這些擺設的下方，卻不是普通的地板，而是冰涼的草地，教室的一角被一座池塘占據。

莫莉安走進教室時，昂斯塔教授正坐在黑板前的凳子上。他用鼻孔看著莫莉安，示意她坐在前排的一張桌子後面，吐出緩慢、悠長又深沉的氣息，胸口伴隨著哮喘聲。莫莉安坐下來等待。

「妳，」他終於緩緩地說，停下來，喘了口氣，又繼續：「妳就是長老所說的……幻奇師。」

他連一顆牙齒也沒有，溼黏的嘴脣滿布皺紋，有如滲穴一樣塌陷進口腔，嘴角積聚星星點點的唾液。莫莉安皺起鼻子，努力不去想像那些口水噴過來，濺到自己的臉上。

「對，」她說，身體往後靠，以防萬一。「就是我。」

這個問題讓她很詫異，她以為只有學務主任跟雀喜小姐可以知道她的……小狀況。

他低頭對莫莉安皺眉。「妳要說……**教授**，對。」

「教授，對。」

「嗯。」他點頭，凝視著半空。

過了一陣子，他什麼也沒說。莫莉安開始疑惑，他是不是忘了自己在哪裡，正想要清清喉嚨，他又嘶一聲吸了口長氣，目光轉回她身上。「那妳……了解……這代表的意義嗎？」

「不太了解。」莫莉安承認，然後連忙補上：「教授。」

「我想……妳聽過……現存最後一個……幻奇師？」

「埃茲拉．史奎爾？」

昂斯塔教授點點頭，他點頭的動作幅度非常小，上上下下持續了半晌，彷彿失去了控制頭部的能力，只好等頭自己停下來。「妳對他……所知……多少？」

莫莉安悄悄嘆口氣。「我知道他是史上最邪惡的人，每個人都討厭他。」

「沒錯。」昂斯塔教授用沉重的口吻說，眼皮耷拉下來，莫莉安以為他就要睡著了。也說不定會是她自己先睡著。「說得沒錯。那妳知道……他為什麼……是史上最邪惡——」

「因為他化身為怪物，」莫莉安打岔。她不想失禮，但是也不想枯等著他講完。「也製造了聽命於他的怪物。」其實她是照搬米范去年告訴她的話，她試著避免讓語氣帶有任何情感，可惜沒有成功。

事實上，無論朱比特再怎麼說，無論朱比特多麼堅持身為幻奇師不表示她很邪惡，莫莉安始終很難甩掉一個念頭：在她心底的角落，隱藏著跟埃茲拉·史奎爾相同的本性。史奎爾不也是這樣對她說的嗎？史奎爾不是曾凝視著她，露出微笑，似乎很高興的樣子？**莫莉安·黑鴉，我找到了妳。妳的內心深處藏有黑暗的冰霜。**

「還有英勇廣場大屠殺，」莫莉安忽然想起，補充道：「他殺了想阻止他占領永無境的人。」

昂斯塔教授再度點頭，又吸了一口伴隨哮喘聲的氣。「說得……沒錯。然而……不只……如此。」

教授以極其徐緩的速度，從凳子站起身，關節發出各種喀喀聲，莫莉安忍不住一抖。接著，他一吋一吋拖著步子穿越教室，大約過了十年，終於抵達位於另一端牆壁旁邊的書櫃，拿起一本巨著，這本書尺寸之大、頁數之厚，看著彷彿就要砸到地上，連帶害這位幻龜教授跌倒了。莫莉安當即跳起來幫他，兩人合力把書搬回來，「呼」一聲扔在桌上，書頁間飄出一陣灰塵。

教授用學者袍的袖子抹去封面上的厚厚一層灰，莫莉安瞇起眼，閱讀樣式老派的字體。

錯判、
謬誤、
胡鬧、
暴行
與毀滅：
幻奇事件光譜簡史

海明威・Q・昂斯塔／著

「簡史。」莫莉安念出來：「這是什麼意思？」

「意思是……編輯過的。精簡的。比較短的。完整的……歷史……無疑要寫上……好幾十冊。」

聞言，莫莉安揚起眉毛，暗自感謝上蒼，幸好他只有寫簡史的興致。

「我收到指示……要監督妳……全盤了解……妳那些前輩……的歷史。」昂斯塔在此頓住，被灰塵惹得咳嗽，咳得越來越激烈嚇人，莫莉安一度生怕自己必須向學務主任回報：第一堂課才開始十分鐘，她的老師就咳死了。不過，他的肺終究恢復了正常。「好讓妳……徹底明白……並牢牢記住……幻奇師為我們帶來……多少危險……跟災難。」

莫莉安心一涼。這就是她要學的東西？埃茲拉．史奎爾幹過的所有壞事？真讓人厭煩。

她早就知道埃茲拉．史奎爾泯滅人性，何必再讀他做過多少喪盡天良的事？

昂斯塔教授用指尖輕點這本巨書。「接下來的……時間……妳就……讀……第一到……第三章。」他看看懷錶，「還有……三……小時。」

慢悠悠、慢悠悠地，他蹣跚走出教室。與此同時，莫莉安淒涼地盯著封面上的《幻奇事件光譜簡史》，良久才嘆了口氣，翻開書頁。

第一章

依時間順序，記錄頭號幻奇師碧麗安絲．阿瑪迪奧之劣跡，其前人為鄧黎，其前人為克莉斯多貝．法倫．當罕，其前人為……

「這些人是誰？」莫莉安揚聲問道，這時昂斯塔教授剛走到門口。

「嗯？」

朱比特說過，以前，世界上曾經有其他幻奇師，可是莫莉安從沒想過他們也是活生生的人，畢竟光是擔心當今那位幻奇師就飽了。「我只是……呃，碧麗安絲・阿瑪迪奧現在在哪裡？她還——」

「她死了。」

莫莉安的心直往下墜。

「妳的同類……全都……死了，」昂斯塔教授說。「就算……還沒……」他眨眨濡溼的眼睛，注視著莫莉安，呼哧呼哧吸了一口長氣，「他們也該死。」

莫莉安從未想過，自己對於身為幻奇師的觀感還有辦法變得更差，沒想到她錯了。昂斯塔教授的書又臭又長，細細描寫「她的同類」幾百年來做過的每一件錯事。史奎爾的確是天性邪惡，幻奇師的力量的確是極具威脅性，可是根據昂斯塔教授的書，事情遠遠沒有這麼簡單。

書中呈現了一幅極其不堪的幻奇師樣貌：世世代代以來，這群人行事自私、樂於破壞、渴求權力，仗恃皇室與政府的支持以及從窮人身上盤剝的稅賦，過著縱欲享樂的生活。據昂斯塔教授所描述，過去好幾百年，幻奇師享受著永無境平民的供養，卻用或大或小的不幸事件與不義之行回報。

在最好的狀況中，幻奇師自以為是、行事乖僻，濫用特權創造虛有其表的幻奇建設，往往只造福一小群人，反倒為大眾帶來諸多不便。例如黛西瑪・可可羅，她要到了公共基金與資源，拿去打造一座由水組成的幻奇大廈，後來導致數人溺水，被迫關閉，簡直是浪費、危險、愚昧。還有歐布瓦・傑密提，他選中一個貧窮市鎮，弭平一整個街區的房舍，建造一座遊樂園，落成後以自己的名字加以命名，還禁止任何人進入。

在最壞的狀況下，幻奇師化身為暴戾的霸王，利用自身的能力凌虐他人，鞏固地位、財富與名望。埃茲拉・史奎爾自然名列其中，另外也有像葛拉瑟・歌伯里這樣的人，她的年代比史奎爾早了一百年，曾號召關押所有幻獸族，不分主型、次型一律打入大牢，最終遭到一名幻蠍暗殺身亡；以及弗雷・亨利森，他在六百年前引起永無境大火，毀去大半城市，奪去數千條人命。

莫莉安恍然明白，朱比特錯了。她的胸口凝聚起一股沉重、不快的感覺。朱比特怎麼錯得這麼離譜？

幻奇師真的都壞透了，沒一個好人。

過了悲慘的三小時，昂斯塔回到教室，以蝸牛般的速度蹣跚走回桌後。莫莉安早已讀完指定的三個章節，過去二十分鐘只是盯著教室前方，鬱鬱沉思。

「告訴我……妳……學到什麼。」

莫莉安用呆板、消沉的語調，總結她記得的內容——數世紀以來，幻奇師殘忍、輕率的行為俯拾即是，他們鑄下的錯卻從未獲得匡正。說完之後，她深深嘆息，低頭看著自己的手。

昂斯塔教授沉默良久。他終於再度開口時，語氣顯得極其疲憊，如此蒼老、嚴峻，彷彿剛從死亡狀態還魂。

「那妳覺得……我為什麼……決定要教妳這些？」

莫莉安抬起頭，思考了一陣。「讓我知道當幻奇師有多危險？」昂斯塔教授一言不發。莫莉安靈光乍現，「是要讓我避免做一樣的事！讓我不至於跟那些人犯下一樣的錯……」

她對上昂斯塔教授圓圓的小眼睛，注意到他那狡黠、冷酷的眼神，越說越小聲。他從椅中站起，拖著腳步，徐徐走向莫莉安。「妳以為我……相信……妳會比他們好？」

莫莉安大惑不解。她會不會比全界最惡劣的那些人更好？這是當然的吧。

「這——」

「妳以為我……相信妳會更好……對妳有更多期待……不會變成這些……」他朝桌面傾身，點了點《幻奇事件光譜簡史》的封面，「……這些**禽獸**？」他氣喘吁吁地說。

「這個——這個，**當然啊**，」莫莉安說：「我是說……你不信嗎？你總不會希望我變得跟——」

「妳已經……跟他們一樣了。」昂斯塔教授說，音量越來越大，重濁的呼吸越來越急，越來越喘，發皺的嘴噴出點點唾沫。「妳……已經是個……禽獸了。我的責任……不在於……拯救妳。而在於讓妳認清……妳根本……無藥可救。妳所有的……同類……全都無藥……」

莫莉安沒有聽完後面的話。她跳起身，從教室狂奔而出，隨著心中的抑鬱越燒越旺，她一口氣跑過錯綜複雜的走廊，根本不曉得自己的所在位置。最後，不知怎麼辦到的，她成功走出傲步院，沿著林中道路，回到了傲步院站。

她癱坐在一張木頭長椅上，抬起頭，以矇矓的淚眼望向時鐘。家庭列車還要再過好幾個小時才會來。

算了，她暗忖，**不搭就不搭**。

無所謂，她還有兩條腿呢。

幾分鐘後，莫莉安抓著雨傘，衝過兩旁樹木排列的綠蔭大道，穿過大門，直奔傘鐵月臺。朱比特的字條倏地在她腦中閃過，有如良心的微弱抵抗：**無論在何種情況下，妳都不可以單獨前往幻學以外的地方。我是認真的，我信任妳會做到。**

他再認真又怎樣，莫莉安酸澀地想，對準接近的傘鐵一躍而起，用雨傘傘柄勾住金屬環。她已經不在乎了，她只想**回家**。

當然，在回到杜卡利翁飯店的半路上，莫莉安的腎上腺素跟衝動逐漸消褪，暫時跑去度假的基本判斷力再度回歸，她恍然醒悟自己犯了多恐怖的錯誤。在正常狀況，她要再過好幾個小時才會到家，萬一她此時出現在飯店，想必會遭到芬涅絲特拉、米范、瑪莎輪流用問題轟炸，然後他們鐵定會把她幹的好事告訴朱比特，然後朱比特就再也不會信任她了。

莫莉安微微陷入恐慌，在下一站（碼頭站）跳下傘鐵，吸了一口長氣。她不要回幻學，她沒辦法忍受，所以只有一個選擇：她必須消磨足夠的時間，等到不至於引人懷疑時，再光明正大走進杜卡利翁飯店的大廳。

朱若河岸很冷，飄著濃烈的魚腥味。不過，像這樣在船隻間閒晃，聆聽漁民拉起漁網、用無線電播放音樂的隨意聲響，反而別有一番趣味。一群比她小好幾歲的孩子吵吵嚷嚷，用金屬罐裝滿河水來煮青蟹，輪流搧著罐底的火。

莫莉安朝朱若河邊的泥灘走去，溫度也愈加寒涼，可是海鷗的鳴叫聲、河水的拍打聲十分令人放鬆。不久，她本來沮喪得想哭的心情逐漸減弱，轉變成比較容易應對的情緒：苦澀、沸騰的怨恨。

每件事都爛斃了。

她邊走邊踢開岸邊的一顆石子。「昂斯塔爛斃了。幻奇師歷史爛斃了，幻奇師爛斃了。迪兒本爛斃了。幻奇學會爛斃了。」

雀喜小姐是還不錯，腦中比較理性的部分說，**家庭列車也是**。

「喔，閉嘴啦。」她對那部分的腦說。

莫莉安全神貫注生著悶氣，沒留意到自己走得比預計的還要遠。空氣更加冰冷，她抬頭望去，驚愕地發覺河水上漲不少。她轉身想回頭，卻聽見一個異常的聲響。

嘰嘰——喀哩、喀啦，喀哩、喀啦。

她不想看。在永無境，有些東西是你絕對不想看的，莫莉安比任何人都清楚這點。然而，她克制不住自己。

嘰嘰嘰——喀哩、喀啦，喀哩、喀哩、喀哩。

她緩緩把頭轉向一側，映入眼簾的是她此生所見最詭譎、最怪誕的景象。從朱若河泥濘的河岸，豎起了一架由骨頭搭成的形體——那稱不上一具骸骨，因為「一具骸骨」意味著它多少具備了人體結構與一定的組成規則。

這個……該說是人？還是怪物？這東西毫無「組成規則」可言，甚至沒辦法說它的型態是模仿人類。更詭異的是，在莫莉安眼前，它依舊不斷增生、不斷積聚，利用那些估計是長年累月深埋在汙泥之中的枯骨殘骸，持續搭建軀體。

最駭人的是，它看著莫莉安。

它的頭骨上根本沒有眼珠，可是莫莉安卻十分肯定，它正看著自己。就好像它想要莫莉安身上的什麼東西。說不定是想要她的骨頭。

莫莉安不想知道答案，也不敢多待一秒。漲起的河水正輕拍著她的腳踝，她的心臟狂跳不止，踩著嘩啦嘩啦的步伐，一路跑回岸上，衝過水泥階梯，穿越碼頭，以最快的速度直奔傘鐵月臺。

「最好當心點，小姑娘。」一個漁民扯著粗啞的聲音對她喊道，他站在船上的甲板，緊張地瞥了一眼她跑來的方向。「這附近有危險的東西，快點回家吧，聽話。」

莫莉安無意爭辯。早知道就不該來的，朱比特會叫她不要單獨離開幻學，自然有他的道理。他信任莫莉安，偏偏莫莉安沒有遵守規定，如今她為這愚蠢的行徑付出了代價，嚇得魂都要飛了。她絕對不能把這件事告訴她的贊助人。

莫莉安思忖，要是自己夠幸運，她還來得及趕回傲步院站，搭上家庭列車，這麼一來就不會有人知道她逃課。她勾住一個飛掠而過的傘鐵金屬環，乘著高速遠離。回到幻學的路途漫長而抑鬱，莫莉安始終無法克制自己的顫抖。

第七章 打勾勾

週五傍晚，莫莉安穿過員工入口的閃亮雙開黑色大門，走進杜卡利翁飯店的大廳，整個人又溼、又冷、又累、又悽慘，而且餓壞了。

這是她這週最悲慘的一天，而這週是她人生中最悲慘的七天。

整整一週，她天天跟著昂斯塔教授上課，每一天越來越難捱。整整一週，她旁觀同梯夥伴互相比較課表，看看有哪些一起上的課、哪些不一樣的課，又要如何從傲步院的地下九層樓中，找到下一堂酷炫課程的上課地點。

整整一週，莫莉安聽薩迪亞歌頌自己的格鬥教練，那位教練是頭幻熊，名叫布提勒斯・布朗，曾連續二十七次取得域際格鬥大賽冠軍；聽雅查敘述，他在各種盜竊理論課上經歷了什麼好笑的冒險，還跟史上最高超的偷畫賊亨利・馮・海德上了一堂搶劫高級班。整整一週，她忍受同梯散發著興奮之情，討論殭屍方言、監控技巧、衝河浪、熱氣球、照料毒蛇，還有其他幾十種莫莉安想學得要命的技能。

最可怕的是，她竟然無比嫉妒她最要好的朋友。

霍桑得知莫莉安唯一能上的課竟然糟糕透頂時，他跟莫莉安一樣感到不平。所以，莫莉安覺得自己對他心生芥蒂很不可取，也很過分，畢竟她清楚，這不是霍桑害的。

週三下午，霍桑邀請她去地下五樓參觀騎龍訓練課，以為這樣可以讓她的心情好轉，沒想到偏偏起了反效果。莫莉安遠望朋友乘著龍背，在地下賽場迴旋、飛翔，臉上洋溢著純粹的喜悅，看到那個表情，任誰都知道他是為此而生，沒有比這裡更適合他的去處……

莫莉安明白，她應該要為霍桑高興，她也的確為霍桑高興，可是她的嫉妒就像隻野獸，像一頭她無法控制的狼，整週以來，這頭狼不斷在她內心深處長嗥。

雪上加霜的是，在這個悲慘一週的最後一天，昂斯塔教授要她以〈論歐布瓦．傑密提所興建之胡鬧等級建設「傑密提遊樂園」之即刻影響與餘波〉為題，寫一份三千字報告，非等她全部寫完，才准許她走出教室。想當然，她寫了好幾個小時，不但錯過午餐，也錯過了家庭列車。

莫莉安在月臺等雀喜小姐回來，等了好久，等到傲步院站漸漸人去樓空，日頭西沉，哭哭林暗得令人心驚，她心中越來越是驚惶。儘管她明知擅自行動的話，等於是一週內兩度辜負朱比特的信任，但她總不能眼看周遭變得愈發陰森，還獨自傻站在原地。下起雨之後，她終於放棄等雀喜小姐，自行搭乘傘鐵跟幻鐵回到家。

她只希望杜卡利翁飯店的人不會告訴朱比特。說不定，等他回來，大家老早忘了這回事，這是朱比特三天兩頭不在的唯一好處。

就在週一，探險者聯盟送信過來，說他「歸期不定」（就只有「不定」兩個字！顯然是覺得無須多作解釋）。於是，在這一整週，她每天晚上到家，總是懷著一絲希望，期盼贊助人已經回來，可以陪她談談……可惜每一次，她跑到禮賓櫃檯前時，米范都抱歉地對她搖搖頭，讓她期待落空。

莫莉安在漫長的回程一路淋雨，不停想像自己最愛的杜卡利翁餐點：滿滿一大碗冒著熱氣的雞肉餃子湯，剛出爐、暖呼呼的綿軟乳酪和酥脆麵包，香料米布丁搭配蜂蜜烤梨，把白脫牛奶做的藍莓鬆餅疊上一呎高再淋滿糖漿……還有司康！她願意付出一切，只求一個簡單、美味的杜卡利翁司康餅。

帶著咕嚕叫的胃，莫莉安沉著臉推開飯店的黑門，走進生氣盎然的前廳，熟悉的光景映入眼簾：棋盤風格的黑白大理石地板、盆景樹、鋪上粉紅天鵝絨的豪華家具……以及她的最愛：一隻飛鳥形狀的巨大黑色水晶吊燈，泛著七彩流光，展開的雙翅一如往常緩緩拍動，輕柔起伏，以慢動作原地飛翔。

「莫莉安小姐，妳回來了！」瑪莎的聲音響徹前廳，她將莫莉安拉進溫暖的擁抱。米范從櫃檯後跑過來，一面拍手，彷彿莫莉安是從戰場歸來的英雄。莫莉安吁了口氣，慶幸全世界至少還有這個地方，沒有人覺得她邪惡（至少現在還不覺得）。

「小姑娘，妳可回來了！妳的引導員剛走，她說她回傲步院接妳時到處找不到妳。她慌得很，真可憐。」

瑪莎倒抽一口氣，「噢，米范，快叫人去追她，說莫莉安平安無事。」

「這就去，瑪莎。」米范親自奔過前廳，出了大門，走進雨中。

「妳在這呀！」司機查理衝下螺旋梯，最後幾階併作一步躍下，高興地小跑過來。「我就說，妳這麼聰明，一定有辦法自己回家，可是他們都不聽。週末到了，妳一定很開心吧？法蘭克今天晚上要辦床墊滑樓梯大賽，妳剛好還來得及報名，要不要我幫妳報？」

「當然要。」莫莉安咧嘴笑著說。床墊滑樓梯大賽是她今天聽到最棒的事，奇慘無比的開學週逐漸淡成回憶。她到家了。

「妳的小手凍成這樣！」瑪莎驚喊，替莫莉安脫掉黑色外套。「喔，而且妳全身都淋溼了，真令人心疼！我幫妳放一缸熱騰騰的洗澡水，妳想不想要會讓皮膚有點發麻的綠色野苔花泡泡？還是——哦！還有會放古典音樂的香檳泡泡。」

「瑪莎，等等，」米范這時回來，拍掉粉紅正裝外套上的雨珠。「她還不能——」

「那是不含酒精的。」瑪莎安撫他。

「我不是說這個，莫莉安要先去另一個地方。」他遞給莫莉安一張摺起來的紙條，上面寫著：

馬上到書房找我。

——J．N

「他回來了？」莫莉安問，慶幸和喜悅席捲全身，不過她隨即想起朱比特缺席了她人生最悲慘的一週，害得她有苦無處訴，很是令人惱怒。她絕對要向朱比特大吐苦水。

「十分鐘前剛到，」米范說：「臉色跟妳一樣差，看來你們倆這星期都不好過。」

她咬住嘴脣，忽然有些憂心：「他，呃……他有沒有跟雀喜小姐講過話，或是……」

「沒有，而且幸虧妳及時回來，感謝上蒼，我本來很擔心要通知他妳成了失蹤人口！他可能會把我從屋頂扔下去。」

莫莉安「呼」地吐出一口長氣，略略放鬆，斜眼一瞥通往廚房的走廊：「對，好，那我先去——」

米范遞給她第二張字條。

我這有吃的。

——J・N

「你回來了！」書房的門打開之際，莫莉安和朱比特異口同聲大喊，開懷笑著相互擁抱，接著莫莉安便直奔爐火旁的小桌。桌上擺了一個香味四溢的托盤，有茶、牛奶、方糖、奶油、切得厚實的麵包、肥嫩香腸佐烤洋蔥和辣根醬、一塊已經剁碎的巧克力片，還有最美妙的——

「司康！」莫莉安讚嘆，撲通坐進皮製扶手椅，深深吸入司康的香氣——溫暖、金黃、烤得恰到好處的司康。司康旁放了好幾個小碟子，裡頭分別盛著奶油醬、蜂巢蜜、檸檬蛋黃醬，另外還有兩種不同口味的果醬。要不是莫莉安立刻一頭栽進消滅食物大業，她還真想寫詩謳歌這盤美食奇蹟。

芬涅絲特拉躺在火爐前的地毯上，占去大半空間，發出輕微的鼾聲。朱比特的書房是她最愛的打瞌睡地點，不過她也喜歡睡在員工餐廳的長桌、廚房裡大型爐灶的抽油煙機上。莫莉安踢掉靴子，把穿著溼襪、冷冰冰的腳伸到爐火前烘乾，一度冒出強烈的衝動，想把雙腳安放在芬蓬鬆柔軟的背部。這隻魁貓有如會讀心一般，睜開一隻琥珀色大眼瞪她。

「想都別想。」芬嘀咕，伸了個懶腰，搔抓地毯幾下，轉過身再度入睡，粉紅色舌頭微微伸出，卡在齒間。

「怎麼樣？」朱比特坐進另一張扶手椅。「開學第一週過得好嗎？」

「爛透了。」莫莉安答道，在半個司康上恣意狂抹黑莓醬。一些果醬順著她的掌緣慢慢滴下，她直接舔掉，餓得顧不了餐桌禮儀。「真的好慘。你去哪了？」

「真對不起，莫兒，我帶領隊伍去探險。」他嘆氣，雙手抹了抹臉。他看起來確實很抱歉，也很累。「探險失敗了。本來沒預計去這麼久，可是……總之，對不起。」

「什麼樣的探險啊？」

「最高機密的那種。」

莫莉安怒目而視，可惜她嘴裡塞滿司康，難以妥當表達不滿。

「看妳這幾天過得不好，真希望我在。」朱比特說。莫莉安心知他是在轉移話題，仍決定放過他。

「你怎麼沒告訴我會這麼慘？」她質問。

「是我疏忽了，」朱比特同意道，替她倒茶。「妳說的慘是哪種慘？給我一點頭緒。」

「位喘呃哇種。」莫莉安嘴裡塞進另一口美味司康，她吞下食物，重複一次：「最慘的那種。不對，各種慘。」

「洗耳恭聽。」

如果要坦白說出她在碼頭的恐怖遭遇，此刻會是最佳時機。只是……她有好多事情想告訴朱比特，再說，見到朱比特回來實在太讓她開心了，她不想在這個時候招認自己辜負了朱比特的信任，毀了現在的氣氛。

「我想想，」莫莉安趕走心中殘留的內疚。「有一種慘是，同梯的大家都過得很開心，學了好多很棒的東西，就我沒有。還有一種慘是，不管引導員幫我選了什麼課，學務主任都不准我上。我只能上一堂課，這堂課只有一個老師，這個老師是全世界最無聊的人，他很過分，而且……」

「等一下——妳說什麼？」朱比特臉色驟變，一下子十分嚴肅、警醒，整個人僵住，茶杯停在嘴前。

莫莉安嘆息。「我知道，我不該說老師很無聊，可是說真的，朱比特，要是你見到他……」

「不是，不是這個，我是說學務主任的事。」他眉頭深鎖：「她不核可妳的課表？」

「對啊。因為她討厭我，她覺得雀喜小姐想把我教成大規模毀滅性武器。」她翻了個白眼，用一片麵包裹住香腸，抹上帶胡椒味的辣根醬。「我唯一能上的課叫做『令人髮指的幻奇事件史』，老師是昂斯塔教授，他只會叫我讀一本他寫的爛書，書上說幻奇師都很邪惡，他還出一堆功課給我，但那些功課永遠是**繼續讀那本書**，我真的……」

「什麼書？」朱比特問。

莫莉安努力回想完整書名。她咬下一口麵包夾香腸，辣根醬辣得她泛起淚水，她一邊等火辣感消退，一邊思索。「**錯判**、**謬誤**……呃，**胡鬧**……什麼什麼……**與毀滅：幻奇事件光譜簡史**。喔！**暴行**。」

「嗯，」朱比特撇撇嘴。「這書名真讓人喪氣。」

「你記不記得，去年你說……」莫莉安頓住，忽然一陣猶疑。「你說幻奇師本來也有好人。你說他們會實現大家的願望，而且……」

「嗯？」

「那個，我只是在想。」莫莉安不知道該怎麼委婉地說，索性直接開口：「你確定你沒弄錯嗎？」

朱比特微笑。「很確定。」

「真的嗎？」她追問，「因為我已經讀了十二章，到目前為止，每個幻奇師都很壞。」

朱比特凝視莫莉安半晌。「說說昂斯塔的書裡寫了哪些幻奇師吧。」

莫莉安抬頭望著天花板，搜索記憶。「嗯，有瑪提德．拉虔斯，」她掰著指頭數：「天棓三．河鼓三，葛拉瑟．歌伯里，黛西瑪．可可羅……」

「這個名字很耳熟，」朱比特說：「說說看可可羅做了什麼。」

「呃……她喜歡建造東西，但她做出來的東西通通有問題。坦白說，她聽起來其實有點笨。」朱比特挑起一邊眉毛，不過沒說什麼。「幹麼？真的呀！書上有整整一章在講她怎麼用水建造一棟大廈——怎麼會用水啊！難怪那棟大廈會被列入胡鬧等級——」

「你們兩個才胡鬧。」芬涅絲特拉伸起懶腰，用毛茸茸的巨掌搔搔耳後。「看不出來我在睡覺嗎？」

「是，我看得出來妳常常睡在這裡。」朱比特向她射出忿忿的目光，「地板上一堆貓毛，都比地毯還要毛了。」

「你懂不懂魁貓毛有多值錢？」芬慢吞吞地說，對著地板磨蹭頭部，又落下好幾撮毛。「賣給貴族，你就會發大財啦。」

「芬涅絲特拉，妳的毛要黏在妳的皮膚上才值錢，我想妳應該不會喜歡剝皮的程序吧。再說，那些貴族只想要幼魁貓的皮毛，妳太老了，毛也太亂。」芬涅絲特拉張開一隻睡眼，對他哈氣，朱比特露齒一笑，隨即垮下臉來。「噢。說到這個，妳打聽到什麼沒有？」

芬涅絲特拉嘆氣。「我們已經放出消息，找過常見的幾個地方，嚇過常見的幾個嫌犯，可是還沒找到。但願這是因為他太聰明，躲在一個很難找的地方。」

莫莉安挺直上半身。「你們是不是在說刺藤博士那隻走丟的幼魁貓？該不會有人為了他的毛把他偷走？好可怕。」

「大概只是逃走啦。」芬帶著睡意翻過身來，腹部朝天。「說實在，逃得好，刺藤這傢伙聽起來真沒用。」

「雀喜小姐說，那隻幼魁貓不見的時候，刺藤博士很擔心。」莫莉安想起那天在講堂，刺藤博士跟幼魁貓似乎感情很好。「刺藤博士真的很照顧他，把他放在一個很舒服的籃子裡——」

「**很舒服的籃子？**」芬投來鄙夷的眼神：「魁貓可不是家貓。」

莫莉安沒吭聲，意味深長地看看芬涅絲特拉，再看看地毯，再看看火爐。芬嘴上堅稱自己不是家貓，卻很懂得享受嘛。

朱比特攪拌他那杯茶，啜了一口，盯著爐火出神。「永無境的街道可不適合幼魁貓遊蕩啊，芬。」

「你以為我不知道嗎？」芬怒聲說：「我的人掌握狀況了，好不好？我們會找到他，話題結束。」

「你的人？」莫莉安問：「你的人是誰？」

魁貓狠瞪她一眼，翻身過去，有效終結對話。莫莉安盯著她的龐然背脊，暗自好奇，是否終有一天，她能夠全盤了解芬涅絲特拉令人驚奇的神祕世界。去年她發現芬是自由邦終極職業格鬥賽的前冠軍，至今還沒從驚愕中恢復過來。

她放棄追問芬，轉頭問朱比特：「另一個人也不見了，是帕西默・杏韻，你知道嗎？」

「嗯。」他露出一個看似不想多說的神色，莫莉安頓時明白，他要不是有事不能說，就是不想說。

「喔！所以你才會出遠門嗎？」她激動得有些坐不住：「就是因為這個，對不對？你去找帕西默・杏韻！」

朱比特思考良久，琢磨該如何回答。「不是，我去找卡西爾。我今天才從長老那裡聽說阿帕的事。」

「他們希望你幫忙調查囉？」

「我不能說，莫兒，否則就是辜負了長老的信任。」

「但你覺得這幾件事情有關聯嗎？」她堅持。

「不好說。老實講，我不覺得有關。」朱比特清清喉嚨：「總之，繼續說吧，可可羅的大廈是用水做的，真有意思。」

「喔，那個啊。」莫莉安的臉一垮。

「是誰評定那座大廈是胡鬧等級？」

「呃，是幻奇事件評等委員會。」她嘆了一聲。「他們會判斷每個幻奇師是不是做了壞事，如果那件事不好，可能就屬於錯判或謬誤等級，如果那件事很糟糕，就屬於胡鬧或暴行等級，如果是壞到不能再壞，就屬於毀滅等級。『瀑布之塔』屬於胡鬧等級，接近暴行，原因是每個想從正門進去的人都會被沖走，或是從頭溼到腳，塔裡也不能放任何東西，畢竟裡面太潮溼了。所以……就是這樣。」莫莉安說完，聳了聳肩。「可可羅真的有點瞎。」

「可是稱不上邪惡？」朱比特說。

莫莉安一面在剩下那一半司康抹奶油，一面考慮。「可能不邪惡吧，但絕對很笨。」

「還有誰？」他問，一手支著臉頰，用手遮住笑意。

「歐布瓦・傑密提建造了一座遊樂園。」

他點點頭，鼓勵莫莉安說下去，「然後呢？」

「那座遊樂園絕對是胡鬧等級，」莫莉安翻了個白眼。「開幕那天，一大群人跟記者等著要進去，從門口就可以看到裡面的雲霄飛車和滑水道，大家都好興奮，結果傑密提完全沒出現，遊樂園根本沒開門，所以沒有人能進去。」

莫莉安不想承認昂斯塔教授是對的，但坦白說，她光想就覺得很憤慨。明明有個遊樂園，卻沒人進得去！她是從來沒去過遊樂園，可是她能想像遊樂園有多好玩。如果眼前看得到那些刺激有趣的軌道跟設施，卻永遠玩不了，那該有多沮喪。

「所以傑密提顯然也有點笨，又很自私，又……怎樣？」

朱比特咬緊了牙關，明顯正憋住一些他很想說的話。「我只是……」他開口，停頓一下，吸了口氣。「聽我說，我現在沒有任何證據，不過我懷疑，昂斯塔教授教妳的幻奇師歷史可能是……」他思索了一下適合的用詞，「比較偏頗的版本。我會跟學務主任談談這件事……也談談妳的課表。」他慍怒地低聲嘀咕。

「可是，這本幻奇師歷史的書就是昂斯塔教授寫的耶——封面上還有他的名字！誰會比他更了解幻奇師？你認識這樣的人嗎？」

朱比特搓揉後頸。「好吧，我不認識這樣的人，只是幻奇師歷史可以往前追溯好幾百年、好幾千年，總不可能每一個都是壞人吧？他們的歷史這麼長，怎麼可能。」

莫莉安癱坐在扶手椅中，氣餒地擰緊眉頭。「所以你只是用猜的囉。」

「聽著。」朱比特嘆氣，單手撥過他長長的紅髮，把頭髮弄得有些凌亂。「我也承認，莫兒，一定有些幻奇師不正派，代表人物就是埃茲拉·史奎爾。幻奇師歷史絕大多數已經湮滅，當一段歷史失傳，大家最容易記住的，往往就是最壞的部分。總有些事情是我們沒辦法一口咬定的。我知道昂斯塔教授是少數從幻奇師的時代活到現在的人，也是少數記得那個時代是什麼樣子的人，我完全不想抨擊他的教學方式，畢竟他是頗受敬重的幻奇學會成員……但我不相信他告訴妳的就是全貌。我不相信歷史有這麼黑白分明。」

「可是你沒辦法肯定。」

「昂斯塔也沒辦法啊，莫兒！他可沒有親眼見證每一件事。」朱比特的語氣流露一絲情急，彷彿心知自己失去了聽眾的信賴。「永無境這個城市是花費許多光陰，集合無數幻奇師之力所創造出來的，我絕不相信幻奇師全都很邪惡或沒用。畢竟，永無境到現在還好好的，更是整個無名界最偉大的城市。歷代幻奇師從無到有一手建立了永無境，在這麼多幻奇師當中，想必會有好人。」

莫莉安的心直墜到地板。想必會有。她反覆咀嚼這段話隱含的不確定感，沉吟半晌，一面聆聽壁爐中火焰劈啪作響的聲音，以及芬輕柔的鼾聲。她感覺得到朱比特越過茶杯的上緣，細細看著自己。

「這麼說，」她終於開口：「你去年告訴我幻奇師本來也有好人……說他們受人稱頌……還有其他那些話……」她搖搖頭，垂頭注視地板，「其實你根本不曉得是不是真的。」

「莫兒，聽我說。我很肯定幻奇師也有好人。」朱比特傾身向前，正色凝視著她，露出探詢的目光。「我知道這是事實，因為我認識妳。妳是幻奇師，而且妳很善良。除此之外，我不需要任何證據。」

莫莉安小口啜茶，暗自希望自己也有同樣的信心。

隔天一早，朱比特又上路了。

「米范，這次是誰找他？」莫莉安問禮賓經理。今天早上，就是米范把消息送給朱比特，讓朱比特匆忙出門。

「哦，是探險者聯盟一些自以為了不起的新人，」米范說：「那些傢伙老是跑來煩他。喂，把手拿開，小姑娘，我剛打完蠟呢。」

「對不起。」莫莉安原本正伸出指尖，在亮晶晶的大理石櫃檯桌面畫著哭臉，聞言停下動作，嘆了一聲，頹喪地走開。

她想，既然朱比特是在幫忙搜尋失蹤人口，抱怨他大概會顯得很自私；話雖如此，她仍不禁覺得喪氣。朱比特明明剛回來不久，莫莉安還來不及把所有想說的話都告訴他，沒有提到那道神祕的門、九一九站、討喜的雀喜小姐。況且，她本來想問，朱比特以前屬於世俗學院還是玄奧學院？（她猜是玄奧。）他覺得，莫莉安為什麼會被分到世俗學院？當個幻奇師到底是哪裡世俗了？

莫莉安滑進擺在繁忙前廳的粉紅色雙人沙發，用誇張的姿態仰望黑鳥水晶吊燈。驀然間，她的視野被一張巨大的毛臉給擋住，那張臉插著一條條鬍鬚，並且安著一雙充滿威嚇的琥珀眼睛。

「芬！」她大叫，緊抓住胸口，整個人彈坐起來。「不要這樣，妳差點嚇死我。」

「那好得很，」灰色巨貓惱火地說：「要是妳被嚇死，也許我們那個自我中心的業主就不會再一時興起，叫我當個低等的跑腿來幫你們傳話了，好像我沒事做一樣。」

莫莉安搖著頭。「妳在說……」

「他叫我幫他傳話，」芬低吼。「他說他會找到證據。他說他不需要證據，但是他知道妳需要，所以不管要花多久，他都會找到證據。」

芬在這裡頓住，似乎萬分不願意把接下來的話說出口。終於，她深深嘆了口氣，翻了個極為真誠的白眼，補上最後一句：「他跟妳**打勾勾**。嘔，噁爆了。」

芬輕巧地離開，估計是去洗自己的嘴巴了。莫莉安往回倒向沙發坐墊，上空的水晶吊燈無聲振翅，在自己的飛行軌道中穩定向前，光芒灑落地面。她的心情稍稍飛揚起來。

第八章　活地圖

「我看妳那個贊助人挺不錯，是吧？」

週一早晨，莫莉安登上家庭列車，只見雀喜小姐咧嘴笑得燦爛，拿出課表，喜孜孜地揮了揮。

莫莉安接過課表，揀了霍桑那張舊沙發一起坐。她依然要天天上昂斯塔教授的討人厭歷史課，但除此之外，她多了一堂週一、週三、週五下午的課。

她念出課程名稱：「『破解永無境：如何在自由邦最危險、最光怪陸離的城市中成功找到方向』。」

霍桑越過她的肩膀瞧，「我也有！亨利・邁德梅老師開的『破解永無境』，在實務學門地下三樓的地圖室，太讚了。」

「我也有。」車廂另一端的埃娜說，語氣遠不如霍桑那般雀躍。其他人紛紛檢查自己的課表，發出一陣窸窣聲。

「沒錯，大家會一起破解永無境。」雀喜小姐開心地說：「今天早上，迪兒本女士告訴我，她覺得你們九個該學習如何在永無境找到自己的路，才能『稍微有用一點』。」她的眼睛微微向上一翻。「所以，你們終於有堂要全梯一起上的課了！是不是很棒？」

從大家的表情看來，顯然不棒。法蘭西斯跟馬希爾死盯著地板，薩迪亞則毫不掩飾地露出驚恐之色。

在往返九一九站的短暫車程中，埃娜本來就總是選擇離莫莉安最遠的位置，這下聽說要花更多時間跟恐怖的幻奇師共處一室，她彷彿嚇得更加魂飛魄散。

可是，這些都打擊不了莫莉安的心情。總算有堂課不是在講幻奇師多麼邪惡了，而且還是跟霍桑一起上，這好歹是個開始。

抵達傲步院站時，莫莉安刻意留下來，最後一個走下家庭列車。

「謝謝，」她拿著課表，對雀喜小姐說：「真的謝謝妳。」

引導員對她眨了一下眼睛。「去謝那個大鬍子好人吧。我不曉得諾斯隊長是怎麼說服學務主任，但我肯定這全是他的功勞。」

全九一九梯之中，就數莫莉安的課表最空，因此在那天下午，頭一個到達地圖室的人就是她。她推開閃亮的沉重木門，走進有著穹頂的寬闊圓形教室，心頭不禁撲騰一下。地圖室恰如其名，各種地圖布滿了每個角落，圓拱狀天花板漆成夜空，底色是深藍，點綴著閃爍的星辰，標註每個星宿的名稱：**舞者阿法夫座**、**小葛立塔**

座、克雷格座、清醒者哥亞雷（註3）**座⋯⋯**

莫莉安用手指撫過弧形牆壁，感受地勢凸起的高地、茲森林扎手的迷你小樹、黑崖海岸輕柔拍打的海浪。那裡的觸感出乎她的意料，她抽回手——地圖上的海洋竟然真是溼的。她將一隻手指伸向嘴唇，水有鹹鹹的味道。

不過，相較於地圖室中的主角，這一切只能算是小玩意。巨大的房間中央立著一個不規則結構，上面覆蓋有如玩具屋的小巧建築，周遭圍起一圈離地面有些高度的玻璃步道。莫莉安往上爬三階，倚著擋在她面前的欄杆，看清之後不禁倒抽一口氣：眼前是她平生見過最精巧的地圖。

那是永無境。在她面前展開的，是一座縮小版的永無境，完整齊全、分毫不差。細小蜿蜒的街道兩旁立著精緻的店鋪與房屋，各處散落著點點綠意，奔流不息的朱若河彎彎曲曲穿過市中心。

莫莉安傾身越過玻璃欄杆——路上的小人**在動**！那些小人不到一吋高，卻栩栩如生，有的在公園騎單車，有的拎著購物袋走過雄偉大道，有的搭乘傘鐵呼嘯而過。碼頭聚集一群海鷗，幾艘小船在朱若河順流而下；城南上空籠罩一大片烏雲，往下方的街道灑落纖細雨點，莫莉安看著地圖小人拿出雨傘，匆忙找地方躲雨。

這座地圖維妙維肖地仿造了永無境的樣貌，呈現出每一個精密細微、隨時變化的細節。它不只是單純的微縮城鎮模型或袖珍屋⋯⋯而是充滿生機、活生生的立體

註3　哥亞雷（Goyathlay），是美洲阿帕契族的傳奇領袖，又名傑羅尼莫（Geronimo）。哥亞雷的字面意思其實是「打呵欠的人」。

城市。

「外面天氣怎麼樣？還在下雨嗎？」

莫莉安驚得一跳。她轉過身，看見一名年輕男子衝進地圖室。他雙眼明亮、臉頰泛紅，上衣有半邊忘了紮，隨手將背包往地板一扔，衝上通往步道的階梯，在莫莉安身邊靠向欄杆，熱切地低頭凝視迷你城市。一綹金棕色髮絲垂落下來，遮住他的眼睛，他伸手將之往後撥。

「很美吧？」他說，「妳見過這種好東西嗎？」

「從來沒有。」莫莉安承認。

「我是亨利，」這名年輕男子伸出手，和莫莉安握了握。「妳大概要叫我邁德梅老師。天啊，這樣實在太怪了，還是叫我邁德梅就好，聽起來有好一些，對吧？比較輕鬆。喔對，這是我第一堂課。」他注意到莫莉安微帶不解但仍保持禮貌的表情，連忙解釋：「我是新老師，去年才從進階學者畢業，請多多包容我，好嗎？」

莫莉安微笑。「這也是我第一堂課。呃——應該說第二堂。」

「妙極了，我們可以一起摸索。」邁德梅有種上流人的口音，不過他熱情友善的講話方式沖淡了那股貴氣，莫莉安對他頗有好感。「妳是……黑鴉小姐，是不是？」

「對。」莫莉安謹慎地回答。他知不知道莫莉安是幻奇師？就算他知道，他也沒有顯露出來。

「妙極了。」他又重複一次。「我已經把你們的名字跟長相都記熟了。還有人要來上課嗎？」他低頭看看手上的紙，「這裡寫說你們全梯都應該來上課。總不至於第一天就落跑吧？」他勾起一邊嘴角，似乎心照不宣：「搞不好恐怖的默嘉卓把他們給嚇跑了。」

莫莉安不知該說什麼。她從沒遇過一位老師這麼……不像老師。

教室門再度甩開，薩迪亞大步走進地圖室，埃娜緊跟在後，跑步追上薩迪亞。

「薩迪亞，讓我檢查一下嘛。」她拿著一條溼布，往個子較高的薩迪亞臉上比畫。「看起來好嚴重，妳也不想感染吧？」

「我都說幾百遍了，」紅髮女孩咬牙切齒地說：「我好得很。不要再唉唉叫了。」

「妳真是不可理喻。」埃娜輕哼一聲，搖搖頭，一頭捲髮跟著晃動。「妳在流血耶！雀喜小姐一定會說——」

「沒人問妳。」薩迪亞厲聲道。她的額頭確實有道不小的傷痕。

「午安，兩位學者。」邁德梅說，眉頭深深皺起，莫莉安看得出他正努力扮黑臉，可惜他似乎不太擅長。「這是在吵什麼？」

「沒什麼，老師。」薩迪亞回答，直視他的臉，桀驁不馴地翹高下巴。

看見薩迪亞倔強的神情，邁德梅把嘴脣抿成一條線，像在忍笑，接著清清喉嚨。「那好。其他人呢？」

莫莉安吃了一驚。他打算就這樣不管薩迪亞額頭上的傷嗎？埃娜說得沒錯，那個傷看起來的確挺嚴重，鮮血正順著薩迪亞的側臉流下，形成一條寬寬的血河。

「蘭貝斯在感覺剝奪水中冥想室。」埃娜抬頭盯著天花板，像是正在朗誦一張烙在腦海中的清單。她看也不看莫莉安，而且還離得遠遠的。「法蘭西斯在廚房庭園，學習辨認罕見香草。霍桑在火戰演練。雅查在教學醫院，把左手的手指打斷重接，讓靈活度提升到最高。馬希爾在……」

門再次開啟，霍桑一面大聲講話，一面走了進來，後面跟著笑得開懷的馬希爾，接著是法蘭西斯、詩律，最後是蘭貝斯。蘭貝斯距離他們幾步之遙，神色平靜，帶點迷濛，宛如她不過是誤打誤撞找到地圖室。

「啊，太好了，」邁德梅雙手一拍，「這樣多多少少就到齊了。」莫莉安皺起眉頭，數起人數。他們絕對稱不上「到齊」，斷了手指的雅查可還沒到。她再度意識到，邁德梅好像根本不在乎。

她漸漸能夠體會，迪兒本女士之前說「幻奇學會的大人」那些話是什麼意思了。**沒有人會牽起你們的小手，給你們的小臉擦鼻涕……**可是，這些大人顯然很樂意打斷他們的小手。

「大家都上來走道，快點，」邁德梅老師說：「看看底下，告訴我你們看到什麼。」

「是永無境！看得到我家耶。」霍桑來到玻璃欄杆前，站在莫莉安旁邊，立刻說道。他瞇著眼，費勁地審視地圖，身體往前探出好一段距離，莫莉安及時抓住他的衣服後背，免得他倒栽蔥摔到底下的小人上。「等等——我看到我媽了！妳看，莫莉安，那個捲捲頭就是她，還有那件彩虹圖案的紫色毛衣，她早上就是穿這件衣服！這是——」

「永無境及其居民的即時模擬地圖，幾乎是百分百真實。」邁德梅說：「嗯，應該說『將近即時』啦，有些村鎮會延遲個幾秒，畢竟這張地圖真的很古老，難免出點小故障。好，各位同學，我們來鑽研得更深入一點吧。仔細看，看看這到底是什麼。」

九一九梯困惑地面面相覷，但仍努力把注意力集中於眼前的迷你城市。

「是迷宮嗎，教授？」法蘭西斯緊盯著錯綜複雜的街巷，眼睛都快凸出來了。

「一點也沒錯！」邁德梅說：「非常好，蜚滋威廉先生。不過，請叫我邁德梅就好，我可不是教授，你會發現幻學裡面的教授人數不多，大家都沒辦法為了取得正式資格坐那麼久。話說回來，我們之中還是有幾個極具耐性的人物，像是坎瑟教授、伊雛教授（雖然她偏好別人叫她茉莉，大家應該猜得出為什麼吧），以及昂斯塔教授。至於我們其他老師，不過是滿懷熱情、願意分享專業的業餘教育者罷了。我自己呢，是『特異地理隊』的一員。」他引以為傲地說，把落在眼前的一綹髮絲吹走，「我一聽說，長老想教你們如何在這個古怪又美麗的城市找到自己的路，就馬上抓住了這個賣弄知識的機會。好了，還有呢？盡量說，沒有什麼答案是錯的。阿瑪菈小姐，妳的魂還在嗎？」

蘭貝斯看的方向錯了，她正凝望頭頂閃爍發光的星宿。

「哈囉⁉」薩迪亞大吼，在她面前揮手。蘭貝斯一震，迅即恢復鎮定，向薩迪亞投去高傲而譴責的眼神，薩迪亞看似有些膽怯，降低音量：「我們要看下面，不是上面。」她指著永無境立體地圖。

蘭貝斯蹙起眉頭，默默注視地圖好半晌。

「如何？」邁德梅催促，「有什麼想法嗎？」

「有。」她的目光掃過道路、村鎮，落在秋海棠山丘，伸手指著一個繁忙的十字路口。「車禍。」

邁德梅眨了眨眼。「不是，我是說關於——」

一陣迷你輪胎發出的尖銳聲響和激烈喇叭聲打斷了他。兩臺交通工具就在此時撞成一團，兩個迷你駕駛跳下來，互相吼罵、揮舞小拳頭，導致交通大停擺。蘭貝斯抬頭，繼續凝望氣氛緩和得多的星空。

「噢。」邁德梅說。「對，好吧。還有誰要說？」

「是個遊戲——不對，是一個謎。」埃娜說，滿懷希望地看著邁德梅，顯然很急於討好老師。「是要讓我們破解的謎。」

「太棒了！」他熱情地說，對埃娜露出興奮的笑容，埃娜頓時滿面發光。「卡蘿小姐，希望妳會試著去破解看看，只是在永無境史上，到目前為止還沒人成功過，所以我也不期待妳會成功，請妳見諒。不過，妳想必會用妳出了名精準的刀法來破解這個謎，就像妳動手術那樣。」這話讓埃娜臉一紅，咯咯笑了起來。「其他人呢，看到了什麼？」

「路，房子，廣場，神廟。」薩迪亞用沒趣的語氣說，也說不定是她覺得有些昏沉。

「車水馬龍的大都會！」馬希爾喊道。

「車水馬龍的一團亂。」詩律嘀咕。

「很好。那換我告訴你們，當我看著永無境，我見到了什麼。」邁德梅說，低頭凝視熙熙攘攘的小城市，如此入迷，令他的雙眼煥發光采。「我看見一頭巨獸。一頭美麗、凶悍的巨獸，用故事、歷史和生命餵養我們，也要求我們餵養它。眾多世代以來，這頭巨獸嚙咬吞噬了那些無知、愚昧、脆弱之人，變得越來越龐大，那些人則從此不見蹤影。」他將目光從地圖移開，轉身面向新生，豎起一根手指。「但是……這頭巨獸是可以被馴養的，只要你願意學習它的行為、弱點跟危險之處。我窮盡一生，嘗試馴服這個怪獸般的城市，也全心全意熱愛這座城市。假如你想在永無境生存、茁壯，就必須像我一樣。」

莫莉安不禁心想，真有辦法馴服這麼狂野、這麼……荒謬的城市嗎？她很懷疑。

邁德梅雙手往欄杆一拍：「不過，我們先從簡單的開始。」他指著走道盡頭的桌子，桌上放有兩個小木碗，裡頭裝滿紙條。「大家過去，每人從兩個碗裡面各抽一張紙條，第一張是起點，第二張是終點。」邁德梅走向觀賞臺的另一頭，拉動一條鍊子，一面黑板隨之落下，上面列了兩張永無境地標清單。「請找出從A點到達B點的最簡單路徑，寫下詳細的指引。不過，好玩的就在這裡，看到這兩張清單了嗎？」他指著黑板：「第一份清單是必須『納入』路線的地標，第二份是必須『避開』的地標。還有，要記得，這趟旅程必須停留在地面，不許搭幻鐵作弊。」他咧嘴一笑。「聽起來很單純，但你們說不定會發現，這比你們想像的更刁鑽。時間總共是一小時，開始！」

莫莉安的第一張紙條寫著「麻鷺與鴞，垮掉街」，第二張紙條寫著「朱若河上騷塞區，松雞街」。

這不只是刁鑽，簡直快把人搞瘋了。他們得不斷在玻璃走道跟人行橋之間來回奔走，每當莫莉安以為找到了最佳路線，她又會注意到路上經過了第二張清單的禁止路標，像是德瑪里地牢、永無境皇家劇院，只好回頭找另一條路。

課堂中不停響起九一九梯的哀叫、惱火的嘆氣，甚至是低低的咒罵。一小時快要過去，已經好幾個人想直接舉白旗投降。

「根本不可能嘛。」薩迪亞咕噥，從永無境活地圖旁走開，垂頭喪氣地往圓牆一靠。她隨即發出噁心的聲音，為時已晚地發現自己靠在第四域的艾伯提娜海，海水滲透了她的毛衣。「永無境太沒道理了。」

然而，莫莉安很享受這段時光，這或許是她進幻學以來頭一回這麼開心。有些人只要遇到死路就會氣餒，奇妙的是，莫莉安卻覺得設法找出不同路徑讓她很有成就感。

「時間到！」一小時後，邁德梅喊道。「大家都做得很好，下堂課再來仔細檢討今天的練習。黑鴉小姐，請留下來。」他正看著他剛收回的紙，沒有抬頭。霍桑在門口一陣遲疑，邁德梅補了一句：「你可以走了，史威夫特先生。」

莫莉安慢慢走向邁德梅的桌子。「老師？」

「不用擔心，不是妳哪裡有問題。」他說：「正好相反，我是想告訴妳，我真的很驚豔。妳今天做得非常棒。」他拿起莫莉安寫下的路線，驚嘆地搖搖頭，「這簡直是完美。」

莫莉安微笑，臉頰燙了起來，「謝謝。」

「妳喜歡這堂課嗎？」

「喜歡！」她真誠、充滿熱情地說，「我從來沒做過像這樣的事。」

「噢，很高興有人喜歡。」邁德梅把落在眼前的髮絲拂開，露出鬆一口氣的神情。「妳對永無境的了解出乎意料地透徹。這是個很奇特的城市，可是妳似乎能憑直覺掌握永無境。妳應該是在這裡長大的吧？」

莫莉安不禁猶豫。「我……呃，不算是……」

去年，永無境市警隊的一位探長曾盯上莫莉安。這位惹人厭的燧發槍探長認定她是從共和國偷渡進來的（也確實如此），威脅要將她驅逐出境。所以，朱比特勸她守緊口風，不要洩漏她來自哪裡。

不過那已經是去年的事了。當時，莫莉安還不是幻奇學會的成員，還沒在領口別著那枚可以保護她的W字別針；如今，她已經正式進入永無境最聲譽卓著的組織。既然如此，她是否能夠坦率招認自己成長於豺狐鎮，成長於自由邦的敵國冬海共和國？招認自己在遇到朱比特之前，根本不知道永無境的存在？自由邦七大域的邊境法極為嚴格、極度保密，她的贊助人卻賭上失去一切的風險，偷渡她進自由邦。假如她此時說出實情，會不會又置朱比特於險境？

莫莉安不曉得。她暗自打定主意，要找機會問朱比特。

「不算是？」邁德梅問。

「我不是在永無境長大的，」莫莉安承認，決定點到為止。「我去年才搬來，參加幻奇學會的入學考驗。」

他顯得極為驚訝。「老天，妳只待了一年？但妳跟永無境似乎很合得來，這個城市簡直是為妳而生。」

莫莉安露出燦爛的笑容，彷彿內心深處亮起一道光。她對永無境的感覺就是這樣！就好像永無境屬於她。從另一個人口中聽到這句話，何況是個完全客觀的人，令她喜不自勝，幾乎到了會讓她不好意思的程度。

「如果妳在課堂之外也想來看活地圖，這裡非常歡迎妳。」邁德梅主動說，「我自己也會來，我還是學者的時候就常常來。」他以情感洋溢的目光，凝視縮小版的永無境。「我在妳這個年紀挺孤單的，我的同梯覺得地圖學是很無聊的本領，畢竟我們這梯很多白袖——不但有好幾個巫師，又有身為火預言師的蒂妲・葛林，蘇珊・凱利則是能跟水說話——」

莫莉安的眉毛飛得老高。「跟水說話？」

「——所以他們不覺得我跟他們是同類。有時候我會跑來這裡，一坐就是好幾個小時，看那些好小好小的火車載著好小好小的人，回到他們好小好小的家；看黑夜降臨時，整座城市亮起了燈光。」他略顯窘迫地笑了笑，「我知道，聽起來有點可憐，不過很有趣。」

「我的同梯也不太喜歡我。」莫莉安坦白說道，一說出口，連自己也嚇了一跳。她本來不打算說這些事的，沒想到卻……很自然地說了。「我是說，除了霍桑。」

「為什麼？妳的本領也很無聊嗎？」邁德梅惆悵地說，隨即臉一紅。「我、我是說……抱歉，我不是故意窺探，我知道不能問妳，開個玩笑而已。」

那個瞬間，莫莉安好想把顧慮拋到九霄雲外，告訴邁德梅她是幻奇師。她想也許——只是也許——邁德梅不會用恐懼或憤恨的眼神看著她。

然而，坤寧長老的警告在她腦中響起。**假如任何人——但凡有一個人，辜負了我們的信賴……那麼，你們九個人都會被勒令退出學會，一生不得回歸。**

任何人。包括莫莉安自己。

她不能冒這個險。

「對啊，」她簡單地說：「真的很無聊。」

邁德梅對她微笑。「嗯，有時候無聊的本領反倒是最有用的呢。等我加入探險者聯盟，我的同梯就笑不出來了。」

莫莉安眼睛一亮。「我的贊助人也在探險者聯盟！」

「我知道，朱比特・諾斯嘛。」他興奮地點頭，「我很仰慕他。總有一天，我也要參加界際探險，我要加入探險者聯盟，當上隊長，像諾斯一樣。」

「真的？」

「黑鴉小姐，妳不知道嗎？」他輕笑，整張臉因為各種可能性而亮了起來。「我們是幻奇學會的成員，我們想成為什麼樣的人都行！」

一陣敲鑼聲驟然響起，在地圖室中迴盪，極其刺耳，莫莉安跟邁德梅不約而同摀住耳朵。從天花板四個角落裝設的號角狀黃銅擴音器，傳出一個語氣很官方的嗓音。

「咳哼。各位長老、幻學成員、學者，請注意。我們的教師帕西默・杏韻已失蹤將近一週，不幸的是，杏韻老師開了一堂頗受歡迎的課：『潛行、閃避與隱匿』，有些同學一直以為，他會神祕缺席也是……嗯哼……『課程的一部分』，因此持續去上課。」莫莉安總覺得那女人翻了個白眼。「事實並非如此。我們正在調查杏韻老師的缺席原因，若任何人得到相關情報，請盡速通報長老理事會。同時，杏韻老師很明顯沒去教課，所以麻煩那些持續上課的同學……拜託不要再去了。祝各位日安。」

聲明結束，機器發出尖銳的聲響，莫莉安跟邁德梅都縮了一下。

「好奇怪，」莫莉安說，心不在焉地想，朱比特的調查不知有何進展。「好多失蹤案件。帕西默、刺藤博士的幼魁貓還有……」

邁德梅笑了起來。「但那可是帕西默・杏韻啊，對吧？」

「什麼意思？他以前做過一樣的事嗎？」

「嗯，對啊，我是說……那就是他的本領嘛。」邁德梅說：「他就是會搞消失，然後再出現。相信我，這只是他為了證明自己很厲害，故意設計的複雜噱頭罷了，他很快就會回來等我們鼓掌。」

莫莉安皺起眉頭。有時候，她覺得自己真正的本領跟幻奇師毫無關係，而是「預期什麼都會往最壞狀況發展」。這自然是源於她從小相信自己受到詛咒，即便到了現在，這種思維依然深深烙印在她腦中，成為她性格的一部分。叫她不要擔心，就像是叫霍桑提到龍時不准激動，或是叫朱比特不准有紅頭髮。

離開地圖室時，莫莉安想起，就在不久前，永無境也發生了一連串不好的怪事，全是由某個男人一手策劃的。

去年，絲網不斷傳出異常狀況。絲網是一張由能量織成的網路，看不見、摸不著，卻串聯起全界的一切，無論是生人抑或死物。過去一百多年，多虧警察、軍隊、各種巫術、永無境本身的強大魔法，將埃茲拉．史奎爾阻擋在永無境外，偏偏他仍找到了祕密潛入永無境的方法，也就是絲網軌道。絲網軌道屬於最高機密，是一種極其危險的交通工具，史奎爾只要藉助絲網軌道，就能將肉體留在共和國，在不具真實形體的狀態下，自由穿梭於這座將他放逐的城市。

沒有人能禁止他使用絲網軌道，因為嚴格來說，絲網軌道並不存在，至少不存在於實體世界。

莫莉安不禁打了個哆嗦。不知道史奎爾如今人在哪裡，在做什麼？他會不會……應該說，他什麼時候，會利用絲網來找莫莉安？

第九章　查爾頓五人幫

「奈赫朗・杜納斯・弗羅。」

雅查聚精會神，緊鎖眉頭，燉牛肉湯的湯汁從湯匙滴下，落回碗裡。「奈赫郎斯・督納茲……」

「奈赫朗朗朗朗朗，」馬希爾糾正他，特別強調「朗」的音。**「奈赫朗・杜納斯・弗羅。」**

「奈赫朗朗朗朗・杜納斯・弗羅羅羅羅。」莫莉安跟著複誦。她努力模仿馬希爾行雲流水的發音，可惜聽起來很像在用泥巴漱口。同梯的其他人圍坐在餐廳的一張桌子邊，也認真模仿「朗」的發音，有些人成功，有些人失敗，莫莉安覺得薩迪亞念的最接近。**「奈赫朗・杜納斯・弗羅。」**

「很好。」馬希爾對莫莉安微微點頭，伸手拿麵包捲。「好啦，沒有很好，但比雅查好。」大家都笑了，連雅查也是。

經過好幾週，九一九梯漸漸接納了莫莉安。最起碼，每天早上，他們在月臺見到莫莉安時，終於不再露出極度恐懼的表情；在家庭列車上，如果莫莉安坐在埃娜附近，埃娜也終於不再發出驚嚇的尖叫。法蘭西斯還問她，能不能試吃一批他做的草莓塔，協助他控管品質，莫莉安非常熱情地答應了。她吃了一口，內心便湧上極為鮮明、屬於晚夏的苦澀眷戀……法蘭西斯當下聽了立即衝回廚房，因為他真正想要的是猶如辦在盛夏的音樂節那般，無憂無慮的暢快感。

就連脾氣暴躁的薩迪亞也是。有一次，在傲步院外的階梯，一個年紀較大的男生大聲叫莫莉安「沒本領的人」，薩迪亞自告奮勇要幫她踢那男生一腳。雖然莫莉安強烈懷疑，遇到任何可以踢人一腳的機會，薩迪亞都會很高興，但即使是這樣……莫莉安仍逐漸覺得，儘管彼此還稱不上八個兄弟姊妹，但她至少有了八個朋友。

某天，她不經意提起自己對情歌語有興趣，馬希爾便堅持要在午餐時間教大家幾句。

「奈赫朗．杜納斯．弗羅！」霍桑對一個大他們幾歲的學者喊道，還揮了揮手，不過那個經過的女孩只是面露不解。

「很好，」馬希爾竊笑：「你說得很標準。」

霍桑看起來頗為得意，喝了一大口牛奶。「那句話是什麼意思？」

馬希爾露齒一笑，計謀得逞般瞄了莫莉安一眼。「妳的臉好像屁股。」

霍桑從鼻子噴出牛奶，順著下巴滴落，其他人發出爆笑。「真的假的？」

馬希爾聳聳肩，「這是我最喜歡的求愛語言。」

與同梯的關係升溫，讓莫莉安的幻學生活好過許多，雖然每次雀喜小姐想替她在課表上加新課程，依然持續遭到迪兒本小姐否決。好在，莫莉安還有每週一、三、五的「破解永無境」可以期待，不僅如此，她還發現她對這門課非常拿手。幾乎每一堂課上，邁德梅都會大聲讚嘆她的巧思，同梯的大家多數聽了都會翻白眼，但莫莉安總覺得，那些白眼從剛開始隱含濃濃的嘲弄意味，到現在似乎變成了……不情不願的敬佩？這說不定是她自己的想像，不過大家確實經常在上課時請她幫忙，這也帶給莫莉安一種從來沒有過的感受。她總算找到一項擅長的事情，一項讓她與眾不同的事情，而且跟詛咒、跟幻奇師毫無關係。

整體而言，在幻學的日子比莫莉安預期的更好。

直到那天早晨，他們發現了那張信箋。

「我們應該告訴長老。」

「妳看不懂字嗎？上面很清楚地寫說——」

「我**知道**上面寫什麼，但我還是覺得——」

「我們不能告訴長老。」

「誰說你可以決定我們整梯的事？」

莫莉安踏出通往九一九站的神祕之門，只見同梯的大家緊緊圍成一圈，低頭檢視一張紙，唯獨蘭貝斯沒有湊過去，一如往常站在稍遠的地方。

「喔，太好了，薩迪亞，妳終於想起我們是同一梯了。」是霍桑的聲音。他從馬希爾手中一把搶走紙條，「要是妳以為我會讓你們這些人——」

「怎麼了？」莫莉安問。

八張臉不約而同轉向她，有的人擔憂到額頭都皺起來了，有的人滿臉盛怒。霍桑的臉色頗為嚴峻，走向她，默默遞出那張紙。

莫莉安讀起紙上的字。

我們知道九一九梯的可怕祕密。
我們有一系列的要求。
假如你們不想要祕密遭到洩漏，
就乖乖等候我們的指令。

不准告訴任何人。
要是你們說了，我們絕對會知道。
然後，我們就會把祕密公開告訴整個學會。

「可怕祕密？」她逐一看著大家流露不安的臉。蘭貝斯似乎特別憂心，莫莉安不禁疑惑是因為她看了紙條，還是她預知到什麼壞事即將發生。「什麼意……」

「很明顯吧，不是嗎？」薩迪亞怒聲說：「說的就是妳，說的就是『妳是幻奇師』這個祕密。我們被人威脅了，都是妳害的。」

「閉嘴，薩迪亞。」霍桑低吼。

「是誰送來的？」莫莉安問：「你們在哪裡找到的？」

「就在月臺上，」霍桑說：「是埃娜找到的。」

埃娜打著哆嗦。「薩迪亞說得對，我們應該告訴長老。」她說：「或是雀喜小姐！她會知道該怎麼辦。」

「可是，誰有辦法在我們的月臺放這封信？」莫莉安皺起眉頭，「我以為只有我們的家庭列車可以進這個月臺。」

「誰在乎是怎麼放的？」法蘭西斯說，他在月臺上來回踱步，淺褐色皮膚由於出汗而微微泛光。「他們怎麼會發現妳的事？萬一被其他學會的人發現，我們就會被勒令退出學會，記得吧？萬一我被趕出去，我姑姑會殺了我。我們家族所有人都是學會的成員，我爸跟我媽的家族都是！我爸那邊有四代，我媽那邊有七代。」

「冷靜點，法蘭西斯。」霍桑說。

「你不懂！我外曾祖母是歐默溫密・阿金芬瓦長老！蜚滋威廉家族跟阿金芬瓦家族愛死幻奇學會了！我不能被趕出學會。」

薩迪亞搖搖頭。「既然是別人說出去的，我們就不會被趕出去。法蘭西斯，這又不是我們的問題。照我說，管他們是誰，隨便他們愛怎樣就怎樣，他們要說就去說。搞不好他們會被發現，到時候就是他們被趕出去了。」

「是啊，但照理來說，知道這件事的只有我們幾個。」馬希爾說：「萬一洩漏出去，大家一樣會覺得是我們說的。」

莫莉安瞪著鐵軌另一端的牆面。她想的不是被勒令退出學會。她想的是，萬一全學會知道她是幻奇師，那會是什麼感覺。目前，大家頂多對她很好奇，或許是有些疑心，但假如他們知道真相……大概會像是再度受到詛咒一樣，人人討厭她，人人怕她，彷彿她根本從未離開豺狐鎮。

從她胃部浮起一陣久遠、熟悉的驚慌感，有如從冬眠甦醒的熊。她的胸口升起一陣灼熱感。

薩迪亞從霍桑手中奪回紙條。「可是，這張紙就能證明這不是我們的錯！我要帶去給長老看，我才不管你——痛！」

火光一閃，紙在她手中燒了起來，灰燼飄落地面。

「這——他們怎麼辦到的？」薩迪亞吸著燙傷的手指，目光掃過車站，尋找運用神奇魔法燒掉這封信的人。

莫莉安嚥下口水。從她的喉嚨深處，她幾乎能嘗到灰燼的味道。然而，車站裡根本沒有外人。

「呃……這倒是解決了問題。」霍桑不自在地說。

薩迪亞怒氣沖沖。「我們還是可以——」

「我們不能把莫莉安推出去送死。」

「你當然會這樣說啊，你是她**朋友**。」

霍桑氣得從喉嚨迸出震怒的聲音。「我們應該是彼此的朋友！我們是同梯！兄弟姊妹，記得吧？我們應該是彼此的**家人**！」

「我又沒說要**幻奇師**當我的家人！」薩迪亞厲聲道。

「夠了。」從眾人的後方，傳來一個冷靜低沉的嗓音。大家轉頭看著詩律，面露驚愕，一如既往似乎根本不知道她在那裡。「我們不能告訴長老。先不要把這件事告訴別人，看看接下來會發生什麼。」

「不准催眠我們！」薩迪亞抗議，語氣流露一絲驚慌。

詩律一臉輕蔑。「我哪有催眠妳，笨蛋，我只是在告訴妳該怎麼做，這不叫催眠。如果我想催眠妳，妳根本就不會發現，妳顯然什麼都沒從那個白痴課程學到。」

遠處響起轟隆聲，月臺開始輕微震顫，隧道中發出光芒，表示家庭列車即將抵達。

「我們連這些人想做什麼都不曉得，不如等收到第二封信，再決定要怎麼辦。大家贊成嗎？」

眾人逐一點頭，連薩迪亞也是，雖然從她的臉色看來，這個表示贊同的簡單動作宛如酷刑。

火車一面發出刺耳的聲響，一面停住，雀喜小姐探出頭來，招呼他們上車。莫莉安特地留在後面。

「呃，」她開口對詩律說，忽然有些尷尬：「謝謝。」

詩律聳肩：「別急著謝我。我只是想知道第二封信會寫什麼。」

大家走出傲步院站，去上那天的第一堂課，唯獨莫莉安在車站逗留了一陣子，凝視早晨的幾班車進站出站，來了又走。那張信箋令她百思不得其解，誰會知道她是幻奇師？難道九一九梯已經有人背叛她了？也或許是某位**贊助人**？莫莉安馬上想到巴茲·查爾頓，以及法蘭西斯的姑姑海絲特，當初他們兩人極力反對讓莫莉安加入學會。會不會是他們其中之一洩漏的，或者……或者就是他們寫的？

不會吧，莫莉安思忖。巴茲·查爾頓是很討人厭沒錯，但他想必不至於做這種蠢事。他們兩個總不可能冒著被趕出學會的風險，只為了強迫一群初階學者完成他們的神祕指示吧？巴茲跟海絲特想要的並不是要脅她……他們想要的是把她弄走。

莫莉安深吸一口氣，走出車站，踏上通往傲步院的林中道路。她得再等一個小時，才要去上那堂恐怖的「令人髮指的幻奇事件史」（昂斯塔教授一向要比其他老師花更多時間走到教室），說不定她可以去地下三樓消磨這段時間，研究研究活地圖。這個念頭讓她振作起精神，腳步隨之加快。

「喂，妳！沒本領的！回來！」

莫莉安的好心情瞬間蒸發。她停下步伐，轉過身，只見幾個年紀稍大的學者跟在她後面，三個男生，兩個女生。「不好意思，你們在跟我講話嗎？」

「**你們在跟我講話嗎？**」一個女孩模仿道。她長得挺高，長髮宛如一束束細繩，染成了綠色，可惜看起來染得很糟，讓她整顆頭好似長滿苔蘚。她走近莫莉安，她那幾個朋友跟在後頭。「是啊，白痴，這裡難道有其他沒本領的人嗎？」

「我有本領。」莫莉安說，「不過——」

「要保密，對。」一個男生說，走向前，逼近莫莉安。莫莉安想，他一定是四年級或五年級，因為他的身材好高大，肩膀很寬，簡直快把太陽遮住了。「我們知道，我們引導員說不能問妳。所以呢，我們不打算問妳，妳自己說。」

莫莉安愣愣看著他。「我不能說啊，我必須保密。意思就是——」

「我們知道保密的意思。」綠髮女孩說：「我們還知道，妳是非法移民，是從共和國偷渡進來的。」

莫莉安做好迎戰的心理準備。「我不是，我是——」

「告訴妳，這裡不歡迎騙子，」女孩惡狠狠地說：「也不歡迎祕密。學者之間沒有祕密，我們應該團結互助，不是嗎？所以說，妳最好秀一下妳的本領，現在馬上做給我們看。還是說，妳想先看看我的本領？」她咧嘴露出惡意的笑容，從口袋掏出五個帶尖角的星形鋼飛鏢，夾在手指之間，有如銀色的小爪子。

「呃，不用了，謝謝。」莫莉安說，一面吞口水，一面轉身，加快腳步走向傲步院。

另一個女孩一下子擋住莫莉安的去路，她身材較矮，臉頰瘦削蒼白，穿著白袖，不像其他人是穿灰袖。她呵呵笑著：「動手，海洛絲。」

寬肩膀的男孩跟玄奧學院的女孩一人一邊（這女孩的力氣大得出奇），抓住莫莉安的手臂，將她提了起來，按在路旁的一根樹幹上。莫莉安掙扎著想甩脫，卻徒勞無功。

「放開我！」她厲聲說。

「不放又怎樣？難道妳要叫引導員來救妳嗎？」海洛絲誇張地嘟嘴，「那妳叫啊，妳這個小北鼻，妳叫——」

「**雀喜小姐！**」莫莉安大喊。管他們怎麼想，她壓根不介意向引導員求救。「救命——」

一隻汗溼的手緊緊摀住她的嘴，悶住她的叫聲。海洛絲伸出一隻手，將一枚飛鏢以尖端立在她的食指指尖上，保持危險的平衡，故意炫技。「妳最好乖乖別動。」

她的朋友發出笑聲。莫莉安用力閉緊眼睛，聽見一陣輕輕的「呼咻」，感覺到飛鏢劃破空氣，隨後是沉悶的「咚」一聲，第一枚飛鏢正中樹幹，就在她的頭旁邊。

她把眼睛張開一條小縫，只見離她不到一吋遠之處閃著銀光，海洛絲正在瞄準第二枚。莫莉安的呼吸變得又淺又急，心跳飛快。

「我的阿弗猜妳是變形師，」海洛絲抬頭，望著那個寬肩男孩，滿懷情意。「但我覺得不是。九一五梯的愛麗絲．法蘭肯萊特就是變形師，可是她並不需要保密。」**呼咻，咚**。第二枚飛鏢擊中樹幹，莫莉安一抖，那枚飛鏢離她的右耳近得可怕。「不過，說不定他猜得對。只有一個方法可以知道答案。」**呼咻，咚**。第三枚飛鏢將莫莉安的外套袖子釘在樹上。「快啊，妳要是變形師，就變給我們看啊。」

「她不是變形師啦。」第二個男生說，他瘦巴巴的，嘴唇上方正開始長出一道毛茸茸的鬍鬚，零落得有些可憐。「她是女巫，對不。」

「少笨了。」海洛絲說，把第四枚飛鏢往上拋，再從尖角接住。「你那梯就有兩個女巫，你這蠢蛋。她們的本領需要保密嗎？」

「噢，」那男生顯得有些喪氣，「不用。」

「不要多嘴，卡爾。」身材高壯的阿弗說：「海洛絲，妳要丟就快點好嗎？我還要去——」**呼咻，咚**。「喂！妳瞄準一點，差點打中我。」

「我故意的，寶貝。」海洛絲露出甜甜的假笑。她的手指撫過第五枚飛鏢，也是最後一枚，對莫莉安凶狠地說：「不要裝傻，這樣很無聊，給我做點什麼，讓我們看妳的本領。」**呼咻**——

沒有咚。

莫莉安依然雙眼緊閉，卻感到一股熱血衝向腦門，隨之而來的是一股比熱血更急切的力量，一股憤怒的力量。她體內的能量全數傾瀉而出，有如大浪一口氣噴發，接著後腦勺傳來短促的滾燙感，能量瞬間積聚，滿溢至頂點。她宛若一座大水漫流的水壩，即將潰堤。

她張開眼。

五枚鋼鏢停滯於空中，五名學者凍結在原地。

莫莉安感覺得到，在四周的空氣中，自己的恐懼和盛怒逐漸匯流，像一面玻璃緩緩冒出凝結的水珠，伴隨著山雨欲來風滿樓的肅殺氣氛。

幾位學者似乎無法控制自己，抬起僵直的手，動作一頓一頓的，顯得很不自然，猶如被操縱的懸絲傀儡。他們分別抓住空中的一枚飛鏢，轉向自己，沒有人能夠抗拒這股力量，反射著光澤的銀色尖角越來越往前移，越來越逼近那幾張寫滿疑惑駭異的臉龐。

「不要，」莫莉安無法動彈，小聲地說。「**不要**。放下！住手！**住手！**」

五具軀體猶如被吸進真空似地陡然浮起，同時墜落，倒在林中道路上，癱軟無力一如布偶。飛鏢無害地掉在他們四周的地面，發出聲響。

「莫莉安！」車站附近傳來大喊。雀喜小姐沿著道路衝來，身後緊跟著另外兩位引導員，那兩個人都跑去扶害人害己的海洛絲跟她朋友。

「這是怎麼回事？」其中一個男引導員厲聲說，怒瞪著莫莉安，明顯認定她該給個解釋。可是莫莉安無話可答，只是搖了搖頭，嘴巴仍合不攏。

「妳沒事吧？」雀喜小姐低聲問她。

「**她**沒事吧？」那個男引導員說：「瑪莉娜，倒在地上的可不是她！」

「喂，給我等一下，」雀喜小姐忿忿不平地說：「根本還沒搞清楚狀況，不准把事情怪到我的學者頭上。你看看地上那些是什麼，托比？會射飛鏢的人不是你的學者嗎？本領是使用武器的人，照理說只能在教室裡使用武器。」

托比瞪了雀喜小姐一眼，不甘不願地說道：「海洛絲，為什麼妳要拿飛鏢出來？」

海洛絲一言不發，看來驚魂未定。

「走吧，莫莉安。」雀喜小姐抓住她的手臂，轉過身：「我們回家庭列車。」

莫莉安頭腦發昏，踉蹌地跟著雀喜小姐走開，試著不要回頭看事件現場──感覺就好像她犯了罪一樣。

「剛才怎麼了？」雀喜小姐悄聲問，雙眼睜得大大的，流露焦灼。

「他們想逼我把本領告訴他們，所以把我按在樹上，對準我的頭扔飛鏢！」莫莉安的音調高到想必只有狗聽得見，可是雀喜小姐聽得一字不漏，用力咬住下唇。「然後……然後，我不知道是怎麼了，我有一種詭異的……**感覺**。」

她驚慌失措地小聲描述，那幾位年紀較大的學者彷彿受到隱形之力操控，一人抓住一枚尖銳的小飛鏢，對準自己。「但我沒有要……我不是故意的，雀喜小姐，我發誓。」她說完，此時兩人終於走進車廂，她總算能夠大口吸進空氣。她的手仍在顫抖。

「我知道妳不是故意的。」雀喜小姐語氣堅定，然而莫莉安聽得出她也在擔心。

「妳怎麼知道？」莫莉安的喉頭有些哽住。「妳才認識我幾個星期。」她的思緒飄向朱比特，這世上最了解她的人就是朱比特了。想起朱比特再度出了遠門，即使回到家，也沒辦法跟朱比特聊聊，莫莉安不禁一陣難過。雀喜小姐是人很好，但他們不一樣。

「我看得出誰是好孩子。」雀喜小姐微笑著說。

莫莉安沒有回以笑容。這一刻，她好想招認一切——招認那封留在月臺上的信，那封信又是怎麼在薩迪亞手中燒了個乾淨，而她當下感到胸口灼燙，喉嚨深處冒出灰燼的味道；招認她剛才全身被憤怒席捲，隨後海洛絲的飛鏢便轉向那幾位學者；招認她在剎那間感受到力量帶來的興奮，甚至到了現在，她身上仍時不時竄過舒暢的電流。

她說不出口。她什麼也說不出來。

莫莉安嚥了嚥口水，低頭看鞋子，暗忖：她真的是個好孩子嗎？**也許妳不是故意的……不過，有一部分的妳覺得很痛快。**

可是，那是正常的吧？不管是誰，要是剛才遭到攻擊，被人對準自己的頭扔飛鏢，能夠反擊的時候都會有這種感覺吧？

還是說，是她無藥可救的幻奇師本性顯露出來了？

「我也看得出誰是壞孩子。」雀喜小姐繼續說：「那個查爾頓五人幫——他們不是什麼好人。」

莫莉安抬起頭，「查什麼？」

引導員翻了個白眼。「那是他們自稱的名號。他們都是巴茲・查爾頓送進幻奇學會的，他老早就在大肆收集備選生，似乎每屆都至少有一個中選。托比帶的那一梯就有兩個。」

查爾頓五人幫。一切都說得通了——海洛絲剛剛是怎麼說的？**妳是非法移民，**

是從共和國偷渡進來的。想必是查爾頓告訴了他們。顯然，查爾頓不光為了莫莉安身為幻奇師而火大，眼見莫莉安進入幻奇學會，從此安全無虞，沒人奈何得了她，也讓查爾頓氣到如今。更何況，他堅信莫莉安的名額本該屬於他的另一位備選生。

「光是初階學部就有五個……哦，」雀喜小姐若有所思地說：「加上詩律，現在是六個了。哎，希望他們不會帶壞詩律，他們是個專惹麻煩的小團體，有時候，他們對五人幫好像比對同梯還要忠誠。我一定要記得提醒詩律，不要跟他們走太近。妳也是——避開他們，好嗎？」

莫莉安點頭。她再也不想碰到海洛絲、她的好朋友跟她的飛鏢了。

話雖如此，她的想法並不代表詩律的想法。沒有人能代表詩律的想法，詩律就是詩律——行事古怪、無法看透、難以預料的詩律。

萬一這名催眠師有意把查爾頓五人幫變成六人幫，雀喜小姐勸退她的機率想必很低。

第十章　指示與龍

次年之夏

永無境迎來初夏的暖意時，幻奇學會中早已進入豔陽高照的漫漫夏日，沉滯的熱氣足以把人烤熟。

九一九梯適應了幻奇學會中偶有起伏的奇特生活節奏，不再震撼於傲步院的深度與廣度，越來越有自信地在地下學院中穿梭，也學著應對變幻莫測的雙面學務主任，習慣了每週換來換去的課表。當然，莫莉安除外，她的課表依然很空，完全沒換。

照理來說，這樣的時間表能讓莫莉安多去外面走走，享受溫暖晴朗的幻學天氣，偏偏在現實中，她忙著留意四周，避免再度碰上查爾頓五人幫。霍桑聽說飛鏢事件後徹底氣炸，隔天早晨，他衝進家庭列車，掏出一張清單，上頭列了十種報復方法，莫莉安跟雀喜小姐花了好大的工夫，才說服他不要執行（雖然莫莉安挺想試試看第六項：用一條條廁所衛生紙黏滿海洛絲的家庭列車）。

她決定不把這件事告訴朱比特。如今，朱比特每趟出遠門的時間縮短，次數卻愈加頻繁，他一回到家，不過待上一、兩天，幻奇學會或探險者聯盟就會送來新的消息（偶爾也有莫莉安沒聽過的組織，例如神仙觀測團體），於是他又得動身出發，前去追查關於卡西爾、帕西默·杏韻或幼魁貓的線索。他嘴上仍咬定三起失蹤案並無關聯，可是聽在莫莉安耳中，他的口氣越來越猶疑了。每當他的調查再度走到死胡同，回到家時總顯得越來越頹喪，所以莫莉安遲遲沒說那幾個學校惡霸跟神祕黑函的事，不想讓自己的煩惱加重他的負擔。

然後，第一個指示送來了。

「這什麼？」某天下午，雀喜小姐送大家回到九一九站之後，薩迪亞問道。她正盯著自己的門，只見門板貼了一張摺起來的藍紙。

莫莉安在自己的門前停下腳步，嘆了口氣。她才剛度過難熬又悽慘的一天，關在昂斯塔教授青翠、潮溼的教室中，查找資料，以〈飛鳥時代的各種幻奇師謬誤事件與這些事件對空中交通之影響〉為題寫報告。此刻她最大的願望，就是穿過那道黑門，倒在自己的床上。

薩迪亞讀著紙條，臉色大變。「不。不可能。」她猛力搖頭，「不、可、能。」

詩律一把搶走紙條，莫莉安等人圍到她身邊，越過她肩膀讀著內容。

薩迪亞·米莉森·麥高樂：

明天下午，妳在格鬥社
預計有一場比賽，
對手尚未公布。
妳要輸掉這場比賽。
如果妳不故意落敗，
我們會公開九一九梯的祕密。

記住：
不准告訴任何人。
否則我們就告訴所有人。

「我這輩子從來沒輸過，」薩迪亞雙手抱胸，「我可不打算現在開始輸。」
「妳寧可讓大家被踢出學會嗎？」詩律厲聲反駁。
薩迪亞不吭聲。
莫莉安把紙條重讀一遍。為什麼有人希望薩迪亞——**噢**，她靈光乍現。**噢！**
「薩迪亞，妳的對手是誰？」
「妳管這個幹麼？」
「**因為**，」她努力忍住不耐煩的語氣，「如果知道是誰，我們說不定就能找出寫這封信的人！搞不好妳的對手就是——」
「是隨機的。」薩迪亞口氣平板地打岔。「上場前才會從帽子裡抽出對手，所以有可能是任何人，可能來自任何一梯或任何一堂格鬥課。」她的神情愈發震怒：「不管是誰，他們不是想要別人贏，只是想要**我輸**。我不幹。」

「我不能被退學，」法蘭西斯說，看起來快哭了。「薩迪亞，拜託妳，我姑姑會——」

「喔，我姑姑這個，我姑姑那個，」薩迪亞譏刺地說：「可不可以不要再講你姑姑了？那我爸呢？要是他知道我故意輸掉，他八成會因為太丟臉而死。這是原則問題！麥高樂家絕不故意輸掉。」

霍桑滿臉怒容：「那忠於同梯的原則呢——」

「喔，**閉嘴啦**，史威夫特。」

「**夠了！**」詩律吼道：「我們投票表決。誰贊成不要管這些信，隨便對方揭露祕密？」

薩迪亞直直舉起手，怒瞪著詩律。埃娜跟著舉手，接著是馬希爾。雅查也慢慢舉起手，不過他好歹面露慚愧。

「誰**反對**背叛同梯夥伴，堂而皇之藐視幻奇學會賴以建立的道德理念跟原則？」霍桑狠瞪薩迪亞，猛力舉起手。

詩律、法蘭西斯、蘭貝斯跟著舉手，雖說莫莉安看不太出來蘭貝斯究竟有沒有在聽。

「**莫莉安！**」霍桑迫切地低語，意味深長地盯著她。

「喔！對。」

莫莉安舉起手。

薩迪亞踹了牆壁一腳。

「好，史威夫特，現在拉回來！不要急……牠想要俯衝，但不要讓牠衝。往後拉，確認牠是否平衡，要記得，做決定的人是你。保持在空中。保持在空中。就是這樣——很好。下巴起來，頭往後，史威夫特，我是說你的頭，不是龍的頭。下次左肩請記得再低一點。」

霍桑每週二的騎龍教練是個名叫「手指馬齊」的男人，外表歷經風霜，他在擔任職業龍騎士的四十年間，失去了五根手指頭（一手兩隻，一手三隻）。

由於莫莉安沒別的事好做，她將許多空閒時光耗在地下五樓的騎龍賽場，旁觀霍桑的訓練課（反正她的時間多得要命）。

這是種很奇怪的感覺。一方面，見到朋友這麼如魚得水，她真心感到高興。騎龍的霍桑是她甚少看到的另一面，其中的轉變相當驚人：本來注意力難以集中、容易激動興奮的搗蛋鬼消失了，轉換成一個能力高超的正經男孩，不僅全神貫注於眼前的任務，也專心聽從教練的指導，一心一意鍛鍊技巧。

至於那些龍，更是……完全不在同一個層次。光是和這些古老獸類共處同一個空間，莫莉安就覺得無比榮幸——牠們是如此優雅美麗的生命，卻又強大、聰慧得令人恐懼，在牠們身邊，就好像見證真正的魔法。

另一方面，待在這裡也像是種輕微的自我折磨。

在她原本的想像中，學會就該是這樣子。霍桑的課表跟九一九梯的其他人一樣，刺激而多樣：今天，等他在賽場訓練完，下午要去哭哭林上定向越野課；明天早上的課是「照顧凶猛生物」，午餐後是「長生不死：是否為一種可能」。

她很努力壓制心中那頭狂嗥的嫉妒之狼，真的。

今天，這頭狼靜悄悄的，不過真正的原因是，莫莉安正反覆回想昨天在月臺發生的事。

她抬頭凝望洞窟賽場的天花板，眼睛追隨著霍桑與龍（他們垂直畫了個小迴圈，手指馬齊大聲喝采），眼裡看到的卻不是他們。她看見薩迪亞眉頭緊揪的怒容；法蘭西斯聽到可能會退學，露出淚眼汪汪的驚恐表情；雅查膽怯、內疚地舉起手，對於要暴露莫莉安的祕密投下贊成票。

她離本來期望中的生活這麼近，**這麼近**。她心想，送這些蠢信來的人到底知不知道，過著快樂幻學生活的盼望原本正迅速在她心中萌芽，結果就這麼給徹底摧毀了。也許寄威脅信的人實在太討厭她，所以才想出這麼完美的辦法，讓她這一梯分裂為二。

可是，他們會是誰呢？他們又是怎麼知道她的本領？一整個早上，莫莉安翻來覆去地想著這兩個問題。

「好，慢慢降落，」手指馬齊對霍桑喊道：「我要你輕輕落地，不許跟之前一樣胡來，搞得像袋鼠蹦蹦跳。就是這樣，慢慢來。」

霍桑今天騎的是一隻光點燈鱗龍，算是體型中等的龍類（大約是兩頭大象的尺寸），布滿鱗片的藍綠皮膚閃爍著波紋，有如燈光照耀於水面。霍桑順利引導這隻龍落地，衝擊力從牠充滿肌肉的後腿往上傳，皮膚隨之震動，引起一波輕柔的反光，散至全身。

接著是休息時間，輪到另一位龍騎士下場，霍桑兩步併作一步衝上觀眾席，一屁股坐進莫莉安旁邊的位置。他渾身是汗，雙頰通紅，疲憊不已，但那是全心投入熱愛的事物之後，心滿意足的疲憊。

「你最後的那個翻滾，」莫莉安把水壺遞給他，「真是太厲害了。為什麼你不會從鞍上掉下來？」

「謝了！」他撥開黏在臉上的褐色捲髮。「只要右腿肌肉用力，祈禱那隻龍不要做什麼蠢事就行了。不過牠是隻很好的龍，很可靠。」

「你之前說牠叫什麼名字？」

霍桑翻了個白眼，大口喝水。「這要看妳問誰。牠在大賽登記的官方名字是**像滾燙刀鋒切過豬油般劃破空氣**，不過我都叫牠保羅。」

「嗯。」莫莉安心不在焉地說。

「妳在想那些信嗎？」霍桑抬起腿，架在前面的椅背，動手解開皮製護脛。「妳覺得是誰寫的？」

「嗯……我在想，會不會是海洛絲那票人寫的？就是查爾頓五人幫？」

霍桑皺眉。「對，她感覺就是會做這種事的人。可是，她怎麼會知道妳是……」他環顧四周，確定附近沒有人，然後壓低聲音：「……幻奇師？妳覺得是巴茲說的嗎？」

「我不知道。」她坦率地說。兩人默然半晌，霍桑撥弄著護腕上的綁帶。莫莉安內心升起一股奇異、躁動不安的罪惡感，像毒藥般咕嚕冒泡，啃蝕著她。「薩迪亞絕對不會原諒我。」

「原諒妳？」霍桑錯愕地說：「要原諒什麼？這又不是妳害的！」

「她在保護我的祕密。」

「不對，那是我們的祕密，」霍桑堅持：「無論那些信是誰寫的，他是在威脅我們所有人，我們大家都有份。」

手指馬齊喊著霍桑的名字，霍桑著手收拾散落的裝備。「聽好，」他輕聲說：「反正我們根本查不到是誰寫的，擔心這個有什麼意義？不如等著看下封信寫什麼。」

然而，當莫莉安目送霍桑走下階梯，進入賽場，她忽然冒出全新的決心。她不能坐以待斃，枯等下一封信，不停擔憂這次的指示會不會使全梯跟她反目成仇。一定有辦法查出幕後主使，一定會有，她絕對要找出這個辦法。

她很清楚該從哪裡開始下手。

在地下五樓最大的道場，薩迪亞已經來到場上。格鬥社每週舉辦一次聚會，此時，整個幻學的武道中人齊聚一堂，進行一連串的單挑比賽。這些比賽極其混亂，不公平到了荒唐的地步，不限年齡、身分皆可參加，因此，一名赤腳的踢拳手可能必須與身穿鎖子甲的劍士對戰。不知為何，這是薩迪亞在這世上最熱愛的活動，每週她都會向同梯重述她參與的比賽，不放過任何暴力或殘酷的細節。儘管她是年紀最小的選手，卻從未在格鬥社吞下敗績。

直到今日。

「好，誰來跟麥高樂對決？」一名有著粗糙灰色捲髮、身材高大壯碩的女子吼道。她舉起一頂帽子，從中抽出一張紙條，讀了名字，不禁呵呵輕笑。「威爾・高迪！上來吧，年輕人。老天，這場鐵定秒殺。」她自言自語般低聲補上一句。全場報以哀號與嘲諷的笑聲，布提勒斯・布朗用一隻熊掌摀住臉。

威爾・高迪隸屬九一六梯，是個愛亂講話的男孩，喜歡編故事把自己塑造成最強、最惹不起、最剽悍的英雄，故事內容通常是說他孤身打垮整個幫派，連一滴汗也沒流。大家都知道，這些不過是胡謅罷了，因為高迪壓根不具備任何武術實力，他的本領甚至跟格鬥毫無關係——他是極具才華的作曲家，偏偏堅持要上武術課，好跟學會外的人吹噓自己其實是個拳擊手。莫莉安知道，薩迪亞非常受不了他。

薩迪亞注視高迪上場，臉垮了下來。全道場的選手這麼多，她的第一敗竟然要送給威爾・高迪，這個愛亂講話的軟腳蝦……這簡直是奇恥大辱。萬一威爾贏了，薩迪亞永生永世都得忍受他的冷嘲熱諷。

莫莉安暗想，這該不會是設計好的？威脅他們的人會不會用了某種方法，讓威爾的名字被從帽裡抽出來？如果是這樣，只有一種可能：那個抽籤的壯碩女子就是寫信的人，可是莫莉安覺得不太相信。

寫信的人想必也不是威爾自己，他儘管很愛吹噓，這時面對著薩迪亞，看起來卻簡直快吐了。

莫莉安幾乎不敢看。一方面，她暗自擔憂，薩迪亞搞不好會改變主意，拒絕假輸；另一方面，她又覺得改變主意是應該的。

想不到，薩迪亞沒有。第一輪開戰不過幾分鐘，即使威爾的步法亂七八糟，出拳虛弱乏力、毫無效果，薩迪亞依舊假裝屈居下風。她甚至懶得想辦法演得更逼真，在威爾的拳頭第一次碰到她的臉時（她根本是自己湊上去挨打），她便撲通倒地，任憑裁判數秒結束。

觀眾全都不敢置信。就連已經知道結果的莫莉安也不敢置信。

她努力甩掉震驚，她來觀賽就是為了這一刻，既然寫威脅信的人希望薩迪亞輸掉，他們想必會來現場監看。她仔細審視觀眾，檢查道場中的每張臉孔，想要揪出任何洩漏了……某種線索的人。

可是，她找不到一絲得意或滿足的表情，在場每個人見到威爾不可思議地取得勝利，臉上都寫滿驚愕。假如寫信的人確實在現場，他們想必是全世界最厲害的演員。

威爾沉浸在喝采與鼓掌中時，薩迪亞跳下擂臺，拖著腳步，徑直走過莫莉安身邊。

「薩迪亞！」她喊道：「等等，我——」

「走開！」薩迪亞大叫。

「我只是想說——」

「不要煩我！」

莫莉安望著她遠去，感覺糟到不能再糟。

週五下午，第二道指示送達九一九站，貼在法蘭西斯閃著光澤的藍門上。他用微微發顫的手攤開信箋，一面讀，一面瞇起眼睛。

「他們想要……**蛋糕**。」

「蛋糕？」霍桑重複。

「就是這麼寫的。」

莫莉安疑惑地皺起了整張臉。「蛋糕……就好？」

「蛋糕就好？」法蘭西斯從手中的紙條抬起頭，瞪著她。「不對，這可不是隨便做做就好的蛋糕。妳自己看。」

法蘭西斯．約翰．輩滋威廉：

你必須烤一個喀里多妮亞登基紋章大蛋糕，加上完整裝飾，明天早上六點前放在九一九月臺，然後立刻回家。

假如你不徹底遵守這些指令，

我們會公開九一九梯的祕密。

記住：

不准告訴任何人。

否則我們就告訴所有人。

「喀里……」莫莉安念出紙條上的蛋糕名稱：「喀里多妮亞登基紋章大蛋糕是什

麼？」

「就我所知最複雜、最難做的蛋糕，」法蘭西斯哼了一聲：「總共三層，每層的口味、密度都不同，還要裝飾好幾百朵金葉做的糖花，畫上滿滿的焦糖螺旋圖案，最上面放一頂糖蕾絲做的皇冠。」

霍桑瞪圓雙眼。「你可以多做一點嗎？」

「我要熬夜才做得完！」法蘭西斯不理霍桑，從莫莉安手中奪走信紙。「而且我明天早上還有四個小時的刀工課，我哪可能沒睡覺就去上課！會切斷手指的！」

「明天是星期六耶。」霍桑說。

「我知道明天星期六，」法蘭西斯瞪他。「海絲特姑姑說我的刀工水準不夠好，所以她幫我額外安排了週末的課。」

霍桑倒抽一口氣，莫莉安從沒見他這麼憤慨過，似乎在週末做額外的功課根本天理不容，害得他一時之間說不出話來。

「這太奇怪了。」她指著紙條說：「幹麼要叫你做蛋糕給他們？」

法蘭西斯一臉受傷，「不能有人想要我做的蛋糕嗎？妳吃過我做的蛋糕嗎？」

「超級好吃的，法蘭西斯。」霍桑贊同道：「要是我想威脅你，我一定會叫你做蛋糕，再加上你之前做的那種裡面包卡士達醬的點心，再加上之前——」

「好了啦，霍桑。」莫莉安說：「我只是說……他們給的這些指示很……呃，滿傻的。」她瞥了通往她臥室的黑門一眼。本來，她很期待可以整晚待在音樂沙龍（法蘭克找來一個新的雜技師，會從鼻孔吹出歌曲），但她明白，要是法蘭西斯為了守住她的祕密，整夜不睡烤蛋糕，只會讓她飽受內疚所苦。她嘆口氣：「聽我說，我去幫你，好嗎？我當你的助手，你不用自己一個人做。或是——噢，你可以來杜卡利翁飯店的廚房做！我敢說，我們的廚子絕對能一下子做完那個……那個喀里多妮亞酥脆大蛋糕。」

她顯然說了不該說的話。

「誰要一個在飯店洗菜的二流廚師幫我！」說完，法蘭西斯掉頭就走，在莫莉安面前甩上藍門。

莫莉安不可置信地搖搖頭。「洗菜的？亨尼卡大廚曾經獲頒三次皇家光翼抹刀獎耶。」她揮手向霍桑說再見，穿過黑門，嘴裡仍喃喃自語：「什麼**洗菜的**。」

打開門，莫莉安回到她在世界上最愛的房間，不禁鬆了一口氣。她的床像是要慶祝週五終於來臨，變成了一個巨大的鳥巢，鋪滿柔軟的布料，顏色是深淺不一的綠，中央臥著三顆巨大的蛋形枕頭。莫莉安模仿飛鳥的姿勢，伸直雙臂，向後倒進柔軟的被窩，沾枕時發出享受的「呼」一聲。

她躺著不動，盯著房間天花板。天花板最近化為一片深藍色夜空，點綴了一閃一閃的親切星星，令她想起幻學地圖室的天花板，忍不住盼望天花板維持這個樣子。

她不停想起薩迪亞。想起薩迪亞離開道場時的臉色，想起自那天以後，薩迪亞始終不吭一聲，顯得十分鬱悶。莫莉安很替她難受，畢竟她一向如此以自己的格鬥社紀錄為傲，她也的確有本錢驕傲。況且，誰不好輸，偏偏是輸給威爾・高迪。薩迪亞願意遵守承諾，為了同梯的利益，犧牲對自己而言這麼重要的事，讓莫莉安感到既震撼又窩心。

這個念頭更堅定了莫莉安的決心。是，那場比賽是變成一場空，她沒抓到寫威脅信的人是誰，但她不會放棄。既然薩迪亞願意輸給威爾．高迪，既然法蘭西斯願意徹夜製作全世界最扯的蛋糕，那麼，她也能揪出這一切的幕後主謀。

反正，她沒有別的事情好做。

第十一章 潛伏者

「他在擔心某件事。」

「擔心什麼？」

「我覺得是……錢。」

傑克跟莫莉安站在螺旋梯的欄杆邊，傾身向前，觀察杜卡利翁飯店大廳熱鬧的週六夜。今晚，整個寬敞的大廳化作湖泊，原本那些或鋪絨或鍍金的家具、盆栽全數搬空，讓位給小型貢多拉與獨木舟。這些船隻乘載著喧譁吵嚷、打扮亮麗的賓客，人人遵照法蘭克在邀請函上的指示，穿了跟海洋有關的服裝。大家的扮相都十分繁複，到目前為止，莫莉安看到七隻美人魚、四隻男性人魚、好幾團水手和海盜、一隻海星、一隻牡蠣，以及一隻紫得刺眼、渾身亮片的章魚。

「你怎麼知道？」莫莉安問。

傑克瞇起兩眼。他將眼罩拉到了一旁（這種情況可不常見），貼在太陽穴上。

「他的手指是綠色。綠色的手指代表他要不是很想賺到錢，就是剛輸了錢。」

莫莉安往底下窺看傑克正在觀察的對象。那男人身穿訂做的上將制服，面貌英俊，顯得過分自信，站在一艘貢多拉的船頭，目光掃視大廳，好似他才是這座飯店、這些賓客的主人。「他看起來很有錢，」她說：「你看，他老婆脖子上那些珠寶。」

「有錢人也會煩惱錢的事情，有時候比窮人更煩惱。而且那不是他老婆，是他情婦。」

莫莉安倒抽一口氣，既反感又樂不可支。這是她最愛的新遊戲。

最近這陣子，杜卡利翁飯店的週末比以往更加活潑熱鬧。附近新開了一間同業，名叫奧麗安娜飯店，法蘭克把那裡的兩名活動策劃人視為死敵，展開了激烈的競爭。每週六晚上，他都會舉辦奢華無比的主題宴會、舞會、化裝派對，有時占用一整座廂房，有時則移師至屋頂，好讓方圓幾百里都聽得見。然後，到了每週日早晨，他會在大廳來回踱步，等待《永無境斥候報》、《早晨郵報》、《鏡中奇遇報》送上門，一收到報紙，他會馬上翻到社交版，端看哪間飯店的報導篇幅較大，大廳要不是會響起勝利的宏亮笑聲，就是會迴盪著憤怒的狂吼。法蘭克多數時候是贏（他辦的宴會可謂傳奇，名人、貴族經常光顧，偶爾連皇室也會現身），可是杜卡利翁的人都很怕少數的落敗。一旦輸掉，法蘭克隨後幾天往往會陷入極為戲劇化的消沉，接著再度恢復狂熱，誓言要將下週六的活動「辦得空前絕後」。

基於以上原因，杜卡利翁的週六夜成了觀察路人的絕佳機會。不僅如此，傑克對於自己的見證者能力越來越有信心，使這個遊戲變得有趣極了。

芬涅絲特拉討厭水，所以法蘭克今晚的主題把她氣個半死，揚言要：一、叫臭架子來，二、在法蘭克的臥室到處放蒜頭，三、燒了整座飯店。當然，她一件也沒做，不過她正充滿威嚇地掛在黑色水晶吊燈上，遇到膽敢划太近的人便張牙舞爪。

「那他們呢？」莫莉安指著一群年輕女子，她們扮成鮮豔的熱帶魚，服裝掛滿流蘇、羽毛、細珠串，十分前衛，裸露的程度令人心癢。她們在大廳中漫無目的亂划，直接拿起酒瓶豪飲粉紅香檳，吵著要鋼琴師威爾伯彈點「更嗨的」曲子（威爾伯正待在一個小沙灘，彈著一架小型平臺演奏琴）。

傑克凝視她們一分鐘，聚精會神地擰起眉頭。「那個打扮成小丑魚、講話很吵的女生，其實巴不得回家，或是去別的地方。有個……很像線的東西，是銀色的線，一直想把她從大門拉出去。」

傑克是朱比特的外甥，今天下午，他在上完大提琴課後忽然回來，說要在飯店過一個週末。莫莉安驚奇地發現，即使今天的開端對她來說差勁透了，傑克的陪伴仍使她的心情好轉許多。

為了在九一九站當場逮住寫威脅信的人，看看究竟是誰會拿走法蘭西斯的蛋糕，莫莉安將鬧鐘設定在五點五十五分，準時醒來，靜靜推開神祕之門，躡手躡腳走過幻學更衣室……沒想到依然計畫失敗，通往車站的那扇門怎麼樣也打不開，估計是另一頭被不知什麼東西給擋住了，寫威脅信的人實在是聰明得令人氣惱。等她終於打開門，一切都太遲了，蛋糕早已消失，月臺毫無他人留下的蹤跡。

莫莉安敲了敲法蘭西斯的門，問他蛋糕做得如何，有沒有在月臺看到任何說不定可以追查的線索？然而，全身覆滿麵粉、糖霜跟黏黏焦糖的法蘭西斯只是狠瞪莫莉安，又一次在她面前甩上門。

稍後，這天對莫莉安而言更是每況愈下：她發現朱比特還是沒回來，此外，法蘭克要布置大廳，所以一整天都不准任何人進入。

整體說來，由於見到傑克讓莫莉安太高興了，很自制地忍住不取笑傑克的格雷史馬克穎異少年學校制服，那身制服實在有夠做作。她非常以自己的自制力為榮。

「那她呢？」她指向一個戴著雙髻鯊帽的女子。

「她弟剛繼承家族遺產，讓她很火大。」

莫莉安詫異地看著他，「這次的解讀好明確。」

「嗯……我想我應該解讀得沒錯。她很複雜。手指頭是綠色——代表金錢問題；心口有黑色十字——代表最近有親人過世；她有兩道影子，第二道比較小——跟弟弟或妹妹有糾紛，我猜是弟弟；而且她整個人發出深酒紅色的光，這種顏色代表累積很久的怒氣。她很傷心，但她也很憤怒。」

莫莉安凝視那個女人，想像自己從她身上看出一絲悲傷，雖然她正將綠色珊瑚礁雞尾酒一飲而盡，還跟共乘獨木舟的帥氣金髮海星調情。

「那她呢？」莫莉安問，頭朝一位幻狒紳士一點。他身穿完整的海盜裝，肩膀上站了一隻鮮豔、巨大的鸚鵡。

傑克從鼻孔一哼。「超希望別人問他那隻鳥是怎麼回事，結果沒有人問，讓他很氣惱。」

「你知道嗎，你可以靠這個發財！我們就跟別人說你是天眼通，利潤我抽兩成。」

傑克笑著翻了個白眼。莫莉安明白，他不喜歡太常拿下眼罩。她從來沒跟傑克聊過這件事，但朱比特曾經說，他自己同樣身為見證者，也是經過好多好多年的訓練，才總算「在一片混亂中理出秩序」，學會看清事物的不同層次和經緯，過濾掉許多東西，只看真正重要的資訊，而傑克目前還沒達到這個境界。朱比特說，現階段而言，傑克的眼罩就是發揮過濾的作用，干擾他的視野，讓他不必時時刻刻看見那麼多東西，免得這項奇異的天賦逼得他崩潰。

「那妳呢？」傑克冷不防問，轉頭看著她，伸手稍稍遮住眼睛，像是眼前有道強光。莫莉安知道，她身邊想必匯集了無數發光的幻奇之力，傑克正瞇著眼睛，試著穿透那些光芒，看清楚莫莉安。她感到臉頰發燙起來，傑克此刻注視著她的神情，偶爾也會出現在朱比特臉上，彷彿他知道什麼莫莉安不曉得的事——彷彿他知道很多莫莉安不曉得的事。朱比特露出這種表情的時候就夠煩人了，現在換傑克這樣做，她好想伸手戳傑克的眼睛。

她怒目而視。「我怎樣？」

「有黑雲，」傑克朝她左肩點點頭，「跟在妳後面。在學校碰到問題了？」

莫莉安一陣遲疑。「算是吧。」

「怎麼了？」

她思忖，該從哪裡說起？她能說出威脅信的事嗎？傑克早就知道她是幻奇師了，所以這也不算打破她對長老的承諾。

莫莉安深吸一口氣，把小心謹慎拋到九霄雲外，將一切告訴傑克：他們收到了三封信，全梯參與了一場投票，現在同梯中半數都討厭她。一開口，她就滔滔不絕：她說起昂斯塔教授、《幻奇事件光譜簡史》、海洛絲與查爾頓五人幫；說起朱比特沒完沒了地帶隊執行最高機密任務，她懷疑那些任務跟失蹤的人有關……她漫無章法地說著，有時還反覆兜圈子，不過傑克只是靜靜傾聽，一個問題也沒問。說出她所想到的每一件事之後，莫莉安覺得……似乎輕鬆了點。

「黑雲不見了嗎？」她終於問，試著轉頭看左肩後方，儘管她心知無論黑雲在不在，她都看不見。

「那就好。」

傑克聳肩，「變小了。」

他點點頭，沒多問一句話。這是傑克的優點，他討厭別人愛管閒事地問他問題，所以他自己通常不問。

「說到威脅的黑函，」他一邊說，一邊伸手探進外套的暗袋，「我一直想要給妳這個。」他將一張摺成方形的紙遞給莫莉安，那張紙是深沉的銀黑色，薄如枯葉，非常柔軟、易於彎折。「任何時候，如果妳需要我——我是說真的很緊急的情況喔，不是什麼亂七八糟的小事——萬一妳遇到什麼麻煩，需要幫忙，就在這張紙寫下地址，或是任何可以讓我找到妳的路標，然後說三次我的全名：約翰‧阿朱納‧柯拉帕提，再把這張紙燒掉。這張紙跟我連結在一起，不管妳人在哪裡，它都會出現在我手中。」

莫莉安揚起一邊眉毛，不太確定要不要相信他。「這是什麼原理？」

「其實我完全不知道。這是我朋友湯米發明的機制，本來是為了作弊。我永遠想不通，他聰明到有辦法設計出這東西，又何必作弊。」傑克聳肩，「他媽媽是女巫，一定有幫忙。總之，這東西就叫『黑函』，以前我們會在熄燈後用它傳訊息去其他宿舍，直到後來我們快把黑紙用光了。湯米那個笨蛋作弊被抓到，暫時停學，也被禁止再多做這種紙。我這裡只剩幾張，因為朱比特現在那麼常出遠門，又有那麼多……嗯。總之，我覺得妳有辦法聯絡到我最好，就這樣。」他說完，顯得有些尷尬。

「好。」莫莉安微笑著把紙收進口袋。「嗯，謝謝。」

「真正的緊急情況才可以用。」傑克重複一遍，轉回身去，倚著樓梯欄杆。

「知道，知道。」莫莉安把手肘靠在欄杆上，掃視大廳，尋找下一個對象。「再來……那個男的呢？」

她指的那名男子剛走進飯店，正穿越大廳，先從划艇跳到獨木舟，再從獨木舟跳到貢多拉，像是把那些船當成池塘中的踏腳石。賓客紛紛高聲向他打招呼，在他差點害一艘船翻過去時尖叫大笑，拍手鼓掌，不過那人的表情始終正經，一手撥過那頭紅髮。

「朱比特！」莫莉安喊道。那人抬起頭，看見她跟傑克站在樓梯上，露出有些緊繃的微笑，微微揮手，伸出兩根指頭，用嘴型說：「兩分鐘。」接著，他終於抵達被水淹沒一半的禮賓櫃檯，坐在櫃檯上，開始翻閱米范交給他的一大疊信件。

傑克的目光在他舅舅身上逡巡。「他在找某個東西，這就是為什麼他一直出任務。不管他在找什麼，他到處都找不到。」

「那看起來是什麼樣子？」

「像一團灰霧，圍繞著他的頭，」傑克喃喃說：「還有一道不斷搖曳的微弱光線，總是剛好在他碰不到的距離。」

他們沒注意到芬涅絲特拉不再待在水晶燈上凶狠地亂晃，直到巨大的影子令他們的視野倏地黯淡下來，身後傳來她低沉刻薄的聲音：「**他們**來這幹麼？」

莫莉安驚得一跳，撫著胸口，抬頭注視魁貓充滿恫嚇意味的目光。「妳能不能戴個鈴鐺啊？」她的心臟怦怦跳，「妳說誰來幹麼？」

「臭架子。」芬說，用貓爪指向一小群身穿黑外套的男女。那些人操控著一艘划艇，堅定地划向禮賓櫃檯。

莫莉安吃驚地眨了眨眼。「芬！妳該不會真的叫了警察來抓法蘭克吧？這招也太低級——」

「我看起來像抓耙子嗎？」芬低吼。「他們不是我叫來的，打小報告會有報應。」

「那他們為什麼……」

「他們不是臭架子。」傑克低語，露出震撼之色：「他們是**潛伏者**。」

「什麼？」莫莉安問。

「幻奇學會偵查部，」傑克說：「就是祕密警察。他們很少像這樣露面，通常會更……妳知道，潛伏起來。」

「你怎麼知道是他們？」

「妳看他們的制服，是黑色皮外套跟閃亮亮的綁帶靴。還有，看到他們的上衣口袋沒？」

莫莉安瞇起雙眼，低頭瞧離她最近的警員，只見他的右胸口袋繡了個金色小眼睛，虹膜內有個「W」字。

「絕對是潛伏者，他們以前來找過舅舅一次。」傑克繼續說：「好幾年前的事了，他們找他協助調查犯罪現場。那時候是要追查……追查謀殺案。」他壓低聲音，「有個很有名的巫師死了，後來發現他是被學徒殺害，當時就是朱比特幫忙查出來的。潛伏者只負責處理跟幻奇學會有關的犯罪，而且是非常嚴重的犯罪。」

「他們在調查失蹤案。」莫莉安說。

傑克甩甩頭，瞇眼細看這支黑衣小隊。「他們絕對是在找某個東西或某人，不過這件事不到好幾星期那麼久，還很新。他們身邊也有像朱比特那樣的霧，只是很濃，然後……我不知道要怎麼形容，但有點發光，就像大雷雨那樣。這是剛發生的案子。」

他們眼望著底下的人開始對話。朱比特一手抓過有些塌下來的頭髮，顯得心煩意亂，極度疲憊。

莫莉安離開欄杆，「我們下去看看到底——痛！」她尖叫一聲。一根巨大的貓爪子壓進她肩膀，阻止她往前。「芬！」

「如果那些人是潛伏者，那妳不准靠近他們，」魁貓低吼。「要是朱比特想讓妳知道情況，他自己會告訴妳。好了，快回房間，已經超過上床時間了。」

「我哪有上床時間。」莫莉安皺著眉頭說。

「現在有了。」

「妳不能——」

「我說了算。」

「可是——」

「**去睡覺。**」

莫莉安回頭看朱比特，期盼對上他的目光。可是朱比特已然動身離開，坐著一艘小划艇，往前門划去，潛伏者在他身邊圍繞。

他連大衣都懶得脫。

第十二章　惡魔弄

沒人曉得關於新失蹤案的任何消息。米范、芬涅絲特拉、香妲女爵不知道——整個週末，莫莉安輪流纏著他們幾個；雀喜小姐不知道——週一在家庭列車上，她聽說潛伏者去了莫莉安的家，露出真誠的驚訝神情；昂斯塔教授不知道——他說莫莉安「無禮」、「沒大沒小」、「不識相」，竟敢打岔早上的課，多嘴詢問幻奇學會執法部門內部的運作方式。

在那堂課接下來的時間，昂斯塔教授氣喘吁吁、長篇大論地教訓莫莉安，叫她不要多管閒事、說話要得體……不過，比起抄寫一段接一段的《幻奇事件光譜簡史》，這樣被罵還比較好。

那天下午是邁德梅的課，內容有趣多了。

「劫財路、詭騙巷、陰影街、幽魂時刻。」他念出他寫在黑板上的這幾個詞，「誰能說說這些是什麼？」

臺下的大家表情空白地回看他。

「沒人曉得？」邁德梅一臉詫異，「你們真幸運。」

「老師，那是什麼？」馬希爾問。

「劫財路是流氓跟強盜會用的一種老派招數，這種地理騙術挺單純的。你本來走在一條小巷，走到盡頭，會發現你跑到了一個不同的地點，有時候甚至是好幾哩遠，會有一群盜賊在那裡堵你，搶你的錢。如今，大部分劫財路都已經被封死或加上標誌，不過在盜賊世代，自由邦到處都是劫財路。

「另一方面，詭騙巷就是永無境專屬的怪東西了。」他調整了一個舒服的姿勢，雙腿在桌子邊緣盪來盪去。莫莉安注意到，每當邁德梅談到他很有興趣的主題，就會做這個動作。「非常不方便，有時也挺嚇人，不過多數是無害的，只要你能搞清楚狀況就好。『詭騙巷』是一個還滿籠統的統稱，凡是位於永無境，一旦有人走進去就會產生變化的巷子或步道，一律稱為詭騙巷。」

「產生變化是什麼意思？」莫莉安問。

「嗯，有時候是在你走到一半的時候，突然發現自己的方向完全反過來了，變成朝著來時的路，但你根本沒有轉身；有時候是你越往前走，巷子兩邊的牆壁就越窄，你要嘛選擇回頭，要嘛就是被牆壁擠死。」

「噁。」雅查打了個哆嗦。

「嗯，我不推薦。我有一次遇到一條詭騙巷，越往前走的重力越小，我一直飄到空中，最後我只好抓住牆壁，把自己拉回起點。」

「喔！」莫莉安猛地想起，冬暮那天，朱比特帶她出了趟門。「我好像遇過一次！」

她告訴邁德梅，她和朱比特去舊德爾斐音樂廳找天使伊斯拉斐爾時，在路上經過的那條奇怪小巷。

「妳說在波希米亞？」邁德梅問：「我的媽呀，我不曉得那裡有詭騙巷。太棒了，黑鴉小姐！沒錯，永無境各地都有詭騙巷，其中大多數登記在冊，並且像劫財路那樣，要不是被封了，就是小心地加上了警告標誌，讓大家知道自己要走的是什麼路。不幸的是，有幾條詭騙巷會到處亂跑，這實在是很糟糕的習慣——這幾條巷子會從一個地方消失，接著出現在另一個完全不同的地方。所以其實，永無境議會提供的官方詭騙巷地圖有點沒用。當然了，我個人偏好活地圖，雖然它稱不上完美，但它在自動更新這方面是做得挺好的。」他從身旁桌上拿起一疊摺好的地圖，交給埃娜。「話雖如此，我還是準備了這些地圖，也就是永無境議會努力記錄無可記錄之現象的最佳成果。大家各拿一張，然後傳下去。」

霍桑把最後一張傳給莫莉安，她攤開地圖，湊上去端詳那些細緻彎曲的街道。幾十個粉色、紅色、黑色的小旗幟遍布全城，標示出已知的詭騙巷。

邁德梅拍了一下手。「好，跟我來。」他邊說，邊走向地圖室的門：「我們去冒險！」

在舊城，這天是溫暖晴朗的美好夏日。九一九梯洋溢著興奮之情，通常，一年級的學者不能在上課日離開幻學，不過邁德梅已取得學務主任的特別許可，帶全班

去校外上第一堂實作課，條件是假如任何人（包括邁德梅自己）丟了學會的臉，就要在尖峰時段被綁在傲步院站的鐵軌上。

他們的目的地離幻學不遠，是條名叫「廟口胡同」的窄小巷弄，裡頭昏暗髒亂，多數人經過時根本不會多看一眼。

邁德梅指向牆上那道汙跡斑斑的告示牌：

> **廟口胡同**
> **警告！**
> 根據特異地理隊與
> 永無境議會
> 之指示，
> 本巷道已列為
> 粉紅警示詭騙巷
> （惱人級機關，進入後將面臨重大不便）
> **擅闖者後果自負**

「當然了，」邁德梅說：「最安全的方式，就是永遠不要走進詭騙巷。話是這麼說，萬一不小心碰上，最好還是有個應對方案。遇到的時候，請執行一個清楚又簡單的三步驟計畫：第一，**保持冷靜！**相信我，要是你忽然往天上飄，真的很容易驚慌，一旦開始驚慌，就會無法清晰思考。

「請各位記住兩件簡單的事：吸氣——」他深吸了幾秒鐘，「——跟吐氣。」他緩慢穩定地吐氣，發出「呼咻」聲。「現在跟我一起做，準備好了嗎？吸氣。」全梯一致深吸，「然後吐氣。」呼咻。「很好。遇到危急狀況，只要記得**呼吸**，會出乎意料地很有幫助。」

詩律轉頭看莫莉安，翻了個白眼。

「好聰明，」她嘀咕：「要是他不教我，我八成會忘記這個基本的非自主生理機能，我要趕快寫下來。」她扮出一副呆相，裝作正拿著一枝想像的筆，憑空抄筆記。

「噓。」莫莉安忍住不笑。

「第二步：**撤退**。你沒辦法預料詭騙巷裡會有什麼，幸運的話，裡面的機關只會是反重力或牆壁閉合，這兩種很常見，但也有些機關非常危險。幾年前，朱若河上騷塞區有條巷子，把某人肺裡的空氣全部變不見，害他活活窒息而死。我還讀過一篇報導，說很久很久以前，舊城有條巷子會把人整個從內往外翻過來，讓他們的肌肉跟內臟都跑到身體外面。」

大家都瑟縮一下，發出作嘔的聲音，唯獨霍桑悄聲說：「酷耶。」埃娜則是興味盎然地抬起頭。

「不用怕，」邁德梅接著說，舉起雙手要大家安靜。「那條巷子已經被封起來，不存在了。」

霍桑顯得有些失望。莫莉安竊笑，對霍桑搖搖頭。

「我要說的是，當你走進一條詭騙巷，你不一定知道自己碰上什麼。所以，最佳解決辦法是不要抗拒，立刻撤退。務必撤退，絕不要以為你能靠鬥智鬥贏機關，絕不要以為你能憑蠻力壓制機關，絕不要以為你能硬碰硬對抗機關。你的性命比抄捷徑重要。」邁德梅逐一凝視他們，莫莉安頭一次見到那張年輕的圓臉如此嚴正。

「最後是第三步：**告訴別人**。這點為什麼重要？」

埃娜倏地直直舉起手。「免得別人走進去？」

「很好。還有呢？」

「它有可能不在地圖上。」馬希爾喊道。

「沒錯。還有呢？」

全梯陷入靜默。

邁德梅再度攤開永無境議會地圖，「因為它說不定變了。詭騙巷很善變，會隨著時間而移動、進化。看看你手上的地圖，找到高牆附近的派林弄了嗎？這條巷子的機關本來是最基本、最普通的，只會抓住人的腳踝倒吊起來。上星期，有個粗心大意的四年級學者轉錯彎，走進派林弄，結果跑進汙水道裡游泳。」

眾人不約而同發出「噁」。

「的確。」邁德梅說：「不過，這個年輕人做了正確的事，保持冷靜，立即撤退，然後告訴他的引導員。嗯，應該說他先洗了個澡，然後才告訴引導員，引導員接著告訴了特異地理隊，然後我們告訴了議會，於是議會更新了地圖。派林弄本來是粉紅警示（惱人級機關，進入後將面臨重大不便），基於健康風險，議會把它提升為紅色警示（高危險級機關，進入後可能造成損傷），並新增警告標誌。」

「可是老師，為什麼議會不比照那條腸子會外露的巷子，乾脆把它封起來呢？」霍桑問。

「因為派林弄或許還有救。雖然它從把人倒吊變成了汙水道……但總有一天，它說不定會變回普通的街道。我們只會封鎖完全沒救的巷子，也就是黑色警示。」

「黑色警示代表什麼？」莫莉安問。

「進去就會死。」

莫莉安嚥了下口水。在永無境，目前有多少尚未發現的黑色警示巷子？

「不用擔心，」邁德梅微笑著說：「黑色警示極為稀少。『廟口胡同』這條巷子只是粉紅警示，我帶你們來這裡是為了練習。你們每個人都要走進廟口胡同，執行三大步驟中的前兩步，安全撤退。誰先來？」

一如所料，薩迪亞跟霍桑率先自願，爭著擠到最前面，差點把對方撞翻。可是，邁德梅另有想法。

他招手要不情不願的法蘭西斯走到前頭，抓住他的雙肩，兩人一同凝視窄小巷弄中的石子路，其他人擠在後面觀望。即使莫莉安看不見法蘭西斯的臉，她仍看得出法蘭西斯嚇壞了，他整個人明顯在打顫。

「蜚滋威廉先生，記住，」邁德梅說：「**呼吸**，然後**撤退**。只要記住這兩個步驟，你就不會有事。」

「不能換人先去嗎？」法蘭西斯嗚咽。

「喔喔——換我！」霍桑咻地舉手，邁德梅把他的手按下去。

薩迪亞不耐煩地哼了一聲。「法蘭西斯，不要哭哭啼啼，這只是粉紅警示耶，拜託。」

「薩迪亞，不要這樣子。」邁德梅說：「不過，法蘭西斯，她的話也沒錯，這條路只會把人倒吊，最多就是血液會集中到腦部。這時候，只要倒退幾步——就算你掛在空中，也要做出在地面上走路的動作，巷子會察覺到你想回到原路，很快將你擺正。」他輕推法蘭西斯，「去吧，你辦得到的。」

法蘭西斯向前一步，又一步。

霍桑開始小聲念誦他的名字，替他加油打氣：「法蘭西斯，法蘭西斯，法蘭西斯。」莫莉安等人隨後加入，輕柔的聲音在狹小的空間迴響：「法蘭西斯，法蘭西斯，法蘭西斯。」

再一步，再往前幾步，終於，在法蘭西斯走到胡同的中途時，他被猛然拉向空中，變成頭下腳上，彷彿他輕如鴻毛。好半晌，他就這麼掛在那，一腳朝天，其他三隻手腳不斷掙扎。

「法蘭西斯，呼吸！」邁德梅說：「保持冷靜。」

法蘭西斯用力深吸了幾口氣，停止亂揮亂踢。

「加油，你知道該怎麼做，先後退一步，然後再一步……」

「法蘭西斯，法蘭西斯，法蘭西斯……」

儘管法蘭西斯仍處於倒吊的姿態，他依然抬起一隻腳，有如誇張的表演，往後大大踩了一步。接著，他假裝再後退一步，再一步，再來——

「太棒了！」法蘭西斯翻正時，邁德梅激動地大喊，跳起來朝空中揮了一拳。法蘭西斯有些踉蹌地落回石子路，轉過身面向大家，仍然喘不過氣、過度驚嚇，臉上卻帶著笑意。

每個學者都體驗了一遍，走進廟口胡同，倒吊之後再翻正，這時邁德梅和其他人便報以喝采。輪到莫莉安被倒吊時，她又笑又叫，霍桑更是愛得要命，苦苦哀求再來一次。

「史威夫特先生，你可以試第二次。」邁德梅說：「大家都可以。你們都拿著地圖嗎？請分成三個人一組，選一條舊城的詭騙巷，練習安全撤退。務必留在北區，只能選粉紅警示，記住：**保持冷靜，立刻撤退**。等英勇廣場的時鐘敲三下，我們在幻學的門口集合。」

「法蘭西斯，要不要跟我們一組？」莫莉安提議，可是法蘭西斯臭著臉，轉頭走開。這是她那天第四次搭話，可惜每次都失敗。她本來以為薩迪亞生悶氣就夠慘的了，沒想到法蘭西斯的情況更糟，一整天下來，他要不是朝莫莉安射來怪罪的目光，就是在莫莉安對他講話時裝聾。

「他是不是忘了自己投票選哪一邊？」霍桑咕噥。「莫莉安，要是我，早就不管他了。」

法蘭西斯跟著薩迪亞和埃娜走掉，馬希爾則領著雅查、蘭貝斯往另一個方向去，剩下詩律站在原地，顯得尷尬而惱恨。其他人連看也沒看她，她又被遺忘了。

「詩律，跟我們一起吧。」莫莉安對她招手。詩律走過來，努力表現出完全不在乎的樣子。

三人一起研究莫莉安的地圖，霍桑跟詩律光是要達成共識就花了十分鐘，等他們抵達目的地，馬希爾那組已經先進去了，他們只好重新選過。

「惡魔弄！」霍桑越過莫莉安的肩膀，指著地圖：「聽起來很酷。」

「那在西區耶，笨蛋。」詩律低聲說。

「所以呢？」

「所以，他說要留在北區啊。」

「這條路在西區的邊邊，離北區只有一個街區耶。」

「但還是在西——」

「好啦，就走吧，」莫莉安捲起地圖，「不然就要下課了。」

惡魔弄狹窄黑暗，暗到看不見路的盡頭，有如正盯著一條隧道。入口有個跟廟口胡同一樣的小牌子，說這條路屬於粉紅警示詭騙巷。

「我先進去。」霍桑說，擺出一副要衝進去的姿勢，莫莉安抓住他的衣服。

「等一下！不能直接跑進去，我們連這是哪種機關都不知道。理智點，慢慢走。」

霍桑翻了個白眼，嘀咕道：「是，老爸。」他不甘不願地放慢速度，改成用走的。莫莉安與詩律期待地目送他走遠，等著他隨時驟然倒吊。沒想到，霍桑走到一半就停住，在原地搖晃了一下。

「霍桑？」莫莉安叫道：「怎麼了，你還好嗎？」

「我覺得……不太舒服。」

「你生病了嗎？」

霍桑往前一步，再度停下。「呃，我快吐了。」

詩律發出作嘔的聲音。

莫莉安皺眉。「你覺得是詭騙巷的機關，還是你吃壞肚子？」她心想，兩種都挺有可能，畢竟霍桑今天中午狼吞虎嚥，吃了三塊烤牛肉、三個肉醬三明治、四碗螺肉湯、一品脫草莓牛奶。

「我覺得是——嘔嘔嘔……」他傾身向前，雙手握住膝蓋，全身顫動，就像腹中的食物即將傾瀉而出。

「撤退！」莫莉安高聲說：「霍桑，試著後退一步。」

「我沒辦法——沒辦法，我快——」他用雙手摀住嘴，又是一陣搖晃。

「回來啊，白痴！」詩律大喊。

霍桑逼迫自己顫抖著後退一步，再一步，莫莉安注意到他的身體漸漸放鬆。他站直，又後退一步，接著回過頭，一路狂奔回來。

「好恐怖，」他將頭髮從蒼白冒汗的臉上撥開，仍舊顯得有些病懨懨。「換誰去？」

「我就免了，謝謝。」詩律的興致已然完全消散。

霍桑瞪著她：「怎麼可以，我都進去了，妳們也要進去。」

她面露不悅。「不可能。」

「我敢說妳沒辦法走得比我遠。」

「我敢說我才不在乎。」

「我敢說是妳太弱雞。」霍桑學雞咯咯叫，假裝拍翅膀。

莫莉安翻白眼。「有完沒完？我去。來，詩律，地圖給妳拿。」她大步走進鋪滿石子的小巷，直到一陣暈眩襲來，令她停在半途。她等了一會，不太確定自己是快跌倒、快昏倒、快吐在鞋子上，抑或三者皆是。

然而，說不清究竟是直覺或衝動，某種力量拉著她向前，要她穿過這片引人不適的迷霧。整堂課下來，她持續想著在波希米亞的那一夜，想著她跟朱比特在抵達舊德爾斐音樂廳前，穿越了那條飄散惡臭的巷子；最重要的是，她燃起一股強烈的好奇，想知道這條巷子肯讓她走多遠？巷子的盡頭有什麼？如果她索性……蠻幹的話，會發生什麼……

她向前多走幾步，不得不彎下腰，雙手按住膝蓋，等待另一波令人失衡的恐怖暈眩感消退。

「妳可以回來了，」霍桑在背後喊：「妳已經走得比我遠了。」

可是，縱然噁心感排山倒海而來，想到還能再往前，莫莉安便遲疑地繼續走了幾步。這條巷子隱藏了什麼東西。她的指尖冒出麻癢感，不僅如此——前方的某處傳來幾個人的說話聲，剛開始聽不太清楚，接著——

「……加上該死的潛伏者在查我們，照這種情況，哪可能按計畫……」

潛伏者。她沒聽錯吧？

莫莉安停下來，試著壓抑嘔吐感，努力豎起耳朵聆聽。她得看看躲在巷子裡的是什麼，或者該說是誰。她強撐著向前走，不顧自己全身打顫，不顧霍桑與詩律正在喊她：「回來！妳在做什麼？」最終，正當莫莉安以為自己會把午餐吐得到處都是，她往前一撲，擠過一道隱形的防禦之牆……暈眩感就這麼消失得一乾二淨。

她回頭望去，霍桑跟詩律不見了，惡魔弄另一端的光線也不見了，彷彿巷子整條逆轉。方才那片黑暗本該在她眼前，此刻反而移到了她身後。

莫莉安站在巷口，前方是個她從沒見過的寬闊廣場。地面崎嶇不平，有些鋪路的石板已然斷折，從此再也沒有翻修，缺口長出一叢叢濃密的雜草。廣場布置得像座髒亂而廣大的臨時市場，設立了老舊的帆布帳篷，以及攤位用的桌子，攤位都是空的，像是活動才剛結束，或者尚未開始。這個地方隱約縈繞著荒蕪的氣氛，莫莉安的後頸不禁汗毛直豎。

「不會這麼容易被查到的，」附近一座帳篷中，傳來一個女人粗魯的嗓音。「再等個幾天，到活動正式——」

「我現在就需要買家。」一名男子打斷她，迫切低語：「這東西是貨真價實的稀有品，可是我總不可能留一輩子，根本是個惡夢，妳看我身上這些——沒感染就算我幸運了。」

莫莉安意識到，自己站在這個幾近荒廢的廣場似乎太顯眼，於是退到巷子的陰影處。她隱隱覺得，她胃裡此刻的糾結感，跟讓人想吐的詭騙巷一點關係也沒有。

「我說了，」女人說：「有耐心點。假如真的是那麼好的品種——」

「真的是。」

「那等到下次拍賣會，你的貨鐵定會拍個好價錢，你也會闖出名號。前提是，你在秋季拍賣會也有辦法供貨。」

不知什麼東西滴在莫莉安額頭，她反射動作地抹掉，只見指頭黑得像墨。她抬起頭，原來她站在一座巨大木拱門的陰影之下，有個男人坐在高高的梯子頂端，一手拿著油漆刷，另一手拿著一罐黑漆，正在塗拱門上的大字：

這時，刷油漆的男人恰巧低頭，猛然見到莫莉安，瞪大雙眼。

「喂！」他大吼，手上的漆罐直墜而下，「匡噹」落地，黑色油漆在石子路上飛濺，噴到莫莉安的褲子，她驚得一跳。「妳是誰？妳怎麼進來的？」

她沒有留在原地回答問題。刷油漆的男人匆匆爬下梯子，太急著逮到她，差點摔下來，不過莫莉安的速度更快，轉身便衝進隧道般的巷子，沿著原路狂奔，半途撞上那道隱形的障壁，一頭撲進強烈的生理不適感，暈到她覺得快死了。她勉力向前，忍著噁心感繼續跑，絲毫不減緩速度。光芒在眼前顯現，莫莉安看見霍桑和詩律震驚的臉，加快腳步，抵達惡魔弄的巷口時狂喊：

「快跑！」

第十三章　冰與火

莫莉安一馬當先往前衝，身後隨即響起腳步聲。她領著霍桑與詩律奔出黑暗的巷弄，來到舊城明亮的陽光之下，穿梭在路上的車流與行人之間，完全沒有放慢速度，沒有停歇，直到他們抵達幻學大門，氣喘吁吁、疲累不堪，還好安然無恙。就算那男人真的追莫莉安追出惡魔弄，也早在路上追丟了。

「怎麼了啊？」霍桑彎腰按著腹側，質問：「我們在躲什麼？」

莫莉安不曉得該怎麼回答。**一個拿油漆刷的人？**她說不清那個隱密廣場為何如此令她不安，可是，雖然她渾身因為跑步而發熱，後頸的涼意卻徘徊不去。她將自己的所見所聞原原本本告訴霍桑跟詩律，兩人看來就像她一樣疑惑不解。

「惡鬼市？」詩律說：「會不會是惡鬼市集？」

「可能是，」莫莉安說：「搞不好是他還沒漆完。」

詩律睜大眼睛，「那可不太妙。」

霍桑撇嘴。「拜託，詩律，妳不會真的相信惡鬼市集吧？」

「你不信嗎？」

「惡鬼市集是什麼？」莫莉安問。

「這是怎麼了？」邁德梅問。遠處，英勇廣場的鐘敲了三下，他恰巧在此時抵達。

「噢，嗯……」莫莉安不禁動搖。她想問邁德梅她見到的事情，可是她隨即想起兩件事：首先，他們跑去了西區，照理來說不應該去那裡。其次，她把邁德梅的「詭騙巷三步驟應對計畫」徹底拋到了腦後，她該怎麼解釋，自己不僅沒做到第二步：**立刻撤退**，還擅自改成**第二步：就算絕對會違反規則，也要死命往前走，並且跑去完全不歡迎妳的地方東看西看**？「沒事。」她毫無說服力地說。

邁德梅看著她，再看霍桑，再看詩律，神色狐疑。「我好像聽到有人提起惡鬼市集？」

莫莉安的臉色瞬間慘白。「沒——嗯，對，其實說起來滿好笑的——」

「呃，對啊，我哥荷馬笑我笑了一整年。」霍桑連忙打斷莫莉安，免得她說溜嘴，意味深長地看了莫莉安一眼。「他說，既然我進了學會，那惡鬼市集就會來抓我。但他只是嫉妒我而已，因為他沒有本領。」

年輕教師的表情柔和下來，帶著幾分好笑。「原來如此，看來你們家還保留著講都市傳說的傳統啊。」他的目光越過霍桑，「喔，你們來了！」他揚聲說道。同梯的其他人正爬上坡，邁德梅朝駐守在大門的幻學警衛做了個手勢，大門吱呀打開，他催促大家走上通往傲步院的漫長大道。

「都市傳說是什麼？」莫莉安問。

其他人聚在一起往前走，開心聊天，反覆重述自己成功挑戰詭騙巷的經歷，莫莉安、霍桑與詩律則落在後頭，圍在邁德梅身邊。「喔，大家會口耳相傳某些故事，重複講了太多次，就成了廣為接受的事實。比如說，惡鬼市集就是個荒唐的傳說，故意講來嚇年輕學者的。」他毫不在意地揮揮手，「如果是我，就不會管他。」

「我就說吧，」霍桑告訴詩律：「那是假的。」

「那是**真的**。」詩律堅持。「我媽認識一個小姐，她姨婆被抓去惡鬼市集賣掉，再也沒人見過她。」

邁德梅不甘願地長嘆一聲，雙手插進褲子口袋。「這個嘛，我猜在很多很多年前，惡鬼市集某種程度上確實存在，大概是某種形式的黑市，也就是祕密進行非法交易的場所。在那裡，可以買到任何你能想到的東西——武器、珍稀奇獸的身體部位、人類的器官、法律禁止的巫術原料……」

「甚至是幻獸族。」詩律說。

「可以**買到**幻獸族？」莫莉安震驚地重複，「好恐怖。」

「很噁心吧？」詩律說：「而且不只是幻獸族，人馬、獨角獸、龍蛋，什麼都可以。當然，那是在政府強制關閉——」

「魁貓呢？」莫莉安打岔：「魁貓能買到嗎？」

邁德梅露出有些奇怪的表情，看著她。「為什麼這樣問？」

「只是好奇。」

她自然是想起刺藤博士那隻失蹤的幼魁貓，不過，芬涅絲特拉也閃過她的腦海。光是想像頑固、愛挑剔、忠誠、保護欲旺盛的芬被當成物件拍賣，想像某個愚昧之人膽敢把魁貓芬涅絲特拉當成所有物，莫莉安就好想踹東西。

剛來到永無境時，芬那身灰色亂毛與蠻橫的態度，嚇了她好大一跳。在那之前，莫莉安只在新聞報導中見過其他魁貓，可是那些魁貓與芬截然不同。在共和國，大家都知道，冬海總統擁有六隻魁貓，負責拉馬車……他們沉默溫順，黑毛柔順閃亮，戴著飾有尖刺的項圈。

知道惡鬼市集的存在之後，莫莉安不禁思索，那些魁貓當初是來自哪裡？他們會不會是從黑市買來的？他們會不會本來也像芬那樣獨立、聰慧，只是不知為何，居然變成了受過良好訓練的**駝獸**？

「我聽人說，」詩律悄聲道：「連本領都買得到。骷髏人會抓走幻奇學會的成員，偷走本領，在惡鬼市集賣掉。」

「骷髏人？」莫莉安問：「那是什麼？」

邁德梅輕笑。「他們又叫『骸骨軍團』，」他翻了個白眼。「完全是嚇小孩的故事。傳聞說，他們會在屍體充裕、黑暗孤寂的地方現身，例如墳地、戰場、河床之類的，利用東拼西湊的死者骨頭，隨機組成自己的身體。」

「荷馬也常常說這個，」霍桑無奈地勾起嘴角。「叫我要小心，要是聞到海水或腐肉的味道，或是……」

「聽到骨頭喀啦喀啦的聲音？」邁德梅又笑了。「沒錯，我念書的時候，小孩常常講這些傳說嚇人，說有一群骷髏人會趁他們睡覺時綁架他們，除了滿地骨頭之外，什麼也不會留下。我就說了，這些都是嚇小孩的故事，就像床底下的怪物，並不是真的，也不需要害怕。」

但莫莉安沒笑。她的心驀地停了一拍，有如下樓時一腳踩空。

邁德梅小跑向前，跟其他人聊起剛才的詭騙巷練習。莫莉安放慢步伐，霍桑跟詩律也跟著留在後頭。

「我覺得骷髏人不只是傳說，」她小聲說，雙臂冒起雞皮疙瘩。「我……我好像見過。」

「妳好像**什麼**？」詩律說。

「哪裡？」霍桑問：「**什麼時候？**」

「前陣子，在碼頭附近。我本來不知道那是什麼，可是完全符合邁德梅說的特徵。」想起那些殘骸自動組合的詭異景象、那具骨架的不對勁感，她不禁微微發顫。

「那，如果骷髏人是真的……」霍桑開口，擰起眉毛，在雙眼之間擠出一條溝。

「惡鬼市集也是真的。」莫莉安說。

她想著卡西爾、帕西默・杏韻、刺藤博士的幼魁貓，說不定，順著惡鬼市集這個線索往下查，有機會找到他們。

假如她的預感是對的，那她就得回惡魔弄找出真相。

雖然邁德梅不需要這麼做，他還是陪九一九梯走回傲步院，雀喜小姐正等著送他們回家。她坐在家庭列車的門口，雙手捧著一杯茶，閉上雙眼，沉浸在穿透樹頂灑落的午後陽光。

「噢！哈囉，瑪莉娜。」邁德梅高聲說道，嗓音顯得驚訝、隨意，莫莉安聽得出那是裝的。他將頭髮從眼前撥開，腳步輕快，雙手稍嫌不自然地晃來晃去，莫莉安似乎看見他的雙頰泛起微微的紅暈。她竊笑，輕推霍桑一把。

「他作夢。」霍桑悄悄回答。

雀喜小姐把一隻眼睛睜開一條縫。「哈囉，亨利。大家今天還好嗎？舊城怎麼樣？」她站起身，將杯中剩下的茶倒進鐵軌。「準備好要——」

一聲淒厲的哭喊打斷了引導員，聽起來半是尖叫，半是啜泣。莫莉安轉頭看向聲音來源，隨即被撞倒在地，對方的外貌和觸感儼然是顆人形砲彈，也像是由揮舞的四肢、苔綠長髮形成的風暴。

「妳對他做了什麼？妳幹了什麼？快說！」

海洛絲企圖抓莫莉安的臉，莫莉安努力往後縮。邁德梅與雀喜小姐分別拉住海洛絲亂揮的手臂，將她扯離，但她猛力掙扎，不斷奮力撲向莫莉安。霍桑跟詩律趕過來，將嚇傻的莫莉安扶了起來。

「**住手！**」雀喜小姐叫道，勉力制住海洛絲。

「她一定知道，」海洛絲啐道：「就是她做的！阿弗在哪裡？他在哪？」

「海洛絲，冷靜，」邁德梅說：「妳在說什麼？阿弗怎麼了？」

海洛絲一面抽泣，一面大口喘氣。「你看——**你看！**」

她掙脫開來，把一張字條塞到邁德梅鼻尖前。邁德梅朗聲念出來，臉色愈發困惑：「『我不能留在這裡了。我不配留在學會。謹附上我的W別針，我在此宣布退出這一梯。祝好，阿弗・史旺。』可是，海洛絲……這怎麼會跟莫莉安有關係？如果阿弗想走，那……」

海洛絲發出嗚咽聲。「阿弗才不想走！要是他想走，他絕對會跟我說，他愛我！這封白痴的信才不是他寫的。」

邁德梅面露同情，「我知道這看起來很像……」

「不是他寫的！」海洛絲堅稱：「阿弗哪會知道『謹』是什麼意思，他連自己的名字也只是勉強會寫，這不是他寫的，不是！」

雀喜小姐從邁德梅手中拿走字條，讀了一遍。「這樣還是沒辦法解釋，這跟莫莉安有什麼關係。」

「她有毛病，大家都曉得！」海洛絲淒聲尖叫，滿臉淚痕，莫莉安不禁往後一退。此時，月臺上所有人都盯著他們瞧。「她一定對阿弗做了什麼，一定有，因為她是……我不知道她是什麼，可是她能操控別人，我看她做過，是她逼阿弗走的！萬一她傷害阿弗怎麼辦，萬一她逼阿弗傷害自己怎麼辦！她恨我們，因為我們之前……因為……天哪，**阿弗！**」她陷入啜泣。

「海洛絲，」雀喜小姐說：「我知道妳很難過，可是——」

「她的本領是什麼？」海洛絲質問：「沒人曉得。你們知道長老為什麼不說嗎？因為那種本領很危險。為什麼學會本來好好的，她一進來，就開始發生失蹤案？」

眾多面孔如浪潮般轉向莫莉安，一陣熟悉的感覺緩緩爬上她的後頸。在這個剎那，她恍然明白，自己一直在等這一刻。那個受詛咒的女孩始終活在莫莉安心中，打從進入幻學的第一天，打從帕西默·杏韻失蹤的那一天，她就在等待這個瞬間，等待這個指控。

四周響起竊竊私語，雀喜小姐再度抓住海洛絲的手。

「小心。」蘭貝斯輕聲說，但是雀喜小姐沒有聽到。

「海洛絲，跟我們來一趟，好嗎？」她刻意讓語氣保持平靜、耐心，「走吧，我們一起去傲步院，這件事會解決的，我覺得妳需要喝杯茶冷靜冷靜。」

蘭貝斯一陣瑟縮。「**小心。**」她重複，這次直視著莫莉安。

莫莉安蹙起眉頭。「妳指的是——」

就在這時，海洛絲有如發怒的貓一般嘶吼，甩開雀喜小姐的手：「閉嘴！不准**碰我**！」

她舉起手來，莫莉安還沒看清她手中閃過的銀光，海洛絲便發動攻擊。雀喜小姐痛呼一聲，只見海洛絲用飛鏢劃過她的臉，留下一道細細淺淺的血痕。

月臺上此起彼落冒出抽氣聲、驚叫聲。

莫莉安張口，想發出震驚而憤怒的聲音，卻什麼也沒發出來，一波前所未有的怒火席捲了她。這股怒氣不像洪水，比較像是岩漿，半熔的烈焰在莫莉安體內灼燒，正如第一封威脅信出現的那天，喉嚨深處升起了灰燼的味道。突如其來的狂怒猶如猛獸，從胸腔底部一路抓撓著向上爬，始自肺部，燒過喉間的血肉，自口中迸發，點燃身周的空氣。

她湧出上百頭巨龍的雷霆之怒。

她要讓世界陷入火海。

莫莉安口中噴出火球。

沒有對準特定目標的火球毫不受控，燒穿空氣，灼傷海洛絲的皮膚，接著衝過她身旁，直奔空中的樹冠圓頂，讓車站的屋頂燒了起來。

海洛絲尖叫。

所有人尖叫。

莫莉安大口喘氣，凝視眼前的慘烈景象，她的憤怒逐漸燒盡。

「**夠了！**」身後傳來大喝，一團不斷迴旋的巨大水柱隨即飛來，澆熄火焰，一併將樹枝上的火苗凍結成冰。月臺陷入靜寂，只聽得見海洛絲顫抖的哭聲，眾人不約而同轉過身看是誰救了大家。

默嘉卓立在人行橋上，宛如剛跑完馬拉松那般氣喘吁吁，乳白色的雙眼比莫莉安印象中更亮、更冰冷，鼻孔垂下一根根凝結的冰條，兩頰冒出細小的冰珠，一雙粗糙多節的手彎成爪狀。

月臺上的眾人屏住呼吸，眼看玄奧學院的學務主任大步走下人行橋。她一面走，彎腰駝背的身影便逐漸拉長、挺直，亮白色頭髮變成平滑柔軟的銀金髮絲，雙眼轉為怒氣沖沖的冰藍，脖子發出令人不適的**喀啦**、**喀啦**、**喀啦**聲，玄奧學院的學務主任就此不見蹤影，由世俗學院的學務主任取而代之。

「妳，」迪兒本伸手往雀喜小姐一指，眼睛從頭到尾瞪著莫莉安。她的語氣緊繃、自制，毫無情緒。

然而，她的神色**極度驚懼**。

「送黑鴉小姐去長老議事廳。」

第十四章 長老議事廳

莫莉安站在一座高聳水晶雕像的陰影之下。那座雕像是個神情奸邪的操偶師，雙手呈爪狀，高高舉過莫莉安的頭頂，扯動一個跳舞傀儡的絲線，傀儡顯得目光空洞，全身癱軟無力地垂落。

雀喜小姐站在莫莉安的另一邊，她身旁是兩個以白色大理石雕成的女子雕像，足足有十五呎高，面容甜美，雙眼覆著裝飾用的面具，雙姝身體相連，在心臟附近分離，宛如樹枝般分岔開來。

去年，詩律搶走莫莉安參加長老祕密晚宴的名額，打從那時起，莫莉安就很想親眼看看長老議事廳。除了坤寧長老、翁長老、薩加長老之外，很少人能夠進入專屬於他們的私密殿堂，就連對正式學會成員而言，這都是少有而幸運的榮耀。

此刻，莫莉安不覺得幸運，也不覺得榮耀。她不想要以這種形式進來長老議事廳，不想要為了這種事。

為了不去想這些，莫莉安開始數雕像有幾座。總共九座——他們姿態莊重，表情有的英武，有的嚴正，有的和藹，有的漠然。一座雕像是蒙住雙眼的男人，由綠松石雕成；一座雕像是粉晶造就的女子，八隻手臂在身周攤開成扇狀；還有一座琥珀鑿成的男人，雙手是兩根蠟燭，蠟油沿著手臂涓滴流下。

換成其他時候，莫莉安說不定會深深為這些神祕、壯麗的人物著迷，可惜她現在嚇壞了，深信今天就是她在幻學的最後一天，她只能（這是今天第二次）拚命忍住不吐。

不久前，她和雀喜小姐離開月臺，留下震懾的群眾，走向傲步院，一路維持緊繃、慌亂的沉默。到了現在，莫莉安依然感覺得到雀喜小姐整個人躁動不安，散發著兩人不敢明說的擔憂。

「妳還在流血。」莫莉安終於鼓起勇氣，看了看雀喜小姐的臉。她拉起毛衣袖口，蓋過手掌，伸手想擦掉那滴血，沒想到雀喜小姐一縮……隨即無力地微微一笑，表示抱歉。

莫莉安感到眼眶發熱，急促地吸了口氣。

議事廳盡頭的木門猛然甩開，迪兒本女士大步走進，高跟鞋踩出的喀喀聲在寬廣的空間中迴盪。

「妳，」學務主任用一根指頭指著雀喜小姐，厲聲說：「去教學醫院。把那個傷口處理掉。」

「可是，迪兒本女士，我應該留下來——」

「**立刻就去**。」

雀喜小姐一陣遲疑，不情願地瞥了莫莉安一眼，但她別無選擇，只能離開。臨走時，她溫柔地輕捏莫莉安的手臂。

長老跟在迪兒本身後陸續走進，他們後面是面目可憎的巴茲・查爾頓，看起來自以為是、走路有風。莫莉安的心一沉。**也是**，她暗忖，**畢竟他是海洛絲的贊助人**。巴茲身後則是矮小的昂斯塔教授，他用那雙扁平的龜足拖沓前行，速度慢得讓人受不了，背上那個巨大的龜殼讓他看似隨時會摔倒。莫莉安不禁疑惑，他來這裡做什麼？

正當她覺得世界上最討厭她的人齊聚一堂時，一抹鮮亮的紅影匆匆步入議事廳，擠過昂斯塔，直奔莫莉安的位置。

「朱比特！」莫莉安喊道，抑制不了見到他的喜悅。

「莫莉安！」他著急地說，雙手放在莫莉安肩上：「妳還好嗎？」

莫莉安抬頭看著自己的贊助人。他來了，朱比特真的來了。他怎麼來得這麼快？莫莉安不在乎，光是明白自己並非孤軍奮戰，她整個人便鬆了一大口氣。朱比特明亮的藍眼鎖定她，睜得大大的，流露擔憂。

「莫兒？」他催促。莫莉安的喉頭有些哽咽，說不出話，只是點了點頭，兩人心領神會。

「她還好嗎？」巴茲迫不及待地說，口沫橫飛：「整件事全是這個……愛鬧事的惡劣小鬼搞的！你是在幸災樂禍吧，諾斯。」

朱比特不理他。

「這場實驗失敗了，」迪兒本焦灼地在廳中來回踱步，喀的一聲轉動脖子看向一側，眼睛閉上一會。「各位長老，去年的展現考驗結束後，我便懇請各位採納我的建言，各位卻不聽勸告，如今——」

迪兒本再度喀地轉動脖子，縮起肩膀，深吸一口重濁的長氣。莫莉安內心浮現一陣熟悉的驚嚇感，就連大人似乎也閃遠了些，好避開正在轉變為另一個身分的世俗學院學務主任，整個過程有如快轉觀看一朵花凋零，渾身乾枯扭曲的默嘉卓現身，露出黃褐的牙齒，空洞的乳白雙眼凝視莫莉安。

「我早說，」默嘉卓嘶啞地說道：「她該來我的學院。親愛的達辛說得對，這場實驗是失敗了，但並不是這個沒教養的小女孩失敗，而是你們所有人辜負了這個沒教養的小女孩。我告訴過妳，達辛——」

一道冷冽藍光籠罩默嘉卓的臉，伴隨一聲帶有喉音的奇異驚叫，骨骼劈啪作響，迪兒本迅速回歸，莫莉安哆嗦了一下。「這不關妳的事，梅麗絲，」迪兒本怒道：「不要插嘴！」

逆轉的變形過程再次重演，恢復成默嘉卓。「這就是我的事。」她低吼，嗓音令人發寒。「我告訴過妳，總要有人教這小畜生如何運用禍害技藝，否則禍害技藝會自主顯現，卻缺乏適當的——」

啪擦、**喀啦**，隨著宛若骨頭碎裂的聲音，迪兒本再度出現，屋內所有人都瑟縮了一下，只有莫莉安除外，默嘉卓的話讓她分了神。禍害技藝……她好像在什麼地方聽過這個詞。

「這裡沒有妳發表意見的份，妳這個亂來的瘋子！」迪兒本咆哮：「不管妳贊不贊成，那女孩都要來世俗學院！」她馬不停蹄，回頭對長老繼續說：「抱歉，坤寧長老，但我警告過你們，這件事一定沒有好下場。」

坤寧長老嘆了口氣，柔聲說：「是，達辛妮亞，這一切都很戲劇化，卻無助於決定應對方案。」她轉頭看向莫莉安，看起來極為疲倦。「黑鴉小姐，我不知道妳聽了會不會安心，不過海洛絲．瑞德屈已經就醫，不會留下永久的損害。」

莫莉安閉上眼，顫抖著吐出一口長氣。「那、那就好。我當然會安心，坤寧長老，我不是故意傷到她的，我發誓，我不知道那是怎麼了，我只是——」

「那阿弗呢？」巴茲打岔，看著三位長老。「阿弗．史旺那孩子不見了，海洛絲似乎覺得——」他朝莫莉安一指，「——她脫不了關係。」

莫莉安靈光一閃。她很肯定，是巴茲將她來自共和國的事告訴了查爾頓五人幫，要他們攻擊她。阿弗失蹤會不會也是他一手策劃的？他該不會又想把什麼罪名冠在莫莉安頭上，好讓幻奇學會把她掃地出門？

假如是這樣，威脅九一九梯的人會不會就是他？但莫莉安想不通這對他有什麼好處，他為什麼要冒這種險？

坤寧長老不耐煩地嘖了一聲。「喔，那個叫史旺的孩子，能在水底呼吸的那男孩，是吧？說什麼傻話，查爾頓，阿弗一整年的成績都慘不忍睹，他八成是想通了，魚鰓對人生的幫助頂多就是這樣，剩下的都要靠他自己下苦工。」她心煩地揮揮手，彷彿想把巴茲給揮走。「等他發現他在幻學的生活有多優渥，他就會發揮基本的邏輯思考能力，回到學校發憤圖強了。對了，我們也要裁量如何懲處海洛絲的暴力行為。這一年來，我和其他兩位長老不斷努力處理這……這些失蹤案，避免流言傳播、引起恐慌，看看這下子是什麼結果——多虧了一個大嘴巴又愛沒事找事的小女生。」

巴茲正想回答，還來不及開口，薩加長老便牛蹄一跺。

「這些都不要緊，」幻牛沉聲說：「我們還沒解決最大的問題——該拿幻奇師怎麼辦？」

「啟動她的防護契約！」巴茲強力要求。

議事廳中的大人全倒吸一口氣，連迪兒本也面色一變。莫莉安的目光掃過每張臉龐，巴茲是什麼意思？為什麼大家露出如此震怒或不敢置信的表情？最終，她的視線落在贊助人身上，不禁嚥了一下口水。

朱比特走向巴茲，渾身散發著極力壓抑的怒氣，垂在身側的雙手緊握成拳，下巴的肌肉不住跳動。巴茲往後縮，靠向粉晶多臂女子雕像，三位長老不約而同往前一步，像是擔心朱比特動手痛毆巴茲。莫莉安看得出朱比特正克制自己，強迫呼吸平緩下來，鬆開雙手，然而，當他湊向巴茲的臉，用最低沉、最危險的語氣開口時，莫莉安的後頸仍漫過一陣涼意。

「仔細想想你說了什麼。查爾頓，在你平庸的人生中，拜託你至少試一次，在你開口之前，先想想你那張狗嘴裡正要吐出什麼鬼話。」

隨後是好半晌震懾的靜默。巴茲努力維持桀驁不馴的神情，卻看似縮水了好幾個尺寸。他看向長老，「這個，我不是說……我的意思是……」

朱比特仍緊盯著巴茲，說：「莫莉安，去外面等。」

她想反駁。她想留下來等待命運揭曉，想要在結局敲定的瞬間立刻知道，可是議事廳中（以及朱比特的語氣）洋溢著緊張的氣氛，迫使她挪動雙腳。

霍桑正在走廊等她。

他本來躲在一座懾人的大理石半身像後面，此時才溜了出來，臉色蒼白，表情嚴肅，眼睛睜得起碼有平時的兩倍大。

「妳沒事吧？」他急迫地悄聲說。

「嗯，」莫莉安同樣小聲說：「大概吧。」

「妳剛剛……」他乍然中斷。「莫莉安，妳曉得自己有辦法做那種事嗎？妳曉得自己能……**噴火**嗎？」

儘管此刻莫莉安滿腔擔憂困惑，她依然隱隱察覺這個問題實在太可笑，可笑得讓她惱怒，但是說也奇怪，她竟然很慶幸，至少這個是正常的。至少霍桑還能問些傻問題，而她仍然會為了這種問題惱怒。「要是我知道，你不覺得我會把這種『小事』告訴你嗎？」

一陣默然。

「他們打算怎麼做？」霍桑問。

「噓。我不曉得。」莫莉安把耳朵貼上沉重的橡木門，霍桑跟著照做。開頭好幾分鐘，他們只聽得見朦朧的說話聲，後來朱比特再度拉高音量，聽起來極為憤怒。

「她只是、一個、小女孩！」他彷彿從牙縫中擠出這句話，「不要再把她說得像是什麼怪物，默嘉卓說得沒錯，你們早該——」

「那女孩是……」昂斯塔教授的聲音再度恢復成含糊的說話聲。莫莉安離開門邊，胸口有些窒悶。她開始來回踱步，雙手拉著灰衣下襬，順著指尖繞了一圈又一圈。

不要再把她說得像是什麼怪物。

「他們不會把妳開除吧？」霍桑壓低聲音，焦慮地說。

「不曉得。」

「他們不可以！」他大聲說道，接著再度放低音量：「那又不是妳的錯，妳是在保護雀喜小姐啊，就算要開除誰，也應該是開除海洛絲。我去跟他們說。」

莫莉安一言不發。他們會因此開除莫莉安嗎？他們能這麼做嗎？假如她失去幻奇學會會員的身分，就必須離開永無境，然後……

不。她猛力搖頭。**那是意外**，她告訴自己，**他們不能因為一樁意外把妳趕走**。

她腦中響起巴茲．查爾頓的話：「啟動防護契約。」

無論那是什麼意思，顯然並非什麼好事。

莫莉安收住腳步，直勾勾瞪著前方，雙手停下動作。她突然意識到……自己壓根不知道防護契約是什麼。她從來沒問。

她怎麼沒問呢？

幾分鐘後，學務主任開門走出來。

「**史威夫特！**」迪兒本厲聲說：「去上課！」霍桑喃喃道了聲歉，轉身離開，路上不安地回頭一瞥。學務主任轉頭看莫莉安，臉孔恢復成一張冷冰冰的面具，一如既往地難以捉摸。「跟我來。」

莫莉安尾隨她走回議事廳，迪兒本每跨一步，她就得快走兩步。朱比特、巴茲、昂斯塔教授、三位長老佇立在中央，在九座巨大石像的圍繞之下，他們顯得頗為矮小，可是相較於莫莉安，依然十分高大。

她用力捏緊拳頭，試著阻止雙手顫抖。

觀察這些大人的表情，很難判斷到底是好消息或壞消息，巴茲・查爾頓一副百般忍耐、鬱鬱不樂的樣子，然而朱比特的臉色也稱不上多好。

「黑鴉小姐，」坤寧長老開口，招手要她向前，眉間的皺紋奇深無比，像是就要永久刻在臉上。「薩加長老、翁長老和我已經做出決定。我們認為，幻奇學會的生活給妳帶來了太多壓力，因此——」

「你們不能趕我走！」莫莉安驚惶插嘴：「那是意外，我從來沒想過要傷害別人，坤寧長老，求求妳，**妳要**相信我——」

「我相信妳。」坤寧長老提高音量，壓過莫莉安。「請聽我說，黑鴉小姐。」她停頓了一下，莫莉安咬住臉頰內側，抗拒自我辯護的衝動。「我並不認為妳的行動是出於惡意。然而，長老理事會受到許多人的託付，必須對所有成員負起責任，採取行動，以維護妳的同梯及整個學會的安全。我們尚未確定長期方針，不過就眼下而言，我們會重新評估妳能夠承擔多少。」

朱比特皺起眉頭。「坤寧長老，這到底是什麼意思？」

坤寧長老沉重地吐出一口氣。「長遠來說，我也不敢肯定。不過短期來說，黑鴉小姐不會再跟其他學生一同上課，也不得進入校園。」

莫莉安的心直落到地面，眼眶發熱。不能再進入幻學？光想就令她無法忍受。

「黑鴉小姐，」坤寧長老繼續說：「現階段，請妳先跟昂斯塔教授單獨上課，昂斯塔教授會前往杜卡利翁飯店進行教學，妳直接進入九一九站的權限也暫時取消。請妳馬上離開校園。」

「我最近常常不在，真對不起。」

朱比特招了一輛車，兩人一同搭車回家。幸虧他叫了車，他們才剛坐上去，外頭便下起雨來。（也或許，這不是巧合？他是否有辦法預先看見天氣變化？莫莉安本來想問，但她的喉頭又哽住了，讓她說不出話。）

「聯盟的工作讓我……算了，那都是藉口。對不起。就這樣。」他看起來是發自內心感到抱歉。不只是抱歉，他還顯得有些難過。

「沒關係。」莫莉安終於開口，聲音沙啞。她是真心的。雖說她先前的確為此不太開心，可是朱比特的道歉很真誠，何況他整個人實在太喪氣、疲憊，莫莉安也氣不下去。反正，一直生氣挺累人的，她很高興擺脫那些沉重的情緒。

他們默默坐著，直到連寂靜也變得沉重。

「我噴了火。」

「嗯。」

「我不知道我可以噴火。」

「是啊，」朱比特若有所思，「我也不知道。」

兩人又默默經過一個街區，聆聽雨聲和馬蹄踢躂聲。接著——

「但我是**怎麼**噴火的？」

「我也不知道，莫兒。」

「我是不是——」她頓住，嚥了一下口水，擠出微弱的笑聲：「我是不是要變成龍了？」

朱比特從鼻孔一哼。「我們來看看，妳長出鱗片了嗎？」

「沒有。」

「爪子？」

她檢查指甲，「沒有。」

「忽然產生想要囤積寶物的衝動？」

莫莉安思考了一陣子。「我想沒有。」

「那我覺得不是。」

「他們會讓我回去嗎？」她轉頭看朱比特。

「長老會想通的。」他說：「我們會想辦法叫他們想通。我保證。再說——畢竟暑假也快開始了，有整整六個星期給他們冷靜。等第二個學期開始，他們就會回心轉意了。」

「真的？」

朱比特思索半晌。「我還滿了解坤寧長老，」他總算說道：「她……並不是個不公平的人。有時候，她只是需要一點時間，才能找到公平的做法。」

他們回歸沉寂。莫莉安透過敲打玻璃的碩大雨點，觀望繁忙的街道掠過窗外。距離杜卡利翁飯店只剩幾個街區時，朱比特清了清喉嚨。

「我知道，妳現在可能不太想跟我說心事。」他嗓音輕柔，語氣謹慎：「不過，莫兒，妳有沒有什麼想告訴我的？」

她一陣遲疑。

「你……你聽說過惡鬼市集嗎？」

朱比特停頓了一下才回答。

「聽過，」他終於說：「為什麼這樣問？」

然後，他全神貫注聽莫莉安描述，在那個下午，「破解永無境」的課堂上發生了什麼事。他沒有氣莫莉安打破邁德梅的詭騙巷守則，沒有叫她承諾再也不犯相同的錯，也沒有對她的所見所聞表示一絲懷疑。

「妳說是在惡魔弄？」他從口袋掏出一個小筆記本，寫下這個路名。「我去查查。」

我去查查。想不到，相較於其他事物，卻是這句話最能安撫莫莉安焦灼了整個下午的心，這是她來到永無境以後最難捱的一天，而這四個字令殘餘的緊繃感煙消雲散。因為，即便整個世界都懷疑她，朱比特也不會。朱比特相信她。朱比特信任她。

「還有嗎？」他問。

當然，莫莉安有好多事想告訴他，有好多事想說得要命，有些事已經憋了她好幾週。比如說，查爾頓五人幫將她按在樹上，瞄準她的頭射飛鏢，她在那個當下有多害怕；比如說，他們收到了提出荒唐要求的威脅信，她的同梯以僅僅一票之差，決議不將她的祕密公諸整個學會……還有幾百萬件她積存在心中的事，總想著要在下次見到朱比特時告訴他。

然而，如今朱比特真的回歸，將全副注意力擺在莫莉安身上，那些事卻看似不那麼重要了。光是朱比特終於回來就讓她很高興，現在她反而想講許多別的事。

「我的引導員是全學會最棒的人。」莫莉安開始說。

「真的？」他把雙眉挑得高高的，「**最棒的人？**」

「對，比你棒多了。」

朱比特迸出大笑，那是莫莉安最想念的開懷笑聲，她不禁跟著露齒而笑。她描述雀喜小姐人有多好、多陽光，似乎永遠能夠正面看待一切，北極熊餅乾罐總是塞得滿滿的，笑起來很好看，穿的衣服很酷。「噢，她還親手裝飾家庭列車，裡面超級舒適，有懶骨頭沙發耶！」

她也告訴朱比特，全梯（搞不好是全學會）只有她對詩律．布雷克本的催眠術免疫（當然，她又解釋了好幾次詩律．布雷克本是誰）；而且，她在「破解永無境」這堂課是全班表現最好的。

朱比特專心傾聽每個字，總能在正確的地方做出最恰當的反應。這一切是如此熟悉、如此自在、如此尋常得令人安心，結果莫莉安最想問的事情反倒沒問出口。打從她在議事廳，旁觀朱比特用眼神逼退巴茲．查爾頓，那個問題便在她的喉嚨深處灼燒，幾乎要像龍焰那般噴發——此刻卻在她想到該怎麼問之前，就燒成了一把灰燼。她將灰燼掃到內心某個安靜的角落，任它留在那裡，即使沒有答案也不予理會。

要是她忽略得夠久，也許這個問題就會變得無關緊要，也許從此都無關緊要了。也許，「防護契約是什麼？」這個疑問可以永遠躺在她內心那堆灰燼之下，永遠安全、沉寂、無關緊要。

第十五章　怪奇絕倫，眼界大開

「我們要去東門的入口。」

「卡瓊娜，親愛的，那是人最多的入口，我們去年就討論過了。」

「戴夫，相信我，東門最有看頭。」

「對，我知道東門最有看頭，所以早就有上百萬個永無境居民擠在那裡。如果妳想從東門開始走，我們應該提早一個小時出發，我跟妳說過了。」

「沒問題的，寶貝，我們硬擠就行。」

「硬擠？我們又不是要去搖滾音樂會的衝撞區，小卡。我們是文明人。」

「小心肝，不會有問題的。我可是硬擠高手，你以為大家為什麼叫我硬擠女王？」

「哪有人這樣叫妳，親愛的。」

在莫莉安眼中，霍桑的媽媽卡瓊娜簡直就是長大的女版霍桑。她的頭髮略長一些，留到肩膀以下，跟霍桑一樣是濃密的巧克力色捲髮；除了頭髮長度以外，兩個人基本上長得一樣，相同的藍眼、相同的大片雀斑、相同的瘦長四肢，讓她聯想到長頸鹿媽媽跟長頸鹿寶寶。

在暑假的第一個週五，史威夫特一家人邀她一起去永無境奇市。本來朱比特答應要親自帶莫莉安去，卻在最後關頭冒出其他必須處理的事。他明白，自上星期學期結束後，莫莉安就心情低落，於是鼓勵她把握這次機會，跟朋友一同參加奇市。莫莉安為此十分慶幸，去年夏天，朱比特週週說要帶她去，卻週週殺出臨時要務。她早已打定主意，今年絕對不能錯過。

「很多人這樣叫我啊，親親。你去問荷馬，他會跟你說的，快告訴他，荷馬。」

霍桑的哥哥對父母露出厭煩的表情。荷馬長得比較像爸爸戴夫，同樣的金髮、同樣的厚眼鏡、同樣像維京戰士的壯碩魁梧身材，只少了戴夫的蓬亂大鬍子。

荷馬今年十五歲，在思潮人文學院就讀四年級。霍桑對莫莉安解釋，這所學院的學生必須立下沉默之誓，在修業期間，一年只有一天能夠說話，所以荷馬跟家人在一起時，會在脖子上掛一面黑板、隨身攜帶一枝粉筆，以便溝通。霍桑說，荷馬大多是在嘲弄別人。

「說話呀，乖兒子。你看他，這麼害羞。」

「親愛的，這樣有點壞。」戴夫忍著笑。

荷馬根本懶得用黑板，直接翻了個白眼。

他們還有個姊姊叫海倫娜，今天沒辦法來奇市。她在戈爾貢長嗥基本氣象學院讀五年級，那所學院位於離第六域海岸十分遙遠的一座小島，四周終年受到一個氣旋包圍。由於要通過氣旋非常困難、所費不貲，海倫娜只有聖誕節跟暑假才會回家，不過今年的風雨太過猛烈，所有交通方式都無限期停擺。霍桑說這對海倫娜是天大的好事，她最喜歡風雨猛烈的時候，因為她想留在學校親眼見識災情。

史威夫特家最小的成員是年僅兩歲的戴維娜，長得跟她爸爸極其神似，全家喊她戴寶。她圓滾滾的，一頭金髮，個性活潑，史威夫特家一致同意她非常聰明，搞不好比所有人加起來還要聰明。莫莉安對此感到舉棋不定，到目前為止，她只見過戴寶吐奶、把食物丟到地上、對經過的狗狗尖叫。

莫莉安與史威夫特一家搭乘幻鐵，前往市中心的奇市，戴夫要求大家手牽手，以免在洶湧的人潮中走散。卡瓊娜火上加油，在幻鐵上全程扯開喉嚨大唱走音的歌，她說這樣一來，在公開場合牽手就比較不丟臉了。（荷馬的黑板上寫道：**我不認識這些人**。）

終於，他們抵達神殿車站，奮力擠過人群，來到東門，此時正日落西山。上萬人聚在東門前，等著進入舊城，周圍洋溢著熱烈的興奮之情。戴夫抱起戴寶，讓她坐在肩上，這樣看得更遠。霍桑抓住莫莉安的手臂輕捏，不住踮起腳尖，似乎興奮得快爆炸了；連荷馬也抬頭凝望東門，默默驚嘆。

「看吧？」卡瓊娜對丈夫微笑，「就跟你說，最有看頭。」

東門內部被某種閃爍的銀霧遮蔽，宛如一面巨大的花紋玻璃，差別在於銀霧會受微風吹動。在宏偉的石拱門頂端，以火焰形成的明亮大字寫著：

歡迎來到永無境奇市

這行字底下，從火焰延伸而出的煙也組成一句話，在空中反覆重寫著野心勃勃的承諾：

怪奇絕倫，眼界大開

「魔法！」卡瓊娜喊道，咧嘴笑著往荷馬胸口推了一把。

荷馬翻了個白眼，拿起粉筆寫道：**廉價小把戲**。

卡瓊娜笑出聲來。莫莉安挺贊同卡瓊娜的話：這真的是魔法。一定是，因為這實在太讚了。

戴夫傾身，招手要霍桑跟莫莉安靠過去。「這是幻術，」他說：「由法師操控的，你們看。」他往上一比，只見一小群身穿禮服的男女躲在拱門一角，聚精會神，揮動一連串行雲流水的手勢，輔以機器，一次又一次控制煙霧，看起來是複雜又容易疲乏的工作。「就算沒見到法師本人，還是能夠辨認幻術，只要找到斷裂就好。等著……這裡！看見沒？」

「喔！」莫莉安確實看見了。有那麼一剎那，眼前的幻術就好像……抖了一下。如果看得夠仔細，會發現每當那句話寫到「開」的最後一畫，即將重寫一遍時，會有種稍嫌不自然的感覺，在連續不斷的循環中造成了斷裂感，顯得不夠順暢、完美，不過幾乎察覺不到。

「這可不是什麼廉價的小把戲，荷馬，」戴夫直起身，揉亂大兒子的頭髮：「這是**高超的技藝**。」

莫莉安一樣贊同這句話。不過，儘管這場幻術的確厲害，她仍不免覺得戴夫的用語過火了點，畢竟她也稱得上見識過不少異事——大部分都是在杜卡利翁看到的。

「好啦，你們三個，」戴夫對霍桑、莫莉安跟荷馬說：「錢帶著？很好，記得小心收好，奇市有很多扒手。十二點一到，你們就在這裡跟我、戴寶還有媽媽會合，晚一秒都不准，聽到沒？要是在午夜十二點，你們沒到東門，我就要叫媽媽去抓你們，讓她在路邊唱獨角戲，演一個女人因為失去小孩而發瘋，以為自己變成松鼠。知不知道？」

莫莉安笑出來，然而荷馬與霍桑瞪圓了一雙眼睛。霍桑說：「媽，拜託不要唱那首歌。」

「這我不能保證，兒子。」卡瓊娜用一根手指指著他，「你最好在十二點前回來就對了，聽見沒有？」

兩個男孩點點頭。

「好，」她說：「祝你們玩得愉快——」

「但要注意安全。」戴夫補上一句。

「吃很多很多點心——」

「但**拜託**不要吃太多甜的——」

「我們來比賽今年誰可以找到最好笑的紀念品！」卡瓊娜豎起兩根拇指，露出瘋狂的笑容。

戴夫意有所指地看著霍桑。

「但不准是尖銳的、活的、會爆炸的、比前門還要大的東西，而且不准是武器。」

這時，響起一陣有如上千鈴鐺敲擊的聲音，籠罩東門、閃爍而朦朧的帷幕漸漸淡去，在絲網中消失無蹤，顯露面目一新的舊城。

一時之間，人群陷入喜悅、驚嘆的靜默，欣賞奇市的景象與聲音，接著眾人紛紛擠向前，搶著率先踏進奇市。莫莉安和霍桑對彼此咧嘴一笑，高高興興地在群眾間挨來撞去，隨著人流穿越拱門。

等到看不見卡瓊娜跟戴夫的蹤影，荷馬立刻在黑板上寫字，舉起來給霍桑看。

十一點四十五分，神殿門口。

霍桑豎起一根拇指。荷馬把字擦掉，另寫了一句話。

我知道這對你來說很難，不過拜託盡量不要做蠢事。

霍桑做了個鬼臉，荷馬彈了一下弟弟的耳朵，便與他分道揚鑣，消失在人潮中。

「我們不是應該一起走嗎？」莫莉安問：「你爸說——」

「喔，不用管我爸，他就是愛擔心。」霍桑滿不在乎地說。一名踩高蹺的女人走過，霍桑從她手中拿來兩份地圖，看也不看就把其中一張收進口袋，另一張交給莫莉安。地圖最上方寫著：永無境奇市各大主題區。「相信我，最好不要跟荷馬一起逛，他要去找他那些又老又無聊的朋友，做些又老又無聊的事。我們可以順時針逛，要不要？從南區開始，接著是西區、北區，然後回到這裡，在東門跟荷馬會合。」

他們經過崇高存在神殿，順著雄偉大道往下走，莫莉安邊走邊看地圖。奇市散布在舊城的四大區域，分為無數個小區，每區各有不同的主題，皮革工坊、古董市場、女巫市場、調香鋪……

「西區有整整一個街區都是乳酪市集！」莫莉安瞇眼細看地圖上的小字，「不對，等等——上面寫說是火棍表演。不對，抱歉，是小狗雜技秀。地圖上面寫的一直變！」

「三個都會有。」霍桑走得飛快，在莫莉安專心看地圖時，抓著她的衣袖，指引她靠左或靠右，避開路上的行人。

「噢。是不同天的攤位？」

「同一天。」

莫莉安收住腳步，重新審視地圖。

「快點啦，」霍桑懇求：「我們只有幾個小時，所以一定要快點去南區。走吧，我知道一條捷徑。」

他帶著莫莉安拐進雄偉大道旁的卡拉漢街。

「這樣實在亂得很恐怖，你不覺得嗎？」莫莉安依舊對著地圖皺眉。有的主題區標示了三、四種不同的主題或活動，甚至是五種，多數活動看起來根本難以共存。她拿高地圖給霍桑看，「你看，我們快走到仙饌廣場了，對吧？上面寫說仙饌廣場正在舉辦探戈教學跟茶會，但這也太扯了，仙饌廣場這麼小，要怎樣才能……」

莫莉安抬起頭，他們正巧走到本該是小廣場入口之處，不過此時，她面前垂著一面由五彩繽紛的絲綢所組成的飄逸簾幕。

「就是這樣。」霍桑說，帶領莫莉安穿越絲綢簾幕，走進正上到一半的探戈課程。平時，仙饌廣場不過是由連棟房屋包圍住的幽靜庭院，現在卻充滿生氣，飄揚著激情的樂聲，裙襬翻飛，情緒昂揚的男男女女緊貼彼此，來回踏著舞步。一個酒瓶被砸碎，紅酒灑上臨時搭成的舞蹈地板，嚇了莫莉安一跳，就在有人打起來之際，霍桑抓住莫莉安的手臂，把她拉往兩人走來的方向，回到簾幕另一頭。

他們再度穿越簾幕，這次仙饌廣場化為熱鬧但氣氛溫雅的茶會，角落有位鋼琴師平靜無波地彈著立式鋼琴，眾多服務員四處奔走，重新斟滿客人的茶，在三層點心架上擺滿小蛋糕。

「什——怎麼辦到的？」莫莉安問。

霍桑聳肩。「誰在乎？快點，我可不想停在這。」

他們越過仙饌廣場，穿越另一側的羽毛簾幕，走進飛鳥市集。裡頭掛著上百個鳥籠，什麼種類的鳥都有——有些來自異國，顏色鮮豔；有些身形嬌小，宛如珠玉；有些是巨大駭人的猛禽，令莫莉安想起了奶奶。有的鳥能說多種語言，有的鳥受過狩獵訓練，有的鳥能夠按照隊形飛翔。

莫莉安很想停下來看一看，可是霍桑催著她快走，穿過另一面由長藤織成的簾幕，走進鮮麗多彩的花市；然後是燈籠市集，上千盞五顏六色的燈籠在他們身周投出迷幻的圖樣；然後是正在進行拍賣的魚市，那裡喧譁吵嚷、飄著魚腥味；然後是禱告聚會，然後是關於幻獸族的激烈辯論會，然後是嘉年華會，現場裝設了旋轉木馬、靈異火車、跳床城堡，四周聚集各式攤販……

「霍桑，等一下——你不想去看靈異火車嗎？慢點，我側腹有點痛！」

只是，他並不打算放慢腳步。霍桑早就想好要去哪裡了，雖然他不肯告訴莫莉安（「是驚喜！」），她也猜到了七八分。她太了解這個朋友了。

莫莉安本來就做好心理準備，奇市鐵定會人山人海，她也知道會有許多攤位販售千奇百怪的東西。去年一整個夏天，每到週六早晨，她總會在杜卡利翁旁觀賓客、員工進行奇市過後的必經儀式：在吃早餐時，互相交換說不完的精采故事，以及琳琅滿目的戰利品。

可是，親眼見識奇市完全是另一回事。他們彷彿穿梭在數百齣不同戲劇所呈現的風景之間，莫莉安眼花撩亂，幾乎消化不了更多奇異的事。

這一切令人無比混亂，卻又新鮮刺激，難以分辨有多少是真實、有多少是幻象。基於好玩，每到一處新地方，莫莉安就試著找出戴夫教他們辨認的「斷裂」。知道該尋找什麼蛛絲馬跡以後，她能夠輕易看穿那些躲在暗處、努力維持幻術的人，他們通常待在比較高的地點，比如陽臺或屋頂上，在那裡俯瞰全局，聚精會神施術。

「那裡！」她大喊，抓住霍桑的手臂，指著庫柏庭院旁位於四樓的一扇窗戶（根據地圖，庫柏庭院現在既是戶外美甲沙龍，也是騎獨角獸競賽的賽場）。一男一女駐守在窗邊，喃喃自語，片刻不停，雙眼一秒也不曾挪開底下的庭院。

「妳一定要這樣嗎？」霍桑嘟噥：「不能單純享受魔法嗎？幹麼非要拆穿人家怎麼做的？」

「可是好有趣喔！」

他們穿越一面霧簾，走進一間喧囂的開放式餐廳，當中滿是小吃攤，此時莫莉安湧起肯定的預感：終於要停在這裡了，這絕對就是霍桑要找的地方。

一名女子同時炒著三個巨大的平底鍋，幾個鍋子呈銀色，狀似茶碟，女子身周不斷噴發火焰與蒸汽。她揮霍地大把使用香料，薰得莫莉安冒出淚水，鍋子中散發不知是什麼肉的香味。其他攤位分別正在販售燉牛肉、脆餅、炸薯條、煎餃、一桶桶煮熟的螃蟹……莫莉安有些反胃地留意到，居然也有奶油炒蝸牛、油炸肥腸、酥炸蚱蜢，以及猶如詭異肉冰棒的串烤老鼠。

「串老鼠？」她苦著臉對霍桑說：「還是大腸？要吃哪個？」

沒想到，霍桑再度催著她走向這個主題區的另一端，那裡有道棉花糖之牆，是一片由粉紅糖絲做成的平順簾幕，如雲似霧。霍桑轉頭看她，露齒一笑，撕下一大條棉花糖，放進口中，這才領著她穿過薄如紙片、又甜又黏的簾幕，走進要給她驚喜的目的地。

「甜甜街！」霍桑宣告，雙臂大張，彷彿正邀請莫莉安進入他的精神殿堂。甜甜街足足占據三個街區，到處擠滿賣巧克力跟太妃糖的攤子、蛋糕鋪和可麗餅店，有人翻炒著裝滿焦糖爆米花的大型金屬桶，許多桌子堆滿冰晶棒棒糖與牛軋糖，還有一個冰淇淋店會做兩呎高的霜淇淋。

霍桑熟門熟路，莫莉安看得出他每年都會重返此地，因為對於哪些攤位最值得他們投資時間、金錢與胃容量，他可是一清二楚。

「糖梅甜甜圈是必吃！」他告訴莫莉安，指向一個攤位，那裡有熱騰騰的油炸甜甜圈，紫色糖梅醬順著邊緣滴落，再滾上肉桂糖粉。「還有雪酪玫瑰，不過可麗餅就不用了，沒大家講的那麼好吃。」他同樣徑直走過一個什麼口味都賣的松露巧克力攤（椰子松露、蜜桃松露、薄荷、香檳、堅果、蚱蜢……到底為什麼老是有蚱蜢？），走向一個賣耐嚼焦糖的攤位，由攤販手拉厚厚的一長條焦糖，以一公尺為單位販售。

在莫莉安再也吃不下時，她暫時從霍桑身邊走開，晃過一片灰霧，走進一條算命攤聚集的小巷。那裡有水晶球占卜、塔羅牌、看手相、看茶葉渣、看鳥內臟等等，甚至有算命師要莫莉安吐口水在他掌心，說這樣就能預見她的未來。莫莉安有禮地拒絕，偏偏算命師依然堅持，她只好不停後退，無意間穿過另一面簾幕，來到……

空無。莫莉安什麼也看不見。什麼也聽不見。

這不是單純的黑暗，她眼前並非一片漆黑，而是什麼也沒有。她瞎了。

她驚聲大喊——**霍桑！**——但是，連她的聲音也不見了。或者，其實是她聽不到了？說不定霍桑聽見了她的聲音。她用一手碰觸喉嚨，再度放開嗓子吶喊霍桑的名字，感受到喉嚨的震動，耳邊卻毫無聲響。她變得又瞎又聾。

冷靜，莫莉安告訴自己，**保持冷靜**。

她感覺到某個人擦過她身邊，聞到強烈的香水味。另一個人撞上她，寬大的手掌粗魯抓住她的雙肩，她聞到帶著煙味的口臭，那雙手往她的頭臉一陣亂拍，似乎想辨認她是誰，隨後便把她推到一旁。

冷靜冷靜冷靜，第二步是什麼？噢——**撤退**。莫莉安強迫自己小心翼翼往後踏一步，又一步，不料另一隻手抓住了她。那隻手比剛才那雙手來得小，跟她自己差不多，像是孩子的手。

是你嗎？霍桑？她大叫，不過在意料之中地，她耳中沒聽見任何聲音。她用手抓住一個人的肩膀，那個人跟她差不多高，好像稍微高一點——說不定就是霍桑。

那隻手拉著她往前走，兩人一同擠過混亂、眼盲的人群，左碰右撞，緊緊抓住彼此，直到終於衝破黑暗。

莫莉安有如浮上水面呼吸的自由潛水人，世界再度充滿色彩、光亮與聲音，儘管她方才並沒有屏住氣息，此刻卻像是喘不過氣般大口呼吸。她對著眼前恢復的明亮景色眨了眨眼，讓眼睛適應，接著轉頭問霍桑：「剛剛那是什麼？」

可是，拉她出來的人不是霍桑。

站在她身邊的是詩律．布雷克本，正大口喘氣。

「詩律！」莫莉安難掩驚訝，「妳怎麼……」

「是真的，」詩律的眼眸閃現恐懼與興奮：「惡鬼市集！莫莉安，市集是真的——而且正在舉辦當中！」

第十六章　惡鬼市集

「我看到一個男的走進惡魔弄。」詩律以驚人的速度，引導莫莉安穿越奇市的人潮，經過吵雜的攤位，走過一個又一個簾幕。「我大聲叫他站住，可是他沒聽見，然後他就不見了。」

「妳——什麼？會痛，詩律，妳抓痛我的手了。」詩律稍稍鬆手，但是沒有放開，也沒有放慢速度。「妳是說，妳碰巧經過惡魔弄，剛好看見有人——」

「不對，呆子，我是站在對街監視。我想到那些失蹤案，想到妳告訴我們的那些事情，那些關於惡鬼市集的事，還有妳看見的東西。然後，今天下午我想通了：假如那是真的，假如妳是看見惡鬼市集正在搭建的狀況，假如他們就是失蹤案的背後主謀，那他們絕對會選在今天晚上舉辦，對不對？奇市的開幕夜！這個時機太完美了。」

「大概吧，」莫莉安說：「可是，詩律，等等——」

「所以我跑過去等，想看誰會在惡魔弄出現。我跟妳說，那裡已經不是粉紅警示了，它變了，它升級成紅色警示了，但有個人連看都沒看就直接進去。五分鐘之後，我看到另一個男的走進去，他臉上戴著面具，然後是個女的進去，她用圍巾遮住大半張臉，現在明明是夏天！於是我就跑來找妳，霍桑說過你們會一起來奇市，我到處找妳，總算在妳走進空無庭園之前看到妳。來吧，走這裡。」

「可是我至少要跟霍桑說——」

「他不會怎樣的啦，」詩律堅持：「來吧，我們要快點。」

幾分鐘後，她們抵達惡魔弄的熟悉巷口。這條路實在太窄，莫莉安覺得幾乎稱不上巷子。牆上的告示確實換了：

> **惡魔弄**
> **警告！**
> 根據特異地理隊與
> 永無境議會
> 之指示，
> 本巷道已列為
> 紅色警示詭騙巷
> （高危險級機關，進入後可能造成損傷）
> **擅闖者後果自負**

莫莉安把告示牌讀了兩遍。「……**進入後可能造成損傷**，意思是這條詭騙巷的機關變了嗎？」

「既然他們改了等級，那一定是。可是我在想，妳先前就突破了那個讓人想吐的機關，對不對？我今天看到的那些人，顯然也順利走到另一頭了。我覺得，不管惡魔弄的機關變成什麼，我們說不定都能突破。」

「但這是紅色警示……」

莫莉安的目光從告示牌移向詩律，又移回來。她下定了決心，脈搏不禁加速。她本來就想調查惡鬼市集，尋找卡西爾跟帕西默・杏韻，如今機會來了！這樣一來，既能幫朱比特尋找失蹤者，更能證明海洛絲錯了，這一切真的不是她做的。搞不好，只要她找到失蹤的人，長老就會讓她回到幻學？

她用力點頭，「妳說得對，我們走。」

詩律露出微笑，她們一同走進惡魔弄。剛開始，什麼也沒發生，莫莉安一時燃起希望，暗自期盼這條路已經沒有機關，告示牌寫錯了……沒過多久，突然間，她肺中的空氣有如正逐漸被抽走。

「繼續。」詩律的嗓音緊繃，顯得喘不過來，卻仍拉著她向前。

莫莉安越來越無法呼吸，生存本能啟動，在她的體內瘋狂掙扎。她試著往原來的方向拽，想回到明亮、氧氣充足、安全的地方。

「相信我，」詩律捏了捏她的手，「好不好？」

就在這一刻，莫莉安恍然明白……她確實相信詩律。（她不禁疑惑，這是什麼時候開始的？）

她奮力抗拒本能，固執地踏出一腳接一腳。她的肺已經全空了，頭痛得像要炸裂，極度需要空氣，卻得不到一絲一毫，只感覺得到胸口在灼燒——

她們衝破一道隱形的藩籬，大口喘息，終於吸入了空氣。莫莉安覺得自己快昏倒了，因為肺部實在太疼、頭太暈，不過至少她們辦到了。詩律一言不發地指向上方。

宛如在揶揄永無境奇市設在東門的壯麗歡迎標語，她們頭頂上也有一道白色木製拱門，上面有剛漆好的四個黑色大字：

惡鬼市集

「是真的。」莫莉安邊喘邊說。

「我就知道！」詩律激動地說。

她們望著廣場，目瞪口呆。這一刻，廣場一點也不空，反倒人頭攢動，擠滿了買家與賣家，每個人都看似難以親近。此處毫無永無境奇市的魅力，奇市明亮燦爛、充滿魔力、歡迎任何人；這個市集卻有如被人吐過口水、踩過去，還要往泥巴裡抹幾下。

「我等不及要告訴邁德梅，他根本大錯特錯。」詩律悄聲說，接著輕輕撞了莫莉安的腹側一下。「喂，不要這麼明目張膽盯著人看，妳會引起人家注意，保持冷靜就對了。」

不過，她們穿過市集時，莫莉安依然忍不住到處亂看，根本沒辦法「保持冷靜」。這裡販售的商品跟她在奇市各大主題區見到的天差地遠：左手邊的桌上，擺放了各色新鮮、血淋淋的奇獸內臟；右手邊是眾多瓶瓶罐罐，裡頭裝著醃漬奇獸頭顱和四肢，她反胃地注意到甚至有——

「那是人頭嗎？」她尖叫，指著一顆萎縮的頭。瓶中，那顆頭帶著奇異的安詳神色，漂浮在顏色偏黃的保存溶液中。

詩律領著她走開，用嘴角喃喃說道：「冷。靜。」

她們經過一座黑色帆布帳篷，外頭的告示牌只寫著：**收購／販售祕密**。再往前走，有個女人宣稱假如「提供合理報酬」，就能偷渡任何人進冬海共和國。

「牙——齒！」一個男人在她們走過攤位時吆喝，把她們嚇了一跳。「一般牙齒、尖牙利齒，來這裡買牙齒喔！奇獸的、幻獸族的、人類的牙牙，先搶先贏、買到賺到喔。臼齒、犬齒、智齒、獠牙，可下咒，可裝飾，只要付我錢，絕對不管你要拿來幹什麼。牙——齒，來買牙齒喔！」

越是走向惡鬼市集的深處，四周就越黑、越醜惡，最終莫莉安只想閉上眼，拔腿往回跑。她好想念奇市的熠熠燈火、歡欣樂聲。惡鬼市集人潮洶湧，很容易被淹沒，這裡的客人看似也不想跟別人對上眼，可是莫莉安仍然覺得……別人在注意她們。兩個小孩自己跑來，頸間別著閃亮的W字金色別針，自然極度引人注目。

她匆匆解下她的幻奇學會身分證明，塞進口袋，低聲告訴詩律：「拿掉別針。」

就在市集中央，有座帳篷吸引的人群似乎比其他帳篷來得更多。多得不得了的客人排著隊，隊伍最前方是個臉色陰狠的彪形大漢，在帳篷門口站崗，手中牽著四條狗繩，一隻隻看起來頗為凶悍。大漢一面招呼客人兩兩一組進入帳篷，一面計算人數，接著忽然舉手，阻止下一組客人進場。

「好啦，各位，人數已經到達上限，拍賣會滿了，下次請早。」

「小子，開什麼玩笑？」隊伍前方有個鬍子大叔抱怨：「拜託，做人要公平一點，我等這場等好幾個月了。」

「那你應該早點到。」看門的警衛說：「我們對人數有嚴格的限制，早到的鳥兒有蟲吃。你應該很清楚我們的規定，我在春季拍賣會見過你。」

那位客人神祕兮兮地湊上前耳語：「聽我說，我呢……我是為了那個大玩意來的，你知道我在說哪件。我已經決定要出高價，我的錢不比別人少。」

莫莉安跟詩律互望一眼。**大玩意**。會不會是其中一個失蹤者？

「我相信你，可惜你實在是很不準時，」警衛說：「你只能等秋季拍賣了。祝你順心。」

大叔絕望地扯著鬍子，「拜託啦，老兄，等到秋季，那隻小崽子早就——」

「我說了祝你順心！」警衛厲聲說：「快滾，不然我要放我兄弟趕你出去了。」他把頭往那四隻被鍊起來的狗一點，狗立時發出低吼。鬍子大叔垂頭喪氣地走開，就在他走過詩律身邊時，詩律伸手擋住他。

「你不會這麼乖乖聽話吧？」她問。

大叔冷笑一聲，想要強行擠過去，但詩律只說了一句：「站住。」大叔便停下動作。詩律抬頭凝視著他，以宛如蜂群嗡嗚的聲音說：「回去讓他見識一下，不尊重你的人會有什麼下場。」

莫莉安看見那男人的眼神一變，彷彿他的個人意志受到某種刺激。他怒氣沖沖回到隊伍前方，開始咆哮，用肥短的手指猛戳警衛的胸口。四隻狗扯動狗鍊，又吼又吠，本來正在散去的排隊人潮再度聚集，彷彿受到磁鐵吸引，紛紛跑來看好戲。

「走吧。」詩律輕聲說。藉著這場混亂的掩護，她們偷偷鑽進小帆布帳篷的門……從另一端出來後，竟置身於一個頂級宴會廳。室內光線昏暗，只以燭臺照明。

莫莉安任由帆布在身後落下，外頭的噪音立即像被撲滅的火焰一樣消失，取而代之的是柔和、斯文的聊天聲，以及酒杯相互碰撞的鏗鏘聲，突兀的轉變令莫莉安有些反應不過來。她注意到一張沒人坐的桌子，上面擺了各種款式的面具、頭罩、面紗，旁邊有張告示牌寫著**請自行斟酌取用**。莫莉安拿了兩副奇獸橡膠面具，將毛茸茸的大猩猩面具套上，狐狸面具則塞給詩律，詩律露出嫌棄的表情。

「又沒有人會注意到我。」她抗議。

「妳看旁邊的人，」莫莉安說，聲音被大猩猩橡膠面具給悶住。「妳看到有誰露臉了嗎？妳要當唯一跟別人不一樣的人嗎？**快戴上**。」

詩律描述過，走進惡魔弄的人個個打扮奇特，這時忽然顯得合情合理。在這裡，人人設法遮掩自己的相貌，因為沒人想在這種地方被認出來。

接著，莫莉安看見了——宴會廳另一頭有個籠子，像要炫耀戰利品似的，高高擺在一個設有紅色布幕的平臺上，籠子裡是……

「刺藤博士的幼魁貓！」莫莉安倒抽一口氣。

幼魁貓的脖子四周有圈骯髒雜亂的厚厚白毛，藍色大眼宛若水晶珠。他又是哈氣、又是嚎叫，瘋狂抓撓金屬欄杆，宛若獅子般激烈抵抗，然而他明顯非常恐懼，拚命想要逃走。莫莉安忍不住瑟縮。她很想馬上衝過去放他出來，可是真的這樣做的話就蠢到極點了。

那一區的氣氛就沒那麼斯文，群眾奚落著幼魁貓，朝他扔各種東西：食物、石頭、水瓶……企圖更加激怒他，不時爆出大笑。這些行為很有用，幼魁貓不是縮到籠子另一頭，而是變得更激動、吼得更大聲，明亮的藍眼閃爍著驚懼。莫莉安旁觀這一切，只覺得反胃而無助。在她身邊，詩律的呼吸又快又急。

「各位來賓，本日第一個領銜拍賣品！」在幼魁貓旁邊的一名男子喊道。他站在一座木製講桌後方，身穿褐色粗花呢西裝，上半張臉被面具遮住，拿著一根手杖，不時用手杖猛敲籠子的金屬欄杆，發出震耳欲聾的「匡噹」聲。「請看！這是身價非凡、極度稀有的幼魁貓。當然，這隻小畜生現在看來沒什麼了不起，可是大家都曉得，完全成年的魁貓體型多麼巨大，而且大為有用！就算魁貓是凶猛、獨立、擁有強大幻奇特質的種族，依然能夠馴化成性情溫順、能幹的馱獸，如果趁他還小割掉舌頭就更棒了！這種做法在共和國流行得很。魁貓最惡名昭彰的就是善於運用才智攻擊他人，不過，各位來賓，不必害怕——完全不必！跟普羅大眾以為的相反，只要用對方法，照樣可以征服魁貓。」

莫莉安快吐了。她用力吞嚥，試著控制情緒。他們要割掉他的舌頭？割掉那隻可憐小貓的舌頭？陡然之間，莫莉安想通一件令她作嘔的事：冬海共和國總統該不會就是這樣對待那六隻拉車的魁貓？這就是他們從不開口說話的原因？

她想起幽默、個性差勁的芬涅絲特拉，這隻體型碩大的灰色魁貓總喜歡對朱比特發號施令、取笑莫莉安，愛做什麼就做什麼，愛說什麼就說什麼。她想像芬變得靜默、溫順，和其他魁貓鍊在一起，關在籠子裡，一輩子被迫拉車……她的反胃感更加強烈。這樣做太過分了。

「在場的各位，誰有勇氣馴服這隻漂亮魁貓？誰能支配這頭猛獸？或者，要是你懶得管這麼多，也可以直接剝皮做成大衣穿。」

莫莉安無法自制地發出微弱的嗚咽，詩律猛地用手肘撞她的側腹，低喃：「噓！」

拍賣官清了清喉嚨。「事不宜遲，各位來賓，我們即刻進入拍賣階段，起標價是再合理不過的五千克雷。有人願意出五千克雷嗎？那位刺青的先生出五千克雷。有人願意出五千五嗎？」

莫莉安的心一涼。他們要把這隻嚇壞的可憐幼魁貓賣給出價最高的人。

「穿綠袍子的小姐出五千五。有人願意出六千嗎？謝謝您，刺青的先生出六千。有人願意出六千五嗎？有人願意出六千五嗎？戴狗面具的先生出六千五。有人願意出七千嗎？」

拍賣持續了一段時間，出價者眾，喊價十分熱烈，莫莉安再也聽不清拍賣官在說什麼，他的話語全混成一團。幼魁貓已經累了，開始搖晃，漸漸縮起身體，每當拍賣官用手杖敲擊籠子的金屬欄杆，都會發出響亮、不斷迴盪的「匡噹」聲，再加上猛烈的吆喝聲，這一切令幼魁貓疲憊不堪。

莫莉安的心臟狂跳，幾乎落下淚來。在一個令人心碎的瞬間，她和幼魁貓對上眼，或許是她的想像，可是她立刻感覺到幼魁貓正哀求她伸出援手。

莫莉安與詩律互望彼此，在這個剎那，她們有如被調到同一個電波頻道，不約而同地說：「我們要想想辦法。」

「有什麼點子嗎？」詩律聲音發顫地問。

莫莉安沒有回答，只是抬起一隻發抖的手。

「戴大猩猩面具的矮人出一萬二。」拍賣官直直指著莫莉安，「各位來賓，有人願意出一萬二千五嗎？謝謝您，刺青的先生出一萬二千五。有人願意出一萬三嗎？戴紅圍巾的小姐出一萬三。有人願……是，刺青的先生出一萬三千五，太棒了，先生。有人願意出一萬四嗎，各位來賓，有人——」

「一萬五！」莫莉安叫道，奮力裝出最低沉、最凶狠、最成熟的嗓音。詩律發出像是嗆到的咳嗽，這次輪到莫莉安用手肘捅她的肋骨。

「大猩猩出一萬五！有人願意——」

「一萬六。」刺青男發出更低、更凶狠，遠比她粗啞、而且十分真實的聲音。

「一萬八！」莫莉安追加。人群中傳出幾聲驚呼，詩律悄聲問莫莉安：「我們去哪找那麼多錢？」

「不用找，」莫莉安在面具後低語：「噓。」

「兩萬。」刺青男聽起來很火大。

「兩萬五！」莫莉安大喊，人群陷入寂靜。

「兩萬五克雷，」拍賣官不敢置信地說：「兩萬五克雷一次……兩萬五克雷兩次……」他暫停，朝刺青男的方向揚起一邊眉毛。「先生，放棄競價？好的，嬌小的大猩猩出價兩萬五克雷成交。」他用疑惑不解的語氣說，猛力落槌，宣告交易成立。「請去找我們的專員，一手交錢，一手交貨。接下來是最後一項拍賣品，各位來賓……」

莫莉安沒有再聽下去。她的耳際轟轟作響，那個再明顯不過的問題在她心中狂跳，猶如反覆敲響的鼓聲：怎麼辦？怎麼辦？**怎麼辦？**

詩律看見專員，那人站在幼魁貓旁邊，招手要莫莉安過去。「不用擔心，交給我。」

專員的臉色非常差。

「這是什麼意思？」

「這是要給你的錢。」詩律說。方才她摘下狐狸面具，交給這位年輕男子，他最初露出氣憤的神色，隨後轉為困惑。「兩萬五克雷，我算過了。算了兩次。」

「這哪是……這是什麼……」專員搖搖頭，就像洗完澡之後要把身體甩乾的狗。「妳在玩什麼把戲？」

莫莉安回頭望著帳篷另一端，拍賣仍繼續進行。她迫切想要離開這裡，跑得遠遠的，再也不要回頭，但她不可能丟下幼魁貓不管。幼魁貓終於力竭，癱軟在籠子地板，顯得悲傷又無助。

拍賣官正在說話，她只能聽見零星片段，不過藏在紅色天鵝絨大簾幕後面的東西似乎讓群眾很是興奮。

「想想看這有多實用……」拍賣官的聲音飄了過來，時斷時續：「……從事跨海貿易的人、海盜……了不起的天賦。更不用說用來捕獵……或刺殺……」

「我沒在玩把戲，是你沒搞清楚。」詩律說，語氣猶如拉過大提琴的弓弦那般圓滑。「我要付你兩萬五克雷買這隻貓。錢就在你手上，我剛剛交給你的。」她的頭先是朝專員右手中的面具一點，接著朝專員左手緊抓的籠子鑰匙一點。「現在，你應該把幼魁貓給我。」

「我應該把……」

「就是這樣……」

「可是……」

「就是這樣。」詩律的嗓音讓人昏昏欲睡。年輕男子緩緩眨眼，隨後轉身打開籠子。「很好。」

幾分鐘後，神智不清的專員將詩律的狐狸面具鎖進一個沉重的金屬箱，堅信那就是兩萬五千克雷的現金。詩律與莫莉安走到帳篷門口，莫莉安奮力抓住驚嚇的幼貓，將他抱在懷中，另一手抓著鐵鍊以防萬一，感覺就像抱著一隻發育完全的聖伯納犬。她已經拿掉大猩猩面具，因為幼貓似乎很怕。

她們繞過喧譁的人群，來賓仍聚集在最後一個拍賣品四周，拍賣官連珠炮似地說話聲穿透雜音：「黑皮膚、裝假腿的先生出一萬八千五。一萬八千五，有人願意出一萬九嗎？各位，如此稀有的才華，這種價錢未免太划算了……」

莫莉安勉力抓著幼魁貓，在他耳邊不停低聲安撫：「噓，沒事的，你看你，真是可愛的小貓。芬一直在找你，乖，難道你不想跟我們回去，見見壞脾氣的芬涅絲特拉？怎麼可能嘛。她也是魁貓喔，就跟你一樣。」

詩律踮起腳尖，試著看清究竟是什麼拍賣品讓大家這麼激動。「裝在缸子裡，」她悄悄對莫莉安說，莫莉安應了一聲。「那個魚缸真的很大。」

「趕快走再說，」莫莉安惱怒地用氣音說：「妳能不能幫我一下？」

可是詩律落後她好幾步，停在原地，目光越過人群，呆看著魚缸裡的東西，眼睛都瞪凸了。「莫莉安……妳看。」

「我們該走了，我沒辦法一直抓著……」

「莫莉安，」詩律的語氣變得更急迫，指著水缸：「**快看**。」

她不甘不願走回詩律所站的位置。這麼做有些困難，幼貓可能以為自己要被送回那些折磨他的人手上，發出嘶吼，爪子嵌進她的手臂，疼痛不已。然而，一看見水缸裡的拍賣品，莫莉安立刻震驚得忘了痛。

玻璃後方，在水中，用鐵鍊跟石頭連在一起的拍賣品……是個十幾歲的男孩。

他還活著。他看起來精神委靡，不抱希望，冷得嘴脣都凍藍了，但是他還活著。

「阿弗！」莫莉安喊道。她不由自主，來不及克制自己，那個名字便脫口而出。她的聲音響徹宴會廳，蓋過人群及拍賣官的說話聲，室內頓時陷入沉重的靜謐，每一雙眼睛都轉過來看莫莉安、詩律和幼魁貓。幼魁貓尖聲嘶鳴，拚命掙扎著想要逃走。

「這些小孩是誰？」拍賣官喝道：「誰准小孩進來的？來人，抓住他們！」

幾個身材壯碩、臉色猙獰的警衛憑空冒了出來，詩律抓住莫莉安的手腕，想把她拉走，偏偏莫莉安在原地生了根。

又要來了。她感覺得到。

她的恐懼、反感、怒火在體內膨脹，有如一首越來越宏亮的交響曲，最終變得比她的身軀還要龐大。這次的感覺不太一樣，不是燒灼，而是積聚；她這份顯著的力量逐漸擴張，一面試著攀附在某個實體之上，一面吞噬所到之處的一切，增強她四周的一切，搜尋著……某個東西，某個工具，某個容器。

在一個燦爛、輝煌的剎那，莫莉安感到這股力量落上了離她最近的東西：絕望求生的幼魁貓。他拚死掙扎，想離開莫莉安的掌握……

……終於達成了心願。

怒號的幼貓跳脫她的懷抱，在他落地之際，他已然化身為魁梧、嚇人的猛獸，藉助莫莉安無從遏抑的幻奇之力，變得強壯無比。他大聲咆哮，聲音震撼，宛如整群雄獅同時怒吼，對拍賣官咧嘴露出牙齒，拍賣官當場昏了過去。

帳篷亂成一團，驚叫聲此起彼落，魁貓揮掌掃過人群，一下跳到這裡，一下撲到那裡，享受他好不容易得到的報復機會。莫莉安與詩律利用魁貓的大動作和眾人的驚慌，趁機跑向阿弗的水缸，卻被競價對手刺青男給擋住去路，他身上每一吋皮膚都覆蓋著精細的黑色刺青。

「這是妳做的，」他直視著莫莉安：「怎麼可能？妳怎麼辦到的？妳是什麼人？」

莫莉安試著擠過刺青男身邊，希望搶到水缸前幫助阿弗脫困，帶他一起走。刺青男撲向莫莉安，詩律用力踢他腳踝，他哀叫一聲，痛苦地抓著腿。

「喂！」他大叫，他的三個朋友聞聲趕過來，三人都是壯漢。

「快跑！」詩律喊道，抓住莫莉安的手腕。

她們奔向帳篷門口，在來賓之間穿梭。參與拍賣會的人群正湧出帳篷，回到外頭繁忙熱鬧的惡鬼市集。

莫莉安看見凶悍的魁貓緩緩縮水成原本的大小，隨即消失在人潮之中，心中交雜著希望與遺憾。幼魁貓一路搞破壞，亂踩攤位、弄倒桌子，攤販一頭霧水地互罵，絲毫沒發現真正的罪魁禍首正用飛快的四條腿逃之夭夭。

快逃，小貓！她熱切地想，儘管深知自己和詩律已經無力幫助幼魁貓，仍期盼他突破重重危機，想辦法找到安全之處藏身。現在，她們必須先逃脫困境。

「她在那！」身後傳來刺耳的嗓音：「抓住她！」

她們躲開追兵，邊跑邊故意弄倒更多桌子擋在身後。詩律把一個木桶踹飛，才發現桶裡裝滿顏色鮮豔的蛇，後方傳來的驚喊不絕於耳，莫莉安跟詩律聽了跑得更快。

兩人一口氣衝回惡魔弄，突破窒息機關，穿過永無境奇市中看似無盡蔓延的主題區，終於抵達崇高存在神殿的大門外。她們汗流浹背，氣喘吁吁，時間剛好趕在午夜前。

在兩根燃燒著鮮亮粉紅火焰的燈柱之間，霍桑來回踱步，臉色慘白，一句話也不說，顯然無法將憂慮組織成適當的言詞。然而，荷馬一個人就填補了弟弟的沉默，在黑板上寫了一連串等於是在大吼大叫的話，當中夾雜許多驚嘆號和底線，隨即匆匆抹除，寫上新的文字；莫莉安跟詩律站在原地，默默承受他的憤怒，一邊緩過呼吸。

當然，他們會這麼焦慮，主要是因為霍桑在奇市中跟莫莉安走失，到處找不到她。說真的，她不介意荷馬這樣發飆，不過荷馬的黑板倒是讓她想起某個東西。

她探進外套的隱藏內袋，拿出一小張銀黑色的柔軟紙片。

她沒花時間停下來解釋，便一把搶走荷馬手中寫到一半的粉筆，將紙貼在牆壁上，寫道：

找到阿弗·史旺跟幼魁貓了
在惡魔弄的惡鬼市集
告訴朱比特
帶潛伏者一起去

接著，她低聲複誦三次傑克的名字：「約翰·阿朱納·柯拉帕提，約翰·阿朱納·柯拉帕提，約翰·阿朱納·柯拉帕提。」再把紙張湊向燃燒中的粉紅火焰，凝視灰燼飄飛遠去。

第十七章　杜卡利翁飯店一人學院

「拜託，莫兒，絕對不准再走進詭騙巷了。」

朱比特的神情極為疲倦，寫滿擔憂。昨夜，一得到詩律與莫莉安的消息，他就突襲搜查了惡魔弄，不只帶上潛伏者、臭架子、特異地理隊，連芬涅絲特拉也跟去了（莫莉安認為，芬一個人就抵得上十個潛伏者、起碼五十個臭架子）。

可惜，他們依然沒能趕上。幼魁貓戲劇般的逃亡過程拉響太多警報，等他們抵達現場，市集早已解散，犯人四散逃逸，徒留一片殘局：不知名的髒亂攤位、手寫的「惡鬼市集」告示牌、空的玻璃水缸……以及一個可憐的十幾歲男孩，獨自坐在石子路上，身上的衣服全部溼透，凍得瑟瑟發抖。

至少他們找回了阿弗。

可是，隔天早晨，朱比特的臉上既沒有一絲喜悅，也沒有完成任務的滿足，只是嚴正而堅決地要莫莉安承諾，此後再也不踏進詭騙巷。

「我是認真的，」他的藍眼閃過強烈的情緒：「太危險了，不值得冒這種險。」

莫莉安撇撇嘴角。朱比特怎麼這樣說？要是她跟詩律沒有走進惡魔弄，就永遠不會發現惡鬼市集，永遠不可能放走幼魁貓，朱比特跟潛伏者更永遠不會知道要去哪裡找阿弗・史旺。她張口，正想說出這些話，朱比特卻抬手阻止她。

「阿弗的本領沒了。」他壓低聲音，語氣幾乎可說是鄭重，像是通知莫莉安有人得了絕症。

「沒了？」莫莉安重複，朱比特點點頭。「沒了……怎麼會沒了？」

「我們不知道。」他長嘆一聲，一手揉揉疲累的眼睛。「現在還不清楚到底是被奪走，或是……有時候，嚴重的創傷可能會……」他沒說下去，莫莉安從他的聲音中聽出了茫然疑惑。他毫無頭緒。潛伏者也毫無頭緒。

「那卡西爾跟帕西默・杏韻呢？」莫莉安小聲問：「還有幼魁貓……有人找到他嗎？」

「沒有卡西爾的線索。我們確定帕西默也在拍賣會現場，因為我們找到一份拍賣品清單，但他現在又不見了。我們覺得，也許……」他的話音漸弱，可能是說不下去，也可能是不願細想。「總之，我們不會放棄。芬的人也出動去搜尋幼魁貓了，現在他們知道幼魁貓在外頭，而不是被鎖在什麼地方的籠子裡，就比較有機會找到這隻可憐的貓。」

莫莉安皺眉。「芬的人是誰啊？」

「她的朋友。大部分是魁貓，雖然他們天生孤僻，不過有幾個就在附近，他們會互相照應。」

「可是……幻奇學會不是也在幫忙嗎？潛伏者呢？我們不是應該要調查——」

「沒有什麼『我們』，莫兒。」朱比特的音量有些提高：「調查不關妳的事，懂了嗎？」

「這不公平，」莫莉安聽得出自己正在用耍賴的語氣，可是她克制不住：「是我找到市集的——好啦，是詩律跟我一起找到的，是我們放走幼魁貓，是我們——」

「是妳們在眾目睽睽之下展現本領，別忘了，那裡到處是願意花大錢奪走本領的人。」朱比特厲聲說，莫莉安不禁微微一縮。

「我不是故意讓他們看的。」她嘟噥，回想起幼魁貓奇異的變身過程。「我說過了，我不曉得是怎麼回事，事情就是……」

「發生了。」朱比特接下她的話，嘆了口氣。「我知道。可惜我也說不出為什麼。」

他已經耗盡所剩不多的耐心，不過莫莉安感覺得出來，他會這麼氣惱，多少有些別的原因。朱比特定睛凝視莫莉安的雙眼，她從對方的眼神中看見了害怕。「莫莉安，相信我，大家正竭盡全力去找失蹤者。還有，**拜託妳**，不要再進詭騙巷了。」

暑假逐漸過去，有如一場奇特、稍嫌窒悶的夢境。朱比特一樣經常外出，不過他在家的時候，他似乎打定主意要補償他們。莫莉安強烈懷疑，朱比特的另一個目的是讓她永遠有事可忙、有新東西可玩，這樣一來，就沒有任何理由、誘惑、機會能讓她去追查惡鬼市集的線索。

沒多久，莫莉安就發現朱比特串通了飯店員工，想辦法讓她的暑假越精采、越分心越好。屋頂上的搖滾演唱會、午夜野餐；在朝南的草地上舉辦槌球大賽；幾乎夜夜必定有煙火表演……莫莉安依舊一逮到機會便纏著朱比特，追問惡鬼市集的調查進展，儘管如此，要她不受這些毫不間斷的活動給吸引，稍微轉移注意力，實在很難。

幾乎每個週末，法蘭克都會舉辦泳池派對，還設計了超讚的霜淇淋自助吧、水球大戰。朱比特裝設了滑水道，並且加上寫實風格的充氣北極熊，能把人高高拋到空中，用柔軟的橡膠手臂接住，再推進水裡，逗得莫莉安、霍桑跟傑克不停發出開心的尖叫。

某個週末，莫莉安想到一個絕佳點子：邀請九一九梯的大家來玩。想到可以藉由這個機會來證明長老錯了，她一點也不危險，她就又興奮又緊張，甚至用高級羊皮紙，為每個人各寫一封不同的邀請函。

她謹慎思量自己想說什麼——她要說，她對於發生在車站的事很抱歉，那是個意外，她絕對不會故意傷害別人，他們星期天願不願意來游泳、吃剉冰？寫完之後，她用朱比特借她的封蠟工具，小心封好每一封信，並請霍桑代她親手交給大家。可是，週日當天，真正來的人只有霍桑跟詩律。

莫莉安努力不讓自己灰心喪志，善加利用那天的時光，帶詩律參觀飯店。由於兩人之間剛萌生脆弱的友誼，使這次導覽成了一場有趣的友情試煉。霍桑對杜卡利翁飯店的一切充滿無盡的熱情，不管是多詭異的東西都一樣，這讓莫莉安很是滿足；然而，詩律跟霍桑不同，她的反應有好也有壞。

她很有禮貌地表示她搞不懂沐雨室的意義（「什麼，所以單純就是……下雨？在室內下雨？從來不停？**為什麼啊？**」），而且她討厭劇場，那裡的更衣室掛滿各式戲服，每一套都附加了不同的口音和動作姿態（可是，莫莉安確實警告過她不要嘗試「穿靴子的貓」的戲服，詩律脫下戲服之後，足足過了一個小時，還是會喵喵叫、搔抓耳後）。不過，她非常喜歡在潟湖泳池中央的沙島躺著晒太陽，伴著搖曳的棕櫚樹，溫暖的微風捎來柔和、清脆的烏克麗麗音樂聲。

霍桑假日還是要去少年龍騎士聯盟參加訓練，但在大部分時候，他下午會趕來杜卡利翁飯店，一副累癱了的樣子，全身髒兮兮的。莫莉安、詩律跟他通常會在吸煙室玩牌，享受從牆壁漫出的最新夏日氣息。吸煙室正在測試一系列全新的季節氣味，大家的反應好壞參半，椰子煙霧、海風煙霧、草莓鮮奶油煙霧廣受歡迎，至於防蟲液煙霧、幻鐵通勤旅客汗味煙霧、野餐馬鈴薯沙拉煙霧，賓客的接受度就遜色得多。

既然不能參與朱比特的調查，莫莉安於是花更多心思，打算抓出威脅九一九梯的人。只是，由於她無法離開杜卡利翁飯店，加上同梯的人多半不肯跟她講話，她不得不承認，實在沒什麼地方可以下手。

莫莉安想，唯一的好消息是，寫威脅信的人想必也放暑假去了，九一九梯至少可以稍微休息，在開學前不會收到更多指令。

想不到，他們沒那麼好運。

「妳看。」某天早上，詩律對她說，將一張紙交給她。她們各自坐進躺椅，詩律戴上太陽眼鏡躺好，莫莉安則讀起那張紙。

詩律・麗諾爾（註4）・布雷克本，
明天早上，妳的贊助人
要出席一場重要的公開場合。
妳必須想出一種很有創意的方式讓他出醜。
如果妳做不到，
我們會公開九一九梯的祕密。

記住：
不准告訴任何人。
否則我們就告訴所有人。

莫莉安的臉色瞬間慘白。她是不喜歡巴茲・查爾頓，然而，要是有人叫她公開羞辱自己的贊助人，否則等於背叛同梯，她真的不知該怎麼辦才好。

起碼，這下可以刪除一個嫌犯了——巴茲總不可能要求別人羞辱自己吧！即使如此，莫莉安依然沒有任何關於幕後主使的進一步線索。

她偷瞄詩律，詩律兩手枕在後腦勺下，享受明亮溫暖的陽光。

「我本來不確定妳會不會收到信。」莫莉安老實說。

註4　詩律的中間名麗諾爾（Lenore）出自愛倫・坡的名詩〈烏鴉〉，在詩中，敘事者所懷念的已逝戀人即名為麗諾爾。愛倫・坡也曾以〈麗諾爾〉為題，寫過另一首詩。

「我也是，」詩律皺著眉頭，「我以為他們根本不會注意到我。」

「所以，呃，」莫莉安繼續說，努力裝出隨意的語氣：「明天早上的公開場合是什麼？」

「其實是今天早上，這封信是昨天收到的。他去國會提出請願，要求把邊境法改得更嚴格，是很重要的大演講。」

「噢。」莫莉安等了一下子，詩律卻沒有繼續說下去。「那……結果怎麼樣？」

「嗯，妳也知道，我必須很認真地想。」

「對。」

「我想了一整個晚上，考慮到底要怎麼做，根本睡不著。」

「我……我想也是。」莫莉安屏氣凝神。

「我一直沒辦法決定，到底要讓他整場流口水呢，或是用小嬰兒的聲音講話呢，還是要叫他在演講結束之後脫掉褲子，大喊『小巴巴要去便便』。」詩律咧嘴一笑：「所以我三個都做了。」

莫莉安覺得，煙火秀、滑水道、搖滾音樂會都很不錯，可是在這個暑假中，截至目前為止，她最喜歡的就是這一刻。真的。

假期快結束時，朱比特從一場為時較長的任務中歸來，大清早就把心不甘情不願的莫莉安與傑克挖醒，帶他們到屋頂去。原來他在屋頂上拴著一個巨型熱氣球，他們高高飄在永無境的家家戶戶上方，凝望晨曦將整個城市包裹在粉色與金色的陽

光之中，感覺好魔幻，好像一場夢境，莫莉安再也不想回到地面，也不希望暑假結束。

但她不笨。她明白，大家費盡心思轉移她的注意力，好讓她快樂又平安地待在杜卡利翁，一方面不要插手管惡鬼市集的調查，另一方面是避免長老禁止她回到幻學的事，對她造成太大的打擊。

莫莉安很感激大家的付出，真的很感激。然而，這改變不了現實：等新學期開始，霍桑跟九一九梯的其他人就會扔下她，回到幻學上課。目前，長老還不確定讓莫莉安回到校園是否安全，因此決定維持禁令。朱比特又是求，又是哄，又是威脅，又是怒罵，然後繼續求，卻說破了嘴也沒用。

「格果利雅．坤寧是我見過最冥頑不靈的人！」某天，他再次從長老議事廳鎩羽而歸（後來莫莉安查了「冥頑不靈」的意思，覺得完全贊同）。「我是說，真是夠了，如果不是妳，潛伏者搞不好根本救不——搞不好根本……沒辦法送阿弗回家。」

說完這句話，氣氛一時有些不自在。畢竟，潛伏者也稱不上「救了」阿弗，對吧？至少，長老、巴茲．查爾頓……應該說，幻學大部分的人都不這麼想。聽朱比特說，大家一副當阿弗死了的樣子，可是阿弗只不過變得比較……普通點罷了。

「至少他活著啊。」每次有人提到阿弗失去本領，莫莉安總是這樣說。朱比特一向表示同意，不過莫莉安很清楚，在朱比特內心深處，他正想著如果自己不再是見證者，會是什麼感覺。

莫莉安忍不住思考，要是有人說她再也不是幻奇師了，那她會怎麼想。幻奇師的身分從來沒為她帶來什麼好處，只是徒增煩憂，所以她想，她大概會開派對慶祝吧。即便如此，她倒是可以想像，萬一朱比特的本領遭人強行奪走，那他會有什麼感覺。這個本領讓他變得獨特、變得重要，假如失去，想必會像是某種形式的死亡。

「你覺得……他的本領有可能恢復嗎？」她問：「我是說，如果找到搶走本領的那個人。」

「我們沒辦法確定是被人搶走，」朱比特說：「我不太確定這種事情可不可能。阿弗沒辦法告訴我們多少事情，他還處於驚嚇中，幾乎什麼都不記得。或許——但願——這只是因為創傷，他之後就會慢慢恢復了。」

「要是沒有恢復，」莫莉安說：「那他能留在學會嗎？」

朱比特沉默半晌，莫莉安不禁猜想，他是不是打算說個會讓人比較好過的謊言。結果，他只是坦率而疑惑地聳聳肩。

「我真的說不準，莫兒。」他說：「這要交由長老決定。」

暑假無可避免地宣告終結，昂斯塔教授來到杜卡利翁，繼續無聊地宣講當個幻奇師是多麼邪惡。

飯店員工深知，昂斯塔教授的課讓莫莉安有什麼感受（這是當然的，她對這門課的抱怨可不少）。話雖如此，他們依舊盡力讓這位老師感到賓至如歸。

起碼，莫莉安是這麼以為的。

剛開始的時候。

「很遺憾，今天只能提供這個場地。」頭一天早晨，米范帶昂斯塔跟莫莉安來到五樓，走進杜卡利翁飯店第二大的宴會廳。「其他場地都有人使用了，您也知道，現在是飯店業最忙的季節。」

由於昂斯塔徐緩的移動速度，他們光是從電梯出來，抵達走廊盡頭，就花了將近半個小時，不過米范似乎並不介意。一路上，米范都愉快地東拉西扯，彷彿對昂斯塔不耐煩的哼哼唧唧渾然不覺。此刻，昂斯塔注視眼前的宴會廳，像往常一樣發出濃重的喘息，露出極度驚駭的表情。

「你是說……我要教書的地方……非得是這個……這個……」

「非常優雅的空間，是的，我們正在籌備要在此舉辦的年度秋季舞會。」米范打岔，抱歉地聳了聳肩。「不用擔心，法蘭克保證過，絕不打擾您上課。是不是呀，法蘭克？」他揚聲對那位吸血鬼矮人說。法蘭克正站在宴會廳另一頭，準備為他鍾愛的伊瓜拿拉瑪樂隊進行音響檢查。

「你根本不會感覺到我在這裡。」法蘭克用麥克風說，聲如洪鐘，引發一串尖銳的雜音，昂斯塔抖了一下。「哎呀，不好意思。」

對莫莉安來說，最大的挑戰，莫過於要一邊專心聽昂斯塔叨叨絮絮說著幻奇師做的壞事，一邊無視法蘭克做盡各種引人分心的招搖舉動，而且他做得越來越荒唐，嘴上不停重複：「別理我，別理我——當我不在！」就算伊瓜拿拉瑪樂隊正在彩排榮登暢銷榜冠軍的熱門舞曲《甩呀甩呀鱗尾巴》，還連續彩排了三次，莫莉安照樣全程面無表情；她甚至讀完了描述泰爾．馬格努森暴行的一整個章節，從頭到尾平靜無波，假裝沒看到巨大的香檳泡泡正緩緩飄進宴會廳。

可是，當法蘭克趕著一群呱呱大叫的鵝進來，還事先替牠們穿好黑外套和領結，莫莉安終究維持不住撲克臉，這也成了壓垮昂斯塔耐心的最後一根稻草。

「這……是……什麼……意思？」幻龜教授質問，莫莉安在旁失聲爆笑。

法蘭克轉頭看他們，一臉無辜：「呃，真不好意思，教授，但總要有人來訓練這些額外的服務生啊！」

隔天，米范將上課地點挪去東廂房的繪畫室。房間裡有濃濃的油彩跟松節油味，不過米范把窗戶大大敞開，還特地說明，起碼這裡沒有任何穿西裝的水鳥。

然而，新地點離音樂沙龍很近，香妲女爵時不時就在走廊漫步，練習唱詠嘆調。每當她天使般的歌聲透過繪畫室傳出去，大批松鼠、青鳥、獾、狐狸、田鼠便受到歌聲吸引，自打開的窗戶湧入。昂斯塔叫莫莉安關上窗戶，偏偏油彩味重得令人受不了，而且動物照樣持續增加，抓撓著玻璃，哀求著想要進來。

瑪莎負責準備每天的午餐，莫莉安聽昂斯塔教授咕噥抱怨了幾次以後，恍然大悟是瑪莎故意在他的餐點裡動手腳，給他的湯總是涼了一點，麵包總是沒那麼新鮮，茶總是淡了一點；另一方面，瑪莎送午餐給莫莉安時，老是偷塞用鋁箔包裝的巧克力，或是一小塊糖霜蜂蜜蛋糕，卻連一份甜點也不給昂斯塔。這些行為都沒什麼大不了，甚至有些小家子氣，可是瑪莎個性溫柔、心腸又軟，以她的標準來說，這簡直是全面宣戰，莫莉安愛死她了。

那一整週，他們天天換地點上課，老是遭遇各式各樣、推陳出新的麻煩事，沒過多久，莫莉安就看穿飯店員工在搞什麼鬼。這讓她精神大振，就連泳池派對、熱氣球之旅也沒讓她這麼開心。每天一早，她總是迫不及待起床，等著看大家想出什麼新花招，鬧得昂斯塔頭痛不已。

毫不意外，杜卡利翁飯店反抗軍的壓箱寶是芬涅絲特拉。週五早晨，莫莉安跟昂斯塔來到最新的臨時教室（位在七樓，是一間已經不再使用的羽球場），正開始上課，此時芬緩步走進。她一個字也沒說，只是站在莫莉安身後，越過她的頭頂，猙獰地狠瞪著昂斯塔教授，發出激烈的呼嚕聲，連地板都隨之震動。

莫莉安很清楚，要是換作其他人打斷他們上課，昂斯塔絕對會叫他們立刻出去，可惜沒人膽敢命令芬涅絲特拉。

那天晚上，一名信差送來白色信封，指名要給莫莉安。

黑鴉小姐：

在此通知，針對禁止妳進入幻奇學會校園一事，另外兩位長老和我改變了決定。昂斯塔教授極力稱讚妳，再三保證這週以來，妳的行為舉止毫無危險之處，非常令人滿意；經過審慎評估，我們很高興邀請妳回到幻學，週一就能再次參與邁德梅老師的破解永無境課程。

毋須贅言，我們會持續密切關注妳的一舉一動。

請別讓我們失望。

祝好，

格果利雅．坤寧長老

第十八章　謎題與骸骨

次年之秋

莫莉安房間裡，那道通往車站的門上，圓圈中的小小「W」字再度發亮。她佇立於門前，隨著那光芒時隱時現的徐緩節奏呼吸，過了足足一分鐘，總算鼓起勇氣，將印記按在光芒上。

門迅速開啟，露出幾個聚在一起的人影，他們的臉色就跟莫莉安預期的差不多。起碼詩律跟霍桑看起來很高興見到她，其他人頂多顯得尷尬而戒備，甚至毫不掩飾敵意。

想到他們過去一週的日子，莫莉安也怪不了他們。

在週末，詩律和霍桑已經把發生的事全告訴了她。在她沒去學校的這五天，大家接到了四個新指令，毫不間斷。

首先，馬希爾必須用三十七種不同的語言，在眾語堂漆遍髒話。然後，霍桑要在龍舍的其中一區放火——不過，從霍桑描述這件事的樣子看來，他做得還挺興高采烈的。

「沒人懷疑我！」他說，「因為**噴出的火焰有如上千座柴火爐**也睡在那一區，所以我全推到牠頭上。小火放屁是很恐怖的。」

埃娜對於自己竟敢冒險犯罪的事深受打擊，她的指令是要從教學醫院偷拿醫療用品（詩律說只不過是幾雙塑膠手套跟一個床上便盆罷了，可是埃娜接下來幾天都哀號個不停，說她對不起拉拔她長大的修女）。

最慘的是雅查，他必須從迪兒本女士身上偷來一綹頭髮，莫莉安覺得這簡直是要從龍身上偷一片鱗片。

「我以為他會活活嚇死，結果他成功了。」詩律正經地說：「沒想到他事後因為太良心不安，所以把頭髮留在傲步院的樓梯上，附上一封匿名道歉信，這個笨蛋。」

「迪兒本女士到現在還是處於暴走狀態。」霍桑嘀咕。

如今，莫莉安走向繃著臉的同梯同學。

「嗨，」她緊張地揮了揮手。「呃，大家過得好嗎？」

「喔，超棒的，」薩迪亞怒目瞪她，「我們每個人都冒著人險幫妳守密。妳呢？這禮拜待在豪華飯店裡過得很爽吧？」

「閉嘴，薩迪亞。」霍桑說，但被家庭列車抵達的鏗鏘鏗鏘聲給蓋了過去。莫莉安看著薩迪亞等人走進車廂，再也不看她第二眼，不禁嘆了口氣。

或許就是由於偷髮事件，迪兒本宣布要突襲考試，當天即刻開始。

相較於大家，莫莉安算是落得輕鬆，至少這是只有兩堂課的好處。昂斯塔的考題好猜到乏味的地步，他出了厚厚一冊試題本，頁數多得可怕，而且題目又臭又長，比如說：「寫出史上最惡劣的三名幻奇師，從他們的惡行／愚行中，各列出最慘烈的五件，並按嚴重程度排名。」「下毒者世代發生的大戰為何是幻奇師一手造成的？試舉二十七個原因。」莫莉安花了三天才寫完。

稍後的「破解永無境」考試就難應付多了，不過也有趣得多。

「好，九一九梯，注意聽！」邁德梅的聲音壓過了在傲步院站迴盪的聊天聲，他在嘴脣前豎起一根手指，大家安靜下來。「我知道，現在早就過了星期四該有的上床時間，在凌晨的這個時候，大家八成都有點累、覺得有點蠢，但我們努力撐下去，好嗎？來複習規則最後一遍——」

詩律哀叫：「這早就講過了。」

「說給我聽嘛，各位。」邁德梅說：「一起說，規則一是……？」

「不能搭傘鐵，不能搭幻鐵，不能搭馬車，不能搭公車。」九一九梯異口同聲。

他豎起兩根手指：「規則二？」

「不能問路，不能跟陌生人講話。」

「規則三？」

「不能看地圖，不能看旅遊指南。」

「規則四？」

「天亮前，人要平平安安、完好無缺地回來。」

他舉起手，五指散開：「最後一個，規則五？」

「一人失敗，全體失敗。」

「沒錯。」他邊點頭邊說：「想要通過這場考試，你們就必須跟組員一起在日出前回來，也就是三小時之內。」他輪流看著每個人，「整個小組都要一起回來。如果你們想要通過考試，就必須通力合作。記住：三組之中，一旦有一組沒通過考試，就代表整梯都沒有通過，懂了嗎？」

他只得到含糊的咕噥聲做為回應。

邁德梅露齒一笑，顯然決定無視他們缺乏熱忱的反應。「太棒了！現在，每個小組各搭一個吊艙，吊艙會送你們去起點，也就是我們這座美妙又狂野的城市中的某個幻鐵車站。吊艙沒有窗戶，所以你們不會知道自己被送去哪裡。抵達之後，你們會找到第一個線索，引導你們去找第二個線索，再引導你們去找下一個線索……依此類推，每組各有三個線索，想通過考試的話，就要在時限之前把三個線索帶回來。記住，這是要測試你們在永無境找到方向的能力，以及相互合作的能力。不可以丟下任何一個學者，懂了嗎？好，上吊艙吧。」

詩律、雅查跟蘭貝斯坐進第一個球形黃銅吊艙；薩迪亞、埃娜和霍桑坐進第二個。艙門關上時，邁德梅朝他們揮手，喊道：「祝你們好運！」

莫莉安本來盼望邁德梅會把她跟同梯唯二喜歡她的人分在一組，可惜沒那麼好運。她跟法蘭西斯、馬希爾踏進第三個吊艙，在緊繃而尷尬的氣氛中，默默度過將近四十五分鐘。

過了一陣子，她驚惶地陡然明白，他們被送到了很遠的地方，說不定已經到了永無境的外圍。其他兩人一定也發現了，原本三個小時的時限逐漸減少，只剩將近兩個小時。

吊艙總算停在一個地面上的幻鐵車站，那是一座水泥月臺，旁邊鋪設一副鐵軌。三人走出吊艙，迎向涼冷的晚風。天色漆黑，車站目前關閉中，在這個時間，只有幻學的私人列車跟吊艙尚在運作（身為幻學成員的另一項特權）。頭頂上的夜空晴朗無雲，星辰閃耀，在永無境市中心很少看見這麼明亮的星空，因為光害太嚴重了。莫莉安深吸一口氣，這裡的空氣感覺比較清新，也比較甜美。車站的標誌寫著「北極星丘」，印證了她的猜測：他們大老遠跑來了參宿四，這個地區位於永無境外圍。她皺起眉頭，他們怎麼可能趕在天亮前，從參宿四回到舊城？

「第一個線索！」馬希爾指向車站牆上的時鐘，上面黏了一個寫著「九一九」的信封。法蘭西斯率先過去，撕開信封，念出內容。

「夜之庭園，」他讀道：「殺手之歡。懦夫行凶，花下亡魂。」

「什麼意思？」馬希爾問。

莫莉安腦中的齒輪慢慢轉動起來。**夜之庭園……花下亡魂**。「有什麼花可以殺人？」

「那種……有毒的花？」法蘭西斯猶疑地說。

「不對，」馬希爾睜大雙眼，流露興奮：「是那種有牙齒的巨大殺手捕蠅草！在南邊的雨林，有捕蠅草能把人整個吞下去。」

「可是哪裡……」莫莉安說，「噢！不對，法蘭西斯說得沒錯。**懦夫行凶**，這首詩指的是下毒！我們要去的地方種了有毒的花。**夜之庭園**……是哪個庭園？」莫莉安一面回想永無境的綠地，一面掰著指頭數。「有舊城的花園帶，聖葛楚德園地……嗯……奧斯伯羅田園，不過那裡不太算是花園……」

「戰慄謀殺庭園！」法蘭西斯打了個響指。「裡面幾乎什麼有毒植物都有，我以前在那裡買過死亡傘，他們有開一間小店。」

莫莉安皺起鼻子。「什麼是『死亡傘』？」

「有毒的蘑菇，其實味道還不錯……如果劑量很少、很少的話。」

「你從一個叫戰慄謀殺庭園的地方，」馬希爾眨著眼睛，「買了毒蘑菇？」

法蘭西斯聳了聳肩，又說了一次：「他們有開一間小店。」

莫莉安暗自記住兩件事：第一，再也不要吃任何法蘭西斯給她的東西；第二，問問朱比特，他怎麼從沒提過永無境有個毒物花園？老天，他明知道這種東西是莫莉安的最愛。

「夜之庭園，殺手之歡——指的一定就是那裡。我們在參宿四，這代表戰慄謀殺庭園在我們的東邊，所以……」莫莉安頓住，在腦中描繪活地圖的樣貌。「法蘭西斯，離謀殺庭園最近的幻鐵車站是哪裡？」

「馬洛老街站。」

「如果我找到去馬洛老街站的路，你有辦法帶我們去庭園嗎？」

他蹙眉想了一下，接著點頭：「嗯，應該可以。」

「馬希爾，離天亮還有多久？」

馬希爾看看手錶，「一個半小時。我們趕不上的。」

「不要這樣講，」法蘭西斯焦慮地絞著外套前襬，「要是我沒通過考試，海絲特姑姑會殺了我。」

莫莉安很不想承認，可是馬希爾說得對。他們不能使用公共運輸工具，還得從兩個神祕地點找到兩個線索，她想不出要怎麼在天亮前趕回幻學。

話雖如此，莫莉安只有兩門課，她絕不想在其中一門的考試認輸。迪兒本一定會覺得這證明了她是對的：壞到骨子裡的莫莉安・黑鴉是場**失敗的實驗**，不值得接受妥當的教育。

「我們辦得到，」她捲起斗篷的袖子。「不過，希望你們穿的鞋子夠舒服。」

他們一路狂奔到戰慄謀殺庭園的大門，總共花了寶貴的二十分鐘，路上經過的生物只有一對吵鬧的都市狐狸、幾個窩在店鋪門口的街友，以及一個清潔工——他們啪噠啪噠飛奔而過時，差點把這個清潔工給活活嚇死。

這個時間，庭園的黑色大門深鎖，但門上有一對交叉的骨頭，上方是個銀色骷髏頭，齒間咬著另一個寫有「九一九」的小信封。馬希爾劈手抓下信封，大聲念出來。

「非銅非金，古老宅邸。財富如山，操守可疑。」

「又是謎語，」莫莉安說。「**非銅非金**，那一定就是銀了，對吧？」

「**古老宅邸**，這句不怎麼明確，」法蘭西斯說：「有很多古老的大宅子……」

「喔！」馬希爾大叫，「古老大宅！」

「古老大宅？」莫莉安問。

「銀區有歷史很悠久的家族，」馬希爾說：「大家都這樣叫他們住的地方，聖詹姆斯古老大宅、菲柴爾德古老大宅……他們都是有錢又差勁的貴族。**財富如山**，**操守可疑**，很合理，對吧？可是我根本想不到要怎麼去。」

「我也是，」法蘭西斯說：「除非搭幻鐵。」

莫莉安閉上眼，再次試著描繪活地圖。她在某個地方見過銀區，她心中浮現了水路……是運河，小船划過氤氳瀰漫的霧氣……

「銀區在朱若河上的歐登！」她勝利地說：「就是那個慢慢沉進朱若河的城鎮，我在活地圖上看過。」

「我們離那裡超遠的。」法蘭西斯垂頭喪氣地靠在庭園大門上，發出鏗鏘的聲響。「我們跑過去起碼要花一個小時，我沒辦法跑一個小時！」

「就說吧。」馬希爾也靠向大門，滑坐到地面，落地時發出輕微的「砰」。「我們根本不可能在天亮前回到幻學，乾脆現在放棄好了。」

「振作一點。」莫莉安對他們大聲說，她想起自己在活地圖上見過另一個東西。「你們這個樣子，怎麼會通過去年的入學考驗啊？起來跟我走，我想到一個很棒的點子！」

「這點子爛透了！」法蘭西斯在風中狂叫。

「對啊。」莫莉安表示贊同。

「可是妳說——」

「我騙你的。」

馬希爾哀號。「我們已經等了十分鐘，它不會來的！我快凍死了，乾脆——」

「它會來，」莫莉安說：「它會出現。每個小時都有，再過一分鐘就好，相信我。」

她盡力效仿某個紅髮狂人不屈不撓的生命力，然而，從他們佇立之處低頭往下看，實在很難撫平內心浮現的暈眩感。法蘭西斯、馬希爾跟她站在百年大橋的欄杆上，保持著危險的平衡，底下是朱若河深不可測的幽暗河水。她絞盡腦汁，想找出備用方案，還好就在此時，垃圾駁船的船首經過橋下，映入眼簾，迅速滑過水面，以這個尺寸的船而言，速度算是很快。莫莉安大大鬆了口氣。

「數到三，」她大喊，蓋過洶湧河水的聲音：「準備好了沒？」

「沒有！」馬希爾嚷道。

「沒有！」法蘭西斯附和。

「就是這個精神。一——二——跳！」

法蘭西斯跟馬希爾縱身躍下，不過莫莉安敢說，這全是因為她死死抓住兩人的手臂，所以他們沒有別的選擇。

三人一路驚聲尖叫，落在飄散腐臭味的柔軟垃圾上。

「噁——莫莉安，我**絕對**——」法蘭西斯試著站起卻摔倒，一口氣滑到垃圾堆底端，引發小規模山崩，連帶使莫莉安和馬希爾跟著滑下去。「——**絕對不會原諒妳！**」法蘭西斯狠瞪著她。

「等你通過考試，你就會原諒我了。」莫莉安嘀咕，掙扎著站起。坦白說，她自己也覺得有點討厭。為什麼她的好點子永遠不是什麼輕鬆或愉快的事？

可是，駁船很快就送他們抵達朱若河上的歐登，甚至比搭乘幻鐵更快。儘管他們必須跳進朱若河游上岸，至少冰冷的河水大致沖掉了衣服上噁心的垃圾味……雖然這也代表他們現在又溼又凍。

「樹……樹蔭之路。」逐漸沉沒的銀區外，立著奢華的銀色大門，信箋就黏在門上，法蘭西斯雙唇發紫，渾身哆嗦，念出上面的字。「與……與王……相稱。孤……孤獨……」

「來，我、我來念，」莫莉安牙齒打顫地說，試著用凍得不靈活的手指搶過信紙。「樹蔭之路，與王相稱。孤獨君主，骸、骸骨之墓。」

「種……種了很多樹的路，」馬希爾立刻說：「女王荒野。有一條通過女王荒野的路，兩旁種了長得很高大的樹。」

「女王荒野，」莫莉安重複道，跺著雙腳，摩擦雙手，想找回一些溫暖。「那是賽特柏琳女王的獵場，對不對？大概六或七代以前的女王，我在《永無境殘虐百科》讀……讀過。」

「**骸骨之墓！**」馬希爾說：「妳說得對，而且據說賽特柏琳女王在世時，其他人都不准進入荒野——**孤獨君主！**很符合。」

「可是女王荒野的地點在高牆，」法蘭西斯的臉垮了下來。「往北過兩個城鎮才會到，要到那裡的話時間根本不夠。」

「我知道一條路，」莫莉安急忙說：「史皮諾果路，我們來的時候有經過，離這邊只有兩個街區。根據活地圖上的標示，那是一條劫財路，我很確定。」

馬希爾露出驚訝之色。「妳怎麼曉得？」

「我把特異地理都記下來了。」

馬希爾聽了睜大眼睛，莫莉安聳聳肩。「嗯，不算全部啦，還沒有全部背下來，不過我記住了大部分的詭騙巷，跟幾條劫財路……記得邁德梅說劫財路會做什麼嗎？你走進去之後，它會讓你跑到另一個地方，有時候會移動好幾哩。離第三個線索不遠的地方就有劫財路，這不可能是巧合。我跟你們打賭，隨你們要賭什麼，我們一定是要走史皮諾果路，我敢說那條路會通往女王荒野……起碼會到靠近女王荒野的地方。」

「可是邁德梅說不能走詭騙巷，」法蘭西斯反駁：「我們甚至還沒開始上劫財路，老師才不會在考試裡面安排危險的東西。」

莫莉安發出哀號。「喔拜託，法蘭西斯，你還搞不懂學會的作風嗎？他們才不在乎到底危不危險，他們不在乎我們有沒有做研究，他們不會按規則來，也不會管我們是不是按規則來。」

「按規則──妳在說什麼啊？」馬希爾問。

「有時候，你要自己想通哪些規定該遵守，哪些規定要打破，」莫莉安說，想起朱比特有一次告訴她的話。「什麼時候按照計畫來，什麼時候即興發揮。」

「但我們沒有計畫啊。」法蘭西斯弱弱地說。

「一點也沒錯，」莫莉安說：「所以該即興發揮了。」

史皮諾果路又長、又窄、又暗，根本看不見盡頭。莫莉安站在入口，兩旁分別是法蘭西斯跟馬希爾，她的雙手發顫，開始微微後悔自己出的餿主意。

「好，」她說：「那我們就……」

「妳先走。」法蘭西斯嚇得聲音都變尖了。

「好，」莫莉安重複了一遍。「當然好。」

她猶疑不決地踏進黑暗，再踏一步，接著她搖了搖頭，決定孤注一擲。她深吸一口長氣，邁步跑了起來，奔過黑暗的巷子，直到看見前方的光芒，原本很小，後來漸漸擴大。**沒錯！**她想，加快腳下的速度，總算來到……

不是銀區史皮諾果路。

不是高牆的女王荒野。

她哪裡也沒到。

她及時站住，才避免自己的鼻子撞上巷底的磚牆。那道牆在她前方升起，擋住去路，她眼睜睜看著牆壁越來越高，十二呎，十四呎，二十呎……

她嘆了一聲，極度不情願地轉過身，打算告訴馬希爾和法蘭西斯她搞錯了，這時身後傳來長而低沉的嘰嘰聲。她聽見熟悉的**喀哩**、**喀啦**，**喀哩**、**喀啦**聲，還有一陣令人寒毛直豎的刮擦聲，有如什麼物體在石子路上拖行。

莫莉安喉間湧起嘔吐感，鼻孔充滿骯髒河水及肉塊腐爛的惡臭，胸口有股強烈的寒意逐漸蔓延。她緩緩轉身，眼前是她曾希望再也不要見到的東西。

骸骨軍團。骷髏人。

這次比上次出現了更多副骷髏，聚起一群，數量起碼有兩打，說不定更多。它們湧進莫莉安背後的巷口，肩挨著肩，塞滿兩道牆壁中的空間，越逼越近。**喀哩**、**喀啦**，**喀哩**、**喀啦**，**刮擦**——**喀哩**、**喀啦**，**喀哩**、**喀啦**，**刮擦**——

如同她的記憶，也如同邁德梅的敘述，它們顯然是由朱若河河床數百年來殘留的骸骨倉促組成，有人類骨頭、奇獸骨頭，有時也會用上碰巧在河底附近的各種物品。其中一個骷髏人的手臂是生鏽的老傘骨；另一個骷髏人則以一架長手推車代替雙腿，金屬已然腐朽，纏滿海草，就這麼向前滑行；還有個骷髏人的身軀是人類骸骨，細小的頭骨卻像是貓頭。它們的樣子稱得上滑稽可笑，但莫莉安壓根笑不出來。

飄著鹹味的冰冷空氣刺痛她的胸口，她急促地大口喘息，緊緊閉上雙眼，對於自己的弱小感到怒不可遏，卻又無能為力。她明明就是**幻奇師**，不是嗎？為什麼她做不到幻奇師能做的事？為什麼她做不到埃茲拉·史奎爾曾經做給她看的事？為什麼沒有人**教她怎麼做**？

這個念頭很危險，也是她永遠不可能說出口的念頭。然而，在這個剎那，莫莉安頭一次非常想當個真正的幻奇師。

彷彿受到這個念頭召喚，骷髏人後方傳來響亮的嘶鳴，如雷的馬蹄聲衝過巷子，直奔莫莉安，黑煙形成的騎手穿過團團圍聚的骷髏人，彷彿那些骨頭不過是空氣。

莫莉安的喉頭一哽，立時明白那是什麼——煙影獵手回來了。她發起抖來，想起埃茲拉·史奎爾上次說過的話：**只要妳要求，我們就立刻上第一堂課**。

獵手在莫莉安正前方停下，似乎變得更大了，鼓脹起來，有如要……要保護她，成為擋在她和可怖骸骨怪物之間的盾。

黑煙馬匹以後腿立起，鼻孔噴出熱氣，凶猛的紅眼發出明亮的光。馬蹄轟然落回石子路面，馬背上魁梧的黑煙獵手傾身向前，對莫莉安伸出一隻手。

莫莉安胸口刺痛，這才意識到自己屏住了呼吸。她大口吸進冰涼的空氣，頸部的脈搏用力跳動。

獵手依然伸著手臂，靜靜等候，紋絲不動。

這不是威脅，不是命令。

是個邀請。

莫莉安退後，撞上石牆，搖著頭：「我——我不要跟你走。」

獵手不發一言，他的眼眸如同坐騎的眼眸，裡頭的紅黑雙色不斷迴旋，宛如發光的液態火苗，或是岩漿。馬匹不耐煩地跺地。

「我不要跟你走！」莫莉安再度喊道。

獵手依然不吭聲（莫莉安不確定他究竟有沒有能夠說話的嘴），而是以非常微小的幅度，將頭轉向持續發出喀啦聲的骷髏人大軍，接著轉回莫莉安，黑霧形成的頭一歪，流露幾分嘲弄。

有道理，莫莉安悲慘地想。

她別無選擇。帶著劇烈的心跳，她抓住那隻煙霧手，碰觸到的瞬間有種極為詭異的感受，宛如摸到變成固體的空氣。獵手不費吹灰之力將她拉上馬鞍，馬匹即刻撒開長腿，衝過骷髏人，將一整團骷髏人全數拆散。

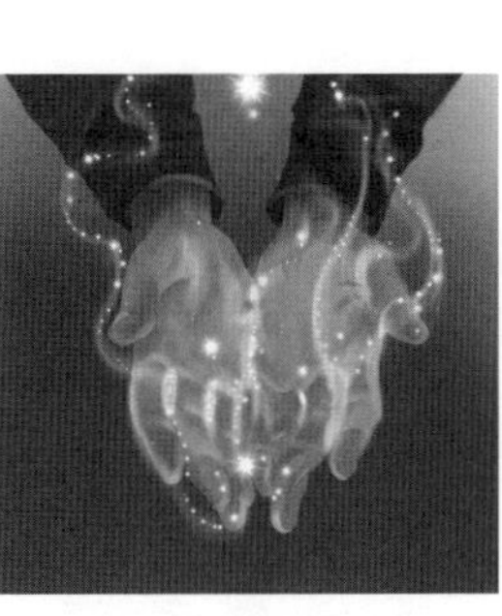

第十九章 保存時光

這次的感覺不一樣。過去，煙影獵手也曾帶走莫莉安，當時是去年冬天，幻奇學會最後一場考驗結束之後。那時，她像是被拋進黑霧之海的浪潮中，或是被影子龍捲風給捲走，也可以說是在沒有盡頭、令人暈眩的隧道中不斷翻滾，最終，煙影獵手才把她丟在絲網軌道的月臺，安放在幻奇師的腳邊，猶如忠犬叼來一隻死老鼠給主人。

現在，莫莉安坐在身形高大、目光如焰的獵手前面，覺得自己就像從弓飛射而出的箭矢。承載他們的影子馬匹速度奇快，簡直像是正在飛越絲網，城市中的燈光飛速流過身旁，風聲在莫莉安耳際呼嘯，震耳欲聾。

接著突然停了。

一片靜謐，唯有莫莉安自己急促的呼吸聲。她眨著眼睛，好讓視野變清晰。獵手已然消失，她孤身一人站在一個寬闊的大廳，大理石地板反射了點點光芒，隨著牆上裝設的燈火一同搖曳。

莫莉安穿越大廳，心跳劇烈，每踩一步便引起回音。兩旁排列著一顆顆雪花球，不是能拿在手中搖晃的那種，而是等身尺寸的大型水晶球。每顆都裝著描繪生命風景的靜止畫，其中擺放了男男女女、孩子、幻獸族、奇獸的雕像，精巧無方，以不同的姿態，待在各自的迷人小場景中，封閉在玻璃之內，籠罩著永不減弱、永不停歇的漫天飛雪。

一名女子在海中游泳。

一隻狼犬在火爐邊蜷縮而眠。

兩名男子在煤氣燈下相擁。

莫莉安的鼻子湊近玻璃，凝視裡頭的女人與海洋。她很美麗，臉龐呈現完美的橢圓形，從深藍海浪中浮現，雙眸望著天空。這個場景如此逼真，莫莉安覺得自己幾乎要跟著跳入海中，和那女子一道游泳。她用雙手貼著玻璃，胸口湧現奇異的寂寞感。

「展覽品是禁止觸碰的。」身後傳來溫和的嗓音。

莫莉安倏地轉身，猛地抽了口氣。

那張熟悉的臉距她僅數吋之遙。這人皮膚蒼白，長相平凡，額上卻有一道小小的白色疤痕，將一邊眉毛從中劃分為二。

埃茲拉·史奎爾，世上唯一的幻奇師。

（除她以外，唯一的幻奇師——她默默在腦中修正。）

她踉蹌後退，撞上水晶球的玻璃，左右張望，尋找逃脫路線，身體每一吋極其緊繃，隨時準備逃走，偏偏她的腦袋尚未跟上。她覺得自己的反應好慢、好笨，滿腦子都是眼前這張臉，史上最邪惡之人的臉。

但是……史奎爾真的人在這裡嗎？難道經過多年流亡，他終於找到了回來永無境的方法？還是說，他又用了去年那一招，只是仰賴絲網軌道的力量，將不具實體的形貌傳送回永無境，假扮為自己的助理，也就是親切有禮的瓊斯先生？

不幸的是，唯有一個方法能找出答案。

懷著極為不甘願的心情，有如要觸碰一隻身染狂犬病的狗，莫莉安遲疑不決地伸出一隻發顫的手。她鼓起勇氣，隱隱以為自己會碰到溫暖、真實的人體，做好一旦碰到就要拔腿逃跑的心理準備……不過，她的手穿透史奎爾的肩膀，彷彿他只是空氣。

是絲網軌道，她心想，鬆了一口氣，閉上眼。看來史奎爾的真身仍然無比遙遠，安全地待在冬海共和國，困在莫莉安的家鄉，無法傷害她，無法傷害永無境的任何人。她這才意識到自己憋住了呼吸，腦中響起邁德梅的聲音：**第一，保持冷靜，吸氣，吐氣。**

史奎爾露出遺憾的微笑。「又見面了，黑鴉小姐。」

「這是哪裡？」莫莉安質問。她詫異又慶幸地發現自己的聲音沒有發顫，儘管她的雙手在抖。

「希望獵手沒有失禮。」他用閒談似的親和語氣說，活像他們只是正在討論天氣的陌生人。

「這是哪裡？」莫莉安重複，這次聲音有一**點點**抖。她咬緊牙關。

史奎爾張開雙臂，往大廳四周比畫。「保存時光博物館。聽過嗎？」

「沒有。」

「沒有。妳當然沒有。這是一個『奇景』。」他打住，不甚在意地微微聳肩。「我聽說妳上的課不怎麼樣，想說不如幫妳一個忙，讓妳開開眼界。」

莫莉安沒吭聲，強迫自己保持面無表情。可是，史奎爾怎麼曉得她在幻學上了什麼課？難不成他經常利用絲網過來，偷偷監看？或者，是有間諜會幫他監控？

「我個人一向認為，」史奎爾繼續說，隨意伸出幽魂般的手，穿過水晶球裡的海洋。「幻奇事件評等委員會誤判了這個創作。奇景是指會使人讚嘆驚喜、令人看不出如何辦到的事物，然而，保存時光博物館遠遠不只如此。它值得被評為『異象』，甚至是『獨一』。」

奇景，**異象**，**獨一**……莫莉安完全不明白他在說什麼。她張口想要詢問，隨即「咯」地閉上。她拒絕被勾起好奇心，她拒絕受到這個惡人引誘，從而展開任何對話。她掃視大廳，尋找逃走的最佳方法。該跑嗎？但他會不會直接召喚煙影獵手？

史奎爾一時默然，陷入沉思。「她可真是天賦驚人。」他低喃，近乎自言自語。

聽見他那種奇妙的惆悵語氣，莫莉安棄械投降，暗自咒罵自己，開口詢問最顯而易見的問題：「誰？」

「瑪提德．拉虔斯，就是創造這一切的幻奇師。真是大師的傑作，妳不覺得嗎？這少說需要運用五種禍害技藝。**夜曲**，這是一定的，還有**編織**、**節律**，大概也有**影幕**，說不定甚至……」他注意到莫莉安的神情，猛地停住。莫莉安臉上想必流露了她聽見這些話時感到的飢渴，就在剛剛，她靈光乍現，想通了默嘉卓在長老議事廳說的那句：**總要有人教這個小畜生如何運用禍害技藝**。她終於想起自己是從哪裡聽到這個詞，正是史奎爾本人親口說的。去年在黑鴉宅邸時，他稱之為「非凡幻奇師的禍害技藝」，表示要教導莫莉安，莫莉安拒絕了。

史奎爾微笑。「啊，我可不能說太多，他們會不高興的，是不是？妳那個**幻奇學會**。」他以極其輕蔑的口吻說出最後四個字。莫莉安努力掩飾失望，一面在內心暗記他說溜嘴的四個詞：**夜曲**、**編織**、**節律**、**影幕**。**夜曲**、**編織**、**節律**、**影幕**。這些到底是什麼意思？

「妳在幻學過得還開心吧？」他的語調十分輕鬆，開始來回踱步，雙手在背後交握。「是不是一如妳的夢想，甚至超越妳的想像？聽說，妳的同梯正在學習作夢也想不到的各種知識與技巧，再過不久，他們就會在各自的領域成為專家，名聞全界：世上最厲害的龍騎士，永無境語言學的第一把交椅，才華無人比肩的催眠師。」他轉頭看莫莉安，眼神憂傷，嘴巴誇張地嘟起，「至於妳，只是個遭人禁止發揮力量、發展天賦的孩子，被那些最懼怕妳的人給摧殘、掌控。」

莫莉安搖頭。「不是這樣——他們才不怕我，他們只是……這是為了我自己……」

莫莉安越說越小聲，只見幻奇師的炯炯雙眼中燃起嘲弄與怒火。「妳自己的什麼？為了妳自己的安全？為了妳自己好，為了保護妳自己？天哪，看來妳說謊的技巧有點進步，至少妳更擅長對自己說謊了。」

她沒應聲。史奎爾說得對，她沒辦法否認。長老確實怕她。

史奎爾密切觀察莫莉安，很清楚他踩到了痛處。「妳那個駝背教授又教了妳什麼，嗯？告訴我，關於過去那些邪惡、奸詐的幻奇師，妳學到了多少？」

「我什麼也不會告訴你，而且他不是駝背，他是幻龜。」莫莉安厲聲說，隨即暗罵自己，怎麼又禁不起激回話了。她用力捏緊拳頭，**保持冷靜**。「你為什麼帶我來這裡？」

「為了履行幻奇師的職責。」史奎爾勾起一邊嘴角，露出微小的笑容。他停止踱步，站在一顆水晶球正前方，球中有輛傾斜的汽車，四名興高采烈的年輕男人把身體探出車外，頭髮被強風向後吹拂。「為了實現妳的願望，讓妳擁有妳想要得勝過一切的東西。」

「是什麼？」莫莉安咬牙切齒地問。

「教育。」他再度開始踱步。「剛才，在那個死巷的黑暗盡頭，妳許了這個願望，不是嗎？所以囉。歡迎來上第二堂課。想不想學習召喚幻奇之力？」

莫莉安想說不，想朝他沒有實體的臉龐吐口水，然後逃出博物館，直奔幻學。在這個時間，同梯的其他人想必早已回到校園，可是假如不是全員到齊，整梯都會不及格，這樣他們又有新的理由生她的氣了。莫莉安暗忖，不知道法蘭西斯跟馬希爾怎麼了？他們在等她嗎？他們會不會也走進巷子……**不**，她想，**八成不會**。

不過，至少霍桑會擔心她。說不定連詩律也會。她得設法回去，讓他們知道她平安無事。

然而，留下來的誘惑實在太過強烈。長老理事會一心只想管控、封鎖她的力量，昂斯塔連一丁點有用的資訊都不肯教她，就連朱比特也是，他發誓要證明幻奇師並非全是惡人，卻什麼也沒找到。

如今，永無境的頭號公敵埃茲拉・史奎爾來到莫莉安面前，向她遞出關鍵之鑰。

想不想學習召喚幻奇之力？

她的內心深處一陣悸動。

「想，還是不想，黑鴉小姐？」史奎爾催促。看他自滿的神色，莫莉安明白，他早已猜到答案，只不過想聽她親口說出來。

她嘆了口氣，不情願地小聲說：「想。」

「那麼，就此開始禍害技藝的第一堂課，或許可說是最要緊的一堂。」他拍拍雙手，走向大廳正中央站著，彷彿那裡是座舞臺。他朗聲說道，話音響徹寬廣的博物館：「禍害技藝之夜曲：召喚幻奇之力。藉詠唱實現。」

唱？聽起來就像個笑話。像香妲女爵那樣的人才有辦法唱歌，再不然就是天使伊斯拉斐爾。非凡幻奇師的禍害技藝總不至於包括唱歌吧？

史奎爾抬起手，示意她保持安靜。「**小烏鴉，小烏鴉，一雙眼睛是鈕釦黑。**」

莫莉安的頸背寒毛直豎。她聽史奎爾唱過這首歌，那是去年冬天，在絲網軌道的月臺上，唱完沒多久，史奎爾便強拉她坐上光芒刺眼的絲網列車，回到位於冬海共和國的黑鴉宅邸，威脅要對她的親人下手。莫莉安深吸一口氣，牢牢站在原地，努力按捺忽然想逃走的衝動。

「**飛來草原，那裡藏著兔子，相互依偎。**」史奎爾閉著雙眼，五指在半空中微微顫動。「**小兔子，小兔子⋯⋯**」他的嗓音漸趨低微，睜開眼睛，饒有興致地凝視自己的手。「妳懂嗎？這就像訓練一條狗，但妳要訓練的不是狗，而是猛獸。一頭擁有自我意志的猛獸。妳看見了嗎？」

「幻奇之力是看不見的。」莫莉安防備地說。

「是，沉眠的時候看不見。」他承認。「不過，俗言道：**受召喚，形貌現，召者、匠師皆可見**。意思是說，當幻奇之力回應幻奇師的呼喚，會……跟召喚者締結某種形式的協定。」

「讓它們……現形的協定？」

「正是。」他點點頭，密切觀察自己那隻手的動作。「此外，雖然幻奇之力擁有智慧，卻一視同仁，一受到召喚，每個幻奇師都看得見。**召者、匠師皆可見**，這樣妳明白了？但妳必須留心才行，妳必須知道該看什麼。」

莫莉安倒抽一口氣。她看見了——史奎爾的手中織起了一條細線，閃耀著白金色的光，鰻魚似的在他指間流竄。她著迷地注視著，看史奎爾舉起手，吹散那條細線，有如吹散一球蒲公英種子，那些光隨著氣流散開，隨即消逝。

當然，她本來就知道幻奇之力是什麼樣子。去年，她從黑鴉宅邸平安歸來之後，朱比特讓她見過。當時，朱比特和她額頭貼額頭，在那個光輝燦爛的剎那，她看見了贊助人眼中的世界以及她自己，聚集在她周遭的幻奇之力亮得讓人睜不開眼。那條細線跟她之前見到的並不相同，卻同樣令人驚嘆，同樣美麗。

「換妳了。」史奎爾朝大廳中央的位置一比，往後退開，讓出舞臺。「唱吧。」

莫莉安驚恐地搖頭：「我不會唱歌。」

「幻奇之力根本不在乎，它們不會嫌妳難聽。」他嗤了一聲。「再怎麼也不會像歐文・賓克斯那麼難聽，每次他要召喚幻奇之力，大家就會開始逃命，以為有人要死了。來吧，唱點什麼，快。」

她遲疑了一下，顫抖地開口：「**小烏鴉——**」

「**不對！**」他衝上前來，伸出雙手阻止莫莉安，莫莉安往後一縮，他猛地煞住腳步。「不對，不能唱那首。每個幻奇師的召喚方式只屬於自己，是獨一無二的。妳要選別的歌。」

「我什麼歌也不會唱。」她抗議。

「胡說，」史奎爾不耐煩地回答，「誰都起碼記得一首歌。妳那些沒用的家人總對妳唱過搖籃曲吧？回想一下，在妳的嬰孩時代，妳哭得臉色發紅時，他們唱過什麼。」

莫莉安正想翻個白眼，她父親跟祖母哪可能做出為她唱搖籃曲這種傻事？這個當下，她腦中倏地浮現一段鮮明的回憶。

記憶中的她還很小，約莫六或七歲，那段時間，她的家庭教師是杜菲太太。以往，她父親不斷找來可憐的男男女女，到黑鴉宅邸教莫莉安讀書、寫字、算數……真正的目的是讓莫莉安不要去煩他，那他就能繼續假裝莫莉安不存在。這些家庭教師換了一個又一個，杜菲太太就是最新的一位。莫莉安的教師多半避免直接和莫莉安接觸，上課時總是迴避她的目光，有些人甚至採取更積極的方式保護自己，比如林福德小姐就堅持要跟莫莉安隔著一道門，以防萬一。

可是，杜菲太太不一樣，她沒有迴避莫莉安。杜菲太太似乎覺得，自己有責任時時教誨莫莉安，她是黑鴉家族和整個社會的負擔；她光是出生，就造成了如此沉重的壓力，危害到周遭所有人的安全，以及整個無名界的安全。

杜菲太太教了莫莉安一首歌，每當莫莉安考試沒考好、做錯事、說了不該說的話，她就罰莫莉安唱這首歌，一遍遍地唱，直到她允許莫莉安停為止。

以前，莫莉安年紀太小，對她來說，這首歌既討厭又嚇人。但是，這也是她唯一背下了完整歌詞的曲子，句句烙印在腦海，無法抹滅。

她遲疑地小聲開始唱。

「**晨曦日的孩子活潑乖巧，**」她的嗓音有點啞，於是她清清喉嚨。「**夕暮日的孩子壞又胡鬧。**」

史奎爾偏過頭，額上擠出深深的皺紋。

「**晨曦日的孩子帶來光輝破曉，**」莫莉安繼續唱。她唱得不好，不過她的歌聲響徹寬廣的空間，每唱一個音，便越來越有力。「**夕暮日的孩子招來猛烈風暴。**」

史奎爾向她走近一步，彷彿想起了什麼。

「**晨曦之子啊，你去哪裡？**」他輕輕唱道。他的歌聲溫柔甜美得令人發毛，比莫莉安好聽多了。莫莉安心想，他唱歌不應該這麼美妙，應該要是很難聽粗啞才對，像他的心一樣糟糕。

她顫抖地吸了口氣。

「**高高的天上，那裡風和日麗。**」莫莉安頓住，不想再唱下去了，就在這一刻……她的指尖忽然冒出一種感覺，像是穩定的電流，也像是伸手試探強風時，感受到的些微阻力。她抬頭看向史奎爾。

史奎爾點頭以示鼓勵，雙眸閃著光芒，唱道：「**暗夜之女啊，妳去哪裡？**」

莫莉安小幅前後揮動雙手，測試這個感覺。彷彿有一束束月光在她指間躍動。

「**深深的地底，那裡幽魂侵襲。**」

朱比特說過，幻奇之力一直在等她。

等我做什麼？

我想到時候才知道。

它們在等的就是這個。莫莉安原以為召喚幻奇之力很困難，可是，這簡直像是……它們想要受到召喚。幻奇之力急速聚攏，上百萬個細小光點形成上百條絲線，圍在她的頭旁、她的身邊，在她周遭遊走浮動。幻奇之力來得飛快，感覺奇妙極了，它們宛若擁有活生生的意志。

「注意力集中在手上。」史奎爾說。

幻奇之力急於討她歡心。史奎爾的話音剛落，這個念頭剛進入莫莉安的腦海，飄盪的金絲便湧向她伸長的手，流進她朝上攤開的手掌，有如流水狀的陽光。

幻奇之力就是這樣的感覺，就像是整個人被陽光晒暖，像是手中掌握著純粹的能量，像是她本身就是純粹的能量。莫莉安的雙手震動起來，她甚至看不見自己的手，只看得見裹住雙手的幻奇之力，好似一雙形狀不固定的奇怪手套，或是兩朵光雲。這帶給她一種奇特的感受，既覺得自己很強大，又覺得自己彷彿遭到了挾持。

她成功召喚了幻奇之力，卻不曉得接下來該怎麼辦。

「要怎麼停下來？」

史奎爾的眼神混雜了詫異與憐憫，「妳怎麼會想停？」

莫莉安慢慢感到驚恐。就在上一秒，一切顯得如此自然，幻奇之力集中在她掌心，有如她天生就該這麼做。現在，她卻漸漸浮現另一種感覺，似乎她不再掌控著幻奇之力，其實是幻奇之力反過來掌控著她。

「把它弄走，」她音量漸大：「讓它停下來。」

可是，史奎爾袖手旁觀。他站在原地注視莫莉安，莫莉安則透過金霧回看著他，隨著幻奇之力持續積聚，她心中也越來越憂懼。史奎爾故意騙她，要置她於死地，要讓幻奇之力毀滅她。

「想想辦法啊！」她大聲說：「讓它停下來！」

史奎爾不為所動。

出於本能，莫莉安甩動雙手，宛如要甩掉手上的泥巴。「不要，」她大喊：「不要！」她也不知道是在對誰說，可能是她自己，可能是史奎爾，或是幻奇之力。

結果，幻奇之力聽從了。她感覺到幻奇之力開始逃竄——不對，是從她身上往外衝，彷彿接受了她的號令，出發去執行任務。災難陡然降臨，離莫莉安最近的水晶球應聲碎裂，綴滿雪花的海水翻起巨浪，奔騰而出，裡面的雕像也被扯了出來，飛出玻璃內部的寧靜空間，躺在大理石地面，全身溼透，頭髮散亂。

莫莉安呆看著眼前的景象，氣喘吁吁，腦子仍試著理解剛才發生的事。

全身溼透，頭髮散亂的雕像。是那名游泳的女子，差別在於她不再是浮在水面，雙眼眨也不眨地注視天空；現在，她蜷曲成一團，身上穿著溼漉漉的藍色泳裝，而且……而且正在呼吸。應該說，她試著呼吸，吐出了一口長而粗重、帶有水聲的喘息，像是肺中早已吸入半個海洋。接著，呼吸就停了。

她根本不是雕像。

莫莉安奔到女子身邊搖她，將她翻過身來，用力拍她的背。「快呼吸！」她叫道。她知道自己該做點什麼，要是朱比特在場，他一定曉得該怎麼做，可是她只能驚慌失措，腦中的思緒似乎轉得飛快，卻又似乎慢得跟不上。「呼吸！」

「早就來不及了。」莫莉安劇烈的心跳聲幾乎蓋過了史奎爾的說話聲。她眼眶發熱，淚水模糊了視線。她不懂。女子癱軟在她懷中，身軀沉重，她……她不懂。「已經來不及很多、很多、很多年了。」

「這是什麼地方？」莫莉安驚駭地看著排列在牆邊的水晶球。她終於了解，裡面存放的不是雕像，而是人，活生生的真人。

「保存時光博物館，」史奎爾朗聲說，像是正憑記憶背誦：「屬奇景等級，由幻奇師瑪提德・拉虔斯所創造，E・M・桑德斯紳士贊助。謹將這份禮物獻給永無境人民。盜賊世代，首年之冬。」

「謹將這份禮物獻給永無境人民？」莫莉安喃喃地說，低頭凝視溺水女子那空洞、了無生氣的眼眸。

「是的，他們認為是禮物。」史奎爾漠然說道。「我想，它只被歸類為奇景等級，而非異象等級，原因就在於此。永無境的善良人民以為，這份禮物不過是藝術展覽品，但瑪提德小姐的才華不在於創造假象……而在於捕捉現實，將其保存。」他邁開謹慎、徐緩的步伐，站在莫莉安身邊，俯視那女子毫無表情的臉龐。他自己的臉猶如一面奇異的活鏡子，同樣不帶情緒，一片空白。「瑪提德不是殘酷的人。要說的話，也該說她慈悲，她捕捉的對象全是離鬼門關一步之遙的人。我不知道她究竟是著迷於死亡，還是著迷於永生，無論是哪一種，這些幸運的靈魂永遠不死。」他環顧四周，聳了聳肩：「也說不定，他們每天、每分、每秒都在死亡，永遠持續下去。端看妳用什麼觀點。」

莫莉安咬緊牙關，努力遏抑顫抖。他們都弄錯了，她暗想——史奎爾跟幻奇事件評等委員會都弄錯了。她不曉得奇景是什麼，可是這絕對不是奇景。這是暴行。

她輕柔地將女子放在地上，掙扎著用發抖的雙腳站起身。

「準備好再試一次了嗎？」史奎爾期望地看著她。

莫莉安逐一掃視每顆水晶球，總算看清她先前漏掉的細節。汽車中的年輕男人並不是主動探出車外，而是由於看不見的撞擊，被強烈的力道拋出車子；他們臉上凍結的神情並非興高采烈，而是瞪大眼睛的驚嚇。在燈下相擁的兩個男人之間閃現一道銀光，其中一人將刀捅進另一人的腹部；莫莉安此時才注意到，在第二個男人的外套下方，有道細細的血痕流下。

就連蜷縮在火爐邊的長毛狼犬也瀕臨死亡，仔細一瞧，牠雙目混濁，長毛稀疏蓬亂，表示牠已然年邁。莫莉安不禁想，這隻老狗被封印在這個玻璃監獄之前，牠還剩下幾口氣？

假象就此破碎，莫莉安陡然被她本該感覺到的恐慌與反感給淹沒。

她在這裡做什麼啊？她孤身與泯滅人性的惡人共處一室，這甚至不是第一次了。她身處的博物館如此可怖，擺滿了活體展覽品，那些真實存在的人永遠困在死亡的瞬間，宛如存放在罐中的醃菜。

這裡根本不是什麼博物館，是墳場。

莫莉安踉蹌地走過史奎爾身邊，越來越感到噁心，喉間湧起了反胃感。她想吐，她想出去，她想回幻學，回到安全、正常的生活。

「妳這是去哪裡？」他冷靜地揚聲詢問莫莉安。她不予理會，專注地踏出一步，再踏出另一步。**出去**，**快點出去**。「所以，到此為止了？妳就這麼放棄了？」

出去出去出去不要聽不要回答出去就對了。

「妳在怕什麼？怕妳總有一天會印證他們的懷疑，變得這麼強大嗎？小烏鴉，妳害怕自己締造偉業的潛力嗎？妳當真這麼懦弱嗎？」

「我才不懦弱！」莫莉安咆哮，倏地旋過身面對他：「我也不是你，不是瑪提德‧拉虔斯，我不是**禽獸**。」

「妳兩者皆是。」他的語氣一如往常，依然溫和、極為克制，卻潛藏著某種情緒。「妳是我所知最懦弱、卑鄙、無藥可救的小畜生，認識妳真不知是幸運抑或不幸。我了解妳，黑鴉小姐，妳無須懷疑。」他走向莫莉安，深色眼眸在燈火之下反射光輝，「我知道，妳容易記恨、任性妄為，有那麼點鬼聰明；我知道，尋常孩子會遵守的規矩無法約束妳，因為妳並非尋常的孩子。黑鴉小姐，妳是幻奇師。我們跟別人不同，我們比其他所有人加起來更加強大，也比他們更加惡劣。妳還搞不清楚妳在學會裡面的地位嗎？難道妳不明白，只要妳願意，就能令任何人俯首稱臣？」

莫莉安搖著頭。她不想聽這些，她不想聽別人說她**不同**，這些話她聽了一輩子，她很清楚那是什麼意思。不同代表危險，不同是一種包袱。「不要說了，你根本不了解我。」

「那我給妳一點動力，如何？」史奎爾喝道，他看上去很焦灼，甚至可說是震怒。「妳擁有天賜的資質，有人為了得到這份天賦願意去殺人，有人為此而死，妳卻**這樣揮霍！**」他的話從天花板反射回來，回音形成了無休無止的盛怒合唱。

莫莉安瑟縮了一下。她鼓起全部勇氣，厲聲反駁：「就算有人死，也是被你殺的！」

「說不定我早該殺了妳，妳這令人失望的廢物！」他吼道。一瞬間，他的臉變成了一張醜陋的面具，那張表皮彷彿屬於另一個被附體的人，傳說中的幻奇師在失控的怒火中閃現了真面目，雙眼與嘴巴宛若黑洞。

然而，那副樣貌隨即消失，恢復成溫和有禮、鎮定自持的男人。輕而易舉。

莫莉安渾身發冷，有如灌下一大桶冰水。

她瑟瑟發抖，魂飛魄散，頭也不回衝出保存時光博物館，奔出大門，跑下樓梯，返回這座善變、高深莫測的城市，投入永無境冷冽的懷抱。

第二十章 夜曲

一週後，莫莉安・黑鴉不復存在。在法蘭西斯、馬希爾和九一九梯其他人眼中，她徹底成了透明人。他們不再跟她說話，不再正眼看她，不再當她是九一九梯的成員。

嗯……當然，並不是所有人都這樣子，霍桑仍舊是莫莉安最死忠的好朋友。還有詩律，說也奇怪，自從她害全梯不及格，詩律似乎更喜歡她了。

其實，莫莉安由於無法解釋的原因繞遠路，害得大家沒通過考試，對此，霍桑最初跟其他人一樣失望。幻學的考試不打分數，只分為通過或不及格，「通過」代表你達到了課程的標準；反之，「不及格」代表每位學者必須與贊助人、教師、引導員進行極為嚴肅的面談（可是朱比特還沒回來，所以莫莉安這場極為嚴肅的面談遭到了無限期延遲），也代表他們不及格的事在學會中眾人皆知，還會為此奚落他們。最糟的是，迪兒本女士又臭又長地數落了他們一頓，說九一九梯的學習態度散漫得令人震驚，最好把皮繃緊，直到她決定不需要再盯著他們。

霍桑就跟九一九梯的所有人一樣，完全有理由生她的氣。但是，等莫莉安把史奎爾跟骷髏人的事告訴他，他的氣就消了，反倒嚇得臉色發白。

「所以……史奎爾從骷髏人手中救了妳？」

聽他這麼說，莫莉安皺起眉頭。「我想是吧，對。」

「妳差點被抓去惡鬼市集……結果幻奇師救了妳。」

「對啊。」

「這……好詭異。」

面對九一九梯的抗拒態度，霍桑積極捍衛朋友，比以前更加激烈。要是有人在傳北極熊餅乾罐時故意略過莫莉安，或是在莫莉安面前，用輕蔑、意有所指的口氣說**有的人根本沒資格進學會**，霍桑就會用小紙團彈他們的臉。

那天，當莫莉安離開保存時光博物館，還有一段時間才會破曉。可是，等她搞清楚自己身在永無境的哪個區域（原來她回到了戰慄謀殺庭園附近，在舊城南邊一個很遠很遠的地方），她恍然明白，自己絕不可能在太陽升起前趕回幻學。

儘管如此，她依然盡了全力。她沒有放棄，跑了又跑，直到肺部跟雙腿肌肉簡直快燒起來了，一路跑到燭芯地區，總算認清現實：再跑也沒有意義。太陽已經高掛天空，街道上滿是行人與賣報小販，莫莉安終於投降，跳上急速線的列車，因失敗而心情沉重，頹喪地回到校園。邁德梅和九一九梯正在等候，有的人面露失望，有的人怒不可遏，也有的人看起來正計畫要把她殺了。

九一九梯全體不及格，全是她害的。好吧，其實不是她害的，是骷髏人跟埃茲拉．史奎爾害的，但她總不能這樣說吧：「不好意思，我遲到了，我剛剛在跟埃茲拉．史奎爾聊天，你知道的，就是那個邪惡幻奇師嘛。」

莫莉安決定只說出一半的真相，也就是她被骷髏人給攔住了。偏偏她無法解釋，明明阿弗．史旺跟了不起的帕西默．杏韻都被骸骨軍團抓走，她究竟是怎麼逃脫的。於是，九一九梯做出共同的結論：莫莉安只是不想被罵，才信口開河什麼骷髏人。

「一人失敗等於全體失敗」的規則並不公平，但說真的……在幻奇學會，沒有什麼公平。

自然，事後她不停道歉，道歉了好幾天，可惜再多道歉也改變不了事實：大家不得不面對八個大失所望的贊助人、一個焦慮的引導員，以及兩個暴跳如雷的學務主任。難怪其他人對她深惡痛絕。

照理來說，莫莉安應該要在乎才對。她知道要在乎，然而，坦白講，她覺得有點……無感。一直以來，她竭力從所謂的兄弟姊妹身上爭取友誼與認可，現在她已經累了。（如今，想到兄弟姊妹這個詞，她就忍不住一抖。回想一年前的她，竟然全心相信只要通過考驗，就會得到八個天造地設的兄弟姊妹……簡直像個笨蛋，哪有這麼簡單的事。）

不。這些都已經無所謂了。

莫莉安有更要緊的目標。

她能夠召喚幻奇之力了。

「**晨曦日的孩子活潑乖巧。**」某天早晨，她低聲唱著，順著一條崎嶇小徑穿過哭林。唯有在這個地方，她確定自己是單獨一人。（當然，除了她以外還有樹，不過多數時候她都能無視樹木惱人的碎念，那些樹看似也壓根懶得理她，淨是抱怨樹幹腐朽、松鼠太有自信讓它們看得很煩）。「**夕暮日的孩子壞又胡鬧。**」

莫莉安繼續哼了幾個音，手指在身側輕輕顫動。**快來呀**，她急切地想。與此同時，另一個聲音也隨之響起：**不要，不要召喚了**。

以前，在莫莉安腦中，第二個理性之聲要響亮得多，如今則是日漸微弱。

經過好幾天，莫莉安總算鼓起勇氣，再度嘗試召喚幻奇之力。剛開始，她終於放手嘗試時，幻奇之力並未立刻回應，不像在博物館那麼隨心所欲。

莫莉安猜想，會不會是因為她光是連要試試看也滿懷罪惡感？說不定是因為幻奇之力感受到她的想法，所以不肯過來。

但是，自從考試被史奎爾搞砸的那天，她初次唱起這首歌召喚幻奇之力，至今已過了一週。對於那天晚上學到的東西，莫莉安的感受……變了。

離開保存時光博物館的當下，她懼怒交加、心慌意亂，再次體認到她屬於自由邦最少數、最受痛恨的族群，她跟史奎爾組成了一個兩人小團體——邪惡幻奇師團體。

然而，某方面而言，九一九梯避莫莉安唯恐不及的那副光景，反倒幫了她一個忙。莫莉安發現自己天生有些反骨，既然其他人堅信她有錯，她反而一點也不內疚了，起碼，她不會因為考試不及格而內疚。如果他們想要，就讓他們生她的氣吧，就讓他們躲她吧，莫莉安可以躲他們躲得更遠、更快。

如今，她有了寄託。她有了只屬於她的東西。她有了一個祕密。

「晨曦日的孩子帶來光輝破曉。」

出現了，指尖傳來早已熟悉的刺癢感，伴隨著一股躁動不安的觸感，像是用手指輕按一道淺淺的傷痕。強烈的滿足在她心中漫開。

莫莉安悄悄微笑。

哈囉，你來了。

現在，幻奇之力每次都會回應她的召喚，顯得如此輕易，如此迅速。她明白朱比特去年所說的話是什麼意思了，幻奇之力確實在等她，它們時時刻刻匯集在她身邊，耐心等她學會號令這股力量。或許史奎爾是很邪惡，或許史奎爾是她的敵人，即便如此……他依然傳授了無價的技藝給莫莉安，沒有他，莫莉安永遠學不了這些知識。在幻學，沒人想讓她學到這些東西，長老不想，學務主任不想，昂斯塔教授也不想；他們不但想控制莫莉安的力量，更想控制莫莉安本身。

當然，她行事很謹慎。她只會召喚些微幻奇之力，並且趁力量積聚起來以前便將之打散。打散才是困難之處，她上週總算抓到訣竅。只要她小心留意，就能掌控這份力量，不致失控。莫莉安已經學會如何在唱到一半時停住，任幻奇之力消散，絕不多唱第二段歌詞。

「夕暮日的孩子招來猛烈風暴。」

像這樣，偷偷進行這種小小的反抗行為……感覺美妙極了。好幾個月以來，她處於不上不下的境地，明明進了學會，卻並非真正屬於學會——經過這麼久，她終於找到一件再適合她不過的事情。

莫莉安能夠體會霍桑的心情了，他乘坐在龍背上時，想必就是這種感覺，彷彿他生來就該當個龍騎士；還有詩律的心情，每當她毫無破綻地操縱別人，想必也感到自己充滿了力量。

然而……她腦海中始終有個聲音，即使微小，卻揮之不去。每當她偷溜去練習這個新技巧，每當她張口唱出旋律，感受到幻奇之力回應召喚，那個聲音就會響起。

這很危險。妳不該這麼做，這是錯的。

可是——這怎麼可能錯了？她天生就是幻奇師呀，這不是她能夠改變的。朱比特去年也說過，這是她的天賦，她的天命。

他說：**妳可以自己決定這個詞彙的意義，沒有人能代替妳。**

「晨曦之子啊，你去哪裡？」

就算過去的幻奇師濫用天賦，做盡壞事，不代表莫莉安也要做壞事。**妳不是瑪提德．拉虔斯**，莫莉安再三告訴自己，**妳不是埃茲拉．史奎爾。**

「高高的天上，那裡風和日麗。」

莫莉安也是幻奇師，這個詞彙的意義由她決定，沒有人能代替她做決定。

「暗夜之女啊，妳去哪裡？」

一束光線在她指間躍動。她微笑。

「深深的地底，那裡幽魂侵襲。」

莫莉安拖拖拉拉走出哭哭林，照她這種速度，昂斯塔教授簡直快得像幻獵豹。她非常不想中斷練習夜曲的獨處時光，更不想和一群討厭她的人共同度過「破解永無境」課。

她從沒故意蹺過課，但在這個瞬間，她站在傲步院的階梯上，滿心只想轉身跑掉，跑過枯萎火華樹排列的大道，奔出大門，一路衝回杜卡利翁飯店。

在她想像中的場景，沒人問她為什麼提早回家。瑪莎會早早準備好一盤莫莉安最愛的下午茶點心；吸煙室的牆壁會放送她這陣子偏愛的季節氣味（乾淨、舒適的毛衣味，讓人最能感受到秋天的撫慰，提升身心健康）；最重要的是，已經出遠門兩週的朱比特會從最近的探險任務歸來，耐心聽莫莉安告訴他史奎爾、博物館的事，聽她說自己把夜曲練得嫻熟、考試不及格……而且朱比特不會生氣、不會擔心、不會失望，一切好得不得了。

可惜這些不過是幻想。

地圖室的課才是真的，她要遲到了。莫莉安長嘆一聲，挺起肩膀，最後一次回頭，滿懷渴望地注視綠蔭大道。那條路能帶她前往校園大門，帶她逃離現實……

……然後，莫莉安看見了他。

就好像莫莉安用魔法把他憑空變出來似的，朱比特．諾斯沿著大道奔來，紅髮在身後飄揚，整張臉被笑意點亮。他停下腳步，彎腰大口喘氣，抓著雨傘對莫莉安揮了揮，她也笑著揮手。

「莫兒！」朱比特遠遠喊道：「我來帶妳逃課了！」

隨後，只見他燦爛的笑容漸褪，轉為困惑。他的目光落向莫莉安的另一隻手——她正用精湛的手法，心不在焉捲動幻奇之力形成的金線。

第二十一章　美妙的東西

朱比特一句也沒問。他用不著問。他一個字都還沒說，事情始末便從莫莉安口中飛快迸了出來，儘管她說得支離破碎。她說了骷髏人大軍、騎馬的獵手、保存時光博物館、史奎爾出人意料的現身；說了她偷偷學會的新技巧、溺斃的女子、那些盛裝死亡的水晶球。（她甚至提到，「破解永無境」的考試全梯不及格，雖然她說得很快。毫不意外的是，這並不是朱比特最在意的事情。）

「史奎爾？」朱比特發出有如喉嚨遭人扼住的聲音：「妳……他……他人在這裡？在永無境？**他又回來了？**妳怎麼不告訴——」

「你又不在！」莫莉安打斷他，難以隱藏語氣中的控訴意味。朱比特瑟縮一下。

「可是妳應該告訴別人啊。」他領著莫莉安走過兩旁有樹木排列的大道，前往大門。「一整個星期以來，妳持續召喚幻奇之力，而且這是埃茲拉·史奎爾教妳的？莫兒，妳不能瞞著這種事情，這樣太危險了。」

「噓！」莫莉安用氣音說，四處張望，確保沒人聽見。「我能跟誰說？我又不能告訴長老、雀喜小姐或是幻學的任何人，要是他們知道史奎爾來找我，還跟我講話……你可以想像——」

「芬涅絲特拉！」朱比特打岔：「妳可以跟芬說啊！或是跟傑克！」

莫莉安張嘴想反駁，隨即閉上。「我……呃，嗯。我沒想到嘛。」

「至於那個博物館——是在哪裡？那個什麼博物館——」

「保存時光博物館，」莫莉安說：「我想應該是在戰慄謀殺庭園附近，那時候我跑了好久才搞清楚我在哪裡。總之，你不覺得很高興嗎？我可以召喚幻奇之力了！」她笑起來，雙眼流露不可置信與喜悅，「我真的會召喚了！而且我召喚得很拿手，朱比特。」

「我根本不懷疑妳會做不到。」朱比特微微彎起嘴角，像是明知不該笑卻忍不住。他用眼角餘光瞥向莫莉安，「我早說過了，不是嗎？幻奇師也可以做好事。我知道妳會成為很棒的幻奇師，昂斯塔徹底搞錯了。」

莫莉安的快樂之情略略消褪。「不對，昂斯塔說得沒錯。」他們穿越大門，走向傘鐵車站，朱比特充滿活力地向警衛揮手，警衛則怒瞪著莫莉安。初階學者照理不能在上課時間離開校園，不過有朱比特陪著莫莉安，沒人能說什麼。「我不是說了瑪提德．拉虔斯的事嗎？保存時光博物館——」

「只是幻奇事件的其中之一。」朱比特舉起傘，擺好姿勢，準備跳上呼嘯而過的傘鐵，示意莫莉安跟著照做。「瑪提德．拉虔斯也只是幻奇師的其中之一。」

「那史奎爾呢？」她一面問，一面拿出自己的黑色油布傘，匆匆用斗篷擦拭銀色纍絲手把。「昂斯塔那本書上寫的其他幻奇師呢？泰爾．馬格努森、歐布瓦．傑密提……」

「喔！」朱比特勝利地叫道，此時傘鐵駛近。「妳提到他正好，這就是我今天來的原因。好了，準備——跳！」

在空中高速飛行的狀態下，幾乎不可能繼續交談。莫莉安正打算在平時的車站拉下操縱桿，讓金屬環鬆開雨傘，不過還來不及拉，朱比特便叫她停手。

「等我的信號！」朱比特大喊，蓋過在莫莉安耳際呼呼作響的風聲。看來他們並不是要回家。

兩人繼續搭乘傘鐵，過了好一陣子，莫莉安的手開始因為緊抓雨傘而發疼。正當她覺得手臂肌肉快燒起來了，暗忖她說不定必須鬆開手，祈求老天保佑，就在這時，朱比特輕戳她一下，指著一座公園角落的柔軟地面。

「往那裡跳！」

趁傘鐵經過公園時，莫莉安往下跳，有些笨拙地落地，好在起碼還站著。朱比特踉蹌摔倒，在草地上用膝蓋滑了好一段路。

「降落姿勢不錯，」他們身後傳來一個聲音，那人彷彿覺得超好笑：「給你滿分十分。」

莫莉安吃了一驚，轉過身來。「你怎麼在這裡？」

「**喔，嗨，傑克，**」傑克走出樹下的陰影，「**暑假之後就沒見到你了，你過得怎麼**

樣呀？莫莉安，我過得很棒，謝謝妳的問候，妳人真好，希望妳也過得很好。」

「嗨，傑克，」她翻了個白眼：「你過得怎麼樣呀？」

「不要這麼興奮，我都要替妳丟臉了。」傑克嘴角一勾，雙腳站定，兩手插在口袋。莫莉安覺得這個姿態像極了朱比特。

「你到底為什麼在這裡？」她問。

「我叫他來這邊跟我們會合。」朱比特說：「他這段時間幫我不少忙，這個聰明的小子。我們有東西要給妳看。」他將雙膝拍乾淨，大步踏進公園，莫莉安和傑克尾隨在後。

「什麼樣的東西？」

「非常重要的東西。」朱比特揚聲說。一如往常，只要朱比特全心專注於某件事情上，莫莉安總要小跑步，才跟得上朱比特的長腿。「我好幾個月前就答應要讓妳看的東西，**美妙的東西**。」

莫莉安轉頭看傑克，傑克只是挑起眉毛，整個人顯得沾沾自喜。

這座公園……其實不太像是公園。這裡樹木蓊鬱，宛如叢林，地上的草至少一年沒修剪，但她看見矮樹叢中露出一張長椅的頂部。莫莉安想，這裡從前大概真的是座公園吧，可惜後來疏於照料，於是大自然決定將之取回，重歸大自然管理。

朱比特在茂密的樹木間推進，扯開糾結的藤蔓與枝枒，盡量替身後的莫莉安與傑克清出一條路。「莫兒，傑克跟我討論過妳說的事，就是昂斯塔那本書，跟他記載的幻奇師事蹟。我答應過要找證據給妳，對不對？所以呢，我們花了好幾個月去找，結果真的被我們給找到了，就在這裡。」他回過身，對莫莉安微笑，「這是傑密提遊樂園。」

前方樹木漸稀，他們來到一面高聳的石牆前，牆上爬滿粗韌的長春藤。朱比特朝上一指，只見高空中豎起海盜船的船桅、摩天輪的頂端，以及七彎八拐、巍然聳立的雲霄飛車軌道。

「哇！等一下，不對——這裡就是傑密提遊樂園？真的？」她對著看似無法跨越的石牆東瞧西瞧，大失所望。「所以這裡……真的封起來了？」

「對，」朱比特說：「很了不起，對吧？」

莫莉安愣愣看著他。「哪有。」

「不，真的很了不起，」傑克激動地說：「我們找出原因了。」他明明站在一個刺激好玩的祕密遊樂園外面，心知自己永遠進不去，卻一副天天都是聖誕節的樣子。「妳再說一次，那本書上是怎麼寫這個遊樂園的，妳還記得嗎？」

莫莉安嘆了一聲。她當然記得，昂斯塔叫她寫了一份三千字報告，然後做一個遊樂園的立體模型，一定要加上一群孩子的迷你人偶，站在鎖住的大門外，露出絕望的表情。當初莫莉安花了三天才做完模型，如今換她自己站在傑密提遊樂園的封閉圍牆外，她深切感受到了那些孩子的沮喪。

「一位本地商人請歐布瓦．傑密提建造一座魔法遊樂園，裡面要包含旋轉木馬、雲霄飛車、滑水道等各種設施。傑密提建造了遊樂園，在開幕當天，整個永無境的人都跑來參觀，可是傑密提本人一直沒有出現。請傑密提建造遊樂園的人試著打開門，卻無論如何打不開，沒人進得了遊樂園，既沒辦法從大門上面爬過去，沒辦法從門底下鑽過去，也沒辦法直接走過去。於是，那些難過的小孩跟難過的爸媽只好回家，到現在為止，傑密提遊樂園一直沒人進得去。後來，有人在遊樂園四周種了許多樹木跟樹籬，這樣一來，大家才不會一看到遊樂園就生氣——朱比特，你在幹麼？應該不能做這種事吧？」

朱比特正在和樹籬、藤蔓奮鬥，扯下大把大把樹葉，扔到背後，想要清除那些枝葉，好像是要讓她看什麼東西。這個任務並不容易，因為枝葉不斷長回來，幾乎能夠匹敵他拔的速度。

「妳大概說得沒錯。」他說。

「你還是在拔。」

「一樣說得沒錯！好，快點，」朱比特喘著氣，擋住一根特別努力的藤蔓，它不停企圖順著朱比特的手臂往上爬。「妳看。」

那裡有個小石座，上頭是一面菱形的紫色告示牌，寫道：

此遊樂園屬奇景等級，
由幻奇師歐布瓦．傑密提所創造，
肯特金融執行長哈德良．肯特贊助。
謹將這份禮物獻給葛善的孩子，
東風世代，七年之冬。

「謹將這份禮物獻給——」

「葛善的孩子，沒錯！」傑克興奮地說，拍掉一根搔他臉的藤蔓。「這個地區就叫葛善。在這裡建遊樂園，不是很奇怪嗎？」

「為什麼？」

「妳看旁邊！這裡是永無境最窮的區域，一直以來都是。我的意思是，這裡根本鳥不生蛋，連一個幻鐵車站也沒有，但是不知道為什麼，在這個地區唯一的綠地裡面，竟然藏了一座沒人能進去的超大祕密遊樂園？」

「是滿怪的。」莫莉安承認，「可是……」

「噓，你們聽。」朱比特在嘴脣前豎起一根手指，莫莉安跟傑克安靜下來。剛開始，莫莉安只聽見鳥鳴聲、風吹過樹林的輕柔窸窣聲，接著……

「裡面有人！」裡頭有聲音。是孩子的聲音，先是一聲尖叫，隨之響起一串清脆笑聲。還有……「那是音樂嗎？」

「我猜是旋轉木馬的音樂。」朱比特說。

莫莉安一頭霧水。「所以……這座遊樂園其實沒有封起來？」

「不算是，」傑克說：「有些人進得去。」

「你怎麼會找到這裡？」

「我在格雷史馬克學校有個朋友叫山姆，是他告訴我的。他在葛善長大，他說這裡有個很棒的遊樂園，他小時候會進去玩，但他長大以後就進不去了，遊樂園怎麼樣也不讓他進去。同學都不相信他，可是，我想起朱比特說妳提到傑密提遊樂園，所以我叫山姆帶我來。他說的都是真的，遊樂園只讓十二歲以下的人進去——」

莫莉安倒抽一口氣，登時站得筆直：「那我可以——」

「——但只有葛善的小孩才行。」

「噢。」她垂頭喪氣。太讓人失望了。「那我們來這裡幹麼？」

「妳不懂嗎？」傑克一副受不了的樣子。「朱舅舅，你跟她解釋。」

朱比特堅決地用手一拍紫牌。

「莫莉安，昂斯塔說錯了，傑密提遊樂園的事情他通通說錯了。歐布瓦創造的並不是殘忍的惡作劇，他不是刻意打造一座禁止任何人進入的夢幻遊樂園，這不是『胡鬧』。他創造了很美妙的東西，專門獻給一小群他認為值得擁有它的人，也就是葛善的孩子。

「這些孩子從沒體驗過這樣的遊樂園，他把遊樂園建在永無境最窮的地區正中央，讓它只屬於葛善的孩子，不屬於其他任何人。

「我查了一下葛善區議會的紀錄，在我們腳下的這塊土地上，本來蓋了很多公寓。

「到了東風世代，哈德良・肯特這個超級有錢人買下這塊地，把上百個居民從他們的家中趕走，弭平整個地區，打算在這裡建造遊樂園，收取貴到翻天的門票，這代表住這附近的人根本花不起這個錢，就算想來玩也沒辦法。我猜，歐布瓦・傑密提覺得這樣並不公平，所以他答應肯特的要求，建造了遊樂園，然後……特別加了幾條規則。」朱比特大笑起來：「我敢說哈德良・肯特鐵定樂歪了。」

「一定是。」莫莉安跟著咧嘴而笑。

他們沉默下來，聆聽微弱的樂聲與笑聲。莫莉安頭一次覺得，被排擠是這麼讓人高興的事。

天光轉灰，空氣漸涼，一陣冷風撲打莫莉安的臉龐，但她毫不在意。她的黑髮飄揚，雙眸散發光采，心頭輕盈極了，打從入學儀式以來，她就沒有這麼輕鬆過。

她跟朱比特、傑克一同搭乘傘鐵，穿越永無境的「正事區」，等待跳下傘鐵的信號。

「昂斯塔錯了！」她在風中大叫，光是說出這幾個字，就讓她欣喜若狂。「既然他說錯了歐布瓦．傑密提的事，那也許……」

她不太確定該怎麼接下去。既然他說錯了歐布瓦．傑密提的事，那也許……什麼？也許他對幻奇師的看法也錯了？至少，是對其中一部分幻奇師的看法？

莫莉安抓雨傘抓得更用力。

或許，他對我的看法也錯了。

「還沒完呢，莫兒！」朱比特喊回來，指著一條空曠的人行道，「那裡！律師事務所旁邊。」

三人順利降落在標示「馬洪尼、摩頓、麥卡洛家族律師事務所」的辦公大樓前面，朱比特帶他們繼續走了一小段路，拐進一條無名小巷，盡頭有扇門，通往幽暗、窄小的地下道。從地下道出來，是個鋪了鵝卵石的小巧庭院，接著又是一條小地下道，再一道門，再兩個庭院，然後是條聞起來有落水狗味的髒亂巷弄，最後是一條小得不得了的石子小徑，牆上的告示牌寫道：

威福來小徑
警告！
根據特異地理隊與
永無境議會
之指示，
本巷道已列為
紅色警示詭騙巷
（高危險級機關，進入後可能造成損傷）
擅闖者後果自負

莫莉安很是詫異。「朱比特，你之前叫我不要再走詭騙巷了。」

「規定就是用來打破的，莫兒。」他挑起一邊眉毛，「僅此一次，懂了嗎？這次是因為我帶著妳，而且我知道這條詭騙巷裡面是什麼。」

「是美妙的東西嗎？」莫莉安笑著問。

「是不可思議的東西。」傑克說。

威福來小徑的機關令人很不好受，越往裡面走，寬度越窄，到後來莫莉安根本夾在兩道牆之間（「你們兩個，繼續走！」前方的朱比特尖著嗓門說，看起來極度不適，莫莉安覺得他的頭快要像水球一樣爆掉了），接著，驟然間——

「瀑布之塔！」朱比特喊道。他們從巷弄的牆壁間迸了出來，連連喘氣，四周是瀑布轟然奔流的水聲。

不過，這裡的瀑布不只一個——總共有十幾個，說不定其實更多。有的極其寬大，難以穿越，宛如白色水幕般奔騰而下；有的纖細透徹，發出的水聲猶如清脆的玻璃鈴聲。眾多瀑布交織成水之交響曲，憑空流瀉，憑空消失，組成了一座輝煌燦爛的立體大廈。

莫莉安雙肩一垮，整個人有些頭暈目眩。黛西瑪·可可羅的作品徹底超乎她的想像，令她震撼至極。還在巷子外的時候，她根本想不到瀑布之塔存在於此，外頭聽不見水聲，空氣毫無變化，誰猜得到在那些陰鬱的房屋後面，竟然隱藏著這座水聲震耳、壯麗絕倫的建設。

瀑布之塔美得令人屏息。

她不敢相信地搖了搖頭。「他說這是『胡鬧』等級！」她在轟隆水聲中叫道。突然，驚異之情迅速化為怒火，「昂斯塔說這是『胡鬧』等級，接近『暴行』。可是這明明……這明明很……」

「是啊。」朱比特大聲說：「這很……是啊，沒錯。」他跟傑克一同抬頭仰望瀑布之塔，神色恍惚而驚嘆，顯得有點呆，不過莫莉安猜想，自己臉上的表情差不了多少。「要不要進去？」

他打開傘，莫莉安、傑克跟著照做，三人找到水流最小的瀑布，一同穿越。就這麼簡單。按照昂斯塔的著作所述，進入黛西瑪·可可羅的建築是極其困難的事，要不是渾身溼透，就是被沖走，甚至溺斃；然而，他們輕鬆穿過瀑布，甩掉雨傘上的水珠，全身上下依舊乾爽。轟然水聲就此消失。

莫莉安原以為瀑布之塔內部會又黑又溼，像山洞那樣，想不到裡頭的空間明亮宜人，淺綠色的光線透過水簾照進來，在地面投下漣漪似的波紋。塔內寬敞空曠，一片靜謐，有如海玻璃造就的大教堂。

「為什麼沒有人進來？沒人知道它在這裡嗎？」莫莉安悄聲問道。他們彷彿走進充滿魔力的神聖場域，她不願打破這道魔咒。

「不知道，我不確定這座塔歸誰所有，我還在查。」朱比特以指尖劃過平靜光滑的水牆。

「你怎麼找到這裡的？」

「嗯，花了點時間，」他說：「幸好我認識很多人，他們知道很多事情，我又天生喜歡問東問西，對吧？」

他們走過寬廣的地面，傑克站在另一塊石座前，上面同樣有塊菱形的紫色告示牌。

此塔屬獨一等級，
由幻奇師黛西瑪·可可羅所創造，
赫穆特·R·詹森議員贊助。
謹將這份禮物獻給永無境人民，
東風世代，七年之春。

「獨一等級。」莫莉安複述，猝然憶起她跟埃茲拉．史奎爾的對話。「史奎爾就是這麼形容保存時光博物館。他說，幻奇事件評等委員會把博物館列為奇景等級，可是他覺得委員會弄錯了，因為委員會不了解博物館的真正意義。」

傑克看著莫莉安，又看看朱比特，再看看莫莉安，瞇起那隻沒用眼罩遮住的單眼：「什麼博物館？妳什麼時候遇到史奎爾的？」

「但我不懂。」莫莉安不理他，繼續說：「昂斯塔的書上寫說，幻奇事件光譜只有五種等級：錯判、謬誤、胡鬧、暴行、毀滅，完全沒提到奇景或獨一。可是，這兩種等級顯然存在，因為……因為我們就站在其中一座裡面！」她雙手往上一揮，「那為什麼昂斯塔不曉得呢？他寫了一整本關於幻奇事件的書耶，拜託！為什麼他以為這裡被列為胡鬧等級？」

「史奎爾是怎麼回事？」傑克重複，音調略略拔尖。他拉開眼罩，彷彿這麼做會比較容易看清局面。

「好問題，莫兒，恐怕我也不知道。」朱比特搔了搔鬍子，「但我建議妳直接問昂斯塔本人。」

「喔，我會問的。」莫莉安說，頓時充滿嶄新、熱切的決心。昂斯塔的資訊有這麼多錯誤，他怎麼可以寫一整本關於幻奇師和幻奇事件的書？他到底有沒有親自找過瀑布之塔、傑密提遊樂園，以及書中提到的其他幻奇事件跟建設？「明天第一件事，就是找他問個清楚。」

「不要對他太凶，好嗎？」朱比特說：「沒人喜歡被糾正，尤其是他們寫了一整本書的題目。」

「這我不敢保證。」莫莉安嚴正回答。

他們沉默半晌，莫莉安陷入思索，朱比特則抬頭靜靜欣賞瀑布之塔。最後，傑克終於爆發：

「沒人要解釋史奎爾是怎麼回事嗎？」

第二十二章　狡猾的時間支配者

「妳想好服裝了嗎？」

「服裝？」

「萬鬼節啊，」霍桑說：「就是明天了。」

「呃。」莫莉安眨了眨眼，努力將精神集中在當下的對話。他們走在哭哭林中的小徑，前往傲步院，前一晚她幾乎沒睡，而且方才正全神貫注想著另一件事。「沒有，我還沒認真想。」

「妳猜，我覺得妳應該扮誰？」霍桑小心地環顧周遭，接著悄聲說道：「**幻奇師！**」

莫莉安做了個鬼臉。「這是你提過最爛的點子。」

「不，聽我說——沒人知道妳真的是個幻奇師，除了——」

「除了，」莫莉安打岔，掰著指頭數道：「你、朱比特、傑克、芬涅絲特拉、雀喜小姐、昂斯塔教授、長老、學務主任、我們同梯所有人、大家的贊助人。」

「是啦，但沒有別人了啊。」

「喔！別忘了寫威脅信的神祕人物，天知道他們是誰。還有埃茲拉．史奎爾，跟——」

「總之，」他堅定地繼續說：「就是因為這樣，所以這是很棒的點子！這就叫，嗯……那個詞是什麼？荷馬前幾天說過。這就叫**反諷**。」

「那是什麼意思？」

「意思是……不知道，誰在乎。想像一下，妳穿著幻奇師的服裝去參加派對，到時大家會有什麼表情！黑色的嘴巴、爪子、長長的舊披風……鐵定是派對上最嚇人的裝扮！砰！砰！立刻爆紅。」

「砰！立刻被退學。」莫莉安翻了個白眼，史奎爾甚至不是長那副樣子。「再說，什麼派對啊？」

「看我們想去哪個啊！」霍桑興奮起來，一躍而起，碰觸垂下的樹梢。「九一八梯要在弗萊迪．羅奇的家裡開派對，弗萊迪跟我一起上爬蟲類照護課，他人很好。不然，荷馬的朋友也要開派對，只要我們保證離他三公尺遠，戴上遮住整張臉的面具，我敢說他會答應帶我們去。」

「可是我們要走黑色遊行，你忘了？」莫莉安打了個哆嗦。「參加遊行不用扮裝，只要穿正式的黑色制服就好。」

她將身上的外套拉緊，一路扣到脖子。秋天真的來了。在幻學的圍牆之外，秋天代表清新涼爽的空氣，以及成堆的落葉，一腳踩下去會發出令人滿足的劈啪聲；

在幻學內部，則是冷風刺骨，隨處縈繞木材燒灼味、蘋果爛熟的甜膩氣息，哭哭林成了鮮麗的畫作，交織著紅、金、橘三色（愛碎碎念的樹木彷彿對此不太開心，不過反正它們從來沒開心過）。

「遊行要等到午夜啊！嘿，傑克一定有朋友要辦派對，說不定他可以——」

「傑克會來杜卡利翁，」莫莉安說：「坦白說，我好像也應該留在那裡，看看法蘭克又搞了什麼萬鬼節特別活動。」

「喔！我可以去嗎？」

「當然可以。」

「酷，我大概會扮成海盜。或是食屍鬼。或是恐龍。我還沒想好，搞不好會扮個吸血鬼……」

走到傲步院的途中，霍桑沒完沒了地拋出扮裝點子，看似並不需要莫莉安提供意見，恰好正中莫莉安的下懷，這麼一來她也不需要認真聽了。

前一晚，她幾乎睡不著，琢磨著該如何向昂斯塔問個清楚。當然了，朱比特說得沒錯，沒人喜歡被糾正；可是，犯錯的人難道不該受到糾正嗎？

畢竟，昂斯塔教莫莉安教了整整一年，教學內容卻錯得可惡。他明明對這個題目一無所知，竟然敢自稱專家，騙得莫莉安深信自己註定重蹈前人的覆轍，變得像過去每個邪惡、愚蠢甚至毫無用處的幻奇師。

她越是仔細思考，就越是憤怒。她整個早晨持續積累怒氣，滿腦子想著瀑布之塔跟傑密提遊樂園，說不定就在永無境的某些角落，還藏著無數個幻奇師的作品，等待某個願意花力氣去尋找的人發掘。

就這樣，莫莉安抬頭挺胸，闖進昂斯塔教授的教室，準備好跟這位幻龜教師展開極為嚴肅的對話。

「這是……在……吵……什麼？」昂斯塔教授問，眼看莫莉安用力打開門，大步走進教室，將書包甩在桌上。

「你錯了。」莫莉安說，話一出口，連自己也嚇了一跳。儘管她滿腔怒火，但她本來其實不打算這麼直白。

「妳這是……什麼……」

「意思，嗯。」莫莉安直接打岔，沒耐性聽他說完。見她這麼無禮，昂斯塔的小眼睛略略撐大，嘴巴驚愕地微張。她不在乎，她不想等了。「你弄錯幻奇事件光譜了。你在書上寫說，世界上只有壞的幻奇事件，只有錯判、謬誤跟……跟暴行什麼的。」

昂斯塔教授呆瞪著她。「確實是只有……」

「根本不是這樣，」莫莉安一股腦地繼續說：「獨一呢？奇景呢？」

她頓住，等昂斯塔回答，然而他那張皺巴巴的龜皮臉龐一片空白。

「瀑布之塔根本不是胡鬧等級，」莫莉安接著說：「我確定，因為我親眼見到了。」

他的下巴掉了下來。「妳……見到……」

「對，而且它**美極了！**那裡有個牌子，紫色的菱形牌子，上面寫說：『此塔屬獨一等級』，不是胡鬧等級──是『獨一』等級，那是獻給永無境人民的禮物。還有，傑密提遊樂園並不是禁止所有人進去，窮人家的小孩就可以進去，他們值得擁有那座遊樂園，遊樂園只屬於他們。幻奇事件評等委員會將它列為『奇景』等級，它是獻給葛善小孩的禮物，有個紫色牌子這樣寫的。」

莫莉安眼看昂斯塔教授越來越慌亂，可是她停不下來，險些沒辦法換氣，一心只想讓教授明白。「你看不出來這是什麼意思嗎？教授，你弄錯了，你在書上寫說，史上每一個幻奇師都很笨、很邪惡、很殘酷、很揮霍，可是黛西瑪．可可羅不是沒用的幻奇師——她是天才！歐布瓦．傑密提也不殘忍——他既慷慨又善良。」

「小……聲……一點。」昂斯塔教授緊張地瞥向沒關上的門，有幾個人從走廊經過，好奇地往裡面瞧，想知道是在吵什麼。「會有……人……」

「我才不管會不會被聽見！」莫莉安厲聲道，憤怒的淚水開始在眼眶積聚。她不禁暗自咒罵自己的眼珠，真是叛徒，為什麼生氣的時候她就會想哭？這根本不是她想傳達給教授的訊息。她緊緊握起拳頭。「除非你聽我說完，否則我不會閉嘴。你看不出來嗎？如果你弄錯可可羅跟傑密提的事，說不定其他幻奇師的事情你也弄錯了，這難道不值得你去找出真相嗎？假如有其他好的幻奇事件，難道你不想……」

莫莉安話音漸弱，忽然意識到昂斯塔教授絲毫不顯驚訝。他沒有指控莫莉安騙人，沒有問莫莉安怎麼知道這些事，就連聽到「奇景」跟「獨一」這幾個詞的時候，也沒有流露疑惑。他唯一的擔憂是有沒有人聽見莫莉安的話，不斷偷覷門口。

兩人陷入漫長而凝重的靜默。

莫莉安低頭注視教授桌上那本巨書，伸手撫摸褪色的封面。**錯判**、**謬誤**、**胡鬧**、**暴行與毀滅：幻奇事件光譜簡史**。她再度開口，聲音細微，伴隨著牆上時鐘的滴答聲，幾乎聽不見。

「**簡史**。編輯過的。精簡的。比較短的。」她抬頭看著昂斯塔，回想起當初他在第一堂課所說的話。「這些你早就曉得了，對不對？你是故意略過的。你撒謊。」

昂斯塔呼哧呼哧吐出一口長氣，張開嘴，起皺的兩片唇瓣間牽起一絲唾液：「我……是改寫。」

「**你撒謊！**」莫莉安咆哮。她按捺不住。「你從頭到尾都在撒謊，你故意讓我相信所有幻奇師都很邪惡，但你明明知道那不是事實，對不對？」

「所有的幻奇師……都……很邪──」

莫莉安再也聽不下去，再也無法忍受，她打開那本書，激動地翻頁，翻到歐布瓦・傑密提的章節。

然後，她將足足一整個章節用力扯下。她咬緊牙關，把那幾頁紙撕得粉碎，任其像慶典時的五彩紙屑那般飄落地面。

「**不要再撒謊了！**」

見到她做出破壞物品這種出人意料的行為，昂斯塔教授正要開口，此時亨利・邁德梅陡然衝進教室。他一臉擔心，顯得有些慌張，懷裡抱著一大疊書跟地圖，看起來很是勉強，垂落的髮絲遮住眼睛。

「噢！對不起，昂斯塔教授，我剛才經過外面，聽見有人在大叫。」他的視線落在莫莉安身上，再轉向年邁的幻龜，最終轉向地上那堆碎紙，眉頭深深皺起，神色不解。「一切還好嗎？」他問莫莉安，然而回答的卻是昂斯塔教授。

「一切……都很好……年輕人。」莫莉安察覺，他對邁德梅說話的態度比較像是師長對待學生，而非同仁對同仁。不知為何，這讓莫莉安更加氣惱。他怎麼可以對邁德梅這麼沒禮貌？這位年輕的老師人又好、又親切，昂斯塔教授不過是個差勁的老騙子，這樣根本不對。「去忙……你的……吧。」

邁德梅依舊愣愣看著莫莉安，目光混雜著好奇與擔憂。「黑鴉小姐，妳……」「她……很好。」昂斯塔教授堅決地說：「你繼續……待在這……只會……打擾我們，小子。」

邁德梅雙頰一紅。「好吧，昂斯塔教授。」他說：「很抱歉。」他探詢地望了莫莉安最後一眼，垂下頭，轉身離開，不料膝蓋撞上了昂斯塔教授那張桌子的邊緣。他痛得哀叫，雙手抱著的書跟地圖全散落在桌上，趕緊手忙腳亂地拾起，一張臉變得更紅，尷尬之下他再度絆了一跤，懷裡的東西第二次飛向空中。

一片混亂喧鬧中，奇異的事發生了。

驀然間，莫莉安覺得整個世界猛地暫停，萬事萬物隨之靜止，周遭空氣濃稠得宛如糖蜜，彷彿時間放慢到令人難以忍受的速度，也像是時間本身凝結成實體，將她固定在原地。她的心智依然以平時的速度飛快運轉，可是，就連她的眼珠都以蝸牛的慢速移動，不肯轉向她迫切想看的地方。透過眼角餘光，她瞥見教室另一頭的邁德梅同樣幾乎維持不動，物品在他身邊散開，飄浮於空中——飄浮於時間之中。

似乎過了一輩子那麼久，莫莉安心想，會不會是她無意間引發了這個狀況？會不會是她毫無章法的幻奇師能力再度闖禍？就在這一刻，她恍然想通誰是真正的元凶。

在她的視野中，昂斯塔教授用平常的龜速（當然，此時此刻，龜速比莫莉安幾近凝結的動作快了好幾倍），踩著拖沓的小步子，將《簡史》抱在懷中，穿越房間，離開了教室。

是昂斯塔。這是他做的。**他讓時間變慢了**。

幾分鐘後，世界恢復原狀，邁德梅的書本和地圖砰咚落地，他的膝蓋二度撞上桌角，痛得他叫出聲來。

莫莉安大口呼吸，奔到門口，但是來不及了，教授已然遠去。「他怎麼做到的？」

邁德梅喘得像剛跑完馬拉松，一手按著胸口。「我的老天哪。我從來不曉得……我一直以為昂斯塔教授屬於世俗學院，我不知道他是**時間支配者**。我還以為時間支配者已經在整個無名界絕跡了。」

「時間支配者是什麼？」

「那是非常稀有的本領，」邁德梅說，仍凝視著昂斯塔教授走出的那道門，雙目圓睜，搖著頭。「支配時間的形式有好幾種，他們可以用不同的方式來運用、操縱時間，例如保存時間、壓縮時間、時間輪迴、延展時間。看來老昂斯塔的操縱能力屬於延展時間的類型，真是不敢相信。」

莫莉安嗤之以鼻，怒氣沖沖。「我想也是，他也很擅長操縱事實。他還把那本書給帶走了！」

她一拳砸在桌上。她原想拿走昂斯塔的書，一方面當作他惡意欺騙的證據，另一方面也想和朱比特一同細細研究，看看有哪些「謬誤」或「暴行」其實是**獻給永無境人民的禮物**。

「噢，真糟。是什麼書？」邁德梅心不在焉地說，撿起地板上的東西，莫莉安彎腰幫忙。

「一本簡史，在講——」她及時煞住車，抿著嘴唇，遞給邁德梅一捲地圖。再說下去的話，邁德梅搞不好就會猜到她是幻奇師。「我忘記書名了。反正是一本歷史書。」

「喔，好吧……他一定會還妳的。」邁德梅走向門口，昂斯塔那份奇異本領對他造成的影響似乎尚未完全消褪，他依然一副手足無措、略顯吃驚的樣子。莫莉安懂他的感覺，她的腦袋也仍有點混亂。「我該走了，要去備課。再見，黑鴉小姐。」

「時間支配者？哇塞。妳確定？」

「嗯，邁德梅是這樣講的。而且他的確把時間拉長了……至少，感覺是這樣。」

莫莉安深吸一口氣，吸入從牆壁排出的滾滾洋甘菊煙霧。她到家時頗為激動，一面大吼朱比特的名字，一面衝過走廊，奔向他的書房，對於今天發生的糟糕事件不吐不快。她的贊助人十分明智，提議將地點改到無人的吸煙室，並請米范讓吸煙室排放能夠鎮定心神的煙霧。莫莉安怒氣衝天地描述事發過程，鉅細靡遺，當她說到她發現昂斯塔從頭到尾都知道真相，朱比特整個人跳了起來，這反應令莫莉安十分滿意。朱比特吸了不少洋甘菊煙，這才停止踱步，重新坐下。

「可是，他為什麼要騙人？」莫莉安說。當天下午，她反覆提出這個疑問，已經數不清第幾次了，然而朱比特也說不出答案。

「我得去找長老。」他終於說：「他們是最需要知道實情的人。」

「明天就去嗎？」莫莉安滿懷希望地問。

「明天就去。」他同意道：「等法蘭克的派對結束，黑色遊行開始前，我會見到他們，到時候就跟他們說。我保證。」

第二十三章　萬鬼節

萬鬼夜，杜卡利翁飯店閃耀著詭譎的橘金光芒。飯店中的燈火全數熄滅，整座建築漆黑得有如女巫大釜，唯有幾個精心挑選的房間點起了上百根蠟燭，熠熠生輝。站在街上看去，那些由蠟燭點亮的窗戶恰恰形成圖案：露出牙齒的大嘴，加上一雙充滿邪氣的眼睛，杜卡利翁飯店正門儼然是個巨大的傑克南瓜燈，令人寒毛直豎。

「我知道我每年都這樣說，」朱比特站在前院，抬頭望著飯店，毫不掩飾驕傲之色。「但你又超越了自己，法蘭克。」

「有夠嚇人。」莫莉安說，在她身旁的傑克喃喃表達同意。瑪莎尖叫一聲，熱情地鼓掌。

查理拍拍法蘭克的背，說：「法蘭克，今年萬鬼節我們贏定了，奧麗安娜飯店那些傢伙鐵定連怎麼輸的也不知道。」

傑克用眼角瞥了莫莉安一眼，兩人一同屏住呼吸。他們此時最不想要的，就是法蘭克再度發作，沒完沒了地抱怨他的大敵。

不過，法蘭克慘白的臉龐綻出極為自信的微笑，在杜卡利翁的火光映照下，雙眼與犬齒閃爍著光芒。「諸位，萬鬼節可是我的主場。沒有人比在下我更擅長拿捏怪誕又恐怖、陰森又歡樂的氛圍，沒有人！」

莫莉安有些好笑，看了其他人一眼，只見瑪莎露出微笑，咬住下脣，朱比特假裝一陣咳嗽，掩飾他發出的哼笑聲。

「法蘭克，今天晚上的活動是什麼？」傑克問。大家一同走回燭光搖曳的大廳，已經有扮裝完畢的賓客在此聚集，期待這個驚嚇之夜。服務生四處走動，端著一杯杯午夜黑的雜果飲料或一盤盤小點心，供人取用，那些小點心的造型神似人類手指跟毛茸茸的真蜘蛛。整整一週，莫莉安、朱比特跟全體員工被迫忍受法蘭克鑽牛角尖地微調萬鬼夜活動，唯獨傑克當天下午才回到飯店，因此倖免於難。

「問得好，小傑克，」法蘭克鄭重其事地清清喉嚨，「六點開始：杜卡利翁基層員工歡迎小屁孩們，陪他們玩不給糖就搗蛋。」

「糖果是什麼？」朱比特問。

「喔，跟以前一樣，」法蘭克說：「骷髏果凍啦，蛆蛆零嘴啦，巧克力眼珠啦。」

「搗蛋呢？」

「我是想把他們壓在地上，剃掉他們的眉毛。」

朱比特嘆氣。「不行，法蘭克。」

「給他們塗柏油、黏羽毛？」

子？」

「絕對不行。」

「在額頭刺青？」

朱比特鼓起雙頰，深深吐了口氣。「能不能想點不會害我們被客人集體控告的點子？」

法蘭克的臉微微一沉，不高興地聳聳肩。「七點：永無境室內樂團在音樂沙龍演奏葬禮輓歌。八點：『飢渴的狄斯比斯之徒』劇團演出血腥而美妙的《一咬喪命》，他們是惡名昭彰的純吸血鬼劇團，我求了十幾個不同的人情，好不容易敲定這次演出。我告訴你，他們行事是很隱密的，幾乎從來不為普通人登臺演戲。」他顯得頗為自滿，也確實自滿得有理。「九點：二號舞廳舉辦陰森舞會跟扮裝大賽，我想迎合一下年輕人的口味也不錯。」

「霍桑一定很高興，他很愛跳舞。」莫莉安說，她自己雖然也算「年輕人」，卻對跳舞毫無興趣。她望了一眼禮賓櫃檯後方的時鐘，暗自疑惑霍桑不知跑去哪裡，他本來說要在日落以前過來，可是都已經天黑了。他們約好一起參加不給糖就搗蛋，朱比特剛開始不准，後來禁不住他們苦苦哀求，加上傑克不甘不願地保證會陪著他們，朱比特才答應。瑪莎臨時替莫莉安準備了一套怪物服裝，完全看不出來是在扮什麼，用了大量紫色毛根和綠色薄紗，現在莫莉安已經癢得快發瘋了。

「大約十一點的時候，」法蘭克繼續說：「多數客人會前往市中心，趁午夜前占個好位子看黑色遊行。與此同時，我會避開今年的遊行，在杜卡利翁這邊舉辦我自己的午夜活動，活動內容是最高機密，只限極少數人參加，必須持邀請卡才能進入。」法蘭克戲劇性地暫停一下，莫莉安對傑克挑起一邊眉毛，傑克不禁竊笑。「我特別邀請到了『非凡馬羅』。」

「喔！」瑪莎雙眼一亮，「我在報紙上看過他！」

莫莉安從沒聽過什麼非凡馬羅。「他是誰？」

「自由邦現存最偉大的靈視者！」法蘭克宣告。

「那是他自己寫的廣告詞。」傑克嘀咕。

法蘭克不理他。「馬羅將在杜卡利翁的屋頂舉行一場降靈會，他說如果在室外受到滿月的照耀，能讓我們更接近靈體的頻率。」

「哇，一場讓人發毛的老派降靈會，」朱比特面露讚嘆。「法蘭克，你很跟得上流行嘛，和死者對話這種事現在挺熱門的。當然了，全是一派胡言，畢竟有哪個自重的鬼魂會特地現身，跟一個在《鏡中奇遇報》打廣告、說自己很『非凡』的靈視者對話呢？不過還是很跟得上潮流。」

「你等著看，小朱。」吸血鬼矮人一面走去迎接客人，一面高聲說：「馬羅是真材實料的！這件事夠讓各大報的社交版狂寫個好幾天。」

就在這一刻，外頭的前院驀地傳來尖銳的輪胎煞車聲，隨後是一串奔上前門樓梯的腳步聲。一隊身穿黑外套與厚重靴子的潛伏者匆匆走進杜卡利翁，帶隊的人是一名臉色嚴肅的女性，一頭毛躁的灰髮修得很短，肩上佩有金色肩章。

「里維斯探長，晚安。」朱比特說，神色友好，卻面露疲倦。莫莉安恍然醒悟，若是這名女子帶來的是壞消息，朱比特和傑克想必已經看穿了（潛伏者走進飯店時，傑克小心地拉掉了眼罩）。

「諾斯隊長。」探長揮手示意其他潛伏者在旁稍候。見到他們突如其來登門拜訪，有些扮裝的客人看似不安，少數人卻一副喜孜孜的模樣，似乎確信這是萬鬼夜慶祝活動的一部分。探長將朱比特拉到旁邊，輕聲交談；想當然，莫莉安、傑克、查理和瑪莎依舊緩緩挪近，偷聽這場對話。「抱歉打擾你們，總部原本想派信差通知，但我覺得我親自來找你會比較好。有個壞消息，又發生三起事件，都是今天被帶走的。」

莫莉安胸口一緊。**帶走**，是誰被帶走？

朱比特瞇起眼，一手撫過紅鬍子。「又發生三起失蹤案？」

里維斯探長點點頭，「我們接到匿名線報。」她壓低聲音，莫莉安、傑克、查理與瑪莎不約而同湊得更近。「隊長，那個又來了，就是今晚。」

莫莉安抬頭望向朱比特，只見他的臉孔失去血色。莫莉安敢說，他們指的正是惡鬼市集。

「我了解了。」他慢慢地說：「這個……匿名線報，有沒有提供舉辦的地點？還是我期望太多了？」

里維斯探長搖頭，神色嚴峻。「我們已經出動所有能夠支援的人力，搜索最可疑的地點。可惜，你也明白，我們人數不多。」

「況且，他們很可能會避開最可疑的地點。」朱比特說。

「正是。所以我們跟臭架子合作——」她意識到自己說溜嘴，輕咳一聲，「抱歉，我們跟永無境市警隊合作，並請來幾位幻奇學會教職員一同協助搜索。」

「教職員？」朱比特驚愕道：「這樣好嗎？」

「他們堅持要協助，隊長。」她說：「我也非常理解他們的想法。其中一位失蹤者是教職員，他們竟然越過幻學的重重圍牆，直接到他的宿舍把他劫走，你能相信嗎？他房間裡有掙扎的痕跡，到處都是水……現場還有骨頭。」

「骨頭。」朱比特重複道。

「一根大腿骨，」里維斯的眼神意味深長：「和幾根手指。」

朱比特下巴的肌肉一抽，莫莉安知道為什麼。

那是骸骨軍團，也就是骷髏人。這點證實了她的猜測：骷髏人再度劫走三個人，送去惡鬼市集待價而沽。莫莉安在腦海中想像它們一路遺留下來的骨頭，不禁打了個寒顫。

不光是這樣，她心想。還有一件事不太對勁……

「妳剛剛是不是說……有水？」莫莉安忍不住開口詢問探長。

里維斯瞥了她一眼，再回頭看著朱比特，說：「因為他房間有池塘。我們判斷，對方一定是直接把他從池塘抓出來的。」

莫莉安皺起眉頭，拼湊線索。「你說的是昂斯塔教授，對不對？那個幻龜？」

里維斯探長緊抿嘴唇，不肯看莫莉安。莫莉安心想，那就是默認。

她不禁思忖，也許昂斯塔不是真的被綁架，也許他是怕莫莉安揭穿他的騙局，所以故意上演了這樁失蹤案。這念頭讓她既氣憤又滿意，然而這些感受很快轉為羞愧。

不光是這樣。

莫莉安腦中隱隱約約浮現別的恐懼，可是太過幽微，讓她說不上來是為了什麼。

「另外兩個人是誰？」她問里維斯。

那女子對朱比特露出無奈之色。

「好了，莫兒。」他說：「聽憑差遣，探長。我去拿件外套就來。」

「其實，」里維斯開口，舉起一手阻止他：「我希望你在這裡待命。目前我們根本是大海撈針，如果你留在這裡，隨時做好準備，等我們縮小範圍之後再出動，這樣會比較好。一找到可靠的線索，我馬上派人來找你。」朱比特點頭同意。

「同時，我們希望幻奇學會全體成員避免出門，」探長接著說下去：「從現在起嚴格實施宵禁。今天晚上，永無境每個幻學成員都面臨極大的危險。」

「那黑色遊行呢？」莫莉安深受打擊。今年是她跟霍桑第一次參加遊行！自從去年，他們觀看幻學歷屆成員身穿黑色斗篷，手持蠟燭，面容肅穆，靜靜走過永無境的街道，他們就期待著今天。（霍桑到底人在哪裡？她心中那股微小的恐懼越發強烈。）

「黑色遊行已經取消了。」里維斯探長說。

這個壞消息狠狠打中莫莉安，猶如胸口正中一拳。取消了。她人生第一場黑色遊行，**取消了**。無論是誰策劃了這些失蹤案，無論是誰把幻學成員當成目標，這個人已然掌控了整個幻奇學會，讓大家不敢踏出家門一步。一股怒火席捲莫莉安，喉嚨深處出現奇異卻又熟悉的灰燼味道。

「此外，諾斯隊長，」里維斯探長繼續說：「我們也要請所有幻奇學會成員取消安排好的聚會或慶祝活動，今天晚上，學會的人實在不適合在外逗留。大家都非常景仰你，所以我們希望你能以身作則。」

朱比特看似想要爭辯，最後還是忍了下去。「沒問題，」他說：「我立刻通知員工，發出公告。我整個晚上都會待在這裡等妳消息，探長。」

里維斯探長匆匆點頭，轉身離開，一眾隊員順從地尾隨在後，踏出飯店。

朱比特環顧大廳，目光落在法蘭克身上，他正在娛樂一小群開心的賓客，配合指令控制他的獠牙，一下伸出、一下收回。

「我最好去通知他這個壞消息。」

莫莉安的心一沉。

沒有黑色遊行，沒有不給糖就搗蛋，更多失蹤案。

不僅如此，另一個擔憂越來越強烈，令她再也無法忽視。

霍桑在哪裡？

「對不起，我遲到了！」入口傳來洪亮的嗓音，莫莉安平生所見最古怪的生物走了進來。

那生物的皮膚是灰色，渾身朽爛，滿布血痕；一雙鮮綠色爪子覆蓋著鱗片，長出尖銳的綠色指甲，帶尖角的尾巴也是相同配色；兩腿是銀色的長方形，表面貼滿鈕釦、螺栓跟瓶蓋；頭戴海盜帽，身披錦緞製成的紅外套，頸間繫著荷葉領巾，臉上有個黑色眼罩，形成了風格詭譎的裝扮。

莫莉安呼出一口氣。她不斷眨眼，一方面因為她最要好的朋友終於現身，內心極度慶幸；另一方面，內心湧上一波震驚之情……**她眼前這是什麼鬼東西啊**。

「我沒辦法決定要扮成什麼，所以媽幫我做了一件海盜殭屍恐龍機器人裝，然後——」霍桑見到莫莉安的表情，猛地閉嘴，低頭看看自己全身上下。「怎麼，太過頭了嗎？」

莫莉安頭一次見到杜卡利翁飯店這麼死氣沉沉。潛伏者離開後，她將一切告訴霍桑，兩人做的第一件事，就是衝到她房間裡的車站門前，想確認九一九梯的大家是否安好，順帶通知他們今晚要留在家中。可是「W」字標誌黯淡無光，不管他們多使勁推，那扇門就是文風不動，只好垂頭喪氣回到大廳等待，滿懷擔憂。至少莫莉安可以換掉發癢的服裝，讓她鬆了口氣。（霍桑也脫下爪子、尾巴跟銀色機器腿，不過他比莫莉安不甘願得多。）

朱比特穿好大衣，綁好靴子鞋帶，手中緊握雨傘，在黑白棋盤地板來回踱步，準備等潛伏者一來就衝出門。莫莉安明白，朱比特跟她一樣，痛恨自己只能待在這裡等候消息，但他仍為了大家盡力保持冷靜，打起精神。

另一方面，法蘭克怒不可遏。大家花了足足一小時才說服他，這並不是奧麗安娜飯店為了搞垮他而設下的陰謀。等他終於相信這是幻奇學會的要求，他依然大發雷霆。

「又一個幻奇學會濫用特權的血淋淋例子！」他咆哮，隨後對朱比特與莫莉安補了一句：「罵的不是你們。」他在空曠的大廳中惱火地踱來踱去。那些扮裝的賓客都失望地回家了，在杜卡利翁下榻的客人則移往金燈籠調酒酒吧，享受持續一整夜的暢飲優惠，彌補臨時取消的慶祝活動。

「沒關係。」朱比特說：「我滿同意的，法蘭克。」他悄悄對莫莉安眨了個眼。

「『飢渴的狄斯比斯之徒』也走了，」法蘭克鬱鬱不樂地說：「八成正在笑我。昨天他們還說，我可以在他們的冬季演出《暗夜生靈》軋一角，這樣估計是告吹了，對吧？非凡馬羅也很沮喪，簡直傷心欲絕！他說他從絲網感覺到那些鬼魂很失望，這下連死人都在生我的氣。現在他跑去金燈籠借酒澆愁了。」

吸血鬼矮人迸出哭號，哀哀啜泣，瑪莎將他帶到雙人沙發坐著，安慰地用一手環住他。他依偎著瑪莎，哭聲震天，肝腸寸斷，無休無止，最終逼得朱比特告訴他，他可以照常在屋頂舉辦午夜降靈會，邀請留在飯店的客人參加，拜託他鎮定一點不要再哭了。

「潛伏者正大舉出動，盡一切努力處理這件事，」朱比特說：「除了等候他們的消息，我們什麼也不能做。不如把握剩下的機會，好好享受萬鬼節，再好好睡一場覺，希望明天一早醒來，整件事已經圓滿落幕。」

法蘭克當即動身去找馬羅，瑪莎和查理則去頂樓，確保萬事齊備，可以舉行降靈會。

「先生，我留在櫃檯等。」米范說：「潛伏者一有回音，我就派人去找你。」

「太好了。」朱比特回答，轉頭對莫莉安、霍桑跟傑克說：「一起走吧，你們三個。今天可是萬鬼夜，我們去跟鬼魂聊聊天吧。」

非凡馬羅幾乎整晚流連於金燈籠酒吧，享受才華超群的調酒師熱情招待，因此在降靈會開始之際，他已經醺醺然了。

「諸位朋友，死者的靈魂——嗝——與我們同在。」這位靈視者說。眾人在屋頂圍成一個大圈，他坐在圈子正中央的椅墊上。「靈魂就在我們四周，在這個萬鬼夜，阻隔生死兩界的牆最為……**當薄**。」他頓住，絞盡腦汁想另一個詞，「最……最瘦？」

法蘭克把降靈會的場地布置得十分令人驚豔。數百根細長的黑色錐形蠟燭點亮屋頂，隨著氣流搖曳，儘管涼風徐徐，蠟燭卻從未徹底熄滅。大家坐在優雅的黑色天鵝絨坐墊上，一場人工製造、美麗詭譎的白霧在圓圈周圍飄蕩。

可惜的是，這群客人大多只想趕快回到六樓，享受喝不完的免費調酒，浪費了這個絕佳氣氛。

「現在傳遞訊息給我的是一位年紀較大的紳士……要給……在那邊的某個人，那邊。」他含糊地朝圓圈中的半數客人揮了揮手，「那位紳士的名字是ㄉ開頭。應該是某人的爸爸或叔叔？或是爺——嗝——說不定是爺爺？叫做達倫？大衛？多明尼克？杜……杜迪？卓葛利？呃……德瑞克？」馬羅說個不停，十分勇敢地堅持這套腳本。「迪格比？德韋恩？」

「哦！」一名女子尖叫，她頭戴塑膠后冠，身上斜披一條寫有「準新娘」字樣的鮮亮粉紅飾帶。她跟一群吵吵嚷嚷的年輕女子一同來到杜卡利翁，但她們毫無興致慶祝萬鬼節，法蘭克邀請她們參加降靈會不過是為了湊人數。她們在非凡馬羅跟死者溝通時數度大叫髒話，已經被制止兩次了。「會不會是韋恩？我公公就叫韋恩，是不是他？」

馬羅看似考慮了一陣子。「對，就是他，他有話要給妳。他說……請好好照顧他兒子，你們要相愛。」

那群女生異口同聲發出「噢——」的讚嘆，準新娘眼眶泛淚。「我以為他反對我嫁給班吉！」

「喔，他不反對，」馬羅繼續說：「他說沒有什麼事比這更讓他高興，他會在『更美好的地方』守護你們兩個。」

準新娘的臉垮了下來。「『更美好的地方』？什麼意思？韋恩又沒死。」

這整個過程太爆笑了，先前，莫莉安跟霍桑便費盡力氣掩飾無聲的竊笑，沒想到霍桑這時大聲用鼻孔噴氣，正中莫莉安的臉，她臉上早已笑出兩道淚痕。

圓圈對面，朱比特對他們揚起眉毛，意有所指地看向門口。莫莉安仍壓抑不住咯咯笑聲，抓住霍桑的手臂，兩人一同站起，正要從降靈會落荒而逃，不料非凡馬羅跟著起身，直直指著莫莉安，響亮地厲聲說——

「妳噴火。」

莫莉安的笑聲戛然而止。她停下動作，儘管一心想要離開，卻彷彿在原地生根。

馬羅歪著頭，雙眉之間擠出好奇的小細紋。「妳**噴火**。」他的聲音驟然變得清晰有力，說話不再含混不清、結結巴巴。「像頭龍。妳享受嗎？」

莫莉安眨了眨眼，偷瞥霍桑與朱比特，他們看起來同樣震驚。降靈會圓圈中的人紛紛往這個方向轉頭，極有興趣地瞧著莫莉安。

莫莉安雙頰發燙。她當然不能承認這種事。「沒有啊。沒有，我沒做過這種事。」

「有。」馬羅冰冷地說：「妳有。」

他怎麼曉得？或許這人不完全是個江湖術士。

「我不知道你在說什麼。」莫莉安不肯鬆口，口氣盡可能堅定。

朱比特驀地起身，動作優雅而精準，偏著頭，向她踏前一步，凝視她的臉，說：「我認為，妳很清楚我在說什麼。」

莫莉安呆看著他。「朱比特，你在——」

「煉獄，」準新娘說，一樣起身走向莫莉安，姿態優雅如貓。「禍害技藝之煉獄。」

莫莉安嚥下口水，在腦中複誦：**禍害技藝之煉獄**。

「這……這是怎麼了？」她從新娘望向朱比特，望向馬羅，隨後又望回來。「朱比特，這是怎麼回事？」

其他人不約而同站起來，圍攏在她身周，就連霍桑也是。眾人聚集成緊密、毫無空隙的小圈，肩挨著肩，動作順暢精準得極不自然。

他們整齊劃一地開口。

「禍害技藝之煉獄。」他們說，音調起伏完全一致，十分詭異，說話快而清楚，字字分明。「以年輕的幻奇師來說，力量很少以煉獄的形式首度顯現，然而倒也並非聞所未聞。在經驗豐富的幻奇師手中，煉獄是威力強大的工具——」他們微微向後靠，以高高在上的態度淡漠地端詳她，「不過話說回來，妳遠遠稱不上經驗豐富。」

莫莉安忽然憶起，在去年萬鬼夜，十三號女巫團也玩過相同的手法，她們會異口同聲說話，同步得讓人發毛。當時是她和霍桑的幻奇學會入學考驗，那群女巫是在執行長老的命令。

這也是幻奇學會搞的嗎？是另一場考驗嗎？她心想，總不至於挑在今晚吧……今晚有一半學會成員出動搜索失蹤者，其餘的人遭到禁止出門，這個時機可不適合唬弄別人。

「你是誰？」她再次問道：「你要做什麼？」

他們微微歪頭，依然整齊劃一，所有人的嘴角同時勾起熟悉的笑意。這個情景令莫莉安一時忘了呼吸，內心浮起令人反胃的冰涼懼意。

「是你。」她悄聲說。

空氣凝滯，儘管毫無一絲微風，儘管無人動手，頂樓的蠟燭驟然全數熄滅，停止燃燒的燭芯升起裊裊輕煙。圍在莫莉安身邊的眾人雙目大睜，直視著她，眼中反射銀亮月光。

「我才不怕你。」她的嗓音發顫。

霍桑走出人群，踏向前，一手放在她肩上。

「我以前就告訴過妳，」他的語氣冷酷而堅定，絲毫不像原來的霍桑。「黑鴉小姐，妳必須學會更巧妙地欺瞞他人。」

第二十四章 禍害技藝之煉獄

聽見埃茲拉·史奎爾的話從自己最要好的朋友口中吐出，莫莉安的五臟六腑糾結成一團。

「住手，」她低聲說：「放過他。」

霍桑的嘴咧開陰險的笑容，壓根不適合他的臉。「恕我拒絕。」

他抬起右手，狠狠甩了自己一巴掌。莫莉安尖叫一聲，霍桑抬起左手，打算重複相同的動作，她當即撲過去，抓住那隻手。

「**住手！**拜託你住手——你在**幹什麼？**」

霍桑放下手臂，全身停止動作，臉上失去表情，頭垂在胸前，冷靜地向後退開。就好像有人按下開關，將他關掉。

降靈會其他賓客隨之照做，動作一致得毫無破綻。他們從中分開，讓莫莉安清楚看見頂樓遠處另一端的景象。

在那裡，埃茲拉・史奎爾身穿量身訂製的灰西裝，輕鬆隨意地倚著欄杆。他露出微笑，凝視莫莉安好半晌。莫莉安動也不動站在原地，本能催著她快點逃走，可是她不能丟下霍桑、朱比特跟其他人。

「你對他們做了什麼？」她揚聲問道，努力不管自己的聲音微微發抖。

「只是個小把戲。」史奎爾伸出手，雙掌朝下，彎曲成爪狀，擺動手指，有如一個操偶師正在拉動絲線。「要不要我教妳？」

莫莉安不吭聲，心臟狂跳。她瞇起眼，看見史奎爾身周的絲網呈現微微發亮的輪廓，是一團幾乎看不清的黯淡金光。

這樣啊。他不在永無境，至少他的軀體不在。莫莉安稍稍放下心，但這樣根本說不通。她橫越屋頂，在史奎爾面前幾公尺處停下，謹慎地和他保持距離。

「你是怎麼做到的？」她質問：「如果你在絲網當中，你什麼也不能做，這是你自己告訴我的。」

史奎爾雙手合十，以宛若祈禱的姿勢，放在嘴脣前。「啊，妳瞧——這就是最最奧妙之處。做這些的不是我，**是妳**。」

莫莉安回頭望去，眾人默然呆立，猶如雕像。她搖搖頭，這哪可能是她做的，她要怎麼做？為什麼要做？她根本不曉得從何開始做起。

史奎爾似乎明白她的猜疑。「當然了，不是由妳直接動手。不過，妳讓幻奇之力不斷向妳匯集，不加控制，這些能量無從發揮，總得有個去處。照理而言，幻奇師會規律地嫻熟使用禍害技藝，藉此積聚並消耗幻奇之力；然而，這麼多年來，幻奇之力持續流向妳，如今累積成了……嗯，現在這個樣子。」他朝莫莉安比畫了一下，露出若有所思的微笑。「形成了這些翻飛、灼熱、無法承受的龐大能量。幻奇之力厭倦了等待。妳不敢使用幻奇之力，等於是變相容許幻奇之力掌控妳。」

他綻開笑容，頭向後仰，閉上雙眼，像是要品嘗接下來這句話帶來的喜悅。

「更棒的是……這也容許我**透過妳**使用幻奇之力。」

莫莉安口乾舌燥。「不！」他這番話有如指控，莫莉安登時只想將那些話扔得遠遠的，像扔泥巴一樣。「不對，我沒有，這不可能。」

「是啊，我知道不可能。」史奎爾說，雙眼熠熠發光，發出輕柔、欣喜的笑聲，迴盪在幽靜的夜裡，莫莉安背脊竄過一陣寒意。「這豈不是很令人興奮嗎？此刻的妳宛若烽火臺般發光發熱，如此耀眼、如此不受控制，只要稍稍施力，就能讓我突破號稱無法穿透的絲網。」他閉上眼，微微傾身向前，張開的雙臂像是擠壓著空氣，莫莉安看見閃爍的淺淡金光自他的指間流瀉——不光是看到，她也感覺得到。在史奎爾推擠絲網之際，一波純粹的能量隨之湧向她，那股能量像陽光一樣溫暖，發出輕柔的嗡鳴。

「不好意思，」他露出惡意的笑，向莫莉安伸出雙手。「妳該不會真的以為，妳擁有的技巧足以讓那個小飛鏢女一夥人拿武器對準自己？或是把弱小的幼魁貓變成狂怒巨獸？」他笑出聲。

「還有我……我噴火的時候，」莫莉安用力吞口水，想起煙與灰燼的味道。「那也是你？是你做的？」

史奎爾的臉龐閃過陰鬱、不確定的神色。「不是，」他說：「那股怒火完全屬於妳自己，但釋放怒火的是幻奇之力。」

他打住，思量了一陣子。「幻奇之力既聰慧，又衝動。幻奇之力渴望受到差遣與引導，而我們是少數天生能夠差遣、引導幻奇之力的人。然而，假如我們不夠謹慎，假如我們給予幻奇之力過多自我表現的空間，幻奇之力將會反過來差遣我們。」

莫莉安搖搖頭。「我不懂，你的意思是什麼？」

「我的意思是，妳噴火是因為幻奇之力**要妳**噴火。」史奎爾的眼神流露一絲令人忐忑的狂熱，莫莉安後頸爬上一陣奇異的涼意。她意識到，史奎爾對幻奇之力的熱情也感染了她，這個發現讓她有些反胃。

「我的意思是，在那個燦爛的勝利時刻，妳化身為龍，」史奎爾繼續說道：「是因為幻奇之力厭倦了看妳當隻小老鼠。」

莫莉安猛地倒吸一口氣。某種不可見、不可知的力量，某種她也許永遠無法徹底了解的力量，有可能奪走她的自由意志……她一點也不喜歡這樣子。

「黑鴉小姐，妳絕不能忘記，幻奇之力是種寄生蟲。」史奎爾說，柔和的嗓音傳遍頂樓。「幻奇之力是妳的敵人。這個惡徒不眠不休，永不忘卻，永不放棄，以永遠警醒的狀態存在。幻奇之力時刻等著妳放下戒心，因為幻奇師是它通往真實世界的唯一命脈。我們不過是個媒介，而幻奇之力透過我們，體驗真實的生命。」

他的情緒激昂起來，開始踱步——莫莉安覺得他半是興奮，半是憂慮，又帶點瘋狂。

「想像妳是鬼魂！」他喊道，宏亮的話音激起回聲，在黑暗中迴盪，字字句句往周遭散開，猶如打水漂的石子彈過水面。「在妳曾經生活的世界中遊蕩，無法跟任何人說話，無法碰觸任何事物，大家看不見妳，走路也直接穿過妳。這麼一來，妳會有什麼感覺？」

莫莉安內心一陣刺痛。她不必想像，她早有體驗。去年聖誕節，她藉助絲網軌道回到老家黑鴉宅邸，屋裡到處是人，但除了她奶奶之外，沒人看見她，沒人聽見她說話，她父親甚至真的直接穿過她。

「很孤單。」她輕輕地說：「好像……好像自己什麼也不是。」

「完全沒錯。好像隔著一片玻璃，觀看這個世界。然後有一天，忽然間，妳化為了**真實**！妳化為了真實，因為有人聽見妳的聲音，有人看見妳，妳終於有了個朋友！一個同類！一個能夠溝通的對象。**真愛**。這就是幻奇之力與幻奇師的故事。」

「你剛剛說幻奇之力是敵人。」莫莉安困惑地說。

「兩者是同一回事。」他說，平靜的外表隱隱流露冷酷的不耐。「幻奇之力……深愛著幻奇師，到了病態、危險的程度。那些能量總要有個去處。黑鴉小姐，妳曉不曉得，妳今年離自爆只有一步之遙？妳曉不曉得，我為了**救妳一命**付出多少努力？」

他笑起來：「更別說我暗地裡幫了妳多少忙。」

「**幫我？**」莫莉安簡直不敢相信自己的耳朵。

「對，**幫妳**。」他厲聲說：「是誰給那個飛鏢女跟她的惡霸男友一個教訓？是誰替妳解決那個滿口謊言的無用烏龜？順便說一聲，不客氣。」

莫莉安的胸口似乎被什麼沉重、可怕的東西壓住。「惡鬼市集。」她聲若蚊蚋，「就是你。」

史奎爾頷首，微微鞠躬：「正確答案。」

「阿弗，昂斯塔教授……是被你帶走的。你把他們像奇獸一樣賣掉。」

他朝天翻了個白眼。「老天，才不，聽起來太麻煩了。我只不過居中牽了幾條線。」他再次擺動手指，「人是如此易於操縱，簡單得令妳吃驚。就算是妳那了不起的幻奇學會，我照樣能在固若金湯的圍牆內，找到願意替我動手的人。話說回來，我一向擅長找到最脆弱的那個環節。」

莫莉安蹙起眉頭。「學會裡有人替你做事？是誰？」她質問，可是史奎爾一言不發，做出替嘴巴拉好拉鍊的動作。

這想法讓人作嘔。就連巴茲・查爾頓，格調也不可能這麼低吧？

她搖頭，她絕對不信。

「哦，別這麼驚恐。」史奎爾說，往回靠著欄杆，擰起雙眉。「也別一副不開心的樣子，畢竟我做這些都是為了妳啊。坦白說，我以為妳多多少少會感激我呢。」

「感激什麼？」莫莉安怒道：「傷害別人又幫不了我。」

史奎爾勾起一邊嘴角。「學會安逸太久，我想讓他們稍微嘗嘗根基動搖的滋味。黑鴉小姐，承認吧，看他們**怕得發抖**，感覺不美妙嗎？」他傾身湊向前，放低聲音：「當妳噴出火球，難道在妳心中沒有某個黑暗的小角落，享受他們恐懼的眼神？」

莫莉安沉默不語。她想起在傲步院站的那天，想起當時她體內膨脹的猛獸，正義凜然的狂怒有如陣陣電流，在血管中流竄。在那個瞬間，她一躍成為全幻學最強大的人。

她依然記得月臺上那些充滿驚懼的面孔。莫莉安思忖，她真的享受那一刻嗎？在她內心某個小小的角落，是否喜歡引發他人的懼意……不必總是扮演擔驚受怕的那一方？

她挪開目光，不肯回答史奎爾的問題。

「是啊，我想也是。」他的笑容宛若豺狼，顯得飢渴而危險。「很高興讓妳看清真實的自我。不過，老實說，我很訝異妳留在這裡跟我講話，」他凝望月光映照的永無境天際線，「我還以為妳會跑去做些英勇壯舉，我以為妳自認是那種『絕不拋棄朋友』的類型。看來是我想錯了，我真是開心。」

莫莉安挑起一邊眉毛。「昂斯塔教授倒也稱不上『我朋友』，」她說：「何況，潛伏者已經出動去找他了，他們不需要我幫忙。」

「我不是指那個有殼的畜生，」他的語氣帶著一絲好笑，風聲將他輕柔的語音直吹到莫莉安耳際。「我是指另外兩個被綁架的對象。催眠師和預言師。」

「詩律跟蘭貝斯。」莫莉安低喃。

她的胃一揪。

「你帶走了詩律跟蘭貝斯，」她的音量稍稍提高：「她們是我朋友！這算什麼『幫我』？」

史奎爾發出毫不欣喜的笑聲。「這事跟我無關。我在學會的那個小傀儡，那個『肯替我動手』的人，恐怕是變得有些貪婪。有些本領若是留在學會中未免太過浪費，在自由邦內外，不少有權有勢之人願意不計任何代價，只求得到那些本領，催眠及預言可是極其實用的才能。況且，倘如傳聞不假，」他繼續說道，稍稍踮起腳，接著放下。「今晚的拍賣會有第四個拍賣品，那東西真是令人神往。」他的口吻摻入笑意：「我也來競標好了，我一直想在聖誕樹頂端放個天使。」

「卡西爾。」莫莉安悄聲說，不過史奎爾似乎沒聽見。

儘管無用，莫莉安的雙手仍捏成拳頭。她深知自己無法對抗史奎爾，她什麼也做不了，史奎爾本人甚至不在永無境。

「你知道市集的地點。」她奮力保持聲音平穩，「你知道我朋友在哪裡。告訴我！」

史奎爾歪著頭。「噢，是啊，這正是我過來的原因。可惜世上沒有白吃的午餐，妳必須與我來場交易。」

「你想要什麼？」莫莉安咬著牙說。

他聳了聳肩。「我一直想做的同一件事：教育妳。」

「我說過了，我絕對不會加入你，你這個泯滅人性的殺人凶手。」

「世間存在著遠遠比我更加缺乏人性——」他的雙眸閃過怒色，「——遠遠比我更加危險的事物。黑鴉小姐，我們擁有共同的敵人，這個敵人超乎妳的想像。若是幻奇學會不肯放鬆對妳的束縛，若是妳缺乏成長的自由，無法成為**我需要的**那種幻奇師……最終，大難必將臨頭，我倆都會完蛋。」

莫莉安呆呆瞪著他，彷彿五雷轟頂。**共同的敵人**？他就是莫莉安唯一的敵人啊。

「因此，該為妳上第三堂課了。」他說道：「禍害技藝之煉獄。」

莫莉安不耐煩地搔頭，體內積聚起一陣熟悉、狂亂的怒火。「我的朋友現在就需要幫忙，我沒空學這些把戲！」

她得趕快從頂樓下去，她得趕在可怕的事情發生前，找到詩律和蘭貝斯。

「是。」史奎爾語氣凶狠地沉聲說，離開欄杆，緩緩向前踏出兩步。莫莉安聽見降靈會的眾人發出動靜，可是她不敢轉身察看，她一刻也不想讓目光離開史奎爾。「我十分贊同。妳沒有時間了，匯集在妳身上的幻奇之力愈發躁動不安，規模大到了危險的地步，除非妳能夠引導它們，給予它們目標，否則幻奇之力會**從妳體內將妳燒得一乾二淨**。」他用跟莫莉安相似的黑色眼瞳瞪著莫莉安，「不過，既然妳自身面臨性命之憂還不夠，我很樂意多給妳一點動力。」

他做了個細微的手勢。聚集在莫莉安身後的大家聽從號令，整齊劃一往前走，走過莫莉安，走過史奎爾，停在欄杆前，並肩窺視外頭的黑夜。

莫莉安想起她初來乍到杜卡利翁飯店的日子，那天是晨曦日，也就是新世代的第一天，大家聚在這裡慶祝。結束時，她驚異地觀看所有賓客爬上欄杆，高舉雨傘，無懼地自屋頂躍下。**大膽前行！**每個人一路向下飄，飄，飄，飄過十三層樓，安全落地，毫髮無傷。

史奎爾彷彿看見她腦海中浮現的場景，舉起雙手，迅速而流暢地做了個手勢，眾人以僵硬的動作用雙腳跳起，穩穩落在欄杆上。莫莉安倒抽一口涼氣。

史奎爾轉頭對她微笑，「妳猜他們有沒有帶傘？」

「住手——不要！霍桑，下來，**下來**，朱比特！」她奔過去，拉扯霍桑的手，然後是朱比特，想把他們拉回屋頂，可是他們動也不動。她猛然轉身面向史奎爾，又是氣餒，又是憤慨：「你為什麼要這樣做？」

「我告訴妳了，」他輕聲說，莫莉安不得不靠近一些，好在激烈的心跳聲中聽清他說的話。「這是妳自己做的。如果妳多懂一些控制幻奇之力的皮毛，我根本不可能像這樣借用妳的力量。妳要了解，妳今年無法掌控幻奇之力的狀況，等於替我大開通往永無境的方便之門。對我而言，教會妳掌控的技巧，或是教會妳任何東西，很可能是親手永遠關上這扇門。但是，遊戲時間已經結束了，我的長程計畫重要得多，我的計畫需要妳**活下去**。」

「放他們走。」莫莉安重申，從牙關擠出這四個字，努力把驚恐偽裝成憤怒，雙手緊握成拳。

「樂意至極。」史奎爾冷靜地低聲說：「我也會按照約定，讓妳知道妳朋友在哪裡。在那之前，妳必須釋放一部分過多的幻奇之力，將其轉化為禍害技藝之煉獄，否則妳跟他們──」他指向那排站在欄杆上、毫無知覺的夢遊者，「──以及預言師、催眠師、天使、昂斯塔教授，今晚都會面臨悲慘的結局。黑鴉小姐，選擇在妳。」

莫莉安不說話。她說不出話。體內冒出了沉甸甸、熱騰騰的力量，她一手按住胸口，呼吸急促。

「**就是這個！**」史奎爾大喊，指著她，眼神陡然變得狂亂，「就是這個，就是這種感覺，就是妳內心的火花，那簇憤怒與恐懼之火。把注意力集中在上面，感受它，感受妳體內那股燃燒、搖曳的怒火，那就是煉獄。

「閉上眼睛，想像妳把手伸進胸口，想像妳將那個火苗握在手中，把手指當成牢籠，關住火焰。閉上眼睛，**照著做**。」

莫莉安不情願地緊閉雙眼。她可以在心中看見那幅景象：那不僅僅是火花，而是猛烈的大火，從她體內燒灼著她，蔓延至肺部，爬上喉嚨深處，令她嘗到灰燼的味道。她搖起頭來，緊握雙拳。

「我做不到。」

「妳做得到，」史奎爾堅持道。「妳是幻奇師，是妳控制火焰，火勢會根據妳的意志減弱或擴大。妳必須決定這股火焰只需點燃蠟燭，抑或足以燒盡一座城市。」

莫莉安在心中看見了。在她的胸腔內，一股眩目的金色火光熊熊燃燒，她按照史奎爾所說，想像自己伸手握住火焰，嘗試控制，輕柔地加以掩蓋。火焰滋滋作響，莫莉安想像燦亮的幻奇之力不住閃爍，從指縫間迸出，宛如小型煙火，她不禁瑟縮。

「如果害怕，妳就無法控制幻奇之力。」史奎爾喊道：「莫莉安·黑鴉，妳不是小老鼠，妳是**龍**！張開眼睛，全神貫注，**吐氣**。」

莫莉安依言照做。一股灼熱的氣息自她肺中噴發，猶如沙漠中吹起的風。這次不像在幻學的那天，她噴出強大、無可控制的火球，差點吞噬海洛絲；這次，莫莉安總算處於掌控之中。

在那個瞬間，她知道該做什麼，也知道幻奇之力將聽命於她。

莫莉安的目光落在一根黑色錐形蠟燭上，口中吐出一道細細的火流，目標明確、動作精準。火流正中蠟燭，點亮燭芯——接著，彷彿其他蠟燭正在一起等待指令，等待莫莉安的准許，剎那間，在整個頂樓，上百根熄滅的蠟燭不約而同再次燃起，將頂樓籠罩在溫暖、搖曳的燭光中。

莫莉安迸出驚奇的笑聲。

她辦到了，這不是史奎爾做的。

莫莉安轉頭看史奎爾，只見他的深色眼眸反射著火光，儘管他沒有笑，眼神中卻無庸置疑地流露冷酷的滿意之色。

他開始哼唱，只唱了幾個美妙的音，不足以構成一首曲子，卻足以令莫莉安的後頸一涼。黑夜之中，某處傳來一陣悠長深沉的嗥叫，回應他的旋律。

「我照你說的做了，」莫莉安警戒地看著他。「我們說好的，你答應要說出我的朋友在哪裡。」

「不對，」史奎爾說：「我說的是，我會**讓妳知道**妳朋友在哪裡，我也會信守承諾。」史奎爾謹慎地做了個小手勢，欄杆上的眾人向後一跳，回到頂樓，轉身，面無表情地走回原處，按照降靈會本來的順序圍成一圈。另一陣嗥叫劃破空氣，聽在莫莉安耳中，似乎是從下方深處傳來的，就在底下的街道。「我們走吧。」他將頭往頂樓邊緣一歪，好像認為他們兩個應該跳下去，一路飛到惡鬼市集。

莫莉安不可置信地笑了一聲。「你瘋了嗎？我哪裡也不要跟你去，你直接告訴我詩律跟蘭貝斯在哪裡就好。」

他微微搖頭，「我不想。」

底下再次傳來嗥叫，距離比上次更近，聽起來像是從飯店前院傳來。除了嗥叫之外，還有其他聲音：馬的嘶鳴、馬蹄落在石子上的噠噠聲。

「我不要跟你去。」莫莉安重複一次，「你以為我是笨蛋嗎？」

「對，我認為妳恰恰就是那種會為了救朋友而做傻事的笨蛋。」史奎爾的笑容透露著憐憫，「我證明給妳看。」

他用左手看似隨意地做了個小手勢，接著……

一切發生得太快，莫莉安連思考都來不及。

在停滯不動的圓圈中，霍桑驟然站起，全力衝刺，直奔頂樓邊緣。

「霍桑，不要！」莫莉安慘叫，出於本能與驚駭，想也不想就追了上去。她伸手抓住霍桑的外套後背，就在此時，霍桑以不自然的動作躍過欄杆，莫莉安被他跳躍的力道往前拉，兩人一同摔出頂樓，直直向下墜落，冷冽的秋風悶住了莫莉安的尖叫。

第二十五章 叛徒

地面迅速上升，迎向兩人。

他們飛速下墜，莫莉安手裡仍緊抓霍桑的外套，彷彿這個動作能救他們一命。她等待撞擊的剎那，等待自己的身體落在飯店前院，摔碎全身上下每根骨頭。

然而，那一刻並未到來。

下方的黑暗中，迸出此起彼落的嗥叫、刺耳的嘶鳴聲、一陣馬蹄噠噠聲。莫莉安倏地睜開眼，恰好看見數百隻火紅眼睛仰望著她，馬匹、獵犬與獵手的黑影自滾滾煙塵中現身。

莫莉安與霍桑沒有遇上撞擊，沒有降落，速度甚至沒有減緩，就這麼掉進煙影獵手所組成、形體變幻莫測的黑雲，始終未曾落地。莫莉安再度坐上一匹影子馬，奔過永無境幾乎無人的街道，風馳電掣，快得難以分辨前進的方向。她轉頭張望，霍桑騎著她旁邊的一匹馬，不禁暗忖，霍桑處於受到操控的狀態，是否會感受到與她相同的恐懼，是否知道現在發生了什麼？

煙影獵手終於停住，他們下馬，腳下總算踩到堅實的地面，心驚膽跳，不過至少安然無恙。本來包裹、圍繞著兩人的黑霧散去，眼前是一座壯觀的石造建築，宏偉的拱形入口上方刻有幾個字樣，令莫莉安的心一沉。

保存時光博物館

霍桑全身一軟，她彎身接住霍桑，試著將他扶起來。「你沒事吧？」

「我……大概吧，嗯。」他似乎有些暈眩，但已恢復神智。「怎——怎麼了？這是哪裡？」

煙影獵手向後退，不過沒有離開，只是藏匿一部分身影，在附近潛伏警戒，熠熠閃耀的紅眼在黑暗中窺伺。莫莉安環顧四周尋找史奎爾，可是這裡好像只有他們兩個。

她抬頭注視博物館。大門開啟，館內傳出聲響，笑聲、交談聲、酒杯碰撞聲。「埃茲拉．史奎爾帶我來過一次，我想今晚的惡鬼市集就是辦在這裡。」

霍桑發出嗆到似的怪聲，「**妳怎麼知道？**」

「史奎爾。」莫莉安小聲說：「降靈會的時候，他出現在頂樓——你有印象嗎？」

他搖搖頭。「不曉得。我記得我們站起來正要走，我們在笑，然後……就好像我突然開始作夢。我腦袋裡有個東西，像是一個詭異的嗓音，可是我覺得很平靜，只想睡覺。」

「那就是他，你腦子裡的聲音就是史奎爾。」聽見這話，霍桑的臉色登時慘白，莫莉安繼續說：「他讓你從屋頂往下跳，我想拉住你，結果我們就兩個一起摔下來，煙影獵手接住我們，把我們帶來這裡。霍桑，**這裡正在舉行惡鬼市集**，他們抓了詩律、蘭貝斯跟昂斯塔教授……都是史奎爾做的——」

「快走！」某處傳來沙啞的低語，兩人驚得一跳。「噓！」

某人孤身踏出博物館，快步走下階梯，往他們的方向過來。莫莉安渾身緊繃，抓住霍桑的手，正打算跑，霍桑卻阻止了她。

「那好像是邁德梅。」他輕聲說，接著提高音量：「邁德梅！潛伏者到了嗎？他們有沒有找到——」

「你們快走。」邁德梅一面走近，一面壓低聲音說，抓住他們的手臂，開始推他們離開，回頭偷瞄敞開的博物館大門。莫莉安一頭霧水，但仍鬆了一大口氣。他們不用自己想辦法了，既然有學會的人在，那麼援軍想必正在趕來的路上。走到煙影獵手附近時，邁德梅停下腳步，「快點離開這裡，馬上走。」

「潛伏者來了嗎？」莫莉安追問，試著越過他的肩膀看博物館。「他們要關閉博物館嗎？他們說會立刻派人去找朱比特——」

「拜託妳，黑鴉小姐，妳一定要快點離開。妳根本不曉得妳的處境多危險，要是任何人看見妳——要是他知道妳在這裡……」

「要是誰知道？」

「幻奇師，」邁德梅嘶聲說：「妳沒想通嗎？是他計畫把妳騙來這裡。他本來要我親自把妳帶來，可是我……我做不到。我再也不想做了。」

莫莉安聽得頭暈目眩。「史奎爾叫你帶我來？他為什麼要——什麼意思，你再也不想——」

噢。

莫莉安張著嘴，一時合不攏。

我在學會的那個小傀儡，史奎爾是這麼說的。**那個肯替我動手的人**。

「是你！這段時間，都是你在幫史奎爾。」

霍桑發出微弱的抽氣聲。邁德梅一副快吐了的樣子，滿頭大汗，臉色微微發青，渾身顫抖。然而，他沒有否認。

「黑鴉小姐……拜託妳。」他吞下一聲嗚咽，「妳要相信我，我真的非常非常抱歉，竟然做了……竟然參與了……」他絞著雙手，像小狗那樣皺起額頭，莫莉安覺得他似乎是真心懊悔。但是，她心想，邁德梅是為了自己所做的事懊悔，還是單純為了自己不慎被發現而懊悔？「我從來沒……這些都不是我想出來的！是史奎爾，是他逼我的。」

他一手撥過頭髮，哆嗦著下巴，雙眼泛淚，莫莉安卻不覺得同情，只覺得反感。

「我太沒用了，」他繼續說：「這我承認。我的心充滿怨恨與嫉妒，大家都知道我是全梯最沒用的人，最無趣的人，他們老是叫我『地圖仔』。」他的表情變得猙獰，「我想要受人重視。所以，幻奇師來找我的時候，幻奇師要我幫他的時候——這麼多人，他找的竟然是我！我想，這是給他們一點顏色瞧瞧的好辦法。史奎爾可是冬海共和國最有權勢地位的人！他承諾要在他的帝國裡給我一個位子，讓我擔任他的左右手，這種條件我怎麼拒絕得了？」他頓住。「剛開始，我只需要幫忙傳遞一點消息，我根本不知道會有人受到傷害。妳一定要相信我。」

「什麼消息？」

「有哪些稀有的本領、本領擁有者是誰、住在哪裡、他們的日常作息……諸如此類的事。還有，他們什麼時候……」他這句話低得幾乎聽不見，「什麼時候可能會落單。」

「換句話說，就是要綁架誰、要怎麼綁架他們。」莫莉安的嗓音氣得發顫。

邁德梅伸手摩娑著後頸，仍舊不敢看她。

霍桑擠出一個怪聲音，一下子咬緊牙關，一下子放鬆，反覆好幾回。莫莉安明白他也正強忍怒火，畢竟霍桑是她所認識最忠於朋友的人。

「你安排骷髏人抓走他們，賣給別人。」他怒聲對邁德梅說：「你真讓我噁心。」

邁德梅彷彿十分痛苦。「拜託，你們看不出來我是想幫你們嗎？莫莉安，幻奇師要我把妳也帶來，但我拒絕了，我沒辦法對妳下手，因為妳是我班上最優秀的學生啊。我拒絕繼續幫他做事，這就是我過來的原因！我知道他今晚會設法引妳來惡鬼市集，所以我守在外面，希望可以攔住妳。我不能讓他們也把妳賣掉，我——」

「但你卻讓他們賣詩律！還有蘭貝斯！」莫莉安大喊，隨即壓低音量，憤怒地低聲質問：「邁德梅，你怎麼下得了手？」

這名年輕的教師開始啜泣，雙眼流露懇求。「對不起，我沒辦法解釋，我只是……黑鴉小姐，我受夠被排擠了。妳能體會這種感覺，對吧？那種跟別人不同的感覺。妳跟我，我們是一樣的，我們——」

「莫莉安跟你一點也不像！」霍桑厲聲反駁邁德梅，邁德梅一個瑟縮。「她絕對不會背叛朋友！」

邁德梅跪倒在地，渾身發抖，雙手掩面。三人靜默半晌，只聽得見邁德梅輕輕的抽泣聲，以及博物館內部遠遠傳來的溫文談天聲。

接著是……鼓掌聲。

「真精采，亨利，」黑暗中傳來柔和的嗓音：「演得真好。」

邁德梅倉皇跳起，飛快轉身去瞧是誰在說話，瞪大雙眼，看見埃茲拉・史奎爾走進光線之下。史奎爾勾起一邊嘴角，露出陰狠的微笑，孤單的鼓掌聲響徹街道。莫莉安感覺到霍桑挨近她，指甲掐住她的手臂，呼吸越來越急，她恍然明白，霍桑完全不記得頂樓發生的事，所以這是他初次親眼見到幻奇師。

「他是用絲網過來的。」莫莉安悄悄對霍桑說，努力裝出很勇敢的語氣，瞇眼尋找史奎爾周遭閃爍的光線，那是他使用絲網的跡象。「他動不了我們。」

「對啊，可是他的煙影獵手動得了。」霍桑說，幾乎沒動到嘴巴。彷彿收到指令似的，他們四周的影子發出低吼，莫莉安打了個哆嗦。

史奎爾輕柔地低低吹了聲口哨，狼群隨即現身。牠們的皮毛黑如瀝青，雙眼閃爍如火苗，在邁德梅身邊繞行，邁德梅連忙閃躲，嚇得縮成一團。

史奎爾鄙夷地看著他。「黑鴉小姐，亨利想哄妳相信他是來救妳的，但他很清楚，我之所以帶妳來，並不是要賣掉妳。他很清楚，我之所以一手促成惡鬼市集，是為了讓妳成為摧毀市集的英雄，為了讓妳最終能夠實現眾人的恐懼——成為真正的幻奇師。他們必須容許妳運用妳與生俱來的天賦，」史奎爾越說越響：「免得妳匯集的幻奇之力像我一樣，愈發感到枯燥無聊，最終**活生生掐死妳這條小命！**」

他宏亮的聲音嚇得莫莉安打了個顫，提到喉嚨的心臟狂跳。

「拜託妳，莫莉安。」邁德梅哀求，雙眼紅腫，「不要聽他的，快逃，逃就對了。」

「喔，演得好，邁德梅先生，演得可真好。」史奎爾發出高亢的笑聲，宛如瘋狂。「黑鴉小姐，我們的亨利認為，讓妳毀掉惡鬼市集有違他的利益。這個市集可是你的金雞母，是不是啊，親愛的孩子？在永無境最富裕、最惡質的居民之間，你已經樹立名聲，你可不想讓他們失望，是不是啊？」史奎爾打住，轉過頭直視莫莉安，慢慢說道：「妳懂我的意思了嗎，黑鴉小姐？他、在、拖、時、間。他打算在這裡把妳拖住，直到拍賣會結束，順利交易掉妳的朋友，替他賺進一筆不錯的佣金。拍賣會上每成交一筆，他都能抽成。」

莫莉安細看邁德梅，史奎爾說話的同時，這位老師身上也發生了奇特的轉變。那張稚氣未脫、淚痕滿面的臉本來整張皺起，流露愧悔之色，哭得發紅，此時逐漸放鬆。他用袖口擦擦眼睛，誇張地用力一吸鼻子，隨後露出有些不好意思的熟悉笑容。

莫莉安的後頸寒毛直豎。她暗想，這些看起來都是邁德梅會做的動作，卻又完全不像邁德梅。不知道為什麼，她好像看著一個根本不認識的人。

那個人輕笑幾聲，看看手錶，然後**聳肩**。

「哦，拖到現在應該就夠了。」他的口氣恢復成一如既往的爽朗，「我想，他們應該拍賣得差不多了吧。黑鴉小姐，感謝妳撥空聽我說，妳一向是最專心聽我講課的學生。」他深深一鞠躬，依然笑個不停。

莫莉安說不出話來，眼裡湧出熾熱、憤怒的淚水，腦袋近乎空白。她齜牙咧嘴，有如發狂的動物般大吼一聲，撲向邁德梅，將他撞倒在地。

「叛徒！」她放聲尖叫，已經不在乎會被誰聽見，再次撲向邁德梅，幾乎感覺得到震怒在血管中流竄。霍桑插進他們之間，試著把她拉開。

「黑鴉小姐，容我提醒，這可不是學會那種荒唐的小考驗。」史奎爾開口，他遠遠佇立在黑影的邊緣。「這是真實人生。萬一妳失敗，就必須面對真正的苦果。時間不等人。」

莫莉安大口喘氣，注視躺在地上的邁德梅，再看向雙眼圓睜的霍桑，最後將目光挪向保存時光博物館。館內的低沉交談聲比先前安靜一些，他們會不會已經來不及了？「霍桑，走吧。」

「邁德梅會逃掉的，」他說：「我們要通知潛伏者跟——」

「我們要去救詩律、蘭貝斯跟其他人。」莫莉安低頭看邁德梅，他似乎陡然感到驚惶。一陣低沉的嘶吼響徹四周，反覆迴盪，煙影獵手隨之步出黑暗。

莫莉安與霍桑開始狂奔。抵達博物館階梯時，莫莉安聽見突如其來的恐怖怒嗥，這才回過頭，瞥見黑夜中上百雙如火燃燒的紅眼。

「我會料理咱們親愛的亨利，」史奎爾冷酷的聲音穿透暗影，「毋須擔憂。」

第二十六章　拍賣會

他們奔上階梯，進入博物館的前廳。前廳空曠無物，唯有一張桌子，像上一場市集那樣提供面具。莫莉安抓起她看見的第一張面具（是個怒吼的食屍鬼），匆匆戴上。

「來，」她悄聲說，遞給霍桑一個閃亮亮的弄臣面具。「戴上，快點。」

「你覺得他會怎樣？」橡膠面具笑容燦爛，掩不住他嗓音中的緊繃。

「誰，邁德梅？」莫莉安說，盡力裝作不在乎自己曾經最喜歡的老師落得什麼下場，她的眼神飄回敞開的門口。「沒什麼好事。」

他們循著傳出聲音的方向走，經過一間接待室，再往前就是大廳。拍賣會鐵定就在那裡舉行，莫莉安很想索性拔腿跑過接待室，衝進大廳，但她明白最好不要引人注意。處處都有戴面具的客人流連，一面喝酒，一面談笑，偶爾駐足欣賞水晶球，彷彿那是什麼藝術傑作。

莫莉安起碼比所有人矮了一個頭，不過要混進人群簡單得出乎意料。好在霍桑去年夏天抽高不少，肩膀也變得比她印象中更寬，大概要歸功於他花了不少時間進行龍騎士訓練，所以他跟一些大人幾乎差不多高了，讓莫莉安鬆了一大口氣。

「這太扯了，」霍桑在面具底下小聲說。兩人以他們能夠接受的最慢速度，盡量保持冷靜，穿越房間。「我是說，這些水晶球——知道那裡面是什麼之後……這真的太……」

莫莉安實在太反胃，所以沒有回答。她暗忖，先前她怎麼沒有立刻看穿這個地方的真相？水晶球中，有些場景較平靜、幽微，確實很容易誤判；然而，也有些場景充斥著死亡與毀滅，根本無庸置疑。一群狂奔的大象衝向聚在水窪邊的野生動物，腳下踢起漫天煙塵；一陣大浪捲起，即將吞噬一整個村莊；一個血濺四處的泥濘戰場，砲彈飛射……莫莉安搖搖頭。

「真是壯麗。」一名身穿晚禮服的發福男子喃喃說道，端詳附近的一顆水晶球。他戴著一張缺乏特徵的白面具，令他看似死神。「你知道嗎，這些都是真的。裡面都是真人哪。」

他輕敲玻璃，窺看內部，像是在看動物園的園區。「拍賣官說，這是在他們死前的瞬間捕捉起來的。真是了不起。」

「噢，有意思。」和他在一起的女子說，顯得不甚有興致，「你覺得他們能聽見我們說話嗎？」

「好問題。」他再次輕敲玻璃，身邊聚集了一群人旁觀。「喂，裡面的，那個死掉的小子，你聽得見嗎？聽得見就眨一下眼睛，聽不見就眨兩次。」那群人哄然大笑，好像他說了什麼超級爆笑的話。

「你是說快死的小子吧，」女人發出惡意的咯咯笑聲：「他一定還沒死透，這才是重點啊！」

莫莉安想吐到了極點。霍桑拚命扯她的手肘，於是她繼續往前走，死死盯著前方，堅決不看那顆水晶球裡的情景。可是，來到通往大廳的門口時，她依然忍不住回頭一瞥。

那是個青少年，約莫十六、七歲，身穿花紋外套，腳踩黑色長靴，騎馬在石子路上奔馳。馬匹可能受了驚嚇，直立起來，兩眼瞪大，連眼白也看得見；那名青少年的臉色同樣驚駭，他被拋離馬鞍，即將撞上石子路。以那個角度，那個力道，任何人都足以看出……

莫莉安一嚥口水，忍住眼淚。

她受不了了——從保存時光博物館、邁德梅的背叛，到整個惡鬼市集，這一切太不公平、太令人噁心了。莫莉安體內彷彿住了一頭野獸，又扒又抓，想要逃竄而出。史奎爾的話語在她耳際迴盪：

莫莉安．黑鴉，妳不是小老鼠，妳是龍！

她想要設法幫助那些永久困在死亡之中的人。她想要讓邁德梅受到制裁。她想要恣意釋放力量，想要把這個場所的恐怖氣氛洗刷殆盡，想要叫那些白痴**不要再笑了**——但她必須咬牙忍住，必須拚命壓抑她的沖天怒火。

「詩律跟蘭貝斯，」她喃喃自語：「妳是為了朋友來的，不要分心。」

莫莉安閉起眼，想像自己將手伸進胸口，握住胸腔內的火焰，輕柔地減弱火勢，稍微減弱就好。

博物館中徬徨的靈魂只能晚點再想辦法。

他們走進大廳，這裡比前廳寬敞得多。霍桑大聲倒抽一口氣，接著一面假裝咳嗽來掩飾，一面不著痕跡地指著天花板，莫莉安滿懷恐懼地抬頭向上望。

整個大廳經過特別布置，刻意突顯今晚販售的拍賣品。拍賣品各自被困在高聳的平臺上，好讓所有客人看個清楚，也讓拍賣品無從逃脫；根據莫莉安的觀察，唯一降下平臺的方法，就是使用由沉重鐵鍊跟滑輪所組成的升降系統，可是每一組升降系統都有兩名警衛看守，他們孔武有力，還戴著骷髏面具。

就像當初阿弗被安置在巨大水缸中那樣，他們為每個拍賣品分別設計了詭譎的布景，由拍賣品擔任主角。最遠處是昂斯塔教授，他被鐵鍊綁在一個巨大時鐘的分針上，指針目前指向五十五分，因此他勉強還算是直立。莫莉安心想，天曉得他被綁在那裡幾個小時了？他在時鐘表面轉了幾圈，忍受血液一下子不舒服地直衝腦門，一下子恢復正常？他還能承受多久？

詩律站在右邊一個靠牆的平臺上，身穿飄逸的豔紫色絲綢服裝，渾身掛滿沉重的金飾。她身旁有個巨型金色油燈，莫莉安盯著那東西，眨了幾下眼睛，想不通那是什麼意思。

「噁，他們竟然把她打扮成神燈精靈。」霍桑一臉反胃地說：「催眠師在他們眼中就是這樣嗎？一個到處幫人實現願望、服從命令的傢伙？他們根本不了解詩律嘛。」

莫莉安忽然醒悟，不知從何時起，霍桑也開始記住詩律。她不禁暗自疑惑為什麼，是因為「辨識催眠術」課程總算發揮了成效？還是因為他和詩律終於（算是）成為了朋友？

霍桑伸長脖子，環顧大廳。「喔！妳看上面，是他嗎？朱比特在找的那個人？」

他看著頭頂正上方。一名天使（應該說是**神仙**，莫莉安默默糾正自己）懸在空中，不過定睛一看就發現，他那雙翅膀交會之處被繩索給牢牢捆住。他整個人自天花板垂吊下來，雙翼遭到強行攤開，張到最大幅度，雙手縛在背後，四周有幾團以釣魚線掛著的假雲悠悠轉動，那些假雲是用木板削成適合的形狀，上面貼滿棉球，有如一齣爛戲的舞臺布景。

莫莉安眨了眨眼。那不是卡西爾。那不是卡西爾。莫莉安不曉得卡西爾長什麼樣子，但她很確定那不是卡西爾。

因為那是伊斯拉斐爾。

她搖搖頭，沒時間細想了。

「他們把詩律的手綁住，」霍桑說，面露怒色：「還貼住嘴巴，是不是怕被她催眠？」

莫莉安仔細看去，霍桑果然說得沒錯。伊斯拉斐爾的嘴巴同樣被貼住了，避免他利用歌聲逃脫。

在大廳另一端，人群正從昂斯塔的平臺下方移步走向蘭貝斯的平臺。蘭貝斯端坐於平臺正中央的王座，頭戴一頂對她而言尺寸過大的華麗金冠，俯視下方的競標者，雙眼大睜，死死抓住王座的扶手，彷彿她身處無數鯊魚窺伺的汪洋，而王座是她唯一的救命浮木。她口中不斷喃喃低語，翻來覆去說著什麼。

莫莉安瞇起眼，試著分辨她所說的內容。她是在祈禱？抑或求救？莫莉安的心一揪。**她一定嚇壞了，可憐的小蘭貝斯**。

「各位先生女士，圍過來，圍過來。」拍賣官吆喝，聲音傳遍大廳。他的嗓音親切歡快，有種爺爺的感覺，臉上卻戴著狼面具，顯得格外貼切。

蘭貝斯的聲音更響、更驚惶，不斷重複同一句不知所云的話，莫莉安勉強聽清那些字句。

「呼喚。死亡。凍結。火燒。飛翔。」她反覆說著，在王座上打顫。「呼喚。死亡。凍結。火燒。飛翔。」

霍桑皺起眉頭。「那是什麼意思？」

「開始拍賣最後一個拍賣品前，容我再次感謝各位大駕光臨敝拍賣會。各位是我們能想到最惡質、最富有的人物，正因如此，能邀請到各位前來，委實是畢生之幸。」人群發出一連串笑聲，為這個爛笑話鼓掌，許久方歇。莫莉安感覺到霍桑用力抓著她的手臂，有些疑惑他是要叫莫莉安冷靜，抑或是想逼他自己冷靜。

「最後一個拍賣品，」她悄聲對霍桑說，胸口一緊。「所以其他人都已經賣出了。」果然，在詩律的平臺旁，警衛開始拉動巨大的金屬鍊條，降下平臺。

莫莉安陡然慌亂起來，就像被一隻冰寒刺骨的巨掌給抓住。該怎麼辦？**能怎麼辦**？假如他們衝過去救詩律，身分就會遭到識破，導致蘭貝斯孤立無援；假如他們去救蘭貝斯——就算他們有辦法爬上那麼高的平臺，事後也來不及救詩律，詩律在那之前就會被送走了。再說，昂斯塔又怎麼辦？伊斯拉斐爾又怎麼辦？

她從未感到如此無助。史奎爾設計了這一切，將她逼進這個惡劣處境，期望她善用自己學會的禍害技藝，化解難關。然而此時此刻，她這份上不了檯面的天賦有什麼用？她只會召喚幻奇之力，她頂多只會**點幾根蠟燭**，拜託！當初反擊查爾頓五人幫的是史奎爾，令幼魁貓變身的也是史奎爾，莫莉安辦得到什麼？

妳能召喚幻奇之力，她告訴自己。**妳辦得到這件事，那就從這開始**。

「**晨曦日的孩子活潑乖巧，**」她輕輕唱道，嗓音微微發抖。霍桑嚇了一跳，轉頭看她。「**夕暮日的孩子壞又胡鬧**——」

「莫莉安……？」

「噓。」莫莉安閉上眼。幻奇之力沒有回應她，她感覺不到。為什麼沒效？「**晨曦日的孩子帶來光輝破曉。**」

狼面具拍賣官正鼓動群眾。「我知道，大家一直耐著性子等這個拍賣品，口袋想必已經快被白花花、沉甸甸的銀子壓穿一個洞——」

「**夕暮日的孩子招來猛烈風暴……**」

「——所以，讓我們正式開始吧。容我介紹惡鬼市集有史以來最受矚目的拍賣品：蘭亞．貝沙立．阿瑪蒂．菈公主殿下。」

莫莉安停止唱歌。霍桑整個人僵住了。

什麼公主？

「蘭亞公主來自遠東歌邦的菈王朝，是現任女王的孫女，第四順位王位繼承人。當菈王室得知他們的女王候補是小範圍預言師，便將公主送來幻奇學會，接受他們那些菁英朋友的教導。」人群中傳出不屑的訕笑。「在冬海黨的統治之下，此舉可是犯了大逆之罪。根據我在共和國的消息來源，冬海黨目前以為蘭亞公主身體羸弱，臥病在床；作風大膽的阿瑪女王甚至花錢請來不知哪個貧窮村落的小野種，偽裝成她的孫女，在宮殿中住上幾年吃喝玩樂！」

莫莉安簡直不敢相信她聽見的話。蘭貝斯其實不是自由邦人，反而像她一樣，是來自冬海共和國四大邦。照理來說，她不該出現在自由邦才對！況且，她還是個**公主！**

「我就覺得她有點像個大小姐。」霍桑小聲說。

「噓。」

莫莉安的父親隸屬冬海黨，所以她約略了解冬海黨的情況。假如此事屬實，假如蘭貝斯果真是遠東歌邦的王室成員，假如王室確實違反冬海黨法律，將她偷渡出境——那她面臨的危機比他們原先以為的更嚴重。共和國人根本不被允許知道自由邦的存在。

「**晨曦之子啊，你去哪裡？**」莫莉安唱道。她抖得太厲害，幾乎唱不出聲。

拍賣官證實了她的懷疑。「一旦冬海黨發現此事，整個菈王室將大禍臨頭。」他做出被砍頭的動作，觀眾爆出樂不可支的笑聲。「在冬海共和國，大逆罪的下場自然是予以處決。這點也增加了我們這項拍賣品的價值——無限的可能性哪，諸位看官。」

「我們要想點辦法，」霍桑用氣音說：「我們得轉移他們的注意力，或是……或是想想辦法！莫莉安，**怎麼辦？**」

莫莉安沒在聽。「**高高的天上，那裡風和日麗。**」她閉緊雙眼，努力隔絕拍賣官、霍桑、那些惹人厭群眾的聲音，全神貫注於身邊的空氣。「**暗夜之女啊，妳去……**」

她打住。起作用了。幻奇之力來了。

最初十分幽微，僅僅是空氣中的一道漣漪，讓她指尖微微發麻。

接著，她睜開雙眼，在這個剎那，世界化為燦爛金光，有如站在太陽之上。

「等您一取得蘭亞公主極為稀有又實用的本領，」拍賣官狠毒地咧嘴一笑：「您大可向王室要求贖金，或是留著她以便脅迫王室，也可以把她賣給冬海黨，旁觀菈王室步向毀滅！各位先生女士，您愛怎麼做都行，不過我們的脫手價可不便宜。起標價是一萬五克雷，有沒有人願意出一萬五？」

這次的感受有別以往。莫莉安初次在這個空間召喚幻奇之力時，掌握純粹力量的感覺只維持了一小段時間，旋即失去控制；她召喚了幻奇之力後，極為無所適從，幻奇之力也看穿了這點。不知怎麼，幻奇之力就是能夠察覺她的猶疑，也因此拒絕服從於她。

這次不同。這次，她與幻奇之力配合得天衣無縫。

如今，聚集過來的幻奇之力與她的意念合而為一。面對今晚發生的一切，甚至是今年發生的一切，她渾身湧出凜然的憤怒，這股怒氣終於賦予了幻奇之力一項使命，這正是幻奇之力所渴求的。莫莉安回想邁德梅的貪婪與背叛；回想瑪提德・拉虔斯將人困在死亡中的冷酷行徑；回想埃茲拉・史奎爾始終把她當成傀儡，任意操縱，甚至精心安排這場夢魘，只為了讓莫莉安一手將之了結；回想某些人以散漫態度展現的歹毒之心，居然認為他們有權買賣本領、買賣生命，簡直稱得上是邪惡。

距離最近的水晶球碎裂，內容物壯烈噴發。

那是搭乘汽車的四名年輕男人，車身失控打轉，他們驚懼地失聲慘叫，撞進另一顆水晶球。

拍賣官與競標群眾根本來不及反應，第二顆水晶球的內容物便流淌出來——球中，在雷電風雨交加的天氣之下，一艘船在浪尖顛簸，船員已被浪頭淹沒。那艘船砰然撞碎另一顆水晶球，球中是個被蜂群層層包裹的女人。緊接著，又一顆水晶球破碎，在那裡面，一座木屋的屋頂遭山崩摧毀。然後又一顆，再一顆。

莫莉安引發了骨牌效應。她旋即明白，這些死亡場景的實際規模比做為容器的水晶球要大得多，獲得釋放後，登時越演越烈，相互融合，混亂的局面迅速席捲整個大廳。狂奔的大象將人群一分為二，一隻大白鯊從碎裂的水晶球牢籠中迸出，衝進此起彼落的尖叫聲中。

拍賣會的賓客連滾帶爬找地方躲，然而紛亂未曾稍歇，水晶球一個個遭到砸碎，釋放內容物：失控的暴民、至死方休的決鬥、戰火正猛烈的戰場。

慘烈的景象在短短幾分鐘內擴散，莫莉安愣愣注視一切。

她做了什麼？

她原先不過是打算引起騷動，轉移大家的注意力，她以為這麼做既能拯救朋友，也能讓水晶球裡的人得到自由，讓他們總算得以安息。可是，這已經不只是騷動了，而是瀕臨瘋狂。她現在該怎麼幫助蘭貝斯跟詩律？她完全無法靠近她們兩個，連保護自己也辦不到。

「莫莉安！」

霍桑撲過來抓住她，附近有顆水晶球被打破，朝他們放出一道莫莉安見過最大、最恐怖的巨浪。兩人緊抓彼此，動彈不得，眼睜睜望著海浪之牆在面前升高，等著浪頭轟然落下。他們不可能逃出生天。

然後，一切突然……靜止了。

震耳欲聾的尖叫聲、奇獸的嘶吼聲、洶湧的水聲……全部驟然消失，陷入死寂。比他們頭頂還要高的海嘯減緩攀升速度，慢得察覺不到，幾乎因為過於緊繃而微微搖晃。莫莉安只聽得見自己的心跳聲，以及霍桑急促的呼吸聲。

大廳對面，一個虛弱、喘息不止的聲音劃破靜謐。

「快點！我沒……辦法……撐……太久。」

第二十七章　他的歌聲無人能出其右

綁在時鐘表面的昂斯塔教授直視莫莉安，閃亮的小眼睛緩慢而刻意地眨了一下。

他再次發動了本領。是他把周遭世界的速度給放慢，彷彿宇宙間有個巨人用手指按住這顆星球，令它無法以正常速度轉動。

兩天內，莫莉安二度見識昂斯塔教授使出這項非凡的本領，不過這次……這次的感覺奇特多了。

上一次，書本、紙張、牆上滴答轉動的時鐘、邁德梅、莫莉安自己，全數幾近凍結。

這次，不知為何，莫莉安不受影響，仍然死抓著她的霍桑也是，身邊的混亂場面卻紋絲不動。大浪在他們頭頂上方捲起；一道刺目灼熱的閃電擊中一棵大杉樹，正將其從中劈為兩半；目光所及之處，無數身穿華服、戴面具的賓客，被困在無法逃脫的毀滅場景之中；一座幾乎與天花板同高的冰山搖搖欲墜，即將壓毀前方的任何事物。所有受到保存的時光融合成一幅巨大的靜止畫，宛如被一顆巨型水晶球給封存起來。

「怎麼回事？」霍桑大喊，聲音在寬敞、寂靜的大廳中迴盪，呼吸猛烈急促，莫莉安覺得他好像快換氣過度了。「這是妳做的嗎？是妳讓他們停下來的嗎？」

「不是。」她這才想起，由於被萬鬼節弄得手忙腳亂，她竟然忘記告訴霍桑前一天她跟幻龜教授發生的事。「是昂斯塔教授，這是他的本領。」

霍桑看似鎮定地接受了這個消息。

「我們要怎麼救大家？」他問，當即展開行動，引領莫莉安離開巨浪，穿過那些正打算逃跑卻被凍結的面具賓客。「我可以沿著鍊子爬上去找蘭貝斯，妳去幫詩律，然後——」

「不對，」莫莉安停住腳步。「不對——等一下。」

蘭貝斯的話在她腦中響起。

呼喚。**死亡**。**凍結**。**火燒**。**飛翔**。

她說出這些不知所云的話，並不是因為她嚇得昏了頭。莫莉安早該想通的，一定是蘭貝斯腦中的雷達掃到了什麼，而她按照自己的理解，描述她預見即將發生的奇異景象。

呼喚。莫莉安召喚了幻奇之力。

死亡。在這裡，人人面臨死亡：上百個人，上百種不同的死亡方式。

凍結。昂斯塔凍結了時間。

那就剩下——

「火燒，」她低語：「飛翔。」

一說出這兩個詞，莫莉安頓時看清全局，透徹無比。她知道接下來該怎麼辦了，預言師蘭貝斯已經替她列出每個步驟。

「霍桑，」她說：「去幫詩律。她的平臺降得差不多了，你爬上去解開她的繩子，背著她逃出去，沿著我們進來的方向，直接跑出博物館，跑得越遠越好。」

霍桑搖搖頭，「可是——妳也要一起逃啊，不是嗎？」

「我要先去幫伊斯拉斐爾，沒時間解釋了。」眼見霍桑露出固執的表情，她語氣強硬地說：「霍桑，快去！去幫詩律，昂斯塔沒辦法永遠撐下去。」

「那蘭貝斯跟昂斯塔呢？」

「我會幫他們，你去就對了。」

霍桑顯然滿腹懷疑，儘管如此，他仍舊轉過身，以最快速度穿過各種混亂的災難，奔向詩律。

莫莉安抬頭，望著懸在高空中的伊斯拉斐爾。他那對翅膀被繩索綑住，固定的位置就在兩側肩胛骨的正中間。

第四步：**火燒**。

她辦得到。在史奎爾今晚出現於屋頂前，莫莉安壓根不相信她辦得到，但她現在明白，幻奇之力與她同在，幻奇之力渴望幫助她。

她閉起雙眼，想像體內的那股能量，那股鎖在她胸腔中的火。她沒時間想太多，沒時間擔心能不能成功，她沒有擔心的本錢了。伴隨著莫莉安的信心，火花越燒越亮，她睜開眼睛，吐出火焰。

火焰正中目標，她彷彿與自己的力量來源合為一體，感覺暢快至極。火苗燒光伊斯拉斐爾雙翼四周的繩索，恰恰燒在她所想的位置，多虧了昂斯塔教授的本領，伊斯拉斐爾並未當場墜落，仍凍結在空中。初戰告捷的喜悅流遍全身，她信心大增，歡欣鼓舞，再次嘗試燒掉伊斯拉斐爾手腕上的繩子。奇蹟似的，過程完全符合她的設想，她甚至沒燙著伊斯拉斐爾的皮膚。

時間所剩無幾，莫莉安感到空氣微微顫動，像是時間本身正在打顫。昂斯塔控制不了多久了。

「伊斯拉斐爾，」她用清晰、堅定的語氣朗聲說。她很清楚，此刻的伊斯拉斐爾能夠聽見、看見周遭的事情，她在昂斯塔的教室中經歷過時間凍結，當時，即使世界暫停，身體無法動彈，她的心智也未曾受到影響。「聽我說，你再過一下子就可以動了，請你飛去幫蘭貝斯——幫蘭亞公主，帶她離開這裡。」她指著蘭貝斯的平臺。當然，伊斯拉斐爾什麼都不能說，不過莫莉安很確定他明白自己的意思。他的深褐色眼眸定定凝視莫莉安。

她聽見身後傳來氣喘吁吁的低哼，只見霍桑走了回來，半拖半背著宛如雕像的詩律。

「我不是叫你直接——」

然而，一陣巨響蓋過她的話。冰山微微移動，發出有如世界末日來臨的嘎吱聲。時間再度轉動起來，剛開始極為緩慢，接著逐漸加快。

「快點走！」莫莉安對霍桑大叫。

「不要！」他毫不讓步，「我們不會丟下妳一個人走，笨蛋！」

詩律漸漸恢復，原地搖晃了一下，差點撞倒霍桑，好在霍桑及時將她接住，扶著她。

上空傳來翅膀拍動的聲音，伊斯拉斐爾也動了起來，以眩目的姿態升空，按照莫莉安的指示飛向蘭貝斯的平臺。

「霍桑，快走，」莫莉安堅持：「詩律，快點叫他走。我知道我在做什麼，我等一下就會追上你們，我保證。」

他盯著莫莉安好半晌，臉色蒼白，雙脣緊抿，最終不甘心地點點頭，和詩律一同跑向接待室。

莫莉安自然是在撒謊。她根本不曉得自己在幹什麼。

可是，她總得一試。因為，老邁的昂斯塔教授儘管如此厭棄莫莉安，卻仍然為了救莫莉安跟她的朋友，耗盡殘存的體力，凍結了真正的時間。莫莉安怎麼能丟下他不管？

「我來幫你了。」她對昂斯塔喊道，試著從再度加劇的動亂中找出一條路。假如她抵達昂斯塔的平臺，靠近控制平臺的鍊子……接下來呢？她毫無頭緒。

閃電擊中的那棵樹正巧倒在莫莉安跟前，差點砸到她的頭，她尖叫一聲。這棵樹就這麼擋住了通往昂斯塔的路。

此時，昂斯塔幾乎連頭都抬不起來。他勉力抬眼望向莫莉安，皺紋滿布的粗糙嘴脣吐出兩個字。

「快跑。」

莫莉安搖著頭，思緒飛馳——絕對有辦法救他，絕對有！

昂斯塔虛弱地點頭，隨著時間流逝，氣力逐漸喪失。

「快跑！」他堅決地說：「跑！」

莫莉安的心一沉，眼眶發熱，湧出氣餒的淚水。救不了他。昂斯塔已經沒希望了，他深知這一點，而他決定不拖莫莉安下水。他想要救莫莉安。

他們交換了一個心照不宣的眼神，然後莫莉安轉身狂奔。她奔過驚濤駭浪的大廳，左閃右躲、抱頭逃竄，像隻誤入虎穴的小老鼠；奔過接待室，衝出前廳，跑進涼冷的黑夜，一直到她追上霍桑與詩律，才停下腳步。霍桑跟詩律停在一個街區之外，挨著彼此，氣喘吁吁；幾個拍賣會客人也成功逃脫，轉進附近的街道，溜進黑暗之中。

莫莉安回頭望向博物館。她很清楚，那棟建築中危機四伏、禍患重重，奇怪的是，所有災難都沒有自博物館向外擴散。她心想，不曉得內部那些動亂何時才會消耗殆盡，從水晶球獲得釋放的死者是否終將得到安寧？

一陣撲翅聲打破了他們震撼的沉默，伊斯拉斐爾從天而降，輕巧地落在莫莉安身邊，懷中抱著受到驚嚇但安然無恙的蘭貝斯。

「謝謝你，」莫莉安還有些喘不過氣，「我們必須……通知潛伏者，你可不可以幫忙？」

「你們必須走得越遠越好。」伊斯拉斐爾說，霍桑跟詩律微微嚇了一跳。他說話的嗓音一如莫莉安的印象，就像一段關於失落事物的回憶。那對黑色翅膀上的金線反射博物館的燈光，讓他整個人彷彿發著光芒。他似乎很疲憊，莫莉安想起在舊德爾斐音樂廳那夜，朱比特說過：**伊斯拉斐爾這樣的人，會吸收其他人的情緒**。「不要走散，回杜卡利翁去。還有，你們記住，這很重要——你們跑回去的時候，一定要摀住耳朵，摀得越緊越好，等到距離這裡至少三個街區才可以放開，懂了嗎？」

其他人滿臉不解，不過仍點頭答應。

他們轉身，邁步開始跑，莫莉安自己卻出於莫名的原因停在原地，目送三人先行離開。

真的可以這樣走掉嗎？保存時光博物館正在內爆，幾百種迥異的死亡場景相互引發連鎖反應，多虧了魔法，將這一切困在博物館的四面牆之中。裡面那些參加拍賣會的賓客……她知道，那些人惡劣不堪，可是就算如此……這是他們應得的下場嗎？活生生被捲進其他人面臨的災禍之中？她是不是該做點什麼？

再說，昂斯塔教授呢？過去幾個月來，這名幻龜一再用言語打壓她，不斷告訴她幻奇師很邪惡……然而，他卻為了莫莉安與她的朋友而犧牲，選擇以自己的生命為代價，拯救一個幻奇師的性命。

「莫莉安・黑鴉。」她轉過頭，見到伊斯拉斐爾在她身後徘徊，雙翅緩慢、有節奏地撲打，懸在半空。他低頭注視莫莉安，目光強硬，眼眸卻流露一絲親切……以及別的情緒。那是濃濃的困惑之情，莫莉安深感理解，畢竟她自己天天都對這個世界充滿疑惑。「妳今晚救了我一命，我欠妳一個人情。」他凝視莫莉安半晌，嘴脣抿成一條線，莫莉安看得出他想多說些什麼，但不確定是否能說……也或許是他找不到適合的說法。伊斯拉斐爾長嘆一聲，「妳最好不要向幻學的人提起這件事，我不該欠妳人情。」

莫莉安不知道該怎麼回答。

「這會讓事情變複雜，妳懂嗎？」他堅持，意味深長地盯著莫莉安。「對我們兩個來說都是。」

她不懂，可是伊斯拉斐爾已經再度升空，回頭飛向博物館，那裡的窗戶不時映照出陣陣光線。玻璃碎裂的聲響傳出，又一個水晶球破碎，滾出刺目的橘色火球，一道澎湃大浪隨即打來，將火球撲滅。滾滾煙霧自窗戶冒出，有如惡魔現身。遠處傳來隱約的尖叫，令莫莉安後頸寒毛直豎。

「你要做什麼？」莫莉安高聲問伊斯拉斐爾，淚水在眼眶打轉，有些哽咽。他打算回博物館裡面嗎？他會不會也被困在裡面的風暴中？「你要回去救他們嗎？」

「不，」他說：「他們已經沒救了。」他憂傷而低沉的嗓音隨風飄至莫莉安耳際，出乎意料地令她有些心碎。

「那你要做——」

「回家吧。」伊斯拉斐爾強硬地說。

莫莉安聽見霍桑、詩律與蘭貝斯站在街道盡頭喊她，她掩住雙耳，轉頭想跑，卻再次基於莫名的原因停下。

她回頭，只見天使伊斯拉斐爾登上博物館階梯，門口透出閃爍的電光，遠遠映出他幽暗的剪影。他在那裡佇立好一陣子，動也不動，莫莉安正疑惑他這是在做什麼，隨即想起。

他的歌聲無人能出其右。

她記得，在舊德爾斐音樂廳的那一夜，朱比特所說的話。

那個聲音帶給妳無可破壞的全然寧靜，他說：**寂寞與悲傷都會變成遙遠的記**

憶，妳的心會感到滿足，讓妳覺得這個世界絕不會再令妳失望。

伊斯拉斐爾救不了他們。

唯有對他們歌唱。

朱比特警告過她，不要聽伊斯拉斐爾的歌聲，她知道不能聽。

可是，她不可能再有這樣的機會。

莫莉安垂下搗在耳邊的手。在朋友的呼喚聲中，在浪濤咆哮聲與砲彈轟隆聲中，在新加入的、由遠而近的警笛聲中……她首度聽見伊斯拉斐爾宛如仙樂的美妙歌聲。

只有一秒。只有一個音。

好幾天、好幾週、好幾年以後，當莫莉安試著回想那一顆音的音調，以及帶給她的感受，她會想起自己彷彿被溫暖的冬陽照耀，被從未見面的母親擁抱。她會想起心中湧現一股喜悅，深深確信自己從未傷害任何生命，也沒有人曾經真正傷害到她，沒有人能夠傷害她。她會想起雨後的泥土味。

她也會想起，在那之後發生的事。石子路上傳來一連串腳步聲，強而有力的手緊緊遮住她的雙耳，隔絕所有的聲音。她抬起頭，看見一頭茂密的紅髮，還有一雙瞪得大大的驚惶藍眼。她有如從天空墜回地表，感覺半是苦澀，半是甜蜜，因為她明白自己會安全降落。

第二十八章　關上那扇門

「逮捕了五個人。幾個窮極無聊的有錢人，跟一個心術不正的政治人物。」朱比特嘆氣，「逃出來的人數更多，可惜都趁亂溜掉了，這些蟲子。想當然，我們抓回來訊問的傢伙全堅稱，他們只是覺得拍賣會很刺激，沒人承認自己出價競標任何東西。」

朱比特往吸煙室的沙發床一趴。牆壁放送柔和的檸檬煙霧，帶點奶油味（門口的時程表上寫道「令思緒更清晰、增加對生活的熱情」），協助莫莉安慢慢理清亂成一團的腦袋。經歷過昨夜無休無止的天災人禍，她確實需要稍稍提振對生活的熱情。目前，唯一讓她有熱情的就是盯著牆壁吃雞湯水餃。

朱比特深吸一口檸檬煙，疲累地揉揉眼。昨晚，他親自送蘭貝斯、詩律及霍桑回家，再帶莫莉安回到杜卡利翁，隨即趕去協助潛伏者調查。現在已經過了午餐時間，可是他徹夜未眠。

前一天，他在頂樓恢復神智，即使仍頭暈目眩、精神恍惚，不過他一發現莫莉安與霍桑失蹤，立刻斷定跟惡鬼市集有關。他召集所有他能想到的人，包括探險者聯盟的同事、他在幻奇學會的同梯，再加上芬涅絲特拉、法蘭克、米范、香妲女爵、瑪莎、查理、傑克，一同出動，協助臭架子和潛伏者，搜查他們想得到最黑暗、最隱密、最危險的角落，卻徒勞無功……最終，潛伏者收到神祕的匿名線報，告知他們保存時光博物館的位置，他們才前往永無境一個早已荒廢、幾成廢墟的區域，在錯綜複雜的巷道中找到了拍賣會。

沒人曉得匿名情報是誰給的。莫莉安也不打算告訴他們，八成就是史奎爾。

她起身替朱比特倒茶，問道：「不過，被逮捕的人會坐牢，對不對？」

朱比特感激地接下莫莉安遞過來的茶。她坐進沙發床對面的扶手椅中，蜷縮起來，懷裡抱著一個靠墊。「莫兒，沒有罪名可以起訴他們。不存在任何犯罪的證據，不存在金錢轉手的紀錄。黑市交易的確是違法，但我們沒有交易發生過的證明，畢竟博物館已經毀了。每個人都宣稱，他們以為那只是個派對。」朱比特的喉間發出憤怒的低吼，「這些人渣。」

「那邁德梅呢？」

「喔，說到人渣。」他的臉色有些難看，「不見了。他憑空消失了，沒人找到他。」

「煙影獵手。」莫莉安簡潔地說。她已經描述過她在前一晚的經歷，只是她不曉得朱比特跟潛伏者說了多少。「你覺得它們是不是……」她沒辦法說完那個句子，她甚至不確定該怎麼接下半句。把邁德梅幹掉了？把他趕出永無境？

「也許吧。」朱比特並不在意她的句子模稜兩可。「雖然說，我們沒有找到任何……」他也沒把句子說完，最後啜了口茶。「所以，誰知道。說不定他逃走了，要是他夠聰明——既然他唬過這麼多人，我相信他確實是有幾分小聰明……那他鐵定早逃得遠遠的，也絕對不會停止逃亡。但妳用不著擔心，莫兒，潛伏者沒有放棄，他們終究會抓到邁德梅，讓他受到制裁。」

莫莉安默然良久。「我挺喜歡他的。在……事情發生之前，你知道。」

「我知道。」

「他是我最喜歡的老師。」

「妳只有兩個老師，」朱比特指出。「不過，是啊，我知道。」

他繼續喝茶，幾乎把茶喝光，莫莉安則奮力把各種念頭整理出一個雛形。

「他對我很好。」她終於開口：「我說邁德梅。他講話很有趣，課也很好玩，讓我覺得我有一件擅長的事情。至於昂斯塔教授……他恨死我了，一整年都對我很壞，也讓我覺得我是個很壞的人。」她用力嚥下喉頭哽住的感覺。「可是邁德梅辦了惡鬼市集，背叛了所有人。昂斯塔卻救了我。」

朱比特沒吭聲。

「我覺得……我覺得這些事情根本對不起來。」莫莉安擰起眉頭，看著朱比特。她不曉得該怎麼精確表達她的意思，但朱比特點點頭，鼓勵她說下去。「後來的事不會改變之前的事，邁德梅的事情不會，昂斯塔的事情也不會。」

「莫兒，我不曉得該說什麼。」朱比特嘆了一聲。「有些人很勇敢，卻會霸凌別人。有些人很友善，卻是個懦夫。」

「到頭來也沒那麼友善了，對吧？」莫莉安說，想起邁德梅遭到揭穿時，不過聳了聳肩，有些不好意思地咧嘴一笑。**妳一向是最專心聽我講課的學生**。「人渣。」

朱比特站起身，開始踱步，伸手捏了捏鼻梁。「我不懂的是，史奎爾根本進不了永無境，他是怎麼安排這一切的？妳確定他是用絲網過來？」

「確定，」莫莉安說：「我說過啦，有邁德梅在幫他。」

「是啊，邁德梅幫他辦惡鬼市集，但是……邁德梅做不到妳說的那些事，他沒辦法操控頂樓上的人。可是妳又說，史奎爾本人甚至不在永無境。」

「他是不在。」莫莉安回想史奎爾告訴她的話，心頭一揪，嚥了嚥口水。「朱比特，是我做的。史奎爾說我……給他開了一扇門。」

朱比特停下腳步，「一扇門？」

「通往永無境的門，」她解釋。「他說，因為我不會用禍害技藝，匯集到我身上的幻奇之力沒地方可以去，最後幻奇之力變得太過強大，他只要稍微用點力，就能突破絲網，他就是這樣透過我使用幻奇之力。所以在第一場惡鬼市集，幼魁貓才會突然變大，那是我做的，應該說……是他透過我做的。在頂樓上操控大家的時候也是，還有……」莫莉安頓住，她一直沒將海洛絲扔飛鏢的事告訴朱比特。不過，她還沒把話說完，朱比特便發出哀叫。

「笨蛋。」朱比特倒回沙發床，雙手抹著臉，稍稍悶住說話聲。「笨蛋，大蠢蛋。」

「誰，史奎爾？」

「不是，是我！我看得見。」他的臉漲成深深的紫紅，胡亂朝莫莉安比劃，「妳，幻奇之力，這個龐大的規模——我看著妳身邊的幻奇之力越來越多，有時候實在太亮，我只好將它過濾掉，否則我光是看著妳就會瞎。」

莫莉安瞠目結舌。「你可以過濾掉？」朱比特身為見證者的這份本領究竟能做到多少事情，至今對莫莉安依舊是個謎。

「可以。我一直不管它，遲遲沒有採取行動。」他嘆氣，直視莫莉安，額頭擠出皺紋。「我以為對還在成長的幻奇師來說，那是正常現象！莫兒，拜託相信我——我根本不曉得會發生這種事，我不知道史奎爾能——」

「我知道！」莫莉安插嘴：「別傻了，這不是你的錯。」

「是我的錯——至少有一部分是。我早該察覺妳的處境多危險，我早該想到史奎爾一逮到空隙就會利用妳。我忙了好幾個月，整個心思都放在卡西爾、帕西默・杏韻、阿弗・史旺身上，但我應該多留意我眼前發生了什麼事。」

「卡西爾！」莫莉安坐直身體，「我徹底忘了他！他怎麼了？還有帕西默・杏韻呢？」

「潛伏者有個關於帕西默的線索，他們根據這個線索，越過邊界進入共和國去追查了——這是最高機密。至於卡西爾，」朱比特聳肩，滿臉不解。「說真的，我一點頭緒也沒有。我用了一堆探險者聯盟的資源，跑去各界找他，用到我快良心不安了。現在我們把這個案子轉交給神仙觀測團體，他們能觸及的範圍不如我們那麼廣，但他們會密切觀測天空，有任何消息就會讓我知道。」

「所以你覺得這跟史奎爾或惡鬼市集無關？」

他沒有立刻回答，而是垂眸盯著地板，呼吸檸檬煙霧。

「對，」他總算說：「對，我認為沒有關聯。」

「伊斯拉斐爾會難過嗎？」莫莉安問：「他們是好朋友嗎？」

「卡西爾稱不上誰的好朋友。」朱比特急吸了一口氣，似乎穩住情緒，坐起身，回頭去談上一個話題。「我不懂，為什麼史奎爾這麼自制？要是妳真的替他開了一扇通往永無境的門，他能透過妳運用力量，那他自然要妳做什麼都可以！叫妳犯下恐怖的罪行，或是——或是離開永無境！」一想到這點，他雙眼大睜。「他現在跑去哪裡了？為什麼他這麼乾脆放妳走？」

莫莉安整個早上都在思索這件事。「他說了一些很有意思的話。」

「妳是指很有趣的話，還是——」

「我是說，滿奇怪的話。他說他跟我有共同的敵人。」她皺眉，試著回想史奎爾的用字遣詞。「他說我必須得到自由，成長為他需要的幻奇師，因為……大災難要來了。雖然他教我用幻奇之力，等於是關上通往永無境的門，可是他的長程計畫更重要。他說他需要我活下去。」

「莫兒，」朱比特聲音緊繃，「他在誘導妳，想讓妳相信外界有個可怕的敵人，而他可以幫妳打敗這個敵人。他是故意嚇妳，這樣一來，他就能利用妳的恐懼來操控妳。」

「我知道。」莫莉安說，口吻堅定，雖然她其實沒那麼確信。她將雙腳擱在一邊扶手上，坐在扶手椅中轉圈，「不過，他說我是幫助他突破絲網的一扇門，這是真的嗎？或許我應該好好學習禍害技藝，這樣他就不能透過我使用力量了。」

朱比特沒回答，但莫莉安看得出他忽然精力充沛，雙眼燃起新的動力。

「朱比特？」莫莉安問。

他一躍而起，「去拿妳的傘。」

他們抵達傲步院時，朱比特已經向莫莉安說明了他的打算。莫莉安憂慮得近乎反胃，這種感受就像是去年參與展現考驗，以及在夕暮日等待迎接死亡，或是把手伸進裝滿毒蛇的水桶。

朱比特用力敲響學務主任的辦公室門，不等裡頭的人回應，便大步踏入，直直走向迪兒本女士，她正站在辦公室中唯一的桌子後方。莫莉安小心翼翼跟在後頭，相隔幾步之遙，拚命避免跟學務主任對上眼。

「我想找默嘉卓夫人，謝謝。」

迪兒本瞪著他，眨了眨眼。「什麼？」

「默嘉卓。我要找她談談，立刻就談。」莫莉安看見他下巴的肌肉抽動，雖然勉力維持有禮的態度，不過這張面具已出現裂痕。「是急事。」

「哦，你想必也看見了，」迪兒本冷冷地說：「她不在。」

「**默嘉卓**，」朱比特重複道，直視她的雙眼，拍了拍手。「喂！默嘉卓，我知道妳在裡面，出來，我有話跟妳說。」

莫莉安瑟縮一下。他做什麼啊？他想被殺嗎？

「諾斯隊長，這是什麼意思！」迪兒本厲聲說，後退一步，「要是你以為她或我會對這種做法——」

「我坦白告訴妳，」朱比特提高音量，幾名學會成員從門口經過，好奇地一瞥。「一整年來，妳持續濫用權力，干涉我學者所接受的教育。妳毫無道理的恐懼對莫莉安造成了極大的傷害，置她、置整個學會於危險之中，程度遠遠超過妳的想像，此外，妳也毀了贊助人與學務主任之間該有的信任。從現在起，我會更密切監督莫莉安的學習情況。默嘉卓，**給我出來**。」

「停——梅麗絲，不要——」

迪兒本的臉扭曲成可怖的神色，脖子不自然地轉動，手指蜷曲，肌肉顫動。莫莉安聽見如今已然習慣的奇異聲響——骨頭移動的喀啦聲、嘎吱聲……隨後，嚇人的默嘉卓驟然現身。她彎起乾裂發紫的嘴唇，看起來既像微笑，又像威嚇，對朱比特瞇起凹陷的灰眼。

「真無禮。」玄奧之術學院的學務主任從喉嚨深處發出低吼。「你來幹什麼？」

朱比特毫不遲疑。「妳說過，莫莉安應該進入妳的學院。那天在長老議事廳，妳說是我們辜負了她。」

默嘉卓噘起下唇，看似猜疑。「有這回事？」

「**有**，」朱比特說：「妳說必須有人教她禍害技藝。妳說得沒錯，幻奇學會必須有人教莫莉安學會禍害技藝，免得其他**危險人物**跑來教她。」朱比特給她一個意味深長的眼神。「妳明白我的意——」

「這麼說，他回來了。」默嘉卓打岔，直接對莫莉安發問。「史奎爾。他這陣子常來，是不是？」

莫莉安眨了眨眼，本能地避開默嘉卓那雙混濁灰眸無情而強硬的目光，轉頭看朱比特，他點點頭。

「呃……對。」

「教了妳幾招，是不是？」

「嗯──對。」

聽見這個消息，默嘉卓不顯驚訝，也不懼怕，只是從褐色牙齒的齒縫間吸進一口氣。「我想也是。聽說妳搞垮了惡鬼市集，我就想，妳八成從哪學來什麼難纏的招數。」這聽起來不像好話，莫莉安一時有些惱火，沒想到學務主任隨即對她微微點頭，流露欣賞。「幹得好。」

「噢。嗯……謝謝。」

默嘉卓嘆了一聲，望向通往傲步院的門口，露出輕蔑的神情。「我早警告過了，是不是？那三個老傻瓜。最開始我就說了，想要壓制這種能力，只會惹禍上身。這就像在一桶煙火上面蓋個蓋子，危險至極。」

「那妳會收她嗎？」朱比特追問：「妳很清楚，她不屬於迪兒本的學院，她跟我們是同一類的，她該來玄奧學院。」

莫莉安暗自發慌。她知道朱比特是為了她好，但他真的認為這是好事嗎？讓迪兒本當她的學務主任就夠慘了，默嘉卓可是公認更可怕的人物啊。

然而，除了慌亂之外，她心底也浮現更微妙的情緒，一股有如冤屈獲得洗刷的微小快感。畢竟，幻奇師到底哪裡世俗了？

學務主任似乎陷入沉思。「這個嘛……她算不上玄奧，是吧？」

「她更不算世俗。」朱比特語氣平板地說。

「的確。」默嘉卓吸吸鼻子，以評估的眼神注視莫莉安。她傾身湊近，近得讓莫莉安不太自在，用令人不安的嘶啞嗓音低喃：「格果利雅・坤寧以為，只要把妳藏進這個神聖的殿堂，妳就不會給自由邦帶來危害，不會變成幻奇學會必須收拾的另一個亂源。我告訴她那個老傻子——要放鞭炮，最安全的地方就是在光天化日之下。」

幻奇學會必須收拾的另一個亂源。莫莉安痛恨這句話的言外之意。她不吭一聲，直視學務主任，眼睛眨也不眨。

「嗯。」默嘉卓打定主意，點了一下頭。「那好吧，我收這個小畜生。」

莫莉安不確定該有什麼感覺，不過朱比特整個人放鬆下來，慶幸地吐出一大口氣。

「謝謝妳，學務主任。」他說。

默嘉卓用乾枯發皺的手漫不經心地一揮，示意他們離開。他們沿著走廊回去時，莫莉安聽見默嘉卓發出女巫似的尖聲大笑。

「喔呵，達辛可要氣瘋囉。」

第二十九章 最終指令

隔天早晨，幻學全體成員集合於傲步院後方精心修整的花園，坤寧長老、翁長老、薩加長老站在陽臺，神色嚴峻。

「想必各位已經接獲消息，本會最年長的教師兼榮譽會員，海明威・Q・昂斯塔教授不幸罹難。」坤寧長老對麥克風說，聲音清晰地響徹花園。「昂斯塔教授壯烈犧牲，英勇義行值得我們感念。此時此刻，我想諸位都已經知道惡鬼市集的存在，以及這個市集受到摧毀的經過。想必大家也聽說了令人憤怒的事實：綁架學會成員，送往市集販售的主謀，正是我們的自己人。」

花園瀰漫著憤怒的竊竊私語。

顯而易見，學會中沒人會原諒邁德梅的所作所為，尤其是莫莉安與她的朋友。他跟煙影獵手待在一起，說不定還比較安全。

九一九梯一下火車便直奔花園，大家緊緊圍在一起。其他人不斷要莫莉安跟霍桑重述萬鬼夜的經歷，前前後後說了起碼十幾遍，到了現在，他們偶爾還是會要求再講其中一段。莫莉安當然省略了關於埃茲拉·史奎爾的事，任憑大家誤以為邁德梅一手策劃了整起事件。

雀喜小姐寸步不離。過去兩天，她始終極度關切詩律和蘭貝斯，對莫莉安跟霍桑的態度也差不多。詩律裝出一副煩躁的樣子，可是莫莉安看得出來，她其實暗自竊喜。此時，雀喜小姐也站在他們身後，雙手環胸，像隻母熊一樣守護她這一梯。

至於蘭貝斯，她一個字也沒對任何人說，似乎變得比以往更疏遠了。莫莉安暗忖，不曉得她在想些什麼。但願「蘭亞公主」明白，莫莉安、霍桑跟詩律都會替她保守祕密——她默默提醒自己，一有機會就要把這些話告訴蘭貝斯。

坤寧長老繼續說：「我只告訴各位，幻奇學會已有多年未曾出過此等敗類，致使幻奇學會蒙受奇恥大辱。我拒絕讓這個叛徒的名字髒了我的嘴，不過我在此承諾，我們會找到這名叛徒，令其接受制裁。我們將信守諾言。

「明天下午，長老議事廳將舉行追思會，向勇敢的朋友兼同事昂斯塔教授告別，歡迎想要向教授致意的人前來參加。另外，容我介紹兩位初階學者……」

就在這一刻，莫莉安的注意力被陡然吸走。有人將一張紙塞進她手中，她轉頭想看對方是誰，可惜人太多、太密，她僅捕捉到某件袍子迅速在遠處一閃而逝。

那是一張摺起來的紙，其中一面寫著她的名字。

「……表現了勇氣與出眾的能力，一如他們在入學考驗流露的特質……」

「在說我們，」霍桑在她耳邊悄悄說：「她說我們勇敢又有能力。她忘了我們也很幽默，又長得很帥。」

莫莉安已經沒在聽坤寧長老說話了。她用發顫的手攤平那張紙，從頭到尾讀了兩遍。

莫莉安．頌詩．黑鴉，

我們為九一九梯保守了祕密。
然而，妳自己也有個危險的祕密。

在時鐘指向整點以前，
妳要公開向現場所有人承認妳是幻奇師。
否則，我們就揭穿從共和國叛逃的
蘭亞．貝沙立．阿瑪蒂．菈公主。

我們會將她的身分昭告學會，
昭告天下。

她的心一顫，腦袋花了點時間才跟上。

這些威脅信指的根本不是她！他們威脅要公開的祕密不是她的祕密，而是蘭貝斯的祕密。

莫莉安內心湧現一股沉重、想吐的感覺。九一九梯守護了她，即使心不甘情不願，依然忠誠執行了他們的指令。

如今，輪到她了。她閉上眼，吞下氣憤與擔憂，更加堅定要揪出勒索者的決心，她絕對不放過他們。

「快去，莫莉安。」雀喜小姐鼓勵地捏捏她的肩膀，輕輕將她往前推。

「什……什麼？」

「坤寧長老剛剛喊了你們的名字，妳跟霍桑。」莫莉安抬頭，看見她的引導員露出燦爛溫暖的笑容，自己卻笑不出來。「不要發呆了，快走，上去吧。」

她尾隨霍桑穿越人群，感覺內心的某處糾結成團，化為焦黑。他們登上白色大理石階，走向低頭對他們微笑的長老，整個過程猶如死亡行軍，她的臉漲得通紅，耳際傳來轟隆的血液奔流聲。

抵達長老所站的陽臺時，傲步院的鐘塔敲響，開始報時。現在是九點鐘，會敲九下，莫莉安的思緒風馳電掣。

一下。

身穿黑色斗篷的群眾高舉雙手，鼓起掌來，響亮的掌聲久久不歇。霍桑朝大家揮手，轉頭對莫莉安開懷一笑，雙頰染上緋紅。他誤以為莫莉安的不情願是在害羞，輕輕撞了她一下。

「來嘛，」他說：「這是妳應得的。」

兩下。

原先肅穆的氣氛竟然這麼快就轉為慶賀，而且，他們居然是在表揚她——表揚她跟霍桑。她在人群間找到朱比特的臉龐，他滿面驕傲，幾乎落淚，莫莉安不禁喉嚨發乾。她怎麼能毀了這一刻？

何況，這不光是會毀了氣氛，莫莉安心想。這會毀了一切，毀了她在幻學的美好生活。不光是她自己，還包括她的同梯。

三下。

坤寧長老年初所說的話，仍舊烙印在她腦海：

但凡有一個人辜負了我們的信賴……你們九個人都會被勒令退出學會，一生不得回歸。

她即將親手毀掉自己的人生，以及另外八個人的人生。

四下。

她的同梯永遠不會原諒她；當其他學會成員發現她的真實身分，想必也會討厭她，假如他們沒有拿著火把跟草叉把她趕出校園，就是萬幸了。

五下。

但是……蘭貝斯。莫莉安腦中浮現一個畫面：在拍賣會上，嬌小、害怕的蘭亞公主端坐在王位之上，當拍賣官提到她家族犯下的叛國罪，提到冬海黨一旦發現真相，可能對整個王室採取什麼報復，她的臉上露出了萬分憂懼的神情。

六下。

莫莉安的腦海閃過拍賣官戴著狼面具的面容，響起了他歡快、親切的嗓音：「在冬海共和國，大逆罪的下場自然是予以處決。」她的胃一陣翻攪。

七下。

這裡本該是個大家庭，幻奇學會的成員發誓將「一生忠誠」。然而，邁德梅打破了這個誓言，在莫莉安眼中，幻學舒適自在的假象早已破滅，她不再相信這裡是個安全的避風港，每個人守護彼此，什麼壞事也不會發生。假使蘭貝斯的祕密走漏，那麼她留在這裡並不安全。莫莉安想起昂斯塔教授，他用僅存的最後一絲力量救了他們。

假如莫莉安選擇保護自己的祕密，而不是保護朋友，往後她該如何自處？

她別無選擇。

八下。

她用顫抖的手死死抓著紙條。

掌聲漸小，坤寧長老再度走上前，對著麥克風說話。「這兩個孩子，」她開口：「做了非常了不起的事，徹底體現了我們抱持的信念——」

「我是幻奇師。」莫莉安壓過她的聲音。

九下。

時鐘指向整點。

她聽見霍桑吃驚地發出噎到般的微弱聲音。接著，為了讓在場每一個人聽見，讓寫威脅信的人打消任何疑慮，她放聲大喊：「我是幻奇師！」

整個早晨彷彿凍結。

突然，人群傳出一個猶疑的笑聲，接著又是一聲。然後，就好像大家雖然搞不懂她的宣言哪裡好笑，卻得到了將之當成玩笑話的許可，一陣柔和的輕笑傳遍花園，低語聲此起彼落，最終迅速消退。

寂靜再次降臨，眾人恍然了悟，她說的是真話。

莫莉安並沒有補一句：「開玩笑的！」三位長老同樣一語不發。

「不可能！」遠處傳來大吼。大家逐漸明白這不是鬧著玩的，長老確實讓這種危險人物進入了學會，於是越來越多人跟著開始咆哮。「她撒謊！」

莫莉安低頭注視她的同梯，有的人嚇得表情呆滯，有的人氣得滿面通紅。全場近乎凝結，她看見一個修長的身影推開面前的人群，擠向陽臺。朱比特看起來嚇壞了，但神色堅決，彷彿他已預料到結果，知道壞事即將發生，這讓莫莉安更加憂懼。

然而，坤寧長老舉起一隻手，阻止他繼續向前。朱比特在階梯底部停住，戒備地注視長老好半晌，然後似乎恍然明白了什麼，他眼中的驚恐消褪，轉化為莫莉安難以分辨的情緒。

「這個嘛。」坤寧長老的嗓音透過廣播系統發送，摻雜些許雜訊。「各位先生女士，看來我們今天早晨多了一件值得慶祝的事。」

聽見這話，莫莉安的腦袋一下子打結。她張開嘴，隨即閉上，對著這名瘦削孱弱的女子不斷眨眼。**多了一件值得慶祝的事？**坤寧長老有沒有聽見自己說了些什麼啊？

「就在此刻，九一九梯通過了第五項考驗，也是最終考驗。」她宣布，臉上泛起滿意的微笑。「諸位必定還清楚記得，自己一年級所接受的忠誠考驗。當然，每一屆面臨的考驗內容各自不同，然而卻有共同的目的：測試各位是否全心遵守誓言。」

底下，有些人露出一副恍然大悟的表情。莫莉安望著九一九梯的大家消化坤寧長老所說的話，接著轉頭看向身邊的霍桑，只見他嘴巴大張。

「就在此刻，九一九梯的最終考驗宣告結束。請懷抱更大的驕傲，再次熱烈歡迎他們加入幻奇學會。九一九梯，面對今年的各種難關與艱險，你們所展現的忠誠將伴隨你們一生。你們是彼此的兄弟姊妹，不光是因為你們曾發下誓言，更是因為你們親身證明了這點。」

眾人看似一頭霧水，仍然分不清莫莉安的詭異宣言究竟是個笑話，還是考驗的一部分，抑或她的確是數百年來，繼埃茲拉．史奎爾之後，幻奇學會所收的第一位幻奇師。莫莉安眼睜睜看著他們的迷惑轉為各式各樣的神色，有警戒、有懷疑、有大笑、有震怒，顯然大家都不太確定該做何感想。

「薩加長老、翁長老和我想告訴各位，儘管幻奇學會歷屆以來培育了無數英才，其中有些人的天賦堪稱危險，但我們絕不會在知情的狀況下，招收心懷不軌之人。誠然，黑鴉小姐阻止惡鬼市集，拯救兩名學會成員，證明她天性良善，是個有用、有趣、能為我們帶來好處的人，我們非常樂意接納她成為學會一分子。她是幻奇師，不過從今以後，她是**屬於我們的**幻奇師。」

聽了坤寧長老的安撫之言，人群依舊一片死寂，毫無波瀾得令人心驚。

「容我提醒諸位，」她接著說道，語氣變得有些強硬。「你們的誓言不僅適用於同梯，也適用於學會中從老至幼的所有幻奇成員。莫莉安．黑鴉的真實身分只容幻奇學會內部知曉，我希望你們每一個人謹守誓言，絕不將這個祕密洩漏給外人。記住：**兄弟姊妹，一生忠誠**。」

眾人異口同聲答道：「**永世相繫，堅如刀刃**。」

坤寧長老點點頭，狀似滿意。

「既然如此，」她招手示意九一九梯過來陽臺，「請最年輕的這一屆學者上前——

過來吧，請快點——在此邀請諸位，跟我一起恭喜九一九梯達成這個重要的里程碑。」

可惜，花園中沒什麼恭喜的氣氛。在長老的要求之下，加上她嚴厲的目光，大家缺乏誠意地勉強拍了幾下手，然後就散會了。

眾人往不同方向離開時，每隻眼睛都盯著莫莉安。

⸻

剛才發生的一切讓莫莉安麻木無比，霍桑似乎也有些難以接受，時不時發出微弱的怪叫，聽起來半是火大，半是想笑。

人群散了，剩九一九梯留在原地。典禮結束後，雀喜小姐衝上階梯，輪流抱每個人，隨即趕回家庭列車；在場的贊助人紛紛和自己的學者熱情握手，衷心道賀。朱比特努力表現出為莫莉安高興的樣子，可是莫莉安留意到，他臨走前狠瞪了長老一眼。

這時，九一九梯的學者尷尬地聚在陽臺，還沒收拾好去上課的心情，卻也不太曉得該說什麼。

「我不懂。」薩迪亞終於開口：「他們本來就打算叫莫莉安說出來，幹麼威脅要暴露她的祕密？有夠卑鄙。」

「那是**考驗**啊，薩迪亞。」馬希爾說。

「我知道那是**考驗**，馬希爾，」薩迪亞故意學他講話，「我是說……這樣好……」

「過分？」詩律說。

「對！」薩迪亞大聲說：「這樣好過分。對我們大家都是，尤其是對莫莉安。」

大家都吃驚地看著她，莫莉安更是驚訝，差點嗆到口水。霍桑真的嗆到了，他連忙假裝咳嗽掩飾過去。

「莫莉安，那上面寫了什麼？」雅查的下巴朝莫莉安手中的紙條一點，好奇地稍稍蹙起眉頭。「竟然讓妳願意公開身分。」

莫莉安防備地捏緊那張紙，「我……我不能說。」

馬希爾笑起來。「什麼？什麼意思，妳不——」

「就是不行。」

「別開玩——」

「是關於我的事，對不對？」蘭貝斯細微的聲音從眾人背後傳來。她走向前，顯得極度沮喪，但似乎下定了決心。「坤寧長老說，我們全梯通過了忠誠考驗，可是她說錯了。我沒有通過。

「你們都選擇把兄弟姊妹放在第一位，我卻選擇欺瞞。我讓大家相信，我們要保護的一定是莫莉安的祕密，我說服自己事情就是這樣，可是……在我心底，我一直在想……說不定，其實是我的祕密。」

「什麼祕密，蘭貝斯？」雅查溫和地問。

她深吸了一口氣，鎮定心緒。「我不叫蘭貝斯．阿瑪菈，我真正的名字是……蘭亞．貝沙立．阿瑪蒂．菈公主。我來自遠東歌邦的絲域，是菈王室的成員。」她停頓一下，環視大家震驚的神情。「小蘭。叫我小蘭就好。」

莫莉安旁觀她沉著優雅地道出真相，覺得真是奇妙。小蘭是他們當中身材最嬌小的，然而在這個瞬間，她彷彿足足有十呎高，神態極為高貴。

「遠東歌邦，」薩迪亞的臉激動得泛紅，「妳是**共和國人**？」

「對。」

「妳該不會是間諜吧？」法蘭西斯質問。

霍桑嗤之以鼻，翻了個白眼。「法蘭西斯，她哪是間諜，她是公主耶。」

「公主也可以是間諜啊！我姑姑說永無境有一堆冬海共和國的間諜，不然她為什麼要跑來？」

「拜託，有什麼好大驚小怪的！」

「我不是間諜。」小蘭說：「我家人送我來學習運用本領。以前，我的本領常常讓我頭很痛，渾身不舒服。來到幻學以後，我才比較能夠適應我預見的未來。

「但是……我家人根本不該送我來的。」小蘭雙眼一紅，聲音微顫：「共和國人偷渡進自由邦是犯法的，我們連自由邦的存在都不應該知道。萬一冬海黨發現，我們全家會通通被丟進大牢，或是……更慘，非常慘。」她渾身哆嗦。「我奶奶說，我非保守好祕密不可，否則整個家族會有性命之憂。可是我太不會說謊了，所以我決定，乾脆盡量不要跟你們講話會比較好。對不起。」

「我們絕對不能說出去。」莫莉安環顧她的同梯，「這是只有我們知道的祕密，好嗎？我們是兄弟姊妹，對吧？」

「一生忠誠。」大家異口同聲，堅定地說。

小蘭抽噎一下，顯得既慶幸又不知所措，張口還想說些什麼，就在這時——

「**不好意思**，」下方的花園傳來冰冷的嗓音，迪兒本抬頭瞪著他們，高聲說：「你們這幾個煩人的小懶鬼應該有課要上吧，不是嗎？」

九名學者快步溜進傲步院，穿過走廊，來到圓形黃銅吊艙停靠之處，準備搭乘吊艙飛速前往上課教室。

莫莉安磨蹭了一陣子，毫無必要地將制服撫平、拉直。

霍桑朝她揚起雙眉，「對喔。那就祝妳好運囉。」

「謝謝。」她理好全新白上衣的袖口，內心浮現一絲緊張，摻雜著興奮。「中午見？」

「當然。」霍桑說，登上一班前往極限學門的吊艙。「記得——要做一堆筆記喔，我想知道妳的課有多詭異。順便看看能不能讓默嘉卓再噴一次冰！那招看起來超冷酷的。」艙門即將關上，他露齒一笑，把臉湊近門縫間大叫：「有聽懂嗎？超**冷酷**！」

莫莉安用鼻孔一哼，轉過身，小蘭和詩律正扶著開啟的艙門等她。

「妳是來不來啊？」詩律問，莫莉安連忙躍上吊艙，詩律就在那一刻拉下操縱桿，桿上標著：**地下六樓，玄奧之術學院**。

致謝

謝謝，謝謝，謝謝出版界最優秀的出版社：阿歇特童書出版集團、阿歇特澳洲分公司和紐西蘭分公司、利特爾&布朗童書線，感謝你們為這本書帶來的創意、努力、周詳思慮與快樂，我作夢也找不到更棒的出版社大家庭。

特別感謝我的編輯海倫・湯瑪斯、奧維娜・林、蘇珊・歐蘇利文、莎曼珊・史溫頓、謝林・卡倫德，謝謝你們的才華與指引。

感謝艾希莉・巴頓、多明尼克・金斯頓、塔妮雅・麥肯西－寇克、凱瑟琳・麥納尼、艾咪・達森，你們是一位作者夢想中的國際行銷黃金團隊，是你們把這些難以理解的行銷活動化為出乎意料的樂趣。

萬分感謝露易絲・薛文－史塔克、希拉蕊・穆瑞・希爾、梅根・廷利、梅爾・溫鐸、露絲・奧泰、費歐娜・哈札、凱蒂・克提爾、露西・阿普敦、尼可拉・古德、費歐娜・伊凡斯、愛麗森・帕德利、海倫・休斯、凱瑟琳・福克斯、瑞秋・葛雷斯、安德魯・辛克雷、安德魯・凱塔南、安德魯・柯亨、凱特琳・墨菲、克里斯・席姆、丹尼爾・皮金頓、海莉・紐、伊莎貝・史塔斯、琴瑪莉・莫羅欣、賈斯汀・拉勒菲、凱特・弗洛德、綺拉・利可蘭佐、佩妮・艾維薛、莎拉・福爾摩斯、尚恩・寇徹、蘇菲・梅菲德、艾米利・波斯特、珍妮佛・麥克蘭－史密斯、薇樂麗・翁、維多利亞・史黛波頓、蜜雪兒・坎貝爾、貞・葛拉罕、維吉尼亞・勞瑟、莎夏・依林沃斯、魯凱耶・達德、艾利森・修史密斯、艾西莉・理查茲、莎恰・貝葛利、蘇西・瑪多斯－凱恩。

謝謝碧雅翠・卡斯卓和詹姆士・麥德森畫了那麼棒的封面插畫。

大大感謝茱莉・凱・韓、珍妮・本特、維多利亞・卡佩羅、艾蜜莉亞・哈德森，以及本特出版經紀的每一個人。也謝謝出類拔萃的庫柏小組，你們的相互支持、加油打氣和欣賞讓我開心得難以言喻。

謹向喜愛並支持《永無境》系列的所有讀者、書商、圖書館員、老師、部落客致上無盡的感謝。如果你喜歡莫莉安，還將她介紹給其他人，那真的非常謝謝你，你的善意與熱情令我感動萬分。每一個推薦、每一則評論、每一封書信、網路上的每個標籤、每個推特，我都由衷感激。

謝謝我的教女愛拉讓我借用帕西默・杏韻這個名字，她創造這個名字的時候才三歲，我猜我們乾脆封筆好了。也謝謝我在內珀維爾認識的女孩奧麗安娜，她實在太幽默，於是我偷用了她的名字——她逗我發笑，而我把她變成飯店。

各位有志於寫作之路的作家，務必找個像潔瑪・庫柏這樣溫柔、幽默、活潑、自信的經紀人！像這樣的人簡直是最頂級的波麗安娜，她會永遠支持你，無比可靠，隨時準備在你想像自己快溺死的時候，把你從其實只有腳踝深的水中撈起來，而且一滴汗也沒灑。要是你的經紀人會在凌晨兩點時，傳日本阿嬤啦啦隊照片給你看，替你加油打氣，那就更加分了。謝啦，潔瑪。

最後，向我的家人與朋友獻上萬分謝意，尤其是丁恩與茱莉，你們是我身邊最會炒熱氣氛的人。小莎，感謝妳永遠當我的頭號讀者和試水溫的對象，還有那些超爆笑的正向名言錦句，跟用途明確得很詭異的精油。

媽，其他的一切都要謝謝妳。妳是最幻奇的老媽，如果滿分是十分，妳能拿十一分。

國家圖書館出版品預行編目(CIP)資料

永無境. II, 莫莉安與幻奇師的天命 / 潔西卡・唐森(Jessica Townsend)著；陳思穎譯. -- 1版. -- 臺北市：城邦文化事業股份有限公司尖端出版：英屬蓋曼群島商家庭傳媒股份有限公司城邦分公司發行, 2021.10
面；　公分
譯自：Wundersmith: The Calling of Morrigan Crow
ISBN 978-626-316-120-7 (平裝)

874.57　　　　110014329

奇炫館

永無境II：莫莉安與幻奇師的天命

（原名：Wundersmith: The Calling of Morrigan Crow (Nevermoor, 2)）

著　　者／潔西卡・唐森（Jessica Townsend）
譯　　者／陳思穎
榮譽發行人／黃鎮隆
執行編輯／劉銘廷
總 經 理／陳君平
企劃宣傳／楊玉如、洪國瑋
協　　理／洪琇菁
國際版權／黃令歡、梁名儀
總 編 輯／呂尚燁
文字校對／施亞蒨
美術總監／沙雲佩
內文排版／謝青秀
美術編輯／陳聖義

出　　版／城邦文化事業股份有限公司 尖端出版
台北市中山區民生東路二段一四一號十樓
電話：（〇二）二五〇〇—七六〇〇
傳真：（〇二）二五〇〇—二六八三
E-mail：7novels@mail2.spp.com.tw

發　　行／英屬蓋曼群島商家庭傳媒股份有限公司城邦分公司 尖端出版
台北市中山區民生東路二段一四一號十樓
電話：（〇二）二五〇〇—七六〇〇（代表號）
傳真：（〇二）二五〇〇—一九七九

中彰投以北經銷／楨彥有限公司（含宜花東）
電話：（〇二）八九一九—三三六九
傳真：（〇二）八九一四—五五二四

雲嘉經銷／威信圖書有限公司 嘉義公司
電話：（〇五）二三三—三八五二
傳真：（〇五）二三三—三八六三
客服專線：〇八〇〇—〇二八—〇二八

南部經銷／威信圖書有限公司 高雄公司
電話：（〇七）三七三—〇〇七九
傳真：（〇七）三七三—〇〇八七

香港經銷／城邦（香港）出版集團有限公司
香港灣仔駱克道一九三號東超商業中心1樓
電話：（八五二）二五〇八—六二三一
傳真：（八五二）二五七八—九三三七
E-mail：hkcite@biznetvigator.com

新馬經銷／城邦（馬新）出版集團Cite（M）Sdn. Bhd.
E-mail：cite@cite.com.my

法律顧問／王子文律師 元禾法律事務所
台北市羅斯福路三段三十七號十五樓

二〇二一年十月初版一刷

■中文版■

郵購注意事項：
1. 填妥劃撥單資料：帳號：50003021戶名：英屬蓋曼群島商家庭傳媒(股)公司城邦分公司。2. 通信欄內註明訂購書名與冊數。3. 劃撥金額低於500元，請加附掛號郵資50元。如劃撥日起 10～14日，仍未收到書時，請洽劃撥組。劃撥專線TEL：(03) 312-4212 ・ FAX：(03) 322-4621。E-mail：marketing@spp. com. tw